华 章
传奇派

品味无限不循环的人生

大城掌屋

② 儿女情长

王正 著

重庆出版集团 重庆出版社

图书在版编目（CIP）数据

大域学宫. 2, 儿女情长 / 王正著. -- 重庆 : 重庆出版社, 2024.7. -- ISBN 978-7-229-18791-0

Ⅰ. I247.5

中国国家版本馆CIP数据核字第2024TQ6314号

大域学宫2：儿女情长

DAYU XUEGONG 2:ERNV QINGCHANG

王正　著

出　　品：	华章同人
出版监制：	徐宪江　连　果
策划编辑：	张铁成
责任编辑：	王昌凤
责任印制：	梁善池
责任校对：	彭圆琦
营销编辑：	史青苗　刘晓艳
封面画师：	安年丫丫
装帧设计：	末末美书

重庆出版集团
重庆出版社　出版

（重庆市南岸区南滨路162号1幢）

北京毅峰迅捷印刷有限公司　印刷
重庆出版集团图书发行有限公司　发行
邮购电话：010-85869375
全国新华书店经销

开本：880mm×1230mm　1/32　印张：12.375　字数：285千
2024年7月第1版　2024年7月第1次印刷
定价：49.80元

如有印装质量问题，请致电023-61520678

版权所有，侵权必究

目录

第一章 至圣先师 001

第二章 儿女情长 010

第三章 笼中青鸟 019

第四章 六族争雄 033

第五章 路见不平 041

第六章 破茧成蝶 050

第七章 退敌之策 066

第八章 鲍氏围城 075

第九章 初战告捷 083

第十章 利令智昏 091

第十一章 大难临头 102

第十二章 马贼分金 110

第十三章 暴殄天物 120

第十四章 乌麦白鹿 128

第十五章 大权在握 136

第十六章 彭涂之谋 143

第十七章 如胶似漆 150

第十八章 美人赤月 158

第十九章 众矢之的 166

第二十章 小人本色 177

第二十一章　祸起萧墙　187
第二十二章　不白之冤　197
第二十三章　世间尤物　206
第二十四章　四大公子　217
第二十五章　杀手季布　224
第二十六章　浣花烟雨　236
第二十七章　肘腋之患　243
第二十八章　君临天下　255
第二十九章　威震天狼　264
第三十章　　春宵一刻　275
第三十一章　一本万利　286
第三十二章　昏庸无道　298
第三十三章　人心尽失　305
第三十四章　棋逢对手　314
第三十五章　巧取鲍氏　323
第三十六章　复仇在即　331
第三十七章　土崩瓦解　341
第三十八章　血雨腥风　350
第三十九章　以战促和　357
第四十章　　父女重逢　365
第四十一章　猝不及防　371
第四十二章　英雄气短　383

第一章
至圣先师

大域学宫得名于它所处的位置。这里曾经是鄑国的领地。当年武王伐狃,在太傅姜由和镇鸾子的辅佐下,开创大昭王朝。武王一代仁君,厚待前朝遗族,将公子皿封在比邻都城昭歌的鄑地,是为鄑平公。这里本是前朝故都,气候宜人,沃野千里,物产丰饶,有天府之国的美称。平公感念武王大恩,不仅将女儿嫁给武王之子,而且终生不入封国,反是留在昭歌陪王伴驾,直至终老,君圣臣贤,成为千古佳话。不料平公过世之后,和平不再,其子庄公在辅臣的蛊惑下萌生反意,于大昭八年突然起兵谋反,兵发昭歌。此时太公姜由早已去世,昭怀王刚刚即位,在镇鸾子的辅佐下,以少胜多,一举扫平了鄑庄公的叛乱。昭怀王在镇鸾子的建议下,宣布此地不再设立国家,而作为昭王朝培养招纳贤才之地。同年,镇鸾子在鄑地创办大域学宫。

传说在学宫创建伊始,镇鸾先师在四象坛主持祭天大典,突然一阵怪风吹过,霎时间天昏地暗,电闪雷鸣,宛如午夜一般,在场众人无不惊恐万分。待风声过后,大地光明再现,一切如常,众人惊愕地发现四象坛的石柱上刻着八个大字:始于圣贤,终于圣贤。

镇鸾先师被后世尊为千古圣人，因此"始于圣贤"并不难理解，但"终于圣贤"这句话就有些蹊跷了。迄今为止，天下人公认，大昭王朝除镇鸾子之外的第二个圣人就是廖夫子，别无他选。几百年中虽然学宫中英才辈出，但似乎都没有达到圣人的地步。说起来也很奇怪，作为天下之主只需要强大的军力和铁腕，只需要百姓的驯服，而并不需要认可，但是做圣人就不一样了，他的高尚必须要得到天下人的公认。天子征服的是人，而圣人征服的是心，天子一定想做天子，但圣人却未必知道自己是圣人，或者根本不认为自己是圣人。

虽然经过几百年的风雨侵蚀，四象坛前的那根石柱早已坍塌，但这八个字却一直印在廖夫子心中。他并不是一个相信怪力乱神的人，但却也相信命运，他更相信一个国家，一个王朝，乃至整个人类都有自己的命运，何况区区一个大域学宫呢？而一个人的命运又是和时代的命运密不可分的。如果一个人不相信命运，那么或者是活得浑浑噩噩，或者是阅历尚浅。

廖仲知道，在很多人心中，他已经变成了大域学宫的化身，这些人包括学宫中数千名学子，甚至学宫四老中的其他三位，因此他必须活下去。

渡鸦大师的心中已经很久不曾有过任何波澜。他早已看透生死，世间几乎已经没有什么能够令他动容，坊间甚至传说他在多年前早已死去，只是一个飘荡在人间的鬼魂。而他也确实像鬼魂一样神秘而冷漠，有着一种对世间一切都不屑一顾的清高和出离，天下似乎只有两个人可以让他动心，一是老友廖仲，二是爱徒季布。

廖仲的年纪比渡鸦大师小很多，他在见到渡鸦大师的时候，后者就已经是个老人，因此廖仲也不知道这位神秘的老者的年纪到底有多大，他甚至把同为学宫四老的扈铭和鬼斧都当作孩子看待。有一次廖夫子无意间问起大师的年纪。渡鸦大师半是认真半是玩笑地提到与广成先师的交往，而广成先师是廖仲前三任的祭酒，早已故去百年以上。

廖清小时候很怕渡鸦大师，每次看到他那双鬼怪一般的眼睛、消瘦干枯的面容和满头稀疏凌乱的白发都会做噩梦。

廖仲崇尚节俭和平等博爱，他身居高位，声名显赫，却从不用丫鬟仆人，所有事情都自己动手，只有在廖清刚刚来到身边的时候，廖仲担心自己不会照看孩子，怕委屈了从小锦衣玉食的清儿，特意请了一位奶妈负责照顾廖清的起居饮食。这位奶妈性情敦厚纯良，是个和蔼而充满爱心的中年女人，她对廖清的照顾可以说是无微不至，但由于出身低微，认知有限，因此每天总是用民间那些离奇古怪的神鬼妖狐的故事来哄廖清睡觉，也难怪，往常在乡下她用这些故事哄大了三男四女，屡试不爽。因此一到夜晚，专吃人心的九尾妖狐和羊身人面、虎齿人手的饕餮就从奶妈口中跑出来，出没在她的小床周围，上演一幕幕奇幻而恐怖的情节。小廖清缩在被中，在黑暗中瞪大眼睛，听得既恐惧万分又欲罢不能。在讲到怪兽"长右"的时候，为了更加形象，奶妈特意借鉴了渡鸦大师的形象，以至于每当廖清看到渡鸦大师的时候，都会毫无例外地被吓哭。一直到七岁左右，奶妈离开，她都一直认为渡鸦大师那件宽大的灰袍下面并没有躯体，只有一团浓密的黑雾，他可以任意变形，像轻烟一般可以从任何一个门缝中钻进来。

后来廖清向渡鸦大师说起童年的记忆，渡鸦大师干枯的脸上露出了极为罕见的笑容，这个笑容深深刻在廖清心中，在那一刻，这位孤独而神秘的老人竟然像一个慈祥的隔壁老爷爷。

渡鸦大师与廖仲之间的交往称得上是君子之交，两人虽然都住在学宫内，却很少见面。渡鸦大师不希望神圣的无为阁沾染上杀气，几十年来几乎没有走进过无为阁，甚至连大门都很少靠近。但今天却有些不同，大师已经在门外坐了两个时辰。虽然他知道廖仲并未伤及要害，也知道鬼斧的医术精妙，廖仲一定生命无虞，但依然不肯离开，久久地坐在门前三丈外的一棵柳树下，像一尊石像一般一动不动，默默地注视着无为阁中的一举一动，以自己独特的方式关注着老友的安危，直到鬼斧醉醺醺地走出无为阁房门的时候，渡鸦大师才起身离去。没有人能看得出他心绪的起伏，只是在他离开之后，这棵几乎有合围粗细的柳树很快枯死了。

坊间传说鬼斧是神农大帝的高徒，与司命大神是结拜兄弟，能逆天改命，起死回生。据说当年良景公有一次错杀了重臣，于是派人千里迢迢来请鬼斧先生。当年鬼斧刚到不惑之年，但医术早已登峰造极，他乘坐廖仲的坐骑白鹤，只用了一盏茶的工夫就飞到了良国都城洛滨，他向心急如焚的良景公提出一个要求，此番出诊分文不取，但久闻良国葡萄美酒冠绝天下，便向良王要了三百斤葡萄佳酿，而且当场一口气喝光，立刻醉得不省人事。就在良景公懊恼不已之际，鬼斧先生元神出窍，用手轻轻一抚，死者的头颅竟然瞬间被接好，断颈处只留下一道红印，而且马上可以和鬼斧推杯对饮，竟然丝毫无碍。

这些当然是无稽之谈，不过有一点却是千真万确，那就是他在治病之前一定要先喝酒，越是重病，他喝得越多。司徒煜在赵离的寝居找到鬼斧的时候，他已经喝得七荤八素，双眼迷离，但出门的时候依然不忘让人拎上两坛好酒。司徒煜一向沉稳，就算面对张粲的时候，也从未乱了方寸，但这一次却真的有些按捺不住，他顾不得师生礼仪，一把夺过酒坛，对着只顾埋头狂饮的鬼斧大叫道："请夫子莫要贪杯了，救人要紧！"倒是在一旁依靠在卧榻上的廖仲虚弱的一笑，对司徒煜道："他不喝够了酒，怎么能治伤呢？你难道没有听说过鬼斧三斗定生死吗？"

鬼斧和渡鸦大师恰恰相反，他与廖仲虽然性格迥异，却性情相投，可以算得上是莫逆之交，他恨不得三天两头泡在无为阁，主要是因为廖清厨艺高超，可以令他满足口腹之欲，他不仅贪杯，而且贪吃，因此虽然廖家父女喜食清淡，但廖清还是会有意做一些解馋的大鱼大肉给这位独居的世伯送去。

虽然鬼斧经常故作粗鄙状，实际上他却有着极为高贵的血统，他与天子同族，算起来还是当今大昭天子的长辈，只是自幼生性顽劣，热爱自由，又嗜酒如命，因此很早就与家族断了来往，逍遥自在地过上了平民的日子。

廖仲伤得并不算太重，弩箭先击中窗棂，然后才射入廖仲的右胸，因此刺入得并不太深，虽然流了很多血，但并未伤及要害。杜缺说得不错，他本不是为了杀人，只是希望以此拖延追兵的时间。可这毕竟是三棱透甲的弩箭，而且廖仲年事已高，还是非常凶险，好在有鬼斧的回春妙手，一切有惊无险，只是需要时日修养。

圣人之说给廖仲心头压上了一块巨石，成了一个既欣慰又无奈的负担，廖仲年轻时也像很多士人一样，重名轻利，随着年龄的增长，名利二字对他来说都成了可有可无的东西，但让他感到欣慰的是，自己还可以利用这点儿名声推广仁政，造福天下苍生。或许多年以后，老夫子在面对满目疮痍、断壁残垣的学宫时，骤然放下了心中的一切，但在他七十二岁这一年，却还不能做到大彻大悟，清净无为。

廖仲胸怀天下、兼爱无私，可以称得上超凡入圣，如果说他还有一点儿私心，那么就是不愿亲眼看着大域学宫毁在自己的任上。这几年他一直在担心那句谶语的应验，因此他一再急于让贤给司徒煜，可惜阴差阳错，子熠到底是没能接受祭酒一职。

"如果那一箭射得再准一些，我或许就可以了却这桩心事了。"廖仲躺在卧榻上，胸口的箭伤让他难以入眠，虽然有鬼斧的金疮药，但毕竟年纪大了，恢复得总会慢一些。

月亮的清辉透过窗棂照射进来，帘外灯光亮起，廖清手持灯烛，轻轻走入，柔声问道："父亲，是伤口又疼了吗？要不要去请鬼斧先生？"

自从老夫子受伤之后，廖清一直衣不解带地在身边照料，她知道父亲喜欢清静，不愿意有外人打扰，因此坚持不用外人。

"没事，现在什么时辰了？"

"三更了。"廖清把灯放在案几上，把手搭在父亲额头上试了试体温。鬼斧特意叮嘱，外伤最怕的就是生痈疮，好在父亲用药及时，并无大碍。

"你怎么还不睡？"橘黄色的灯光下，廖仲发现女儿美丽的脸明显的憔悴了许多，本来就清瘦的她现在更显得弱不胜衣。他们虽不是亲生父女，但感情甚笃。一般来说，过继的孩子和养父母之间或多或少会有些许隔阂，但廖清却从未像他们那样，她与养父的缘分似乎是命中注定。

廖清记得那是一个仲春的下午，她当时只有四岁，刚刚被四哥赵离用一只毛毛虫吓得大哭了一场，此时平静下来，正独自一人躲在花园的秋千架下看书，确切地说，是在背诵。这卷书她只听大哥读过一遍，书上的字大部分都不认得，便已能通篇背诵下来，而且可以准确地翻页。当时廖仲正在游历各国，住在老友高漳君的府上，偶然在花园中看到一个可爱的小姑娘，奶声奶气地把自己两年前写的《诗学》背得一字不差，这卷书有些晦涩，就连大域学宫的许多学子都背不下来，没想到一个三四岁的孩子竟可以背得毫无障碍。远处，是小魔王赵离玩狩猎游戏的尖叫声，他把府中的鸡鸭鹅犬都追得不得安生。眼前的小女孩令见多识广的廖仲感到非常惊讶，他与赵介是多年的朋友，两人素有往来，廖仲对赵家的几个子女都颇为熟悉，包括这个正在后园折腾的老四赵离。

廖仲一生致力于学问和推行仁政，并未婚娶，自然也没有子嗣，然而见到廖清的这一刻，父爱却油然而生，他禁不住俯身抱起这个可爱的小姑娘，用自己的长须擦着她的小脸。

此时，小廖清并不害怕，她一边本能地躲避廖仲花白的长髯，一边大方地迎着老夫子的目光道："清儿见过老夫子。"

廖仲一惊："你记得我？"他上次见到廖清的时候还是两年前，天下怎么会有记事这么早的人？

"不记得。"

"那你如何知道我是老夫子？"

廖清天真地答道："我记得您的胡子。"

廖仲这部长髯天下闻名，他的胡须浓密而飘逸，每一根都笔直清爽，既不稀疏，也不像有些毛发重的人那种蓬乱的络腮胡。人到中年之后，胡须逐渐花白，更是显得仙风道骨，尤其临风而立之时，三缕长髯迎风飘摆，配上宽袍大袖和清癯的面容，真是像上古的神仙一般，难怪坊间总是传说他是得道的大罗金仙，能呼风唤雨，移山倒海。

但是这样一部长髯看上去很美，触到脸上却不那么舒服。小廖清被胡须扎得很痒，在廖仲怀里大笑起来。

"清儿，不许和老夫子胡闹。"赵介和夫人走过来，笑意盈盈地看着这亲密的一老一小。

"侯爷和夫人好福气，清儿小姐少年聪慧，博闻强记，老朽一生游历各国，阅人无数，却还没有见过如此冰雪聪明之人。"

"老夫子过奖了，聪明谈不上，不过倒也还斯文安静，比她那个四哥让人省心得多了。"夫人疼爱地接过女儿，抱在怀中。

"说来也奇怪，"赵介笑道，"赵某戎马一生，其他几个孩子从小耳濡目染，玩的都是排兵布阵，骑马射猎的游戏，只有她与众不同，喜欢读书抚琴，前日偶然听琴师弹奏了一曲，到了晚间，竟然能哼得出旋律，也算是难得了。"

一行人穿过郁郁葱葱的花园，院子里蜂蝶乱舞，百花争艳，弥漫着浓郁的花香。高漳君的府邸虽然大，但并不奢华，花园中也都是一些常见的花草，在夫人的打理下错落有致，别有一番风韵。

廖仲笑道："常言道龙生九子，各不相同，世间的美好难道不正是因为万物的差异吗？你看，就连这位小公子也算得上不同凡响……"

说话间，前方一片混乱，人声喧闹，隐约听到仆人惊慌的喊声："不好了，来人啊，小公子跳进酒缸里了……"

自从那日之后，廖仲又在高漳君府上盘桓了数日，清儿每天都会跑到廖仲的房间，听他读书弹琴，甚至一日三餐都要在这里吃，到了晚间还不愿离去。赵介夫妇无法理解对于女儿来说，诗书文字和这位老学究竟然有如此魔力。

而对于廖仲来说，和这个孩子在一起的日子让这个孤独的老人感受到了从未有过的天伦之乐。多年以来，廖仲认为自己早已心无旁骛，对所有凡尘俗事都不再挂心，把自己的全部都奉献给了大域学宫，没想到一个小姑娘轻而易举地把他拖回了红尘，让他有了牵挂，有了不舍，甚至有了对家的渴望。不过这一发现并没有让他感到痛苦和不安，而是让他变得更加通达。

真正的幸福都是平凡的，一句呼唤，一个等候都是价值连城的珍宝，只看你是否懂得珍惜和体会。

廖仲苦笑着对赵介说道："倘若再不走，我恐怕就要留在你府上做门客了，老实说，我已经有些嫉妒你了。"

"老兄你是只看贼吃肉，不看贼挨揍。"赵介大笑着说了一句粗话，指着正在到处上蹿下跳玩得不亦乐乎的赵离道，"让你摊上这么一个试试，不出三天，管保你一个头两个大，恨不得躲进山里修道去。"

而小清儿在得知老夫子要离开之后也变得郁郁寡欢，茶饭不思。赵介夫妇商议再三，决定把幺女过继给这位孤独的老友。

廖仲闻言大喜过望，竟然不顾身份对赵侯夫妇大礼叩谢。

"慢来慢来。"赵介连忙扶住廖仲，论年纪，廖仲年长他许多；论身份，廖仲仅次于天子，高于任何一国的君主，"我是怕你赖在我这里不走，天天讲道，把我赵家铁骑都变成文弱书生，再也不能上阵杀敌了。"

第二章
儿女情长

廖清离开赵家,并没有丝毫被遗弃的感觉,反而多了一份爱。赵家每年都会来接她回定平小住,定平国地处高原,夏季气候凉爽,而大域学宫地势低洼,冬季温暖,但夏天却有些酷热,因此老夫人往往会在夏天派人去接女儿回家避暑,廖清虽尚未婚配,却体会到了回娘家省亲的感觉。

廖清端庄美丽,性格乖巧可人,无论是生父生母还是几位哥嫂都对她宠爱有加。廖清一进家门,不是被母亲揽在身边喜欢个没完没了,就是被两个嫂子争先恐后地拉进房中说体己话,几乎分身无术,就连家中的仆人都对她非常喜爱,一旦她回家,后厨的厨娘都恨不得使出浑身解数,把饭菜做得更可口一些。但廖清每次都逗留不过十日,便急着回去,以至于来往于路上的时间比在家的时间还要长。赵夫人知道,她是舍不得留老父廖仲一个人在家。老夫人有时候故作嫉妒地和幺女开玩笑,说她有了养父就忘了亲爹亲妈。

"母亲后悔了吗?现在把女儿要回来也不迟啊,大不了多花些财帛,就怕母亲不舍得钱财。"廖清只有和母亲或四哥在一起的时候,才会显出顽皮的一面。

"悔之晚矣,你那个养父是天下第一聪明人,能掐会算,从他手里要人谈何容易?你爹这个笨蛋是着了他的道了。"老夫人故作惆怅地叹息,"娘现在就盼着你早点儿嫁人,让那个老夫子也尝尝想闺女的滋味。"

男大当婚女大当嫁,老夫人像天下所有慈母一样,一心盼着女儿赶紧嫁人,她虽然不知道女儿的心事,但对女儿的人品和眼光却很有信心,因此这也成了她最担心的事。其他几个女儿不是嫁给天子,就是嫁给了国君或世子,最小的这个比姐姐们更胜一筹,不仅容貌倾国倾城,而且饱读诗书,满腹经纶,可谓不折不扣的秀外慧中,可问题是天下还有谁能配得上这个完美无瑕的幺女呢?她在心中早已把天下英雄数了好几遍。

章王嬴起虽然雄才大略,但章国世子却显得有些暗弱无能,甚至不如长公主更有英雄气概,也难怪,在如此强大的父王的阴影下,做儿子的很难有什么作为;

良王虽然年貌相当,又是大国之主,富甲天下,但有名无实,只是信阳君手中的一个傀儡,日子过得如履薄冰,说不定什么时候就会小命不保;

定平国王已经娶了二女儿,两女共侍一夫恐怕不妥,况且以清儿的性格,焉能屈居侧室?

放眼天下,各国公侯的世子不是早已婚配,就是年纪尚小,再就是不思上进,纵情酒色之徒。算来算去,人世间几乎没有合适的人选,在母亲心中,大概只有天上的神仙才配做自己的女婿吧。

今年夏天,由于一直在帮着父亲筹办"天择"大会,廖清没有像往年那样回定平小住，思女心切的老夫人打算动身前往大域学宫和女儿团聚，顺便把那个一疯玩起来就忘了回家的小儿子带回来。她早已让仆人们准备好女儿爱吃的美食，足足备了两大车。然而母亲不知道的是，眼下确实有一桩婚事让廖清心烦意乱，坐立不宁，但这并不是她自己的婚事，而是刚刚从嫂子变成了妹妹的章国公主嬴嫘。

嬴嫘与霍安私定终身，最初凭的是一时激情冲动，两人都是不管不顾的莽撞性情，但过后冷静下来，却发现这份爱情虽然甜蜜无比，前景却荆棘密布，章王起一向说一不二，他定下的和亲计划岂容他人更改？而景国国内六家大夫相互攻讦倾轧，争权夺势，如果霍家胆敢得罪强章，那么势必会招来其他五家乃至景国国君的责难，霍安这桩婚事又如何能得到父亲的支持呢？如果两家都反对，那么应该如何是好呢？天下虽大，他们又能去何处安身呢？想来想去，简直比登天还难，霍安的开心没有持续到第三天，就变成了发愁，虽然儿女情长，但难免英雄气短。公主也同样一筹莫展，对她来说，冲锋陷阵容易，想这种对策却等于赶鸭子上架。

"没事，我有办法。"霍安宽慰道，虽然他的心中也空无一物，六神无主，但此时此刻，又如何舍得让心上人发愁？"别担心，我有帮手，我刚刚认下了两位结义大哥，他们一定有办法。"

"我可不去。"提到赵离和司徒煜，公主有些难为情，那两个坏小子曾经在幹城的饭馆把她耍得团团转，"我不觉得他们是好人，一肚子鬼主意。"

"别那么小心眼嘛，时过境迁，你现在身份不一样了。"霍安劝道，"再说，我觉得那次也不能全怪人家坏，俗话说，骗子和傻子总是成对出现的。"

"你再说!"嬴媞娇羞地扑过去打霍安,"你也跟他们学坏了!"

霍安抓住嬴媞的手,两人滚倒在弈星亭旁边的草地上。几天前,在距此不到十丈的校场"孔炽",两人也曾经滚打在一处,但那次是拼死搏斗,这次却是蜜意柔情。

现在虽然已是深秋,但大域学宫气候温和,地上的草尚有绿色,白天阳光照射在身上暖洋洋的,现在虽然已是黄昏,但也不算很冷。一只甲壳虫从旁边的草棍上跌落,很不情愿地放弃了晒太阳的念头,钻入草丛中。嬴媞用手指捏起小虫,放在手心里,章国早已经是冰天雪地,这里却还像春天一样暖和。这几天,她真切地意识到天下很大,人生如此丰富多彩。

霍安把貂裘裹在嬴媞身上,看着她宝石一般的眼睛,她的眼神纯真而热烈,既像清澈见底的潭水,又像熊熊燃烧的火焰。霍安心中涌起无限感慨,今生今世,我一定不负公主的深情。

身旁的湖水波光潋滟,远处的青山苍翠欲滴,一切都美得那么不真实。幸福来得太过突然,以至于霍安这两日一直有些浑浑噩噩,感觉仿佛是在做梦一般。

"你知道吗,我曾经在这里射了司徒煜一箭,差点儿把他射死。"霍安躺在草地上,仰望天边渐渐落山的夕阳。

"为什么?"

"嫉妒呗,他比赛赢了,我有点儿受不了。"霍安有些不好意思,"其实我也不是输不起,就是有点儿受不了被人耍的感觉。"

嬴媞笑了:"要是在校场上输了就没事?就像致师大赛那天我输给了卫野。"

013

"肯定没事，我是那么小心眼的人吗？"霍安笃定地回答，"不过我现在想明白了，不管怎么输，都是输，武士有武士的招，谋士有谋士的计，我不能勉强谋士们跟我们一样靠弓马取胜，就像他们也不能要求我们动心眼一样。"

"嗯，孺子可教，这么快就长大了，以后不会再冲动用箭射人了？"

"当然不会，尤其是司徒煜，他现在是我结拜大哥，我这辈子都会尽全力保护他，谁敢动他一根汗毛，我跟谁拼命。"

两人大笑了一阵，嬴嫚突然问道："为什么要告诉我这些？"

霍安想了想，认真地答道："我以前不是什么好人，有时候挺招人讨厌的，这一点我自己也能感觉得到。咱们相识时间不长，我告诉你这些，是不想让你只看到我好的一面。我不想让你受骗，包括我在内，如果你现在后悔，还来得及。"

霍安最让嬴嫚动心的地方并不是武功，而是他的单纯率真，相对于章国人来说，他有着中原古老贵族的高雅和俊逸，但又比那些迂腐狡诈的中原人多了一分干练和直爽，是个真正的武士，虽然有些强势霸道，却不拐弯抹角，甚至有点儿憨直。

嬴嫚抱住霍安，无奈而感动地看着他英俊而孩子气的脸，突然大力吻了一下："傻子，你是不是还准备告诉我你小时候尿床的事？"

"如果你想听的话，我会先从十岁那次讲起。"

大昭五十五年，北方游牧蛮族狄狁部落崛起，不时骚扰昭王朝。大昭一百一十三年，昭宣王时期，经过旷日持久的战争，狄狁部落被击败，蛮族被分割为东西两部，西部依然称狄狁，东部称猃戎，而中部被昭王朝占领，大将嬴袭奉命驻守于此，五年后，被册封为子爵，而这片辽阔的疆域也成了他的封地，国号为"章"。

章国最初有八成以上的居民是被征服的蛮族狄犹人，所以章国人大多为中原与蛮族混血，他们性情强悍，习游牧，善骑射，他们崇尚武力，骁勇好战，以猎隼为偶像，被称为鹰之国度。

长期以来，章国一直处于被各国歧视的地位，也难怪，这里国土面积辽阔，但气候寒冷，大片土地只适合放牧，不适合农作物生长，生活物资匮乏，人口稀少，国力虚弱，人们也只是把它当作为昭王朝饲养马匹的地方，根本无法与中原大国相提并论。相传章灵公在参加诸侯会盟的时候，竟然被告知没有座位，只能坐在台阶之上。直到章文公时期，因参与景沛争霸的平陵之战，得到霸主景国的支持，开始逐步走向强盛，并开始蚕食周边国家。至于真正崛起，还是近五十年的事。尤其在吞并了拥有良田沃野的陈、计两国，又将曹国纳入附庸之后，章国粮食产量大增，人口也随之暴涨，加之三代国君励精图治，章国终于一跃成为最强大的国家。

传说一只饕餮长大，会吞噬掉周围方圆千里的所有生物，而随着年龄增长，它的胃口也会越来越大，最终变得硕大无朋，直至吞下整个世界。

章王嬴起并未随大军撤走，他原本想在学宫为女儿完成婚事，但没想到情况发生了变化。两家结亲是大事，而且嬴起也希望这件事的风声越大越好，他的目的就是让天下人都知道章国与定平交好。婚礼选在圣城学宫是上策，趁着"天择"的大好时机，各国使臣都在，如果再有一个令人满意的主婚人，就更加完美了。而天下最有身份的主婚人有两个，一个是当今天子，另一个是当今圣人。嬴起铁血霸道，一直很瞧不上颓废懦弱的昭天子，因此他希望老夫子廖仲为女儿主婚，但现在廖仲受伤，这件事情自然停滞不前。嬴起有些不甘心，他打算再等些日子，虽然老夫子年事已高，但身子骨还算硬朗，伤愈不会等得太久，他不想错过这个大好机会。

近几日女儿一直早出晚归，嬴起忙于军国大事，只道女儿是去无为阁与廖清作伴，这倒是个不错的去处。临近大婚，他也希望女儿能多与廖清在一起，即便不能增长学问，至少也学习一些礼仪。女儿生长在塞北大漠，每天骑马射猎，性情豪放，赵家是中原贵族，倘若家中规矩甚多，女儿至少可以少受些委屈，毕竟嬴媳是他最疼爱的女儿。

他没有想到的是，女儿每天只是从无为阁穿过，不到半盏茶的工夫就从后门溜出，扑进早已等候在那里的霍安的怀抱。他们的行动并非神不知鬼不觉，只是嬴起一直忙于军国大事，对女儿疏于关注。他本来就是个粗线条的硬汉，对儿女情长的事情很不敏感。倘若张粱还在大域学宫，这一切自然瞒不过他的眼睛，可是他在指使杜缺射伤廖夫子之后，就连夜逃回了章国。因此这对懵懂的小鸳鸯在毫无监督的情况下，肆意的享受了一段神仙一般快活的日子。

幸福浪漫的日子总是过得很快，霍安和嬴媳无忧无虑地徜徉在学宫附近的青山绿水之间，在小溪旁垂钓，在树林中追逐美丽的百灵和啄木鸟，在空旷的山谷中听来自对方的爱的呼唤。来自北国的嬴媳第一次感受到中原温暖美丽的秋天，这简直美得像童话世界，她开心得像个孩子，一个从小受到严格的军事训练的人，突然来到一个美好而轻松的环境，她贪婪地享受着这份美好，仿佛明天就会失去一样。

"景国的风景比这里如何？"公主坐在溪边的石头上，面前溪水淙淙流过，仿佛在欢快地歌唱。河水澄清，泛起花纹般的波浪，虽然已是深秋，但还是有小小的鱼儿在水底穿梭。旁边的树枝倒映在水中，随着鱼儿的游动而荡漾。

"冬天也这么暖和吗？"

"差不多，比这里冷一点儿，但是夏天比这凉快。"霍安想了想，"我们那没这么多山，至少我家封地山不多，都是一马平川的大平原，很适合骑马。"

"也有这种树林和小溪吗？"

"当然了，岂止小溪，有一条大河从我们家封地穿过，河面足有十几丈宽，每天都有渔夫在打鱼，我们家离这条大河不远，每年夏天雨水大的时候，河水汹涌，穿山破壁，像一条巨龙一样，在家里听上去，也像千军万马在对垒交战。刚开春的时候，还有巨大的冰排从上游漂下来，撞击在一起的声音像夏天的炸雷一般。"

"这条河叫什么名字？"

"灉水，你知道吗？这条河的上游就在章国。"

"我知道，"嬴媤跳起来，"我小时候经常和父王一起在河边狩猎，那里有一眼望不到边的草原，夏天草原上开满了野花，别提多好看了，成群的牛羊像天上的云朵一样。一到冬天整条河都冻满了厚厚的冰层，不仅我们可以在上面滑冰，而且连运送粮草的人马都可以从河面上走过，不过这条河在我们章国不叫灉水，而是叫多鲁河。"

"多鲁河，听上去像是蛮族的叫法。"

"对啊，这条河的发源地在狄狁境内的大雪山上，当然要用他们的叫法嘛。我小时候经常听奶奶讲关于大雪山和多鲁河的故事。"嬴媤看着树上美丽的红叶，讲起小时候常听的童话。虽然这里几百年前已经归属大昭王朝，但蛮族的文化却并未断绝，章国境内流传着很多来自蛮族的传说，甚至连祭祀仪式也与中原地带有很大差别。

"传说以前多鲁河冬天是不结冰的，因为河里有一位名叫羲和的女神，她的笑容使河水不冻，她的歌声使两岸树木常绿，渔夫即便在冬天也可以打到很多鱼虾，牧民可以在河边放牧。但是后来她爱上了住在雪山之巅的上仙，于是她不顾严寒，一步一步登上雪山。据说雪山高有万丈，上面奇寒无比，从来没有人可以上去。在山脚下，有鸟儿来阻拦她，在半山腰，有风儿去阻拦她，但女神不为所动，一步步走向山顶，但是她的举动触怒了上天大神，连续降下七七四十九天暴雪，刮了七七四十九天狂风，女神终于精疲力竭，化作山峰上的一株雪莲。从此，多鲁河没有了女神的庇护，冬天就变成了冰河。"

霍安感慨道："想不到这条河还有如此美丽的传说，上天为什么这么残忍，一定要让有情人不能在一起呢？"

"不如意的事，又何止在传说中。"公主叹息道。

"我要是那个雪山上仙，一定不会善罢甘休。"霍安大声道，"敢欺负我的女人，我豁出命去也要把天捅个窟窿！"

公主拉住霍安的手："你有没有想过，父王早晚会知道，这么下去不是长久之计。"

"我想过了，大不了一走了之。和你在一起，天涯海角我也愿意。"

"倘若走不了呢？"

霍安一把将公主抱在怀中，道："倘若走不了，那我们就一同化为雪莲。"

第三章
笼中青鸟

幸福来得如此突然，公主和霍安想的一样，如果这是一场美梦的话，那么她要做的就是沉浸其中，尽量不让自己醒过来。当司徒煜和赵离站在他们面前的时候，两人才突然发现已经不知不觉地过了三天。当时嬴媤正在给一只画眉喂食。

白天，两人在树林中抓到了这只美丽的鸟儿，用树枝简单编了一个粗糙的笼子，画眉的叫声清越可人，配上周围的溪水淙淙，更显得无比雅致。直到司徒煜的出现打破了这副良辰美景，他们才意识到危机并未过去。

"敢问两位是想快乐几日，然后就此分别吗？"司徒煜可不像他们那么幼稚，他当然知道这种不切实际的美好持续不了多久。前几日忙于照料恩师，难以他顾，现在老夫子的伤势已经平稳，他自然想到了这位刚刚结拜的义弟，而且不出他所料，霍安懵懂如昔，果然毫无打算。

"当然不是，大哥何出此言？"司徒煜的话把霍安从美梦中拖回现实，一下子有些茫然，他突然想到，还没有向双方介绍，连忙道，

"对了,嫋儿,快来见过我的两位结拜哥哥……"

"我们见过面。"嬴嫋面对赵离和司徒煜,也有了一丝小女人的扭捏,全然不像在幹城客栈中的那次相遇。

"想不到公主殿下在不拔剑的情况下也会说话,真是叹为观止。"赵离故作惊讶状,他还是一如既往地喜欢开玩笑。

嬴嫋害羞地躲在霍安身后。

霍安推了赵离一把:"讨不讨厌?有点儿当哥哥的样子吗?"

"好了,闲话少叙,你们不要以为可以高枕无忧。"司徒煜紧皱眉头,一副如临大敌的样子,"现在不是开心玩耍的时候,这件事关系到三国,你们有没有想过,如果三方问起来,你们要如何对答?"

霍安和嬴嫋茫然地看向赵离,这两人动手可以,动心眼却完全指望不上。

"你们不要看他,"司徒煜绷着脸道,"他是最容易脱身的一个,现在关键是你们。"

"子熠,你不要急嘛,我们这不是来想办法的吗?"见司徒煜生气,赵离连忙劝道。

"我只是不明白,你们闯了天大的祸,怎么还有心思在这里游山玩水?"

"我们想了,可是……"被司徒煜一说,霍安也紧张起来。

"可是事已至此,早晚都会公之于众,还能有什么两全的办法呢?"嬴嫋接茬说道。

"不管那么多了,大不了……"霍安拉住嬴嫋的手,焦躁地大声说道。

"大不了什么?"司徒煜咄咄逼人地打断霍安的话,"大不了刀兵相见，拼个你死我活？你可知道，你杀的很可能就是你或者她的父兄和族人。"

霍安被说得哑口无言，有些委屈地看着司徒煜。

"我们也不想走到这一步，但现在又能如何呢？"嬴媳为难地说，"难道偷偷地一走了之？"

"走很容易，天地之大，还能没有容身之处吗？可你家父王会善罢甘休吗？倘若章国向景国要人，霍家交不出来，那么两国之间一定会爆发一场大战，生灵涂炭，兵连祸结，会有成千上万的人因为你们而战死沙场。"

"难道子熠兄的意思是要我们听从命运的安排，不做抗争？"

"当然不是，你还是太不了解他。"赵离笑嘻嘻地说道，"他如果对你发脾气，只说明一件事，他已经有了办法。"

"原来如此。"霍安松了一口气，"我就说你一定会有办法嘛，我当着媳儿替你把大话都吹出去了，说你足智多谋，神机妙算，几乎都快赶上镇鸾仙师了。"

"果然有了红颜知己就是不一样，嘴一下子变得这么甜。"

"好了，你就不要卖关子了，他们已经够着急了。"赵离劝道。

"着急吗？我可是没看出来。"司徒煜还有些余怒未消，"我只是不明白，你们有时间在这里游山玩水，就没有时间想想脱身的办法吗？都这么大的人了，怎么就不能想点儿正事呢？"

"那不是因为有你吗？"霍安笑嘻嘻地凑过来，"大哥是白叫的吗？你不能只摆大哥的架子，不尽大哥的责任吧。"

"真拿你们没办法，什么时候才能成熟点儿？"司徒煜数落够了，白了霍安一眼，"我要不是替你们想好了对策，能来这里找你们吗？"

"真的有办法？"嬴嫘开心地跳起来，一把拉住司徒煜，"快说快说！"

"轻点儿。"霍安做呵斥状，"我大哥身子骨弱，再让你给晃散了。"

"没事，你们把他的嘴留下就好，他身上最有用的就是这张嘴。"赵离帮腔道。

司徒煜作势要走："你们自己想吧，求人都没个求人的样子。"

霍安和嬴嫘连忙拦住，好说歹说，把他按坐在石头上。

说笑了一番，司徒煜收起笑容，正色道："好了，不开玩笑了，我们先把计划定好。依我之见，此计可分为三步，分别为缓、劫、隐。第一，求老夫子帮忙，让他的伤好得慢一些。"

"为什么？"霍安和嬴嫘齐声问道。

"因为我们不能让生米做成熟饭，你父王迟迟没有离开学宫，一定是想在这里与你和小侯爷完婚，而他这么做的目的无非是想请老夫子做主婚人，如果老夫子称病不出，在这里完婚就失去了意义，公主的婚事就只能推迟。所以这第一步叫——缓。"

"有道理，那么接下来呢？"

"接下来嘛。"司徒煜拿起树枝，在地上画了一个简单的地图，"公主嫁往定平，章国一定派兵护送，你们看，这里是大域学宫，这里是高漳城，送亲的队伍一定会经过景国和阳山国……"

"你的意思是，在半路抢亲？"霍安恍然大悟。

司徒煜点点头："霍公子是景国人，我们不便在景国动手，当然要找一个第三方国家，而阳山国就是最好的选择。"

"好！"霍安摩拳擦掌，"这些护送的章国武士我本来也不放在心上。"

"什么话，好像我们章国武士都是酒囊饭袋似的。"嬴媤白了霍安一眼。

"不是不是，我是说，他们虽然很厉害，不过……比我还是差了一点儿。"霍安笑道，"唯一能跟我匹敌的人就是要跟我私奔的人。"

"别乱讲。"嬴媤脸红了，打了霍安一下。

"这是不可能的。"司徒煜道，"你当然不能去，你是生怕人家想不到你们的关系吗？公主此一去可是要隐姓埋名的，我们要尽量回避霍家的牵连。"

"那让谁去？"

"蛮族。"

"蛮族？"霍安和嬴媤异口同声道。

"他们是最合适的人选，第一他们来无影去无踪，深入内地只是为了劫掠人口牲畜以及金银财物，第二他们远居大漠，逐水草而居，分为若干小部落，被他们掳去的人，几乎无迹可寻。"

"可是……我去哪找蛮族的人呢？即便找到，他们又如何能听我们的吩咐？"

"真的蛮族当然找不到，可是在黑夜之间，山冈密林之中，如果不说话，又有谁能分辨得出对方是谁呢？"司徒煜狡黠地一笑。

"原来如此！"霍安恍然大悟，"这么说，大哥心中早已有了人选？"

"是二哥选的人，别什么功劳都往他身上搁。"赵离插话道，"我知道有一个比蛮族更像蛮族的人。"

"我知道了，你说的莫非是……赵三将军？"嬴媤明白了司徒煜的计策,"不错,他确实最合适不过了,勇猛彪悍,精于骑射,而且长得也像!"

"聪明!"赵离调侃道,"怎么以前做我未婚妻的时候就只知道咋咋呼呼打打杀杀呢?"

"这就叫近朱者赤。"霍安得意地说。

"呸,别给自己脸上贴金了。"

"阳山国境内,有两条路通往高漳城。"司徒煜在地图上画道,"南面一条经都城荡剑,北面一条紧靠蛮族猃戎的地盘,而我们要做的就是让送亲的队伍走这条路。"

"这个容易。"赵离道,"我从两条路都走过很多次,南面这条路上有一条大河,只要我们把桥弄坏,大队人马就只能走北边的路了。"

"好,既然路线已定,那么接下来的事就是如何让章王起深信不疑了。"司徒煜道,"毕竟公主出嫁是件大事,章王起老谋深算,不会轻易上当,因此我们一定要把戏演得逼真一点儿。"

"那么如何才能更像真的?"

司徒煜并未直接回答,而是顾左右而言他:"相传当年庄王时期,贤士左伯桃为朋友捐衣舍食,在雪原中冻饿而死,传为千古佳话。我常听人说,君子抱仁义,不惧天地倾。如今兄弟有难,我们作为朋友,理当殚精竭虑,在所不惜!"司徒煜掷地有声地感慨道,目光却看向赵离。

赵离果然被感染了,掷地有声地说道:"说得好!朋友之交,重在情谊,江湖豪客都可以为朋友两肋插刀,何况君子?夫子常说,君子成人之美,别说是自己的兄弟,就是素不相识的路人,也应该倾力相助。"

"天下英雄虽多，但称得上义薄云天这四个字，小侯爷若称第二，又有谁人敢称第一呢？"司徒煜一招得手，加紧了攻势。

赵离是条血性汉子，很容易激动："有道是，结交在相知，骨肉何必亲。士为知己者死，我们一日为兄弟，必当同生共死，荣辱相依！"

"好！"司徒煜赞叹道，随即眼神流动，话锋一转，"不过死倒不必，就是需要流点儿血。"

人们都觉得司徒煜是一个高冷孤寒的人，甚至廖清都这么认为，他不苟言笑，沉默寡言，一双秋日寒潭般的眼睛似乎可以洞察一切，显得深不可测。但是赵离知道，他虽然看上去道貌岸然一本正经，骨子里却大有温暖可爱和诙谐顽皮的一面，经常会想出一些令人哭笑不得的鬼点子，三言两语就把人绕进去，不知不觉就上了他的当，两人相处的几年中，赵离经常被他算计，气得牙痒痒。

赵离大惊："什么？原来你又在算计我！你把话给我讲清楚。"

"你想，月黑风高的夜晚，一队蛮族骑兵从天而降，冲散了送亲队伍，箭伤小侯爷，掳走公主，听上去是不是毫无破绽？"

"对啊对啊，确实完美，简直是天衣无缝！"霍安和嬴媞附和道。

"等等，你的意思是，要我三哥射我一箭？"

"放心，三将军的箭法你还不知道吗？只是在你腿上擦破点儿皮……"

"你说得轻巧，我的腿可是肉长的！站着说话不腰疼，又不是射你！"

"我也不是没中过箭，而且还是在胸口。"司徒煜悠然说道。

霍安闻言大惭，羞愧难当，扭捏地说道："大哥大哥，不是说好不提这茬了吗?"

赵离瞪霍安一眼:"我现在恨死你了,箭法那么差,你当初就应该一箭射死他。"

"我箭法稀松,咱家三哥箭法好啊,听说他能在百步之外射中苍蝇的腿,何况是你的腿呢?你的腿总比苍蝇腿粗吧。"

赵离知道自己果然又中计了,两人来找霍安之前,曾经一起探讨过这次出逃的方案,司徒煜说了所有的计划,赵离也深为认可,但他却偏偏没提需要一个倒霉鬼被射上一箭这关键的一环。这就是司徒煜的一贯伎俩,就像一个好猎人不会去主动出击,跑几十里山路,累得半死,可能还是一无所获,最好的办法是设下诱饵,然后悠然地躲在树荫下以逸待劳,让猎物主动上钩。

赵离焦急地看着大家道:"一定要有人受伤吗?一定要杀敌一千自损八百吗?就不能兵不血刃地把事办成吗?这才是上策啊。"

"当然可以,可如果章王起一旦起了疑心,那么后果……"

"好了好了,后果不堪设想……"赵离焦灼地踱步,心中暗想,这个该死的家伙把我推到了一个尴尬的两难境地,他知道我最见不得生灵涂炭,所以用这话来激我。

"阿季,景国百姓的安危,霍公子和公主的幸福就握在你的手里了。"司徒煜万般诚挚地看着赵离。

"不对,咱们刚才商量的没有这一环啊!司徒煜,你又害我!你是不是早就想好了,说了这么多只是为了引我上钩?"

"怎么会,我也是偶然灵机一动。"司徒煜依然是一副无辜的样子。

"我还不知道你?"赵离恨恨地道,转身警告霍安,"以后你们都小心着点儿,以防被他卖了还帮他数钱。"

"我倒觉得此计精妙无双。"霍安喜笑颜开地道。

"你等着,有他欺负你的时候。"赵离气咻咻地白了霍安一眼,"我承认此计甚妙,可是……射别人不行吗?公孙痤怎么样?我觉得那个胖子挺活该的。"

"就算射死一百个公孙痤,章国大王也不会贬一下眼睛。你身份显赫,又是公主名义上的夫婿,当然最合适不过。再说,这么重要的事如何能托付在一个小人的身上?只有君子才可以胜任啊。阿季,以区区小伤全大义之名,我是在成全你啊。"

"你少来,得了便宜还卖乖,这当英雄的机会我让与你了。"

"如果可以的话,我情愿被射成刺猬,可惜我只是个无名之辈,是死是活谁会在意?而且一个霍府的家臣为什么会出现在章国公主的送亲队伍中呢?"司徒煜坏笑着道,"话已说完,至于能否成行嘛……"司徒煜一副无辜的样子,向霍安和嬴媤眨眨眼睛。

两人心领神会,一起倒身下拜:"我二人以及两国百姓的安危就仰仗二哥了,求二哥成全!"

赵离平生最怕的就是两件事,一是对不住朋友,二是殃及无辜百姓。霍安和嬴媤的话戳中了他的死穴。司徒煜的话并非耸人听闻,章王嬴起一直对邻国虎视眈眈,他一定会以此为借口发兵景国,那时候恐怕霍家满门和大批景国百姓都要遭受灭顶之灾了。司徒煜的做法虽然看上去像是一个恶作剧,但以赵离对他的了解,当然知道这并不只是开玩笑。想到这些,他还有什么拒绝的理由呢?

"我这个二哥当的太不容易了!"赵离悲愤地仰天长叹,"同是结拜兄弟,怎么他就费点儿唇舌之力,我搭进一个未婚妻和一个哥哥还不够，还要搭进去一条腿。"

计策已定，司徒煜和霍安先行一步，动身回景国，然后绕过自己家的封地，在阳山国边境小镇上荆等候与嬴媳会合。赵离以迎亲的名义和嬴媳一同前往定平，届时，定平和章国的人马会沿途护送。在途经上荆的时候，赵夺会带人化装成蛮族突袭迎亲队伍，射伤赵离，掳走公主，连夜交给等候在上荆的霍安。从此公主隐姓埋名，留在景国。至于如何说服霍安的父母，则是下一步棋。

司徒煜的计划天衣无缝，一切都已安排妥当，但是没想到人算不如天算，最后还是出了岔子。

抢亲的计划进行得很顺利，唯一的一点意外是赵离为了使受伤更加逼真，在衣服下暗藏了装有鸡血的猪尿泡，结果在箭尖擦过大腿的时候，大量鲜血喷出，随着坐骑的奔驰，血水几乎洒过了两丈开外。

随行的章国将士无不惊恐万分。由于距离太远，现场又人喊马嘶一片混乱，没人能看清小侯爷到底伤在哪，但喷涌的鲜血令他们相信，小侯爷这下一定伤得不轻，甚至性命堪忧。如果公主夫婿有个三长两短，他们只能以死谢罪。

章国人本就生性强悍，陷入绝境的章国人更是无惧生死，战斗力暴涨，以至于飞将军赵夺都险些被他们刺了一剑。

赵夺本是被幺弟拉来帮忙的，他常年和蛮族打交道，能说一口流利的蛮族方言，加上身形健硕，肤色黝黑，颔下刚髯戟张，穿上蛮族皮铠，头戴毡帽，肩搭狐尾，活脱一个狯戎酋长，为了掩人耳目，他还特意蒙住一只眼睛，变成了独眼酋长。赵夺对着铜镜打量自己，不禁愕然惊叹:"我是谁?我在哪?"

赵家兄弟四人,二哥赵最早年战死,大哥赵稷又年长得太多,所以赵夺最疼的就是老四赵离,对他几乎言听计从,有求必应,从小到大都被赵离拿着当枪使,还乐此不疲。这次也不例外,赵离一开口,三哥就毫无原则地一口答应了。赵夺心眼不多,更不爱动心眼,喜欢直来直去,有点儿一根筋,是个鲁莽率真的汉子,他根本不考虑这桩婚事会导致两国之间的关系,只要阿季高兴,一切都值得。

章国将士虽然骁勇善战,但在飞将军赵夺的面前却还是显得不堪一击,送亲的人马不多,只有二十几个人,赵夺几乎没费吹灰之力就打倒了他们。"飞将军"三个字名不虚传,赵夺的骑术天下无双,即便和蛮族英雄相比,也算上乘,虽然章国人也精于骑射,但在赵夺面前却仿佛是行动迟缓的耄耋老翁一般,被他左冲右突,用一根碗口粗细带有树皮的木棍把他们打得东倒西歪。公主是内应,当然更不会抵抗,她巴不得早点儿被带到心上人身边。章国将士第一次看到公主殿下如此柔弱,几乎连剑都没有拔出就被"蛮族大汉"一把掳走,像一只绵羊一般搁在马背上,在这个时候,嬴嫚不失时机地喊出了平生第一声玉软花柔的"救命啊"。

为了这句话,她在山林中练习了无数遍,每次都遭到霍安和赵离的大肆嘲笑,就连司徒煜也好几次忍不住笑得浑身发抖。也难怪,她一向是让别人喊救命的人。

"你要喊的是'救命啊',不是'纳命来'。"赵离实在忍不下去,站起来叫道,"能不能楚楚可怜一点儿?你那么大嗓门是要吓死谁吗?"

嬴媞赌气地坐在石头上："算了，不喊了不喊了，我实在说不好这句话，喊别的可以吗？"

"别的你更说不好，三个字你都不行，还想说三十个字吗？"赵离是个爱开玩笑的人，唯恐天下不乱，况且他知道自己要付出被射一箭的代价，当然不会轻易放过别人。

"不然你就试试'哎呀，天啊，好可怕啊，吓死人家了，快来人啊，救命啊……'这句话。"赵离做扭捏状，娇滴滴地喊道。

嬴媞险些连午饭都吐出来，绝望的仰天长叹："你们杀了我吧！"

"司徒夫子说了，这一切都是为了让抢亲更逼真，我一条腿都豁出去了，你多喊几声算什么？"

"细节决定成败，这一声喊不好就会被他们发现破绽，没准就会导致两国间旷日持久的战争，你想看到这个结果吗？"

"人们都说，爱一个人就会愿意为他做任何事，你到底喜不喜欢我家三弟？"

"二哥二哥，她嗓子都喊哑了，能不能休息一会？"霍安实在看不下去了，心疼地阻拦，把灌满清泉的酒囊递给嬴媞。

"到底是谁要私奔？是你们还是我？"赵离义正辞严地训斥道，"不是你们刚才算计我的时候了？少废话，别装死，快起来给我练喊救命，练不会休想离开这里。"

在日后的很长时间内，每逢这个时候，司徒煜总会置身事外地在一旁看着他们斗嘴，赵离总是说他狡猾阴险，煽风点火挑起争端，然后坐山观虎斗，其实他是在静静地感受这份难得的天伦之乐。

"可是，她确实从来没有怕过什么。"霍安为难地看着公主，得意地说道，"我家公主殿下就是这么胆识过人、英勇无畏，天下无人可及。"

"别吹牛,我胆子这么大,还怕老鼠,我就不信天下真有什么都不怕的人。"

丛林深处,赵离捅翻了一个硕大的马蜂窝,面对铺天盖地呼啸而来的胡蜂,嬴媳终于悟出了这句令送亲队伍深信不疑的"救命啊"。

伏在驰往边境的马背上,嬴媳回想起当天的情形,露出了灿烂的笑容。原来做个小女人并不难。霍安的爱让她变得柔软,不知道从何时开始,她开始注意到衣裙上的花纹和头上的发饰,开始喜欢鸟儿的鸣叫和月亮旁边的云彩,开始不自觉地哼一些轻柔的曲子,在以前这都是想都未曾想过的事情。

以前她是章国长公主,如今,她是嬴媳。

赵夺依计挟持公主逃入蛮族地带,留下一群被打得鼻青脸肿盔歪甲斜的章国将士,茫然不知所措地看着倒在地上装死的小侯爷,面面相觑,不知如何是好。

公主乔装改扮,换了一身男装,匆匆谢过赵夺,一刻不停地纵马驰向景国边境。与霍安分开几日,她早已望眼欲穿,一路上茶饭不思。嬴媳自幼过的是金戈铁马的日子,她从来没有想到,想念一个人的感觉会如此强烈,分别的日子愈久,思念之情便愈浓,虽然还不到八天,她却感觉像是过了十年般漫长,一路上不停地催促队伍加快速度前进。送亲的士卒都认为公主殿下一向强悍勇武,没想到如此急着嫁人,不由心中暗笑。赵离更是在一旁不时悄悄调侃,搞得嬴媳又是心急又是羞涩,恨不得抓把干草把赵离的嘴堵住。

思念几乎已经成了习惯，无论是在纵马前行，还是在打尖用饭的时候，霍安挺拔玉立的身影和单纯阳光的笑容总是在眼前挥之不去，每当夜深人静，思念更是会像潮水一般将她淹没，也许这就是相思吧。在学宫的时候，廖清曾和她说起过，相思是一首在心底默默吟唱的曲子，虽然美妙无比，却无法让外人体会。当时她只道是读书人的吟风弄月，还笑话廖清多愁善感。在短短的几日，嬴媤觉得自己突然长大了，以前她只是一个不谙世事的孩子，现在她已经变成了一个真正的女人。

相思，是如此魂牵梦绕，是延绵不绝的缠绵味道，是心灵共鸣时美妙的和音，是灵犀一点通时战栗的惊喜。在万籁俱寂的时候，她真想变成一只鸟儿，穿过浓浓的夜色，飞到他的身边。

她和赵夺分手的地方距离景国边境不过十几里路，嬴媤的马快，眨眼之间就到了。眼前是一排高大的胡杨树林，由于远离城镇，而且两国之间一向和平，因此这里并没有士兵巡逻。

夜色宁静，皎洁的月光下，嬴媤看到树丛中有一条宽不满三尺的小沟，她轻轻纵马一跃，跨入心驰神往的景国境内。

第四章
六族争雄

景国在大域学宫正东方向，定平国位于东南，阳山国夹在两国之间，加上北边的章国，这四国都有与猃戎接壤的边境。

景国国土辽阔，地处中央，紧邻国都昭歌，多平原，宜耕种，物产丰富，盛产红枣、杏仁、核桃、天麻、麝香、牛黄、银耳。初代国君乃武王之子，成王之弟。景国在大昭初期被封公国，曾经辉煌一时，是大昭诸侯争霸时期拥有霸主地位时间最长的国家，但从厉公一朝开始，暴虐不仁，内政混乱黑暗，尤其新主即位后，更是喜好声色，宠信奸佞，荒淫无道，民不聊生，致使国君被架空，各豪门争雄不断。几百年像梦境般度过，矗立在大地中央的国度，曾经拥有无限的权力与光荣，宫廷斗争，家族仇杀，凯旋的欢庆以及尸横遍野的战争，都如同幻景一般飞闪而过。如今的景国早已丧失了神圣的权力，国家的命运决定于外族之手，野心勃勃的贵族们踏入宫廷，把沾满鲜血的手伸向了王座，成为昭王朝的一个缩影。

司徒煜和霍安等人一同去往阳山国接应，由于去时是抄的近路，没有经过景国国土，但是当他们在边境与嬴媳会合后，沿着官道进入景国境内时，顿时感觉到这个国家的没落与萧条。这里的荒凉不同于大漠的苍凉悲怆，而是透出一种破败之感，虽然有大片的平原，沃野千里，良田广布，却看不到欣欣向荣的景象。荒凉的官道上长满了没膝深的杂草，两旁的村庄破败不堪，人烟稀少，只能听到偶尔传来的鸡鸣犬吠之声，很多房屋早已变为空宅，年久失修，坍塌成废墟。剩下的百姓一贫如洗，家徒四壁，大片田园荒芜，几乎到了民不聊生的程度。几人在道上足足走了将近一个时辰，才看到三两过往客商，而且都是行色匆匆，仿佛逃命一般，像他们这种五六个人的马队绝无仅有，此番景象即便与比邻的阳山国相比，也是天壤之别。景国作为五大强国之一，即便不是物阜民丰，但至少也不应该如此死气沉沉。多年前司徒煜曾经到过这里，当时已经可以感到这个东方大国的每况愈下，但还是没有想到会衰落得如此之快。那时候这里依然还有袅袅炊烟、三三两两的农夫，和田野间追逐嬉戏的孩童。

　　他们穿过一片破败的村庄，由于彻地连天的荒草覆盖，已经连坟地和农田都几乎无法分辨。一片废墟之上，仍遗留着数个残垣断壁的房屋，显然这里并没有荒芜太久，还残存着一丝烟火气，一座房屋门前的竹竿上还晾晒着几件破旧的衣服。两条干瘦的野狗在草丛中争夺着什么食物，发出低沉的吼叫。旁边的树枝上，几只乌鸦在焦灼不安地等候着野狗离去。司徒煜下意识地移开目光，他虽然见过世间的太多悲苦，但还是无法让自己平静地面对苦难。

　　司徒煜曾经和赵离探讨过这个问题，老天是公平的，世上欢乐和悲苦交替而生，比如一个产妇产下婴儿后因妇疾去世，那么人们应该悼念死者，还是应该为新生命的诞生而庆祝？赵离一定会看到后者，而司徒煜却永远看到悲伤的一面。

开始的时候霍安和嬴媳小别重逢，自然有说不完的体己话，两人并辔而行，窃窃私语，远远地落在了后面。随行的灌央、田武等三人受不了这对小情侣的卿卿我我，索性跑到前面和司徒煜作伴，一路上说说笑笑，好不热闹，有了他们三人插科打诨，就算再长的旅途也不会感到寂寞。但是当司徒煜看到沿途的荒凉景象时，还是不由紧锁眉头。

看到司徒煜忧虑的神色，灌央只道他是嫌弃这里衰败，连忙宽慰道："司徒兄不必担心，边境而已，霍家的封地可没有这么惨淡。"

虽说是边境，但也算是景国比较富庶的地带，怎么会荒凉到这个程度？

一起随行的田武附和道："霍家的顺德城在景国可是最繁华的所在，虽然比不上良国，但也不次于大域三镇！"

田武、灌央、范疆也是其他几家大夫的子弟，在学宫大家都是景国人，他们都追随武艺高强光芒四射的霍安，大家亲密无间，但此番回到国内，几家关系微妙，以后兄弟之间如何相处尚未可知。

"司徒兄，我们景国这么大，难免有几个穷地方，我对天发誓，不出十里，肯定别有一番天地。"前方就是灌央家族的封地，他从小在这里长大，面对如此荒凉的景象，心里也颇为不忍。景国的没落是所有贵族子弟的心病，灌央生怕司徒煜因此看低了自己的国家。

"各位贤弟误会了，在下出身寒微，有幸投奔景国，已经是天大的福气了。"司徒煜客气地解释道，"我只是看到这里的百姓……"

霍安和嬴媳纵马跟上，听到几人的议论，立刻也来了精神。

"就是，我大哥是什么人？悲天悯人、赤子之心，人家是同情这里的百姓生活困苦，你以为都跟你一样贪恋富贵？你别在这小人之心了。"霍安白了灌央一眼。

"这里的百姓可真不容易。"嬴媳同情地说道,她以前也一直以为景国是个富庶的国度,小时候听过许多关于景国富饶美丽的传说。

"这有何难?"霍安慷慨地道,"我有个提议,咱们哥几个把身上的盘缠拿出来,都赠予这里的百姓如何?"

"好,我双手赞成,周济景国的百姓,小弟当仁不让。"

"就是,反正已经到了景国境内,还怕回不去家吗?"

"让司徒兄也看看,仗义疏财,扶危济难,大域学宫不只有小侯爷会这么做。"

几个人年轻热血,都怀着一颗造福苍生、兼济天下的心,在这件事上一拍即合。几个世家子弟纷纷掏出身上的金银细软,竟然凑了不少。就在此时,突然前方道路上传来骚乱声,几人一惊,登上高坡,立马观看。

前方人声嘈杂,远远望去,似乎有大批人潮向这个方向涌了过来,由于荒草太深,一时无法看清道上的情形,但可以看出,来的足有千八百号人。

霍安脸色一变,难道国内出了什么乱子?甚至是有他国入侵?他此时最担心的是北方的章国,如果是这样,就意味着他将要和嬴媳的父王刀兵相向了。

几人连忙纵马迎上,来到近处方才看出,竟然是大批逃难的流民,他们衣衫褴褛,面带血污,显然刚刚经历了战乱。

司徒煜心中一沉,他是个胸怀大志的人,虽然身在学宫,但天下大事了然于心,他深知道景国国政混乱,豪强争雄,尤其近几年,各大家族经常相互征伐,景国境内兵连祸结,一个传承了几百年的古国变成了一个物欲横流、血腥仇杀的所在。

正在震惊中，突然难民中有人认出灌央，纷纷跪倒在他的马前，哭诉道："公子，家里出大事了！"

灌央定睛观看，认出这几个人竟是老管家和家中的几名门客，顿时大惊，他跳下马，拉住老管家，大声问道："快讲，这是怎么回事？"

老管家哭道："沛邑、白川两城的百姓被屠戮殆尽，主公被困在小岩城已经三天了！"

廖仲曾经说过，天下大势，四海皆准，绝不会仅仅存在于一国一家。时逢乱世，大昭王朝不会有一片和平的净土。

景国经过多年杀伐吞并，一些较为弱小的家族陆续被豪族兼并，最终剩下霍、鲍、范、田、灌、屠岸六家，各自拥有十几座到几十座城池，其中以霍家和鲍家实力最强，六大家族各自为政，视国君如无物，发兵吞并一个家族之后，只需要向国王缴纳百金的赋税，如果战利品送得够多，甚至可以得到国王的嘉奖。国君自知无能为力，也乐得坐山观虎斗，还能从中捞点儿实惠。经过多年蚕食，他的领地无法和六大家族中任何一家相比，养的兵自然更是少得可怜，别说打仗，就是缉捕盗贼都难以应付，因为国君更愿意把为数不多的税收花在供养歌童舞女上。最令他自豪的是某次诸侯会盟，他带去的舞女艳压群芳，甚至抢了信阳君侍妾的风头。

两年前，鲍宣子过世，长子胜即位，景国百姓的磨难也随之开始。

鲍胜身长八尺，相貌雄伟英武，为人铁血嗜杀，野心勃勃，刚愎自用，颇有章王嬴起的风采，他自己也以此为傲，每每以章王起自比。他早已有了统一景国的念头，七天前，他闯入王宫，公然要求国君委任他为国相,而在此之前,景国的国相早已多年未设。鲍胜的目的很明显,他要凌驾于各家之上,挟国君号令全国。

先王在位时,景国各家大夫共同约定不设国相,各豪门战时则集结联军抵抗外敌,平时则居于封地各自为政,互不干涉。

鲍胜的要求,国君自然不敢拒绝,当即下诏,任命他为相。此举一出,景国哗然,以霍纠为首的众家大夫齐聚王宫,要求国君收回成命。但这谈何容易,鲍家早就野心勃勃,这到嘴的肥肉又如何能吐出来?

国君躲在深宫,称病不出。鲍胜以勤王为由,带领大批士兵包围王宫,与各家族刀兵相向,大有决一死战的架势。几家大夫本就离心离德,面对鲍家杀气腾腾的大军,谁也不愿做出头鸟与强大的鲍氏硬拼,让其他家族坐收渔利,于是大家在吵闹一番之后各自散去。

各家族的绥靖令鲍氏更加有恃无恐,鲍胜在三天后借国君之口发布诏书,要五大家族各献两城,作为国君生辰的寿礼,而且所献城池必须要由他指定。这下触动了几大家族的切身利益,他们聚集在顺德城霍家的大厅,义愤填膺。

"国君的寿辰每年都有,如此下去,用不了几年,各大家族的封地就都落在鲍家的手里了。"

"除了寿辰,还有上元、端午、中秋、重阳,这些节日哪个不能让他巧立名目?"

"即便不是献城,就是献粮、献物、献人,长此以往,我们也难以承受啊。"

"我早就看出鲍家有不臣之心,他这显然是要取国君而代之。"

"岂有此理,我看就应该集诸家之力,起兵讨伐,诛鲍胜,分其地,以绝后患。"

话虽如此,但说到出兵讨伐,大家还是有些畏首畏尾,迟迟难以决断。原因很简单,鲍氏封地位于景国西北,他们与北方的章国多有来往,甚至结有姻亲。对付鲍胜容易,但如果他背后的章国出兵干预,那么五大家族联军的实力还差得太远。现在五大家族面临一个非常尴尬的局面,跋胡疐尾,进退两难。

"如果鲍家一家独大,恐怕很快就要对其他家族下手了。"霍纠忧虑地说道。

果然被他言中,几天后,鲍胜突然出兵,不宣而战,以讨伐叛逆的名义围攻灌氏封地。灌家猝不及防,加之实力相差悬殊,几乎一触即溃,大片领地失守,百姓们流离失所,大夫灌午率残兵退守小岩城。鲍胜自己统帅大军围攻小岩城,令三弟鲍朔带兵追杀灌氏溃兵流民,于边境处与霍安等人相遇。

灌央闻言如雷轰顶,他从小锦衣玉食,生活安稳,从未想过家族会突遭大难,顿时没了主意,只是拉着老管家茫然地问道:"家父尚可安好?我的家人也在一起吗?"

话音未落,一支利箭飞来,正中老管家的后脑,殷红的箭头穿出眼眶,仿佛是春天雨后的田野中突然长出的色彩斑斓的毒蘑菇。

灌央虽然身在监兵学院,但从小养尊处优,哪见过如此血腥的场面,顿时大叫一声,吓得跳起来。倒是嬴媤自幼跟随父亲习武射猎,参加过多次与境外蛮族的战斗,见惯了血腥杀戮,此时处变不惊,挺身挡在灌央跟前。几支箭紧接着飞来,均被嬴媤打落在地。

眨眼间,鲍氏的追兵已经杀到,他们纵马挥刀,砍向那些手无寸铁的难民,杂沓的马蹄声混杂着哭喊惨叫声不绝于耳,瞬间已经有几十人被砍倒在地。和大哥鲍胜一样，鲍朔也是个狂妄而残忍的人，一向喜欢把屠戮无辜当作军功来炫耀，他刚刚一箭射死老管家，血腥味和士兵的喝彩声令他感到杀戮的快感，这是一种比狩猎更为有趣更令人兴奋的行为，人是最完美的猎物，因为他们会更好地与狩猎者互动，对他的一举一动有着精准的反应，这是其他动物所不能比拟的，虽然会略微增加一些难度，但是瑕不掩瑜，其带来的快感足以掩盖这些微不足道的困难。

马槊锋利而修长的锋刃准确地将一个逃难的妇人穿胸而过，引来士兵们再次的大声喝彩。这是一名年轻的妇人，怀中抱着一个不满周岁的婴儿，身上背着凌乱的包袱，显然是走时过于匆忙，包袱都没有来得及整理妥当，在马槊的穿刺下，里面的一些衣服、干粮散落出来。这名年轻的母亲并没有马上死去，而是不可思议地看着胸前透出的利刃，神情茫然而惊惧，她甚至试图用手去抽出胸前这根血红的薄片。当她终于弄清楚这根薄片的来源的时候，立刻发出了一声凄厉的惨叫，混在鲍氏士兵们疯狂的欢呼声中，依然显得格外清晰。鲍朔杀心正盛，双臂用力将妇人凌空挑起，她怀中的婴儿脱手飞出，手下的骑兵伸手接住，继而狂笑着把婴儿抛向空中。

天空湛蓝，刺眼的阳光洒落下来，有一种惨淡的肃杀感。深秋的景国边境，天气已然比较寒冷。这熟悉的一幕让司徒煜想到当年陈国遭章国大军屠城的惨状，母亲和小妹的喊声又在耳边响起，这喊声曾经伴随他多年，令他揪心挠肝，夜不能寐。

从空中坠下的婴儿、下方雪亮的刀尖、鲍家士卒残忍而疯狂的表情，所有的一切都令司徒煜口腔中泛起一丝苦涩，他是个很少激动的人，但这一刻，他感到心中蛰伏已久的杀机被点燃了。

第五章
路见不平

鲍家骑兵的残忍不仅刺痛了司徒煜，也激起了霍安胸中的怒火。当年身为大将军的扈铭正是因为不愿屠杀战俘而得罪了朝廷上下，从而抛弃爵位和封地，离开故国，来到大域学宫执教。霍安身为扈铭的爱徒，深得老师教诲，身为武士，不仅要保家卫国，更要锄强扶弱。霍家与鲍家的封地相隔不远，也是景国实力最强的两个家族，平时井水不犯河水，霍纠也经常告诫儿子，不要轻易招惹鲍家的人，以免引发不必要的冲突。但今天霍安顾不得这么多了，他实在无法忍受这种屠戮婴儿的行为。鲍家骑兵的利矛坚盾都来自章国，锋利的刀尖在阳光下泛起金属的光泽，令人感到森森寒意。就在婴儿稚嫩的身躯即将被长矛贯穿的那一刻，霍安闪电般地纵马冲入敌阵，他身材高大，加上长长的手臂，比对手高出一大截，稳稳地接住婴儿。

鲍家的人马没有想到会有人挡横，他们又惊又怒，立刻将霍安团团围住。霍安性如烈火，岂能受人威胁，立刻拔剑在手，嬴媤见状也纵马上前，与霍安并肩而立，手握兵器，严阵以待。为了隐藏身份，她在与赵夺分手时没有佩戴以往常用的长剑，而是换了一柄蛮族的弯刀，此时她一身异族男装，看上去赫然是一个精壮彪悍的蛮族武士。门客中有人认得霍安，连忙阻拦，毕竟霍纠在景国威名赫赫，即便是鲍宣子在世时也要让他三分。

鲍朔也赶到当前，认出霍安，两人年纪相差不大，也曾经多次打过交道，霍安性情耿直，一直对鲍家兄弟一百个看不上。

鲍朔点头道："原来是霍公子，怎么，还招了个蛮族小子做跟班？"

霍安想在这张得意扬扬的泛着油光的胖脸上打一拳，把他的眼眶打黑，或者直接把他从马背上揪下来，举过头顶，扔在旁边的泥坑里。他的个子不高，霍安相信自己可以轻松地把他举起来，或许一只手就够用。

霍安尚未说话，刚刚回过神来的灌央冲到跟前，目眦欲裂，手指鲍朔叫道："鲍朔，你们光天化日滥杀无辜，眼里还有没有王法？！"

鲍朔冷笑道："我讨伐叛逆，奉的就是王法，灌公子来得正好，我正愁不知道去哪里找你，你却送上门来了，来人，给我拿下。"

鲍家虎狼一般的门客答应一声冲向灌央。

灌央见势不妙，连忙躲向霍安身后。

关于霍安的名声，鲍朔当然也听说过一二，不过他此时杀气正盛，又见霍安身边只有几个人，有恃无恐，喝道："我劝你别挡我的路，否则让你们霍家和灌家一起灰飞烟灭！"

霍安从小心高气傲，也是个吃软不吃硬的人，一向说一不二，除了父亲和老师之外，他在大域学宫也只是对赵离有些顾忌，其他人谁不对他恭维有加，哪能受得了这份气？

"我要是非管不可呢？"

"我看你还是先回去问问你老爹再做决定的好。"鲍朔冷笑道,"看看他有没有胆子跟我们鲍家作对!"

这句话实实在在的点燃了霍安的怒火。

"我看你是找死!"

霍安当胸一剑,几乎刺中鲍朔。鲍朔仓皇闪过,连忙挥手下令,几名门客扑向霍安。只见寒光闪过,金属交鸣,两个靠近霍安的鲍家门客惨叫一声,一人手臂折断,一人身首异处。对于鲍氏家族,霍安或许尚有顾忌,嬴媞可不管这么多,章国人从来不怕拼命,她手中的弯刀快如闪电,一出手就是杀招。章国人本就是铁血而强悍的种族,能动手的时候绝不动口。一名鲍家门客挺戈刺向嬴媞,霍安劈手抓住戈杆,右手的剑准确的刺入对手的咽喉。

血光闪现,现场形势骤变,霍安知道事已至此,只有拼个你死我活。嬴媞多年来一直希望可以驰骋疆场,浴血拼杀,没想到真正一展身手的机会却是在这个时候。赵夺给她准备的是一柄大号弯刀,非常称手,这种分量的兵器在蛮族地区也只有非常强壮的战士才可以使用。弯刀宛如雪练,瞬间砍倒了五六名敌人;霍安担心嬴媞有什么闪失,也是拼尽全力,他深得扈铭真传,对各种兵器了如指掌,此时他抢了一根长戈,舞动如飞,神勇无比,大有横扫千军之势;灌央悲愤交加,心中又牵挂家人,因此最为拼命,一番厮杀过后,地上倒下了十几名鲍氏门客。

难民中有不少是灌氏溃兵,他们只不过被冲散了队伍,打散了阵型,兵将无法相顾,虽然丢盔卸甲,失去了武器,只能混在难民中逃亡,但并未失去战斗力,现在有了少主和霍家公子的带领,马上恢复了勇气,猛虎一般扑向鲍氏人马。

双方一场混战，到底是鲍家军人多势众，又装备精良，灌氏残兵无法抵挡，只能掩护百姓且战且退，霍安、嬴嫶、灌央带领十几名灌氏残兵拼死断后，司徒煜和田武、范缊护送老幼黎民逃往附近的一个废弃的村落之中。

废弃的荒村中空无一人，荒草丛生，房屋大部分已经破败坍塌，几只乌鸦停在干枯的树枝上，一派萧瑟的景象。远处的田野也早已荒废，只剩下一片枯黄的野草。这些荒草给百姓们提供了隐身之所。此时天色已晚，夕阳西下，在昏暗的光线下，追兵们很难发现隐藏在草丛和灌木中的难民。

一支箭划破夜空，紧贴着霍安的脸飞过，他可以感觉到箭羽带动的气流，肩上散落的长发被气流带动，轻扫在脖颈上。

对面放箭的是一个年轻的骑兵，他的长矛插在马鞍旁的金属环中，在月光下看上去像是一条纤细而怪异的肢体。虽然在夜晚，霍安还是可以清楚地看到他的动作，他此时又敏捷地抽出一支箭，放在唇边轻轻吻了一下，满拉长弓，向霍安瞄准。更要命的是，在他的正北方和西北方向，另外两名骑兵也张弓搭箭，瞄准霍安，三人呈合围之势，一左一右一中，牢牢地钳制住猎物，显然他们是配合默契的同伴。

在所有的兵器当中，弓箭虽然看上去并不起眼，但却是当之无愧的王者，无论是战争还是狩猎，弓箭一直都是最为得力的武器，它的杀伤力虽然不如刀剑和矛戈，但其在实战领域内的综合地位，却远远高于其他武器，它虽然不能像长矛或者大刀那样一举击杀敌人，但也可以轻易地令敌人丧失战斗力。东西两侧的蛮族可以区区数万之众长期骚扰中原地区，靠的就是强弓硬弩以及来去无踪的快马。弓箭手可以通过地理优势，在掩护自己的同时，对敌方进行偷袭或者产生阻滞作用，尤其是弓弩列阵，威力更是其他武器不可比拟的。"夫言武事者，首曰弓矢"，因此扈铭在向弟子们介绍天下第一武士的时候，说的是弓马无双的赵夺，而不是力大无穷的卫野。

霍安的箭法不错，虽然远不及赵夺，但在监兵学院是当之无愧的魁首。他具备一个优秀的弓箭手应该具备的一切素质，修长的身材，敏锐的视力，以及两条肌肉发达的手臂，可以在百步之外连中靶心。现在他背后就背着一把长弓，这是他从敌人手中缴获的，可惜的是背后的箭斛已经空了。霍安与三人相距均不到三十步，此时如果他冒死冲向其中一人，那么在他砍掉敌人首级的同时，另外两支箭就会准确地射入他的背部。

霍安深吸一口气，屏气凝神，等候对方的攻击。

恩师扈铭曾经说过，大战之夜的月亮是血红的颜色。云层的缝隙中透出的几颗星星发出惨淡的光芒，以及远处闪烁的火把，像极了一场幻境。

嬴媤就在距离霍安不远的地方，两人相隔一片茂密的灌木丛，她手中那柄沉重的弯刀的刀刃已经磕碰出许多豁口。她失去了战马，此时被十几名骑兵团团围住。

这里是一座丘陵脚下，背面平缓，但紧靠战场的一面却如刀砍斧凿般陡峭。嬴媤一柄弯刀舞动如飞，在她面前已经倒下了几名骑士的尸体。骑兵在她周围盘旋往复，马蹄把地上的泥土卷起，沙尘笼罩。她的外衣被一柄长戈划破，披散下来。嬴媤索性将两只衣袖褪下，系在腰间。游牧民族的服装相对简约，宽大的皮袍里面只有一层很薄的丝绸内衣，皮袍质地坚硬，可以在一定程度上阻挡箭簇，一旦皮袍被射穿，光滑的丝绸内衣可以令箭头滑过，如果箭簇射入身体，内衣上的丝线则会缠绕在箭簇上，便于取出。

经过一番血战，丝绸内衣早已被汗水浸透，紧紧贴在身上，曲线毕露。嬴姬身材颀长健美，对于女人来说，肩膀略宽了一些，但腰身纤细，胸部丰满得恰到好处，在敞开的领口处呼之欲出。飞扬的尘土中，她听到对方骑兵兴奋的声音。

"女人！"

"女人！"

"这小蛮子是女人！"

在战争中，血腥和杀戮往往最能激起人们心中潜伏的兽性，年轻女子美妙的胴体更会令他们变得疯狂残忍。鲍氏兄弟残暴不仁，他们手下的士兵自然也和主公一样豺狼成性，在追杀途中，已经有不少灌氏封地上的女人被他们奸杀凌辱，现在当然不会放过这个秀色可餐的"蛮族女人"。中原和蛮族常年的战争造成了两族之间的仇视和隔阂，对双方来说，杀死异族人无异于猎杀麋鹿和香獐。如果他们知道眼前的女子的真实身份，恐怕所有的兽欲都会消除得一干二净，但现在对他们来说，她只是一个可以令他们满足的猎物。

在兽欲的作用下，对方的攻击变得更加凶猛，他们没有进攻，反而略微后退，形成双层包围圈，内外相距十几步，犬牙交错，内圈的骑士以弓箭围住嬴姬，外圈手持长戈，堵住所有出口，意图非常明显，他们不想杀死这个美丽的猎物，要抓活的。嬴姬从地面上捡起一面盾牌，左手持盾，右手握刀，黑宝石一般的眼睛冷静地看着对方。

嬴媤背靠山体，无路可退。对方并没有立即放箭，他们缓缓逼近，呈撒网状，这是个典型的狩猎的阵势，随着距离越来越近，弓箭的命中率也会越来越高，猎物只能束手就擒，他们甚至已经开始憧憬捕获猎物后的快感。他们都是久经沙场的武士，但还是过于轻敌，低估了嬴媤的勇气和速度，她当然不会坐以待毙，一直在暗中计算着距离，当包围圈距离她只有二十步的时候，她突然发力，冲向距离最近的一名骑兵。

嬴媤的腿修长有力，奔跑的速度像羚羊一样快，她用盾牌挡住了迎面射来的一箭，然后立即甩掉了沉重的弯刀和盾牌，以免影响自己的速度，她时间拿捏得很准，知道对方只有射出一箭的机会，盾牌已经成了累赘。对方骑手完全没想到猎物会主动出击，他本能地射出一箭，但再次抽箭已经来不及了，甚至连拔刀的时间都没有了，身旁的伙伴也同样被嬴媤的速度所震惊，又担心放箭会伤及同伴，一时手足无措。眨眼之间，嬴媤已经冲到骑兵马前，她一个闪身，飞身跃上马背，一手抓住对方发发髻，一手抽出腰间的短刀，闪电般的割断了对方的喉咙。在敌人尸体摔下马背的同时，嬴媤抽出了他腰间的佩刀，这一系列动作电光石火一般，没有一丝停顿。

嬴媤一旦有了坐骑，立刻如虎添翼，章国人的骑术仅次于猃狁、狄狁，也是马背上的民族。战马嘶鸣，猛然转身，冲向身旁的骑士，嬴媤镫里藏身，躲过两支射来的弓箭，她单腿挂在马鞍上，身体几乎紧贴着地面，在这一刻，她和战马几乎融为一体，随着战马的冲力，手中的佩刀斩断了对方的马腿，战马嘶鸣倒地，马上的骑士被沉重的战马压在地面上，无法挣脱。嬴媤挺身坐上马背，直取对面的敌人，对方迎面一箭射来，嬴媤突然仰身，身体紧贴马背，战马像游鱼一般从对方右侧滑过，嬴媤双手握刀，从他铠甲裙摆下方最薄弱的位置刺入，鲜血标出，武士惨叫落马。

眼见敌人冲到眼前，其他几名骑兵连忙抛下弓箭，手忙脚乱地抽出腰间的刀剑。弓箭只适用于远距离攻击，一旦双方距离接近，弓箭就变成了一件非常尴尬的武器，杀伤力不够，连续攻击性差，而且还要占用武士的双手。嬴媤一招得手，立刻拨转马头，冲向外围。她虽然冲破了弓箭手的围攻，但还有一队手持矛戈的重甲骑兵围在外圈。他们都穿着质地精良的青铜铠甲，在月光下呈美丽的琥珀色，头盔上没有护喉，而是以铠甲上的护颈代替，嬴媤认得出这是章国工匠打造的最新式的甲胄，这样的功能是为了减轻头盔的重量，使得武士转头更加灵活，由此更适合骑射。鲍氏的后台是章国，而在这里与他们拼杀的却正是章国公主。

两杆长矛迎面刺来，嬴媤毫不减速，在马上略一侧身，让矛头贴着身体滑过，她可以清楚地感觉到金属的冰冷和坚硬。她手中的兵器偏短，必须要兵行险着。她手中的刀大力斜劈，只是这柄刀太轻了，很不称手，无法击飞对方手中的兵器，只能暂时减缓对方的攻击。她纵马从两名长矛骑兵中间冲过，穿过茂密而低矮的树丛，丝绸质地的衣服被树丛中凌乱的枝杈剐得支离破碎，几乎衣不蔽体，小麦色的皮肤在月色下发出锦缎一般的光泽。

身后传来急促的马蹄声，一名鲍氏骑兵紧追而至，手中锋利的青铜长矛在月光下泛起金色的幽光。就在此时，嬴媤的坐骑突然前腿弯曲，俯卧在地，嬴媤就势一滚，躲过致命的一击。骑兵一矛刺空，嬴媤顺手抓住矛杆，大力一扯，骑兵应声坠落马下，被嬴媤压在身下。刚才令他垂涎的肉体近在咫尺，此时却变成了追命的无常。

斑驳的月光照射下来，嬴嬏借着月光看清了对方的脸。这是个非常年轻的男孩，看上去还带有几分稚气，几乎还是个少年。虽然经过长时间的战斗，他的脸依然很干净，她闻到对方身上散发出来的皂角的清香，想必他刚刚洗过头发。他的眼睛很清澈，此时因为恐惧而睁得很大。嬴嬏想到了霍安，眼前这个少年也是景国人，如果不是战争，他应该也会去监兵学院读书吧，也许他也有心上人，正在等着他回家团聚。

在这一刻，嬴嬏的心软了，手中的短刀一时无法落下。

恩师聂蠷曾经告诫过她，打仗最忌的是优柔寡断，怜悯会令一个武士变得迟钝，丧失获胜的机会，甚至生命。

少年骑兵的眼神一动，嬴嬏从他的瞳仁中看到自己身后人影一闪，她刚要回头，脑后突然遭到沉重的硬物狠狠一击。

第六章
破茧成蝶

嬴媳第一次意识到男女有别是在六岁那年的夏天。当时她正和几个男孩在小溪中戏水，清凉的河水和炽烈的阳光令孩子们非常开心，河中鱼虾在岩石缝隙中穿梭嬉戏，大家玩得兴高采烈，突然看到奶娘如临大敌地跑过来，挥舞着树枝大呼小叫地赶走了那些男孩，然后飞快地脱下宽大的麻布外袍，把嬴媳包裹起来，抱在怀中，破口大骂着那些坏小子，恨恨而去。在回家的路上，嬴媳闻着奶妈外袍上熟悉的羊膻味和奶腥味，甜甜地睡着了。后来奶娘严肃地告诉她，以后不许和男孩子一起下河玩水洗澡，女孩的身体被男孩看到，会长出可怕的毒蘑菇。嬴媳从小和奶娘一起长大，对她的情感极为亲密，对她的话深信不疑，小嬴媳好奇的是如果男孩的身体被女孩看到会怎么样。

"女孩看男人的身体，会长针眼的！"

可是为什么总是女孩吃亏？这个逻辑令幼年的嬴媳百思不得其解。

不是所有的女孩都像廖清那么幸运，有一个可以用道理解释一切的父亲。这个问题完全超出了奶娘的能力范畴，因为这些道理一般都是母女之间口口相传，而她的母亲当初并没有告诉她如何解释。她只能告诉小嬴媤,这是天神的旨意,不许问那么多为什么,听话的孩子可以吃到烤羊腿,不听话就要被关在房里不许出门。

烤羊腿的香味让小嬴媤忘记了质疑,从此之后,她一直将自己包裹得严严实实,无论是在演武场还是在宫廷中,都和父王一样,永远全身披挂。从很小的时候,父王送给她的生日礼物通常都是铠甲、兵器和战马,她大概是天下最早穿着甲胄的女人,久而久之,人们也逐渐忘了她是个女孩子,包括她自己在内,直到在大域学宫遇到霍安的那天傍晚。

她清楚地记得那天的夕阳很美,天空被染成橘红色。她从小很喜欢吃橘子,据说良国盛产这种美味多汁的水果。霍安背光站在夕阳下,身上似乎也被阳光染上了橘子的香味。他的脸很英俊,几块青紫的伤痕和些许血迹让他显得更有阳刚之气。在那一刻,嬴媤的心突然一下子跳得很快,她感到自己的身子有些发软,几乎失去了力气,她不想去看他,但却感受到他的目光像阳光一样刺眼,他在打量她,尤其是她的腿。

光着两条腿站在他面前让她感到很不自在,虽然她早已不再相信腿上会长出毒蘑菇。因此当霍安脱下白袍扔过来的时候,她仿佛回到了六岁那年,变成一个被外袍包裹住的小女孩,只不过这件锦袍质地精良,仿佛还带有淡淡的橘子香气。她的身上没有长出毒蘑菇,但心里却绽放出了美丽的木槿花。

嬴媤睁开眼睛的时候,最先看到的是鲍氏少年的脸,他的眼神兴奋而贪婪,像一个初次收到礼物的孩子,他的手正在扯下她身上最后一片衣物。月光下,她赤裸的身体非常完美。她的四肢被绑在周围的灌木上,他已经学会了前辈们惯用的手法,先固定住猎物的手脚,然后再用刀割开她们的衣服。她的眼神并不像大部分女人那样凄楚可怜,他常听大人们说蛮族女人总是有些野性难驯,但却更能令男人满足。他刚刚十六岁,还没有真正碰过女人,只是偷偷地喜欢过邻家年龄相仿的女孩,这一次他们要看着一个男孩如何变成真正的男人。

他能感到她在紧张和绝望中发出的战栗,在某一时刻,他有些退缩,他想到家中的姊妹和邻家的女孩,但周围的喝彩声让他再次鼓起勇气,燃起欲望,作为一名武士,不仅要会杀人,也要懂得享用猎物。每个少年都会崇拜强者,模仿他们的言行举止,在这次战争中,他多次目睹了前辈们如何对待战争中被俘获的女人和劫掠的财物,对于一个少年来说,这是一种潇洒、成熟而充满雄性魅力的行为。他们告诉过他,在战场上,越是邪恶,越是凶残,就越能震慑敌人。

他不想在前辈们面前表现出幼稚和脆弱,不想让他们认为他是一个对女人和杀戮毫无经验的人,因为这会招致他们的嘲笑和鄙夷,被他们视作软蛋,因此他的动作非常迅速和粗暴,像一个真正的恶棍一样剥光了猎物的衣服。

天晴了,空中闪烁的星星像宝石一般缀满辽阔无垠的夜空,灿烂的银河横贯天际,北斗七星像一只勺子,在夜空中为人们指引方向。她想起奶娘经常讲的神话故事,天上的神女下凡与人间的恋人相会,被天庭阻挠,聪明的神女把手中的勺子化作北斗星,为情郎指引方向。

在这一刻,嬴媞明白了,她以前之所以没有意识到战争的可怕,没有意识到父王的宏图伟业是一种灾难,是因为自己处于食物链顶端。她是章王嬴起的女儿,章国是战争的发起者和得利者,战争的灾难不会降临到她的头上，可是那些被章国兼并征服的国家，有多少平民家的妻子和女儿遭到和自己同样的命运。也许这一切都是天意。

少年武士的心跳得越来越快，他暗自庆幸身旁的同伴听不到自己的心跳声，他几乎感到无法呼吸，喉咙像是被某种东西堵住，他忍不住舔了舔有些干裂的嘴唇，但却舔到了某件坚硬锐利的东西，像伸出唇外的一根长刺，带有浓重的咸腥味。他想要呼喊，却只能发出干呕似的声音，他感到有些恶心，越来越多带有浓重腥味的液体从喉咙中涌了出来。

三名弓箭手相互示意，同时松开弓弦。与此同时，霍安从背后摘下长弓，这是他平生第一次面对如此凶险的局面。霍安虽然在监兵学院熟读了所有兵书，分析过所有经典战役，演练过所有威力强大的阵法，但却并未经历过真正的生死搏杀。在这一刻，他心中一片空白，以往所学竟忘得一干二净，但本能的反应却突然变得异常敏锐，多年来夫子的教诲已经深入骨髓，融入血液，早已变成了他身体的一部分。他有如战神附体，身体微侧，闪过了正面射来的箭，同时伸出双手接住左右两支。霍安将一支箭衔在口中，张弓搭箭，一箭射翻右侧的敌人，然后纵马驰向右方，同时取下口中的箭，回头望月，正中左侧敌人的咽喉。霍安的马驰过右侧弓箭手的身旁，他俯下身，从死人的剑斛中抽出三支箭。

事后，霍安一直认为自己是听到了嬴媳的尖叫声，虽然嬴媳一再坚持说自己并未发出任何声音。霍安相信嬴媳不会哭嚎呼救，但他却清楚地记得是这个声音引导他冲向嬴媳被俘的地方，并准确地一箭射穿了鲍氏少年的后脑。

霍安轻轻脱下外袍，裹在嬴姒身上，把她抱在怀中。在这一刻，她是他臂弯中柔弱娇羞的小女人，像一只刚刚出生不久的羊羔。

男人大都有一种与生俱来的保护欲，保护自己的亲人、爱人，乃至宠物，一般来说越是年轻，这种欲望就越强烈。尤其是霍安这种血气方刚的少年，这种感觉让他感到满足和兴奋，他为自己所为感到骄傲。

嬴姒一直尽力保持着克制，不让自己哭出来，这是她第一次感到自己需要被人呵护，而且这个感觉真的很甜蜜，以前她一直认为被保护是一种耻辱，在章国，人们只崇拜强者，只有勇士才能得到人们的尊敬。

霍安刚刚斩杀了嬴姒身旁的几名敌人，他的外袍上沾满血迹，闻上去有浓烈的血腥味。他的脸在月光下显得比白天多了几分成熟和坚毅。令嬴姒惊讶和感动的是，霍安似乎从未介意她是否还是无瑕的白璧，只是关心她有没有受伤。

"如果当时你来晚了一步，我被那几个恶徒玷污了，你还会喜欢我吗？"事过之后，嬴姒提起这个话题，心中依然隐藏着一丝不安。

"那不是更应该被心疼吗？"霍安像看怪物一般看着嬴姒，"你被人欺负了，我难道不去跟他们拼命，反而再欺负你一次，你拿我霍安当什么人了？我爱的是你，只要你心里还有我，无论你变成什么样子，今生今世，我绝不辜负姒儿。"

嬴姒在事发当晚一直隐忍，没有流一滴眼泪，此刻却忍不住泪流满面，她把头埋在霍安肩上，哭得浑身颤抖。

今生得遇郎君如此，夫复何求？

夜依然深沉，刚才阴暗的天空放晴了，中原大地的夜色虽然不似大漠草原上那般璀璨绚丽，却也深沉凝重，秋夜的星空格外美丽，如果不是身处战争之中，难道不是甜蜜的情侣们相聚的良辰美景吗？但周围的嘈杂声在提醒他们，追兵近在咫尺。

霍安和嬴媳夹杂在难民中向废弃的村庄退去。村子不算太大，应该有百十户人家，现在已然空无一人，部分房屋已经坍塌，但对于这些仓皇奔逃的人来说却也是难得的避难之所。人对于房屋总有一种习惯性的依赖，似乎这些残破的砖瓦土坯可以抵挡来势汹汹的骑兵。

"司徒兄，方圆十里之内，没有其他村镇，这里是唯一可以栖身的地方。"灌央气喘吁吁地说道，他身后跟着几十名散兵。

"不如我们收集砖瓦木石，搭建简易的壁垒，可以暂且抵御追兵。"霍安知道这些残破的房屋根本无法抵御骑兵的进攻。

"可是这里地势开阔，敌军又是以骑兵为主，我们即便挡住了一面的敌军，也无法阻止他们两翼包抄啊。"田武安置好几名难民，气喘吁吁地大声道。

这里已经有了几百名难民和溃兵，其他人正在从四面八方陆续向这个方向逃过来。星光下，遍地的难民像狩猎时被驱赶的黄羊和麋鹿，仓皇奔走，不时有行动迟缓的人被骑兵追上，倒在刀枪之下。

追兵成合围之势，在难民身后四面包抄，他们并不着急，因为以现在的局面来看，难民们根本无处可逃，包围圈越缩越小，让猎物上天无路入地无门，这才是狩猎的乐趣所在。他们的狂笑声在夜空中传来。

"鲍朔这个王八蛋，竟然拿这些手无寸铁的百姓当猎物来捕杀！"霍安焦躁地大骂。

"跟他们拼了！"嬴媤咬牙道，"事已至此，不如杀个痛快。我就是死在这也一定要拉上鲍朔垫背！"

"等一等。"司徒煜拦住了正要跃马冲出的嬴媤和霍安，他若有所思地看着夜空下的远处，突然问道，"以你们的箭法，最远可以射多远？"

"三百步差不多。"霍安打量着手里这张弓，这是一张骑兵专用的马弓，比步兵用的长弓略短一些，想必射程也会短一些，但鲍氏骑兵统一装备章国制造的武器，这张弓由硬木制成，铜胎铁臂，牛筋为弦，极为强韧。

"不过百步之外就没什么准头了。"霍安补充道，"我没办法在这么远一箭射死鲍朔，否则我早动手了。说实话，我根本看不清他的位置。"

"我没让你狙杀鲍朔。"司徒煜把手中燃烧的火把递给霍安，微微一笑，"你只要射到他们背后即可。"

嬴媤一时还没有反应过来。霍安抢先一步恍然大悟："火攻！"

"可是，我们如何逃得出去？"嬴媤质疑道，难道司徒煜是想和敌人同归于尽？

"听我的，不会有错。"

司徒煜的声音虽然不高，但却有一种不容置疑的魔力，霍安等人犹豫片刻，纷纷拿起引火之物，点燃了周围的荒草。自从致师大赛之后，霍安对司徒煜的话深信不疑，他不仅自己言听计从，也同样不许别人质疑。

"我大哥说的话，听明白了要照着做，听不明白就先照做，然后自然会明白。"

火箭像赤色的流星一般划过夜空，落在鲍氏骑兵背后的草丛和灌木丛中。大平原上荒草灌木丛生，中原地区秋冬季雨水稀少，荒草极易燃烧，瞬间像涨潮一般蔓延开来，形成一个巨大的火圈。

鲍氏骑兵猝不及防，顿时一片慌乱，他们的身影在火焰的映照下随着火光跳动，仿佛地狱中的魔鬼。刹那间人喊马嘶，一片混乱，仓促间，他们只能加速前冲。

"怎么办？敌军马上就冲过来了，火也快烧过来了！"

眼看火圈在逐渐缩小，距离村落只有不到百步的距离，须臾之间就会烧到眼前。

司徒煜环顾四周，突然用火把点燃了面前的荒草，火焰一下子升腾起来，映红了司徒煜苍白的面颊。

霍安大惊道："大哥，你在做什么？！要自杀也不能用这个办法啊，至少冲出去跟他们血战到底，杀一个够本，杀俩赚一个！"

司徒煜沉声道："快，点燃周围的干草！"

"什么？"大家七嘴八舌，都不敢相信自己的耳朵。

"你们没有听错，快照司徒兄的话做！"霍安大声道，他率先行动起来，四周顿时燃起熊熊烈火。躲在村庄内的难民们发出惊惧的呼号声，对他们来说，近在咫尺的烈火和凶恶的追兵同样可怕。就连霍安也对司徒煜"纵火自焚"的举动感到不解，但他是一个优秀的武士，深知军令如山，战场上最忌将帅之间相互猜忌，因此毫不犹豫地点燃干草。

这一次他果然又没有信错司徒煜，神奇的现象出现了，燃烧的荒草没有向内，而是向外蔓延，仿佛是两面火墙，把鲍氏骑兵夹在当中。霍安想起恩师扈铭的话"水火风雷是天下最厉害的武器，再强悍的军队也无法抵挡"。四周燃起熊熊烈火,人喊马嘶,刚刚不可一世的鲍氏铁骑被席卷而来的烈火吞噬,在火海中挣扎呼号。

"难道是天意?这些灌氏蝼蚁命不该绝?"即便如此,鲍朔依然没有意识到对方阵营中有高人存在,"我出兵前找巫师算过,这一战是应该全歼他们才对啊。"

"老天,你到底是何方神圣?火都能听你摆布!"霍安难以置信地看着眼前的景象。

"我现在真的有点儿相信你大哥是半仙之体了,他是不是跟老夫子学的法术?"嬴媳也目瞪口呆。

火焰刚才是用来进攻的利器,现在却变成了对方防守的盾牌。内圈的火焰与外面的火焰越来越近,仿佛像去迎接久别重逢的朋友一般。两股火焰终于碰在一起,随着片刻的暴涨,由于没有了柴草,火焰逐渐衰落下去。

火焰是可以吞噬一切的巨龙,在夜空中肆无忌惮的挥舞爪牙,把触手所及之地变成一片焦土。鲍氏士卒在烈焰夹击中仓皇奔走,他们身上的衣甲被点燃,在夜晚的荒野上四散狂奔。

廖仲曾经说过,适逢乱世,对于各国的人才来说,第一等善纵横,第二等长战略,第三等工战术,第四等习弓马。司徒煜是一个出色的谋士,深谙纵横之术,对天下大事了如指掌,但他并不是一个优秀的将军,带兵打仗、驰骋沙场并不是他的长项,除非到了万不得已的时候,他是不愿亲自上阵杀敌的。终司徒煜一生,亲自参与的战役并不多,但其取胜的方式,竟有好几次是火攻。当年在曹国,少年司徒煜火焚章国特使的府邸,逃出生天,这次又利用火攻击败了来势汹汹的鲍氏骑兵。

后来赵离曾经好奇地问起：你是涧下水命，为什么如此喜欢火攻？

司徒煜狡黠地一笑：也许是因为我命中的福星属霹雳之火吧。

司徒煜这句话虽然是一句戏言，但也并非毫无根据，"以火克火"这个办法确实是他从赵离那里学到的。阴阳历法、五行八卦，本就是陵光学院的功课，而赵离又是个中翘楚，以火克火这种小把戏，他早就玩得炉火纯青了。赵离五行属火，他从小酷爱玩火，因此五行之中，对火情有独钟。而且他又是个心里藏不住事的人，一旦有了什么新奇好玩的发现，一定要在司徒煜面前显摆一番。司徒煜是个博闻强记的人，因此在面对敌军的时候，突然想到了曾几何时，赵离在草地上的那番展示。

"我们来比一比，猜猜什么可以灭火，说得多者为胜。"赵离神秘地说道。

"五行相克，当然是水能克火。"

那也是一个秋天，当时两人坐在弈星亭旁边的树下，身旁是波光潋滟的湖水。

"这自然不用说，还有呢？想不到智谋第一的司徒先生只能想到这么简单的答案。"

赵离这么说的时候，通常是有了什么自认为很高明的答案，在等着司徒煜追问。司徒煜故意东拉西扯，胡乱猜了几个，赵离终于憋不住了，有些迫不及待地说道："你知道吗？火是可以灭火的！"

以火克火，以毒攻毒，世间万物就是如此神奇莫测。

经过一夜的厮杀,天光已经渐亮。四周火焰熄灭,只剩下泛着缕缕白烟的灰烬,鲍氏人马的气势也随着这场大火一起灰飞烟灭。

鲍朔手下的士兵足有六百人,他们当时乘胜追击,一边大砍大杀,一口气将灌氏军民追出数十里,凭的是人马众多,以及双方士气上的悬殊差距。如今被司徒煜一场大火烧掉了大半,只剩下不到百十人,而且狼狈不堪,杀气消耗殆尽。双方形势逆转,鲍氏人马顿时乱作一团。就在此时,只见远处的树丛中突然烟尘滚滚,喊杀声阵阵传来。

残忍和怯懦常常是开在一棵树上的双生花。喜欢滥杀无辜的人,往往也是色厉内荏的人,因为他们不敢面对真正的强敌,只能通过屠杀一些手无寸铁、对自己毫无威胁的老弱妇孺来满足自己那点儿可怜的虚荣心。

鲍朔惯于群威群胆,他并不是真正的武士,而是一个骄纵嗜血的公子哥,在占有绝对优势的时候,喜欢虚张声势,毫不吝惜地彰显自己的勇武和杀气,但在稍处劣势的时候,立刻会变得六神无主。他做梦也没想到,原本胜券在握的势头竟然急转直下,成了羊入虎口。鲍氏的兵马并不太多,当初只道是追杀难民,谁想到竟然落得个如此下场。鲍朔瞬间在心中把大哥兼主公鲍胜的祖宗三代骂了个遍,全然不顾这些列祖列宗与他也有同样的关系。

如今逃命要紧,鲍朔顾不得招呼手下门客士卒,拨转马头转身就逃,他别的本事没有,逃命的本事却有几分。眼下西北方向较为空旷,也许可以趁势突围。

鲍朔感到喉咙有些发堵,似乎一颗心都堵在了嗓子眼,令他叫不出声来,这倒是件好事,因为他本来是会像个吓坏了的孩子一样,不顾体面地尖叫起来的。虽然已经是深秋，他还是感到身上的衣服都已经湿透，冰凉地贴在后心。此时鲍朔最怕的是有追兵以弓箭取他性命，还特意让马跑成了之字形。跑了片刻，发现并没有弓箭射来，鲍朔心中稍稍安稳，暗自庆幸多亏自己的随机应变才能得以逃生。在这一刻，他为自己的机敏感到得意，在几乎全军覆没的时候依然可以全身而退，天下能有几人？想来想去，他几乎有些佩服自己了。就在此时，身后传来急促的马蹄声，两匹马一左一右，像飞一般掠过他的身边，一前一后截停了他的退路。

若论骑射，嬴媤和霍安都算得上一等一的高手，嬴媤不想用弓箭取鲍朔性命，因为她觉得一箭射死这个恶棍太便宜他了。

战马掀起的尘土笼罩在鲍朔周围，这似乎是他曾经无数次在梦中见到过的恐怖场景。

鲍朔是个愚蠢的人，作威作福可以，正经事一点儿主意都没有。他一时有些举棋不定，不知道现在是应该下马跪地求饶，还是应该继续保持强势一方的骄傲，抑或是不卑不亢，以矜持的姿态与他们斡旋……

就在他一分神之际，嬴媤的弯刀已经劈至面前，鲍朔本能地后撤，嬴媤反手上撩，鲍朔只觉右耳一热，右耳早已飞在半空，鲜血瞬间淌下，浸湿了他身上那套花费不菲、制作精良的盔甲。鲍朔一时并未感到疼痛，他下意识地摸了一下那只并不存在的右耳，看着满手的鲜血，发出一声惨叫。叫声未止，两匹马擦身而过，嬴媤反手用刀柄重重砸在鲍朔脸上。蛮族弯刀的刀柄非常厚重，通常会装饰以各种精巧的黄铜雕工，常见的有狼首、鹰嘴、花朵、骷髅头等，最普通的圆形或半圆的铜球。嬴媤手中这柄弯刀是赵夺从一个蛮族酋长手中缴获的战利品,重达三十斤,半圆的铜球足有茶杯口大小。一击之下,鲍朔牙齿脱落,鼻梁碎成三截,他闷哼一声,像一根木头一样一头跌下马来。

嬴姆跳下战马,准备一刀砍下他的头,既然耳朵已经到手,按照章国的惯例,这个猎物是属于她的。

嬴姆的果敢和鲁莽霍安深有体会,知道她脾气上来天都敢捅个窟窿。霍安到底比嬴姆冷静一些,也更了解景国的局势,他知道鲍家是块难啃的骨头,杀了一个鲍朔是无法撼动鲍家根基的,只能招致他们更加疯狂的报复。

霍安连忙叫道:"姆儿,且慢动手!"

嬴姆现在恨不得把姓鲍的碎尸万段,她一手揪住鲍朔的发髻,弯刀架在他的脖子上:"此等恶贼,留他做什么?"

霍安一把拉住嬴姆,急道:"听我说,留着他有大用……不信,你问我大哥。"

司徒煜身上似乎有一种魔力,可以令人信服和依赖。嬴姆虽然与他相识不久,但也对他信赖有加,言听计从。

一旁的丛林中烟尘渐息,司徒煜从林中走出。刚才他带领一些难民在林中用树枝荡起烟尘,假作伏兵,吓走了鲍氏人马,又提前在草丛中布下伏兵,令鲍氏追兵无路可逃。这些难民和溃兵加起来足有一千多人,多出追兵十倍以上,只要指挥得当,自然可以形成群狼伏虎之势。眼见主将落马,伏兵又至,鲍家的人马立刻像落潮一般落荒而去,但逃了不到百步,草丛中伏兵又起,大批灌氏流民和败兵蜂拥而起,把鲍氏几十号人马团团包围。

司徒煜虽然人在孟章，学的是治国安邦之术，但他博览群书，冲霄阁藏书馆的所有兵法早已烂熟于心，这次的小小的战斗再次令他验证了自己对兵法战术的理解。司徒煜虽不爱张扬，但心中一直以镇鸾子、信阳君这样的名臣自比，日后出将入相，位极人臣。

深秋的景国，原野辽阔，残阳如血。枯黄的荒草使一望无际的平原显得苍凉而悲壮。霍安曾经无数次的经过这里，但却从没有发现过这里竟然如此令人心神激荡。他的耳边隐约听到了战鼓声和号角声，风吹过，田野中草浪起伏。

这是霍安经历的第一场真正意义的战役，身后土地上散发的血腥味混杂着尘土的味道阵阵袭来，令他感到阵阵作呕，午间吃过的餐食像潮水一般在腹中向上涌起，几乎要冲破喉咙，他忍不住走进草丛中大口呕吐起来，几乎连胆汁都吐了出来。鲍氏门客咽喉中喷涌出的鲜血令霍安想到了童年时在山中见过的泉水，有时候泉水有些浑浊，带有细细的泥沙，摸上去有一些滑腻的感觉。

原来把剑刺入一个人的身体竟然如此容易。前几天王晋包围学宫，监兵学院曾经与章军发生过短暂的冲突，但主要是阵法对垒，由于两军相差悬殊，加上赵家军救援及时，并没有造成太多伤亡，这一次才是真正的白刃肉搏。

自己的失态令霍安感到非常懊恼，他不愿意当着大家，尤其是当着嬴媤露出脆弱的一面。这里真正见过惨烈战争的人是嬴媤和司徒煜，司徒煜虽然是文弱儒生，但心智却远远比霍安等人强大很多，他见过世上最惨烈的战争和最邪恶的人，并且没有被他们征服。灌央等三人也同霍安一样，一直沉浸在刚刚经过的杀戮中，当时事发突然，大家都来不及多想，唯一的念头是杀出重围，但战斗结束之后才发现，原来战争并没有想象中的那么畅快淋漓。夫子扈铭早就多次告诉这些血气方刚的小伙子，武士的作用是防止和制止战争，而不是挑起战争，战争不是儿戏，杀人不是狩猎，任何一场被称为经典甚至伟大的战役，对于当事者来说，也许是最为惨痛、最不堪回首的记忆。

霍安当初始终无法理解老师的话，甚至心中觉得夫子有些迂腐，金戈铁马、沙场点兵，这是多么令人憧憬而热血沸腾的场面。如今才经一战，他立刻明白了夫子所言非虚，无论杀人还是被杀，终究都不是令人愉快的感受。

远处，一骑快马飞驰而来。

赵离最开心的是自己想出了一个绝妙的办法，把一个灌满鸡血的猪尿泡藏在袍襟下面，扮成蛮族强盗的三哥一箭射中，立刻鲜血喷溅，这样他既震惊了全场，又不用真的受伤。如此神机妙算，赵离都有些忍不住要佩服自己了。

公主被"蛮族"掳走，赵离躺在地上痛苦呻吟良久，在众人的搀扶下挣扎起身，秀眉紧蹙，美目含悲，几次不失时机地踉跄欲倒并倒吸凉气，把一个受伤者的痛苦和坚韧演绎得淋漓尽致。赵离自己就是名医，没有人怀疑小侯爷的医术，因此他的"伤口"不会被人发现。面对茫然无措的章国送亲队伍，赵离深明大义地让他们先返回学宫禀明大王，自己可以独自返回定平。

"这里距定平只有区区二十余里，现在伤势已然无碍，我一个人可以回去，就不烦劳各位了。"

公主丢失，生死不明，章国将士早已六神无主，哪里还有心思管别人。

看章国士卒的背影远远地离开视线之后,赵离立刻跳上自己那匹千里快马,开心得欢呼一声,雀跃地奔向景国方向。当他兴致勃勃地赶到约定地点的时候,却惊愕地发现这里竟然刚刚发生了一场血战。

大战之后的安宁就像盛夏暴风雨之后的平静,突如其来又令人欣慰。司徒煜和赵离虽然只有短短的几日不见,但却又一次经历了生离死别。

"你们看到了什么?"
"田野。"
"树木。"
"荒草。"
"夕阳,还有远处的大山。"
"我看到了春暖花开。"司徒煜微微一笑。
寒冬将至,春天还会远吗?
几个人放开战马,在一望无际的荒原上疾驰而去。夕阳让四周的荒草变成美丽的金黄色,司徒煜贪婪的大口呼吸着带有野草清香的凛冽的空气,感到无比畅快。虽然一夜无眠,又刚刚经过了一场激战,但他感到自己浑身充满了力量。他知道,这里将会是他第二个故乡,经过大域学宫三年的蛰伏,他将在这里破茧成蝶。

第七章
退敌之策

小岩城位于景国东北，依山而建，地势险要，易守难攻，由于得天独厚的地理条件，这里并没有像其他城池一样筑黄土为城，而是采集山石修建，因此尤其坚固，不仅可以抵御强弓硬弩，而且可以抵御火攻。这里是灌氏家族最后一道屏障，此地一失，无险可守。

灌午是个精力旺盛的胖子，四十几岁年纪，秀眉凤目，三缕长髯，看上去优雅而不失威严。灌家是景国古老的贵族，大昭王朝承平日久，很多贵族早已丧失勇武之气，或沉迷奢华，或醉心长生之术，及至群雄争霸的时期，依然有很多人无法改变这种骄奢迷醉的生活。他们早先自恃血统高贵，看不起北方崛起的章国，后来又变成另外一个极端，对强章畏惧如虎，甚至谈章色变。

灌午也像这些贵族一样，每天吟诗抚琴，饮酒享乐，高谈阔论，他精通音律、诗文、骑马、下棋等所有高雅的技艺，但偏偏不擅长打仗。他是个仁慈的人，对封地上的百姓颇为体恤，因此口碑不错，他胸无大志，但也能保业守成，灌家的基业在他手中既未增加一寸也未减少半分。如果生在和平时代，他或许可以过得逍遥自在，在自己的封地上得以善终，但完美的平衡总会被打破，景国出了个对章国精神大力推崇的鲍宣子，他先是把女儿嫁入章国第二号人物大将军王晋家中，又派二子前往章国为官，学习章国治国强军的方略，从而迅速崛起，甚至超过了一向在六大家族中排名第一的霍家。常言道，远交近攻，鲍氏距离灌氏封地最近，因此也第一个成为他们下手的目标。鲍胜虽然狂妄无忌，但也不敢率先对强大的霍氏动手，他总要先用弱小邻邦试水，一步步吞并，一来扩大地盘，二来彰显武功，壮大声势。他没有想到的是树大根深的灌家竟然如此疲敝，所谓的精兵强将根本不堪一击，他们唯一的法宝就是天险小岩城，但这里是座孤城，被围得水泄不通，里无粮草外无救兵，城里的人总不能吃石头和树叶为生吧。因此鲍胜并不着急，每天在阵前饮酒作乐，鲍胜早年在章国为将，深谙兵法，知道孤城难支，他有的是时间，鲍家领地的粮草源源不断地送过来，他相信用不了三个月，小岩城不攻自破。就算有哪个不开眼的家族想要出来挡横他也不怕，大不了撕破脸刀兵相见，也许还能提前将景国归于一统。

鲍胜是个目空一切、锋芒毕露的人，心比天高，对一统景国念念不忘，更看不上昏庸懦弱的国君，如今他的气数已尽，需要有德者取而代之。只要扫平其他几家大夫，不怕国君不让位于我，就算退一步，像信阳君那样做一个幕后的摄政操控整个国家也算不错。

霍安一行来到小岩城附近的时候，鲍家人马并未发觉。灌氏所有剩余精锐都被困在小岩城一带，外面的残兵根本不足为惧，因此他们并未过于在意身后。

司徒煜来时看到一路上被鲍氏军队占领的城池，心中早已有了打算，他甚至阻止了霍安等人前去营救的打算。司徒煜早已料定，鲍胜一定会按捺不住去占领这些防守力量薄弱的城池。鲍氏家族的兵马虽然不少，但一旦分散，小岩城的围兵一定会相应减少，而那时就是里应外合的最好机会。

司徒煜定下的计划是，霍安、嬴媳、灌央率领部分灌氏残兵，从后方突袭，与城内里应外合，打开一条通道；与此同时，田武、范缜率领剩下的人，带着战俘趁机通过，神不知鬼不觉地赶往霍家封地。这样既可以给小岩城解围，又可以让战俘顺利通过，可谓一箭双雕。

"这主意好是好，不过要如何实现呢？"

"与城内里应外合当然是上策，可是城外有鲍家大军围困，要如何告知他们？"

"我可以趁夜冲过去，趁其不备，杀出一条血路，冲进小岩城。"嬴媳看着远处的鲍家军，手握刀柄，信心十足地说道。

"这事哪能让你去？要去也该是我。"霍安当仁不让，他知道嬴媳战斗经验更为丰富，但这种拼命的事，他又如何能放心让她去冒险？

"什么意思？又看不起女人？你哪次打架赢过我？"嬴媳不服气道。

"又小心眼，这是我们景国的事，哪能让你去冒险？"

"我嫁给你，不也就是景国人了吗？"

"好，那我们一起去。"

"不错，打仗亲兄弟，上阵小夫妻嘛。"赵离笑嘻嘻地调侃。

"你们不要争了,应该是我去,毕竟城里被困的是我的家人。"灌央说道,他知道这是个九死一生的事,又怎能让霍安他们为自己去冒险?

"你添什么乱?你那两下子去了还不是送死?"

"我知道我武功平平,不过我身为灌氏子弟,就是死,也要和父兄和族人死在一起。"灌央倔强地说道。

"是条汉子!"嬴偲拍了拍灌央的肩膀,"就冲这句话,我们俩陪你同生共死。"

"子熠,你说的是救人,他们却争着去送死,这不是当着厨子挑饭菜吃,嫌你司徒先生的计策太笨吗?"赵离一旁坏笑着调侃,"这事要是我可忍不了。"

司徒熠微微一笑:"当然不用有人去闯营,这不等于给鲍胜通风报信吗?"

"可是……"几个人都有些不明就里。

赵离看了一眼司徒熠,惬意地靠着树干半躺,打开酒囊:"俗话说,天塌下来有个大的顶着,你们身边有这么个机灵鬼,又何必要自己操心呢?"

"霍公子还记得天机门吗?"

"天机门?听上去像是很神奇的地方,里面有好玩的魔法和巫术吗?"嬴偲好奇的凑过来。

"你能不能不捣乱?我们研究解围救人的正事呢。"霍安不耐烦地把嬴偲推开。

"天机门?就是你们和公孙痤一起联手作弊的那件事吗?"灌央不解地问道。

"是他,不是我们。"赵离纠正道,"我可没分过一文钱。"

"分钱没你的份,但为虎作伥的事你可没少干。"司徒煜白赵离一眼,"你还记得,我们是如何骗过淳于夫子的吗?"

"我想起来了,竹鸢!"霍安恍然大悟。

传说远古的三皇时期,由于人们对天神不敬,导致诸神的报复,人间大旱三年,赤地千里,百姓们无以为生。工匠巧倕制作了一顶精美的王冠,放于王屋之巅,霞光万道,瑞彩千条,震动天地,就连天边的晚霞都因此黯然失色。昊天上帝被王冠吸引,戴在头上,却发现被王冠禁锢,任凭他使尽法力也无法取下,无奈只得答应巧倕的请求,派风伯雨师为人间降雨,百姓们从此得救,巧倕也因此被称为工匠之祖。

而赵离据说就是巧倕祖师转世。

景国没有竹子,但树木却不少,赵离很快做出了三只木鸢,趁着夜色放入城中。当初这种竹鸟可以带着司徒煜写好的答案飞入买家的窗口,现在只要飞到城墙之上,当然太容易做到了。

灌午正愁得夜不能寐,望着天边的星辰祈祷,突然手下士卒前来禀报,在城墙上发现了一只奇怪的木鸟,上面有公子的手书。

灌央在信中言道,自己得遇一高人,用兵如神,妙计通天,在他的策划之下,一定可以一举击败鲍氏家族,解小岩城之围,请父亲千万要听从高人的指挥,两军勠力同心,方能大胜。

灌午大喜过望,他为即将破敌解围感到高兴,更为儿子的成长感到骄傲。每个父亲在看到爱子长大成人的时候,总会有这样的欣慰。

"我就知道天无绝人之路,青出于蓝,灌家后继有人啊!"

午夜时分，灌午依照约定在城楼举火为号。埋伏在山坡的霍安等人立刻起兵，杀向围在城外的鲍家军。双方立刻展开一场混战。经历了白天的战斗，霍安已经适应了战争的气氛，再加上和嬴媤一起，又缴获了趁手的兵器，变得更加勇不可当；嬴媤也是当仁不让，一把弯刀舞动如飞，真的像是七杀神君下凡一般，"红妆七杀"的绰号不是白叫的。灌氏残兵在他们的带领下也勇猛异常，都变成以一当十的好汉，加上城内兵马的接应，士气大振，一度抢占了先机。

鲍家大军并未料到会有人偷袭，被打了个措手不及，但他们人多势众，几乎是灌氏家族的十倍不止，鲍胜身经百战，统兵有方，带来围城的又都是家族中的精兵强将，因此只是混乱了一阵，就马上稳住阵脚，他曾经跟随王晋多年，深得王大将军真传，反应迅捷，应变能力极强。但饶是如此，东南方向也被灌氏兵马冲开了一道豁口，此时如果指挥得当，依然有机会突围撤离，但就在这个关键时刻，司徒煜的指挥却偏偏出现了失误，大军在他的调动下，没有向外冲杀，而是冲向了城内。

一步走错，全盘皆输。鲍胜反应神速，立刻调遣兵马堵住了豁口，城内的灌氏人马加上城外前来营救的人，再次被死死地围在城内。看着退入城内的灌氏败兵，鲍胜仰天狂笑道："灌家世伯，您想得可真周到啊，小侄正愁找不到贵公子，您这么快就把他给调来了，如此大恩，让我怎么谢您呢？"

城楼上，灌午看着城下密集的敌军，心中无比绝望，看来这次灌家百年基业可真要毁在我的手里了。他懊恼地扔掉佩剑，气急败坏地一边下城一边埋怨儿子："你干的好事！咱们爷俩困住一个还不够，你还要跑来送死！"

灌央到现在还没回过神来，他明明记得仗打得很顺利，己方势如破竹，敌人一触即溃，他曾经还一度想过要生擒鲍胜。可是不知道怎么回事，一下子就形势逆转，变成了瓮中之鳖。他懵懂地跟着父亲下楼，茫然的解释："父亲息怒，待孩儿问问司徒先生……"

灌午不等儿子传话，大步走过去，怒气冲冲地看着司徒煜："你就是那个高人？"

司徒煜不卑不亢地答道："晚生司徒煜，见过灌大夫。"

看到司徒煜依然一副云淡风轻的样子，灌午气不打一处来，顾不得斯文，咬牙切齿地喝道："哪里来的黄口孺子？坏我大事，分明是鲍氏派来的奸细，来人，给我拿下！"

霍安挺身挡在司徒煜跟前，拱手道："灌世伯，且慢动手。"

灌午刚刚忙于应战，在乱军之中没有发现霍安的存在，只知道对方有两名年轻的小将英勇无比，所向披靡，原来竟然是霍纠的儿子。灌霍两家都是景国最古老的贵族，素来交好，往来颇多，但也没有好到会合兵抗敌的程度。毕竟六家大夫有一个不成文的协定，就是冲突仅限两家，当两家开战的时候，其余四家只能坐山观虎斗，而不能出手相助任何一方，以免造成整个景国的大战。但这也给怀有虎狼之心的鲍家以口实，他可以逐个击破，一统全国。鲍胜之所以有恃无恐，出兵伐灌，正是因为这则协定。

灌午惊愕地说道："霍公子……莫非……你是奉了令尊之命来……"

灌午把到了嘴边的"搭救"二字咽了下去，身为六大夫之一，兵败至此，还需要别人营救，实在是羞于开口，如果真的受了霍家这份大恩，要如何报答才是呢？少不了又要献城献地，如此下去，灌家的封地还能剩下几分？

"回世伯，小侄并非受家父所谴，而是跟随司徒先生前来接应您的。"

"司徒先生？"

灌午一时有些不解，他知道霍安从小心高气傲，目中无人，怎么竟然能对这么个无名之辈言听计从？好像还是很恭顺的样子。这个瘦弱的年轻人有什么魔力，能降伏霍家公子？他哪里知道，站在他面前的不只有霍家公子，还有高漳君家的小侯爷和章国长公主，他们都唯司徒煜马首是瞻，如果知道真相，灌大夫的下巴只怕都要惊掉了。

"霍公子光临，老夫招待不周了。"

"世伯不必客气，我和灌家贤弟同窗读书，又岂能见死不救？"

"只是，这件事既然令尊不知道，那么恐怕不妥吧。"灌午迟疑道，如果日后霍纠怪他教唆自己的儿子，以至于把霍家卷入纠纷，我该如何交代？

"世伯不必担心，适才外面天黑，又一片混乱，我以白绢蒙面，不会有人看到我的脸。"

"那就好，那就好，如此……"灌午再次看向司徒煜，既然大家似乎都对他敬佩有加，也许他真的有什么过人之处，于是，他的态度也变得恭敬起来，"司徒先生，恕老夫失礼冒犯，请府中一叙。"

"敢问司徒先生有何退敌之策？"

来到灌氏府中，分宾主落座，灌午迫不及待地问道。

小岩城被困多日，城内早已物资空虚，几乎连粮草都快要供给不上了，这里虽然是要塞，但存储的粮食毕竟有限，大军长期驻扎于此，实难支撑。

"敢问大夫城内尚有多少粮草？"

"原本也许还能支撑十日。"灌午苦着脸答道，"现在又多了这些败兵，大约只够吃七天了。"

"七日足够。"司徒煜平静地答道。

"这么说，司徒先生成竹在胸了？"灌午半是好奇，半是怀疑地问道，鉴于是霍安的朋友，他尽量对对方保持了必要的敬意。

"办法是有，不过现在还不能确定。"

"形势紧急，还望先生早些想出办法才好。"

"是啊，司徒兄，鲍家何等残忍你也看到了，如果他们攻下小岩城，城内的百姓军民可就要玉石俱焚了。"

"放心，我一定不会让鲍家一兵一卒进入城内。"司徒煜似乎是在心里盘算着什么，他站起身，"各位，在下少陪，要去看一样东西。"

"看什么？"

"这座城池。"

"城池？"

"学生斗胆，向大夫讨两样东西。"

灌午对这个孤傲的年轻人并无太多好感，他不相信此人有什么经天纬地之才，恐怕夸夸其谈的可能性更大，不过现在也没有别的办法，只能死马当活马医了。

"但凡小岩城中有的，先生尽管拿去用。"

"当然有。"司徒煜微微一笑，"不仅有，而且很多。"

第八章
鲍氏围城

司徒煜要的是石头。

小岩城依山而建，别的不多，石头有的是，否则也不会叫这个名字了。

景国地理条件得天独厚，如果不是国君昏庸暗弱，豪门争强，否则这里一定是比良国更为富庶的地方。这里多是适于耕种的平原，为数不多的几座山位于西北地区，其中最为险峻的凤岐山就位于小岩城背后。这座山高耸入云，层峦叠嶂，刀削般的悬崖拔地而起，粗犷而冷峻，犹如一柄来自远古洪荒的利剑，山上怪石横生，屹立于山巅之上，显得凝重而狰狞。山上根本没有路，甚至没有缓坡，有的只是遮天蔽日的山峰和深不见底的峡谷，因此根本不必担心敌兵经山路来袭。

小岩城靠山的一面并无城墙，人们可以直达凤岐山脚下。司徒煜召集城内的士卒，备好车马，在后山大力开采岩石，城中的军民百姓都好奇地看着这些人在忙碌，莫名其妙。就连霍安和嬴媳也有些不明就里。

"司徒兄，我们采集石块，是要加固城墙吗？"

"可是我觉得当务之急是粮草，而不是加固城墙。"嬴媤在一旁说道，为了更快地收集石块，她和霍安也加入了劳动的人群，虽然已近初冬，他们还是浑身大汗淋漓。

"目前的城墙已经够坚固了，就算再坚固一百倍，我们也无法挺过三十天。"

"言之有理。"司徒煜微微一笑。

"那到底是为什么呢？我们何必要把力气花在这些无谓的事情上？"

"谁说我要石头是为了加固城墙？"

"难道不是吗？"霍安看着面前堆积如山的石块，茫然问道。

"这些石头除了垒墙，还能做什么？"嬴媤同样懵懂。章国武士野战天下无敌，但对攻城，尤其是守城并不在行，很简单，因为没有哪一国能打到章国城下。

"你们认为我把大家引入小岩城，当真是一时失误吗？"

"那么……"嬴媤更加糊涂了，司徒煜是另有妙计，还是死不认错？

"我觉得不是。"霍安大声道，"我大哥绝不会犯这么幼稚的错误，可是那又是为了什么呢？"

"如果我们趁机突围，不是没有机会。但你们想过没有，即便是突围成功，我们又将往何处去呢？"两旁叮叮当当的凿石声此起彼伏，司徒煜也不由提高了声音，"鲍家精锐尽在，我们即便是逃出这次围困，也只是暂时脱险，很快会再次陷入困境。"

"所以，你想在此与鲍氏大军决战？"

"对，即便不能全歼鲍氏人马，也要让他们几个月内无法再度用兵，这样才能令灌氏有喘息之机。"

"明白了。"霍安恍然大悟，"所以我们要多准备滚木礌石，引他们前来攻城，把敌军消灭在城下。"

"你猜对了一半，我们要做的不是防守，而是进攻。我让人准备下木石，但却不是为了守城用的。"

司徒煜当然不会只想到困守孤城这么简单的办法，他虽然有着谦和斯文的外表，却有一颗狮子的心。

一片树林，在文人墨客眼中是美不胜收的景色，但是在樵夫眼中，就是成百上千斤上好的木柴。

霍安猜对了木石搭配，却没有想到如何运用。

在他们奋力开采石头的同时，赵离和灌央正带领一队人马在山脚下砍伐树木。景国土地肥沃，雨水充沛，很适合植物生长，因此这里的树木也长得极为茁壮。赵离挑选了许多质地坚硬的木材，用了三天的时间，做成了五架巨大的发石车。

这是一种长约五丈，高三丈的巨大木车，横梁和立柱都是合抱粗细的树干，底盘配以厚重的铁板，下有四个硕大的木轮，方便移动，两根原木做成的杆梢的顶端有粗藤编织的巨大网兜，可放置重大几百斤的石块。每辆车重达千斤，需要三十名强壮的士卒操控。

赵离不愧是天下手最巧的人，这几辆形体硕大的发石车竟然没有用一根钉子，全部用卯榫结构，每个部件都组合得严丝合缝，精巧得宛如一柄折扇或烛台。

制作这样几台发石车对赵离而言并不是什么难事，灌家人并没有认出他的身份，只道他是霍家门客，一个手艺高超的工匠。赵离也乐得隐藏身份,这样可以免去很多不必要的客套和应酬。虽然城中的粮食所剩无几,但好酒还是有一些。一边畅饮美酒,一边制作机关,人生乐事不过如此。他心中唯一的顾虑是,这种武器不会太过残忍吗?

"那么你有没有想过,城破之后,鲍家人马会如何对待城中的军民人等?"

"我当然不想让屠城发生,难道除了杀人就没有别的办法吗?"两人站在城楼之上,看着城下密密麻麻的鲍氏士卒,赵离心中不忍。

"阿季,你杀的是手持兵器的士卒,而他们杀的是手无寸铁的百姓。"

"可是城外这些士卒,他们又何尝不是百姓黎民?"

"当他们拿起刀枪的那一刻,就不再是百姓。并不是什么事都可以有一个完美的解决,有时候我们只能面对一些无法回避的残酷现实,这些士卒是因鲍胜而死,不是因你而死。"

"为什么一定要这样?天下的人都怎么了?一定要靠杀人来解决?一定要血流成河才算罢休?"赵离扼腕长叹道。

司徒煜沉默片刻,拍拍赵离的肩膀:"阿季,我们不是在杀人,是在止杀。"

赵离平生第一次下意识地躲开了司徒煜的手,他不是不懂这些道理,也依计为他造成了发石车,但这一亲昵举动却令他感到有些不适,司徒煜的手依然修长而精致,但赵离却隐约感到他的手上沾有鲜血。

看着赵离远去的背影,司徒煜心中掠过一丝无奈,从来只有决策之人要承担一切后果。在路上,鲍氏士卒的残暴令他想起了当年国破家亡的一幕,那份惨痛至今还常常在他梦中出现。司徒煜心中最痛恨这些为了开疆拓土而滥杀无辜的人,他们扩张的每一寸土地都浸透了鲜血。

司徒煜本不是个嗜杀的人，他也清楚发石车的杀伤力，但对于这种邪恶之徒，怜悯是不适用的。

灭不仁，诛残暴，不如就先从鲍氏开始吧。

自昭王朝建国以来，礼制森严。天子之城方九里，高九仞，具九鼎，掌六军，兵车万乘，坟高三仞，树以松；公侯方七里、高七仞，具七鼎，掌三军，兵车千乘，坟高十二尺，树以松；侯伯方五里、高五仞，具五鼎，掌一军，兵车百乘，坟高八尺，树以栾……

但在近百十年来，确切地说从嬴起称王开始，这些礼数就只存在于各国宗庙及大域学宫的藏书馆中了。一个诸侯可以称天子，建王城，驾六马，燃百燎，那么大夫们为什么不能与国君齐平呢？

鲍胜有个习惯，无论到哪，都要摆足了排场。

他一直以章王嬴起为榜样，他虽然不敢僭越天子，但自从即位之后，立刻把自己的礼数升级为诸侯一级，无论是车马还是仪仗和祭祀用的礼器都和景国国君齐平，甚至大有过之。每到之处旌旗蔽日，鼓乐声传出数里，即便是大昭王朝极盛时期的天子出巡也未必有这个阵仗。而且他为人性喜奢华，穷奢极欲，哪怕是在军营之中，丝竹管乐，歌童舞女，一样都不能少。五千人马中，他的车仗卫队就占了八百人，清一色是相貌俊美身形高大的年轻男子，身着闪亮的谭国铁甲，外披专门从良国定制的华美锦袍，宛如金甲天神一般，仅这一身装束就要花掉几百名百姓的赋税。他自己更是服饰的极尽华美，趁上他英挺高贵的外貌，确实算得上威风凛凛、器宇轩昂。但他却是个徒有其表的人，外表的不可一世更衬托出内心的空洞与自卑。有人说他做事效仿章王起，做人效仿信阳君，还曾经编了一首歌谣，霸气凌人兮仿二君，横征暴敛兮祸黎民。但他却不以为意，反而沾沾自喜，认为自己身具南北双雄的特质，将来一定可以龙腾九天，独霸天下，全然不知道自己既无雄才也无大略，有的只是父祖奠定下来的基业，和一颗狂妄自大、目空一切的心。家中几位老臣曾经忠言劝告，提醒他不要过于张扬，以免招来祸灾。三天后，这几位老臣的头挂在了封地最繁华的街道上，成为闹市中最引人注目的装点。从此之后，家臣们学乖了，实在管不住自己嘴巴的人纷纷离开，另谋出路，总之，鲍胜再也听不到逆耳忠言了，于是在斜肩谄媚之辈的蛊惑下，更加得意忘形，自称"无敌将军"，并将这四个大字绣在大旗之上。

此刻，这面大旗就飘扬在小岩城的城下。鲍氏家徽是一朵怒放的菊花，配上这四个大字，倒显得相得益彰。

景国是昭王朝中最古老的国家，一般来说，传承悠久、注重礼仪的中原贵族们通常会采用更为优雅的纹饰作为家徽，而不像偏居住北方的章国用雄鹰、西南的沛国用毒蛇这种凶猛怪异的图案作为徽章，这两地都被视为不开化的蛮夷之地。唯一的例外是良国，他们也是与天子同宗的姬姓贵族，但徽章却是一只凶猛可怕的章鱼。

在良国建国初期，曾经以神鸟三目金乌为徽章，象征高贵与光明。但随着与海盗的交往以及冲突越来越多，良国人逐渐发现，他们需要的不是高贵和文明，而是强悍与铁血，因此他们在剿灭了海上最强大的一支海盗势力之后，用缴获的章鱼旗帜作为徽章，以此震慑海上群雄。

鲍胜立马在这面大旗之下，一身鎏金盔甲在阳光下熠熠生辉，外罩红袍，腰间佩剑的剑鞘镶嵌金箔，缀满宝石，他生平酷爱金色，以及一切明亮光鲜的颜色，他希望自己像太阳一样光芒四射。他身旁是同样装饰华丽的卫队，每人都身着锃明瓦亮的银甲，头戴绯色簪缨，簇拥在鲍胜身旁，人如猛虎马似蛟龙，威风八面，耀武扬威。

经过了十几天的围城，鲍氏兵马愈发骄横无忌，他们昨天接到了城内送出的战书，正跃跃欲试，准备一举歼灭所有敌军。城外的鲍氏兵马有五千人左右，而城内只有不到八百名士卒，而且士气低落，而且缺少粮草，几乎连饭都吃不饱，双方相差悬殊，这场战斗似乎毫无悬念。鲍胜看着天空中旭烈的阳光，心中盘算着如何处置灌家父子。景国立国几百年，大士族之间几乎都有通婚，算起来鲍胜还要叫灌午一声伯父，但在权力面前，这点儿亲情恐怕还不如海滩上的沙砾更令人注目。不过尽管如此，鲍胜还是打算留他们一条命，听说灌家老爷精通音律，留在我的府中做一名琴师或许不错。至于灌央这个小崽子，长相还不错，眉清目秀，如果识相的话，也许我会让他做我的随从。

辰时刚过，小岩城城门大开，几架身形巨大造型奇特的木车缓缓而出，吸引了所有人的眼光。

"此乃何物？"鲍胜诧异地低声问身旁的人。前几次交战，灌氏军队一触即溃，几乎没有还手之力，但今天他们刚一列阵，鲍胜就感到与以往不同，他们有了精神。

身旁谋士看了半晌，犹豫地答道："难道是发石车，传说当年黄帝在与蚩尤的涿鹿大战中曾用过此物，我朝初期，镇鸾先师也曾造此物助武王伐狃，可是……"他不解地自言自语道："据说此物几百年来已经失传，小岩城中怎么会有人造出这种器械？"

对方阵中似有高人，鲍胜也不免有几分慌张："别引经据典了，赶紧告诉我，它能做什么？"

"据说可以发射……"

说话间，对方阵营中传来沉重的木材撞击声，随着几声呼啸，一批圆桶形的东西凌空飞过。

鲍胜慌忙吆喝布阵。他挥舞手中的令旗，鲍氏营中阵型迅速变化，盾牌手上前，用长约五尺的巨盾组成一道坚固的藩篱，护住身后的弓箭手和骑兵，一旦对方攻势减弱，立刻出动骑兵，以迅雷不及掩耳之势击溃对方。步兵防御，弓箭掩护，骑兵冲锋，这是章国惯用的战术。盾牌由硬木制成，外包青铜镶铁，坚不可摧，可抵御任何强弓硬弩，盾牌上铸有鲍氏家徽，远远望去，像一片盛开的金菊。章国常年与蛮族作战，他们的阵法可以抵御骁勇的蛮族骑兵，其中最关键的一环就是长盾，鲍胜的战术完全学习章国，因此长盾、硬弓、快马也是他克敌制胜的三招。

但这次从空中落下的并不是弓箭，而是数以百计的木桶。桶中灌满了粪便，以木盖封死，一旦落在坚硬的金属盾牌上，顿时四分五裂，里面的黄白之物四散飞溅，像一阵粪雨一般，鲍氏人马几乎都被雨露均沾，就连鲍胜也被溅得满身都是。上百个粪桶，足有几千斤的粪便从天而降，鲍氏阵营中顿时臭气熏天，一片混乱。

鲍氏门客说得不错，随着镇鸾先师仙逝，这种可怕的器械逐渐失传，几百年来也只存在于传说中。大域学宫的冲宵阁中不仅藏有天下所有的诗书子集，而且也有工匠、农医方面的经典。赵离聪明绝顶，早已把所有陵光学院的典籍通读吃透，发石车这种有趣的玩意当然不会放过。在两年前，赵离就造了一架小型发石车，只不过发射的不是能砸死人的石块，而是能醉死人的酒糟。

第九章
初战告捷

鬼斧对于赵离，正如同廖仲对于司徒煜一样重要。

每当司徒煜陷入困惑之际，廖仲就会出现在他身旁，为他传道受业解惑，令他醍醐灌顶，茅塞顿开。而每当赵离不开心的时候，鬼斧也会出现在赵离身旁，带给他两坛好酒，令他徜徉在醉乡之中，流连忘返，心旷神怡。

赵离来到学宫之后，用了短短三个月通读了所有关于机关和医药的著作，之后便开始陷入了长期的无聊，不知道如何打发时光。司徒煜是个书痴，常常扎进冲宵阁一坐就是一天，甚至连饭都忘了吃。赵离可坐不住，他对陵光学院之外的书籍也没什么兴趣，多亏有了恩师鬼斧，他才能踏踏实实地在学宫学满三年。

赵离不仅喜欢喝酒，更喜欢酿酒。他对研制某件东西和其背后的工艺原理有着不可遏制的兴趣，他以前在家中尝过各种佳酿，但现在才知道原来酿酒工艺竟是如此神奇，一些粮食加上清水，若干天之后就会变成甘美香醇，让人馋涎欲滴的酒。这师徒俩一拍即合，偷偷在学宫中挖了一个酒窖，每天忙得不亦乐乎。每天馥郁的香气冉冉飘出，会吸引无数学子前来品尝。

赵离是个一旦投入就会沉浸其中的人，他没有功利心，只为好玩，在熟练掌握了酿酒技艺之后，他还别出心裁的在酒中加入了桂花、桃花、青梅、桑葚等花果，令酒变得更加可口，赵离确实是个天才，经他调制过的酒，别说大域学宫的学子们趋之若鹜，就连大域三镇，尤其是黄丘的酒肆都供不应求。他还为这种酒起了一个好听的名字，叫"辍杯"。司徒煜听到这个名字的时候还有些诧异，难道这种酒会令人停杯不饮吗？

"当然不是。"赵离纠正道，"'辍杯'的意思是，这种酒喝了一口，就会扔掉杯子，直接用坛子喝。"

当鬼斧老先生尝过第一口之后就连声惊呼"琼浆玉液，天下无双！"并不顾师徒名分，非要拉着赵离结拜兄弟。

美酒固然甘美，但如何处理剩下的酒糟却成了麻烦。大域学宫不许带随从仆役，赵离和鬼斧是一对懒鬼，谁去倾倒堆积如山的酒糟成了两人争执不下的难题。鬼斧虽然一向不拘小节，最讨厌长幼尊卑的规矩，但涉及搬运酒糟这么繁重的劳动，却也不能免俗，搬出了许多"敬老尊贤"的典故来说服赵离；赵离喜欢做的事，哪怕是千辛万苦，他也乐此不疲，但不喜欢做的，就算是有一万把刀架在脖子上也休想让他动一下手指头。这一老一少相持不下，从傍晚吵到天亮，酒喝了好几坛，两只烧鹅吃了个精光，结论却依然没有，其间还几度跑题，扯到了如何做荷叶鸡更好吃的话题上。最终还是鬼斧想了一个办法，两人按照典籍记载，制造了一架发石车，专门用来把酒糟抛出学宫。酒窖位于学宫一隅，只要拉动绳索，几十斤重的酒糟就会凌空飞起，越过围墙，飞到学宫后方的天问山中，以至于山中的猴子、野猪和黑熊都曾经一度非常痴迷这种从天而降的美味，乃至上瘾，每天都等在山坡上翘首期盼。后来赵离酿酒技巧日臻完美，便失去了兴趣，改玩其他的行当了。这下可急坏了山中这些"食客"，每晚传来的如泣如诉的嗥叫声响彻学宫，吵得大家难以入眠。

司徒煜早就知道赵离懂得如何制造发石车，所以才会选择进城与灌午会和。天时，鲍胜有勇无谋，骄兵必败；地利，小岩城有足够的树木和石块；人和，有赵离这个机关高手在身边：他要在小岩城一举打垮鲍胜，这一战势在必得。出奇制胜，反其道行之，一直是司徒煜的行为准则，但在冒险的背后，是他缜密的思维和老到的谋划。

但赵小侯不愿杀人，司徒煜拗他不过，只得答应他第一轮先发出警告。偏巧小侯爷又是个恶作剧的高手，他让人搜集全城茅厕中的屎尿，装在木桶中，就连猪粪鸡粪也不放过，作为送给鲍氏的见面礼。有一点司徒煜没有告诉赵离，他知道鲍胜是个意气用事的家伙，根本禁不住挑衅，一旦被激怒，他会完全失去理智。果然不出司徒煜所料，看着心爱的金甲上沾满了大片屎尿，鲍胜气得七窍生烟，不顾一切地命令骑兵冲锋："给我攻下小岩城，杀个鸡犬不留！"

冲动乃兵家大忌，真正优秀的将军绝不会被对方干扰心绪。历代名将都有一个共同的特点，就是无论胜负，无论形势如何，都能在战场上保持绝对冷静。当年大昭王朝最为经典的郢陵之战，在被凶悍无比的蛮族骑兵团团围困三天之后，高漳君赵介依然气定神闲，在营垒中与当年作为他部将的公子起对弈，甚至连烹茶的工序都没有一丝混乱。多年之后，每当嬴起说起天下大势，都坚持认为只要赵介在世，章国绝不会与定平开战。

鲍胜虽然自称"无敌大将军",但却是心浮气躁,虚张声势,不是用兵之才,一个回合就破绽百出。司徒煜暗暗摇头,心中松了一口气,鲍胜徒有其表,根本不是对手,如此说来,霍家日后在自己的辅佐下大可兼并其他士族,一统全国。

司徒煜轻挥令旗,城楼上箭如雨下,第一轮冲上来的鲍氏骑兵纷纷中箭落马,剩下的残兵仓皇退回。骑兵的特点是行动迅捷,来去无踪,最擅长突袭野战,而在对方阵营稳定的情况下,擅自出动骑兵攻城,实在是愚不可及,白白葬送了这些优秀的骑兵。

鲍胜几天来一直势如破竹,正在志得意满之际,今天突遭败绩,实在是怒不可遏,他实在搞不懂为什么形式会突然逆转。他是个任性而易怒的人,此时被愤怒冲昏了头脑,举起令旗,正打算命令全军出击,拼个鱼死网破,就在此时,对面号角声响,第二批弹丸又凌空飞来,这次可不再是粪桶,而是磨盘大小的青石,每块重达三百斤上下,当空落下,威力无比。鲍氏人马猝不及防,被巨石砸得人仰马翻。鲍胜只看到一块怪鸟般的黑影当头落下,一块棱角分明的巨石重重地砸在身旁不到三尺的地方,几名手持长盾的士兵被砸得凌空飞起,手中的盾牌在岩石的撞击下横向飞出,将鲍胜胯下的白马斩为两段,鲍胜应声落马,喷涌而出的鲜血溅得满身都是。身旁队伍一片大乱,他们还没有回过神来,第二批可怕的巨石又砸了下来。士卒们哪里还顾得上阵形,纷纷争相逃命。霍安、嬴媳、灌央率领骑兵从后一阵掩杀,鲍氏人马相互践踏,死伤无数,五千人马损伤过半,鲍胜丢盔卸甲,在几名家臣的拼死护卫下杀出一条血路,带领残兵败将逃往自家封地。

起风了。

没有任何征兆,刚刚还是晴空万里,突然一阵狂风从遥远的北方带着沙土和寒冷席卷而来,飞沙走石,深秋湛蓝深邃的天空瞬间变成了灰黄的混沌一片。枯草漫天,四野变色,天地难分,狂风发出萧瑟的响声,像是在悲哀地哭泣。

在霍安的记忆中,景国似乎还从来没有过这样的狂风,难道真的像人们所说,大乱之际,天降异象?

城外,灌氏士兵在打扫战场,他们挖了一条长长的沟壑,把双方战死的士卒分开埋葬。几只秃鹫在空中盘旋,肆虐的狂风也无法消除它们贪婪的食欲。一些尸体还没有被掩埋,有些只能称作是一些残肢,一只在肘部即与躯干分离的手中还握着长戈。

赵离独自坐在城楼上,任狂风把鬓发吹乱,似乎毫无感觉。一只酒囊递到眼前,霍安紧挨着赵离坐下,他显然也刚刚喝过酒,白皙的脸有些涨红,他的声音有些沮丧。

"还记得那次'夺旗大赛'吗?"

赵离接过酒囊。酒很好,是景国特有的"关山松醪",但今天却有些难以下咽。

"我从进入监兵学院那天开始,就一直盼着能参加一场真正的大战,我觉得自己一切都已经准备充分,只要有一次机会,就可以一举成名,成为威震天下的战神。"霍安自顾自地说道。

"现在机会来了,看这个趋势,以后这样的机会有的是。"赵离冷笑道,他的语气有些嘲讽,但绝不是在嘲讽霍安,因为他知道霍安和他一样不喜欢眼前的景象,他不知道是在嘲讽谁,在这一刻,赵离对人失去了信心。

"问题在于,我突然发现其实我并不喜欢打仗,我喜欢的只是演习,你知道吗,在我第一次杀人之后,把前一天的饭都吐了出来。"霍安自嘲地说道,"我可能永远不会成为卫野或者你三哥那样的武士了,在演武场上把对手打倒,和在战场上把敌人砍倒,完全是两码事。"

"你以为他们就不会感到厌恶吗?我经常听我三哥抱怨战争,只要是个正常人,就不会从杀戮中找到快感,除了张粲和王晋那样的人以外。"赵离把即将喝干的酒囊递给霍安。

"最可怕的是,我发现自己已经习惯了杀人。"霍安感到有些恐惧,"第二次杀人的时候,我竟然没有了那种恶心的感觉,如果再有几次,我会不会爱上杀人?会不会变成王晋那种人屠?"

霍安仰头把酒喝干,他虽然高大魁梧,但却有些不胜酒力。

"记得小时候,家中的仆人总是会把吃剩下的猪骨头砸碎了喂猪,而它们总是吃得很香,全然不顾被吃掉的就是朝夕相处的同伴,甚至会为了争食打架。我当时很好奇,一直在想畜生是不是都会吃自己的同类?于是就用吃剩下的狗肉去喂家中的两条猎犬。开始他们根本不吃,甚至非常害怕,我明显感到一条狗在颤抖。后来我把剩下的狗肉掺在羊肉中一起喂它们,可能是羊肉的味道太鲜美了,它们一时有些难以克制,但当它们把肉吃光之后,很快就呕吐起来。那天我呕吐的时候,清楚地想到了这两条狗,我想当时它们的感受一定和我一样。"

霍安是一个从不喜欢示弱的人,赵离清楚地感受到了他的无助和痛苦,这场突如其来的战争彻底改变了他对自己的认识和对人生的设想。

赵离不是廖夫子,也不是司徒煜,无法为他开解,他自己尚且在迷茫之中。

"你在想什么？"

"我在想，子熠曾经亲睹自己的家人死于乱军之中，当时他会有多痛苦。"

一切都是在司徒煜的计划中进行的，没有丝毫偏差。在小岩城激战之际，顺德城里的霍纠早已得到禀报。这几天景国境内发生的大事当然瞒不过他的眼睛，他只是没有想自己的儿子和儿媳也参与其中。当斥候禀明情况之后，霍纠当即做出反应，下令封地全境高度戒备，所有士卒弓上弦刀出鞘，严阵以待，以防鲍氏突袭，并且亲自率领一支人马火速赶往小岩城，他知道双方实力相差悬殊，不能让爱子命丧于此，为此不惜和鲍家撕破脸面，刀兵相见。令霍大将军没有想到的是，就在距离小岩城不到百里的时候，消息传来，不可一世的鲍胜大败亏输，损兵折将，差点儿命丧小岩城。

霍纠再三派出探马核实情况，担心是鲍氏有意迷惑对手而释放的假情报，最后经过多番核实，才勉强相信了这个事实。霍纠久经沙场，老谋深算，但他怎么也想不通，灌午区区几百名残兵败将是如何战胜如狼似虎的鲍氏大军的，两者的差距就像一个五岁的幼童和一个体重两百斤的壮汉，就算有小岩城天险，但最多也只能困守，断无反击的可能。难道真是上天庇护？

一切答案在他见到霍安的时候才得以揭晓。霍安骄傲地把司徒煜介绍给父亲的时候，霍纠很有些不可思议。司徒煜这个名字他听说过，就在前不久，这两个孩子还因为"夺旗"大赛弄得你死我活，怎么这才几天就变成了至交好友、结拜大哥和家中智囊了？他百思不得其解，最后只能像所有不能理解孩子们的行为的父亲一样，选择了接受。如果不是霍安亲口说出，他无论如何都不敢相信，这个瘦弱的青年竟然可以凭借计谋战胜强大许多倍的对手，令他刮目相看。司徒煜与年龄不符的老成持重令他印象深刻。霍纠不是灌午这种迂腐的老贵族，他心思缜密，深谙兵法，文韬武略远在鲍胜之上。信阳君曾经说过，景国唯一可以称得上当世枭雄的人就是霍纠，其他人都是不值一提的朽木枯株，只可惜他时运不济，加上为人过于谨小慎微，沉稳有余，进取不足，尤其不敢冒险，因此落得现在十分尴尬的处境。

霍家在景国确实举足轻重，霍纠也曾经想过厉兵秣马，以武力征服全国，并以辅佐国君为名统治景国，也确实有这番实力，但天不作美，祸起萧墙，在他的封地之上，同宗兄弟接连反叛，虽然不足以推翻他的统治，但也着实令他头疼，接连数年被牵制在平叛的事情上。待到终于平定叛乱，扫清障碍，可以大展拳脚的时候，同为六大家族之一的鲍宣子公开投靠章国，令霍纠投鼠忌器，他无论如何也不敢与强章为敌，因此只能退而求其次，转攻为守，保证自己的地盘不被吞并。

第十章
利令智昏

一赵、二孙、三王、四荀、五钟、六李，大昭王朝的将军不分国籍，只论军功武力，以赵介为首，有十大名将之称。霍大将军当年叱咤疆场，威风八面，也曾显赫一时，名列天下十大名将之七，甚至排名位于扈铭之前。

霍大将军的名字司徒煜当然早有耳闻，但却是第一次见到这位大昭王朝排名第七的将军。房间内光线昏暗，霍纠在上首逆光而坐，他的脸隐没在阴影中。他的身材没有想象中高大，头发有些稀疏，左侧额头有一道明显的疤痕，两鬓的发髻向内凹陷，额头显得非常突出，配上一双冷峻而深邃的眼睛，给人以精明内敛的感觉，由于常年的偏头痛，导致他的面容显得有些歪斜和阴郁。他的声音低沉，不苟言笑，很显然，霍安的脾气秉性和父亲并不相像。

司徒煜拱手道："学生司徒煜参见大将军。"

司徒煜在小岩城一战成名，成了以少胜多出奇制胜的典范。霍纠是天下名将，自然知道这一战的绝妙之处，其人思维之缜密绝非常人可比。不过他口称学生，而不是臣下，显然还没有真正打算投身霍纠门下。

"司徒先生小岩城一战以弱胜强，力挫鲍氏大军，老夫深感钦佩。"

"鲍氏兵多而不精，将勇而乏谋，在学生看来，不过是土偶蒙金而已。"司徒煜轻描淡写地说道。他并非狂妄之徒，而是有意在霍纠和其他谋士面前展露自己狂放清高的一面，来检验霍家是否能礼贤下士。他不想在这里熬个二三十年，凭着资历得到主公的信任，他需要以最快的方式，就像在小岩城的战役中，出奇制胜，得到主公的赏识，获得权力。

霍纠看向身旁的谋士，两位首席谋士郭仪和栾喜是他最为倚重的智囊，两人在霍家效力都已三十年有余。司徒煜的恃才傲物令谋士们颇为不满，自古以来，同行是冤家，你即便有些本事，又怎敢在前辈面前装大？

"鲍胜小儿鲁莽好胜，急躁冒进，本就不足为惧。"旁边，谋士滑丙不服气地说道，"小岩城一战，看似以弱胜强，实则只是运气不错，卜数只偶而已。"

"敢问先生，这样卜数只偶的战役，您打过几个？"司徒煜冷笑着反击。

滑丙被呛得哑口无言，面红耳赤。霍安在一旁暗乐，他对谋士的偏见也是从不喜欢家中的这些只会搬弄口舌的谋士开始的。

这个年轻人牙尖嘴利，锋芒外露，以后一定不好相处，郭仪在一旁暗道。他是霍家首席大谋士，另外还与霍纠有郎舅之亲，在霍家一向深得主公器重，一个黄口孺子即便是公子的朋友，又怎么能如此轻蔑家中的元老？郭仪是个心胸狭窄的人，最怕的就是有人会威胁到他在霍家地位，司徒煜小岩城大出风头，霍家谋士的心中都不免有几分嫉妒。

"好了，不要争了，有目共睹，小岩城一战的确精妙非常，即便是高漳君赵介也未必能有此神来之笔，灌家得以保全，皆是先生的功劳。"霍纠打了个圆场，

司徒煜微微一笑，一双星眸看向霍纠："大将军当真以为我这么做是为了灌氏吗？"

司徒煜的话意思显而易见，鲍氏只是先从最弱的开刀，下一步就是其他四大家族，攻打霍家只是迟早的事。而司徒煜一战挫其锋芒，虽然没有动其根本，但至少会令这只猛虎休养一段时间，对于霍家来说，这段宝贵的缓冲时间关系到整个家族的存亡。司徒煜锋芒不露，但其中利害早已晓明，大家都是聪明人，如果继续装下去，不免显得有些故弄玄虚。

霍纠铁板一样的脸上露出了笑容，于席上施礼道："好了，老夫并非是不知好歹的人，先生的好意老夫心领了。犬子说先生足智多谋，堪比镇鸾先师，那么老夫倒想请教，这下一步棋应该怎么走？"

司徒煜拱手道："主公此行不虚，可喜可贺。"

霍纠表现出了足够的敬意，司徒煜也随之改口，改称"主公"，两人心照不宣，各自明白对方的心思。

除小岩城之外，灌家大约有一半的土地被鲍氏占领，其中包括灌家的首府直庆，在鲍氏大军退却之时，只留了很少的兵马守卫，这些惊弓之鸟当然无法抵挡来势凶猛的霍家大军，几乎毫无悬念地一触即溃，把城池拱手相让。霍纠一路前来，几乎兵不血刃地连得五座城池以及周边大片的土地。天予不取，反受其咎；时至不迎，反受其殃。

霍纠来接应儿子不假，但如今这乱世，哪有大军走空的道理？至于"仁义"二字，早就像昭天子一样，成了大家都挂在嘴边，但却又没人真正在乎的东西。

韦国是第一个称霸天下的国家，曾经是盛极一时的中原强国，国君家族与天子同姓，有着古老的贵族血统，韦襄公尤其喜好名声，年轻时即与兄弟相互推让国君之位，即位后更是处处恪守"仁义"的准则，哪怕是在于敌军作战的时候，也不肯突袭，明知道对方人马是自己的两倍以上，却仍不肯击敌于半渡，一定要等敌军全部过河，列开阵势之后才发起进攻。结局自然毫无悬念地落了个兵败身死的下场，因此这位曾经的霸主也被认为是喜好虚名和迂腐的代名词。

五座连城和周边大片肥沃的土地，霍纠唾手而得，心中自然欣喜，按照大昭王朝约定俗成的规矩，灌家需要用大批的粮食、马匹以及钱币、布帛来赎买这些城池，那将会是一笔极为可观的收入。

"每座城至少要三百石粮食，直庆城还要另外加二十匹良马。"一个谋士建议道。

"灌家的马恐怕都被鲍氏掳走了。"郭仪摇头道，"我看不如让他们多加些钱币，如果我们需要马，可以去其他地方购买。"

"那就要良国的船币，当然乌鸦金币就更好了，其他钱币我们统统拒收，不要拿着那些破铜烂铁来糊弄我们。"栾喜负责掌管钱粮，对钱帛非常敏感。很显然，因为信阳君富甲天下，良国坐拥盐铁之利，贸易发达，良国的钱币是最为流通的货币。

"灌家哪有那么多良国钱币？我看不如让他们把这五座城明年的税收交给我们。"

看着这几位谋士的争论，司徒煜心中掠过一丝失望，看来霍纠身旁的谋士不过尔尔，无论是面对章国还是良国，他们都显然无法望其项背，凭此实力争雄于乱世，谈何容易。司徒煜不是个嫉贤妒能的人，相反，他喜欢和高手切磋，无论对方是敌是友。

司徒煜的轻蔑没有逃脱郭仪的眼睛，看来这个冤家是结定了。他冷笑一声道："司徒先生既然比得上镇鸾先师，有什么高见，不妨说来听听。"

"几位前辈宅心仁厚，令人钦佩。"司徒煜拱手道。

"司徒先生话中有话啊，难道是嫌我们要的赎金太少了吗？"

司徒煜一句话惹怒了在座所有的谋士，一个黄口孺子竟然当众讽刺他们不懂得与其他家族来往，真是岂有此理。

"敢问司徒先生经过几次与其他家族的谈判？"

"晚辈刚刚离开大域学宫，还一次都没有经过。"

"那也敢妄言纵横之术？不瞒你说，老夫刚到霍家的时候，足足学了五年，才敢向主公献出一计。"

"否定别人的想法不难，想必司徒先生一定有了与众不同的妙计，也许您可以为霍家争到一座城。"

谋士们大笑起来，他们对教训了这个不知天高地厚的小子感到开心。但司徒煜却似乎对他们话中的恶意毫无察觉，连一旁的霍安都感到有些挂不住了，司徒煜却依然面不改色。

"有些事多说无益，还是结果更为重要，否则我就算在这里说上三天三夜，说得山川变色、草木含悲，也未必能得到一粒粮食。"他轻描淡写地说道，"请主公给我一份手谕，把这五座城池交给微臣处理。"

这几乎是在挑衅了，郭仪拍案而起："司徒先生，请你把话讲明白，老夫在霍家三十年，还没受过这等侮辱！"

"你说结果重要，那么我倒要看看，你能给霍家带来什么利益。"

"五座城不是小数，难道司徒先生不应该先说一下你的打算吗？"

"几位先生，有道是天机不可泄露。"霍安在一旁连忙打圆场，"小岩城之战，难道大家还看不出来吗？爹，我可以担保，子熠兄一定可以给您一个大大的惊喜。"

"公子此言差矣，这件事非同儿戏，大将军得到这次机会并不容易，所谓机不可失时不再来，也许这就是关乎霍家振兴的机会。"

"我等身为霍家谋士，对主公忠心耿耿，当然不能放任一个乳臭未干的毛头小子肆意妄为。"

眼看双方争执不下，霍纠轻轻咳嗽了一声，示意大家安静下来，他看向司徒煜道："司徒先生不妨说个大概，让我们也心中有数。"

"主公，如果微臣没有听错的话，以刚才几位先生之言，如果能得到一座城将会是最好的结果。"

"一座城？"栾喜冷笑道，"司徒先生怕不是在做梦吧？"

这个年轻人是在痴人说梦，不要说景国，就是整个大昭天下，也没有这样的赎金。土地对于任何一个家族和国家来说都是极为宝贵的财产，想要得到对方的土地，除了战争和联姻，几乎别无他法。

"一座城哪里够？"司徒煜依旧轻描淡写地说道，"在下初来乍到，送给主公的见面礼怎么能如此寒酸？"

"司徒先生是在说笑吧？"谋士们一片哗然，"军中无戏言，当着主公的面，请你放尊重一点。"

霍安知道他这位舅舅气量狭小，多疑善妒，这摆明就是要把司徒煜往圈套里带。他不停地向司徒煜使眼色，不料司徒煜仿佛迷了心窍,对霍安的提醒视而不见。

"我哪里说笑了?"司徒煜一副懵懂的样子,"我说的每一个字都是认真的。"

"如果做不到呢?"

"那就砍我的头好了。"

"好,这可是你说的,取笔墨来,请司徒先生立下军令状。"郭仪心中暗笑,这个不知天高地厚的小子,看你能得意几时。

"且慢,如果我做到了呢?"

"如果你只凭三寸不烂之舌为主公得到一座城池,霍家全体谋士,无论长幼,愿悉数拜在你的门下,做你的弟子,从今后言听计从,唯你马首是瞻。"

赵离对这些军国大事一向毫不关心,他在街上捡到了一只猫,通体雪白,一双蓝色的眼睛,十分可爱。赵离一直觉得自己前世是一只猫,因为几乎所有的猫咪见到他都像见到老朋友一样,即便是最胆小的猫也会放下戒备,一个弓身跳到他身上嬉戏。

作为一名酒鬼,赵离每到一个地方第一件事就是寻找酒铺,他寻找酒铺的本事就老猎手寻找猎物,几乎不费吹灰之力。虽然这里刚刚经历了战乱,但酒的味道还是相当不错,毕竟是古老的中原大国,酿酒的技术十分精湛。当赵离满意地走出酒铺的时候,这只猫咪就蹲在不远处的屋檐上舔爪子,见到赵离,立刻跳到他的肩上,亲昵地把毛茸茸的头靠在他的脸上蹭来蹭去。赵离大乐,手中拎着酒,头上顶着猫,世上还有什么令人忧愁的事呢?

现在,赵离就躺在榻上,一边喝酒,一边和猫咪分享一条烹好的鲜鱼，像老朋友相聚一样惬意。

"可惜你不喝酒，否则咱们对饮三百杯，一醉方休，那才开心嘛。"赵离不无遗憾地说道。

猫咪边吃边发出满足的哼哼声，以示回应，眨眼之间，一条大鱼被一人一猫分食殆尽。猫咪似乎意犹未尽地舔着嘴唇。

"别慌，我还买了烧鹅，一会儿就有人送来，咱们还是对半平分。"赵离安慰道。

门外传来脚步声。

赵离开心地跳起来："烧鹅来了。"

门开了，来的不是饭铺的伙计，而是霍安。他神色焦急，额头上布满汗珠，显然是一路跑过来的。

赵离正喝得飘飘然，一把拉住霍安道："你来得正好，我正愁找不到人喝酒，烧鹅马上就到，咱们边吃边聊。"

霍安哪有心思喝酒："二哥，你赶紧去劝劝大哥，要出大事了。"

"怎么我一会不在你们就惹事？真是太不让人省心了。"赵离懒洋洋地躺在榻上，笑道，"我现在哪都不去，我正和新结交的朋友等烧鹅呢。"

"二哥，我没开玩笑，大哥这次真的是有点儿莽撞。"霍安忧虑地说道，"他怎么能这么信口胡说呢，都怪我没有提前跟他讲明其中的厉害。"

赵离听完霍安的讲述，并没有像霍安一样焦虑，他了解司徒煜，知道他绝不是个鲁莽的人，没有十足的把握，他是不会轻易开口的。

"放心，你那位大哥心眼比猴子都多三分，他心里要是没数，一个字都不会多说。"

"二哥,有句话你别见怪,有道是利令智昏,我看大哥是太急于在我爹面前表现自己的本事了。你不了解我那位舅父,他一向最见不得别人比他强,子熠兄锋芒太露,正好犯了他的忌讳,我担心他会借此对大哥不利。"

"那又如何?想害子熠的人多了,他不是还活得好好的?你舅舅比张粲还厉害吗?"

"话虽如此,我想还是提醒大哥多加小心的好。"霍安依旧忧心忡忡,"只要这次和灌家谈判不出毛病,子熠兄就还是霍家的功臣,那时候我舅舅就是再嫉妒也无话可说。"

"别的不敢说,谈判对他来说还不是手到擒来?"赵离大笑道,"你还不知道子熠的本事,巧舌如簧,死人都能让他说活了。"

话音未落,门开了,司徒煜面色凄惶地站在门口,身后跟着前来拜谢的灌央,两人都是一脸愁苦的神色。

霍安一见,心中凉了半截,司徒煜的谈判显然没有达到预期的效果,也难怪,他纵然学富五车、才华出众,但却没有任何经验,又如何能斗得过灌午这种老谋深算的政客?

在刚才的谈判中,司徒煜架不住灌午的几句恭维,一时忘乎所以,大笔一挥,轻轻松松的把五座连城悉数还给了灌氏,一粒粮食、一枚钱币都没要,他唯一的要求是希望灌氏和霍家联手发起一次会盟。景国国君和昭天子一样,几乎没有任何权力,所有大事都要六大家族协商而定,因此国内有一个不成文的规矩,就是召集会盟必须要两家以上的大夫发起方才有效。但发起会盟这种事完全可以当作附加条件,没有人会傻到用一次毫无把握的会盟来替代即将到手的粮食和钱帛,这简直就像是用几句恭维的话换到了一袋金币。谈判如此顺利，以至于灌午都感到有些措手不及，他精心准备的讨价还价的话语一句都没来得及说出。灌午心中暗笑，看来这个年轻人真的是有些得意忘形了。

"这次多亏子熠兄仗义相助，再次救我灌氏于水火，实乃我灌家再造的恩人。"灌央感激不尽，同时也不免感到内疚，他知道这可能会断送了司徒熠在霍家的前途，他心中暗想，如果他不被霍家所容，就是请他来灌家做谋士，也算一种补偿吧。

灌央并不知道，司徒熠的仗义断送的可能不只是他的前途，还有他的性命。

"一斤粮食都没要吗？"霍安有些不敢相信自己的耳朵。

司徒熠失魂落魄地摇了摇头："一颗都没有。"

赵离也惊得跳了起来，他实在难以相信司徒熠会做出这种傻事，把自己陷入如此被动的境地。

"你忘了你曾经立下军令状了吗？子熠，玩笑可不是跟谁都能开的，开错了会没命的。"

"当时灌大夫说得句句在理，我实在无法反驳，于是就一时大意……"司徒熠一脸尴尬的表情，仿佛一个犯了错的孩子。

司徒熠很少有如此茫然无措的时候，即便是少年时两人在荒野中面对狼群的时候，他都镇定自若，难道真的如霍安所言，他太在乎霍家的这个职位，迫切地想在霍纠面前展示自己的能力，利令智昏这话果然不假。

门外传来急促的脚步声，嬴媳满头大汗地跑进来。

"不好了，快想办法，郭仪他们准备对子熠下手了。"

"不会吧？"霍安有些不敢相信，"这么迫不及待？"

"千真万确,我亲眼看到,外面的刑场都布置好了。"

郭仪和栾喜等人得知司徒煜出此昏招,几乎笑得直不起身。

"年轻人不知天高地厚,侥幸赢了一场小小的战役就忘乎所以。"郭仪大声命令道,"来人,把刑场给我准备好,所有家当都摆放整齐。"

"会不会打草惊蛇?大将军还没有下令。"栾喜一旁担心道。

"我就是要让那个狂傲的小子多害怕一会儿。"郭仪冷笑道,"他是公子的朋友,主公不会真的砍他的头,但我要让他知道厉害,或者趁早滚出霍家,或者乖乖地听咱们的话。"

"您说得对,哪怕不砍他的脑袋,也要让他记一辈子。"栾喜附和道。

但凡诸侯出兵,随军必备的特殊兵种除了医生和火头军之外,就是刽子手了,他们负责处死战俘或者惩罚违反军纪的士兵。

简易的刑场很快就布置好了。刽子手在城内的空场中竖起了两根五尺左右的木桩,几捆麻绳随意地扔在旁边。墨、劓、荆、宫、大辟,前两种刑罚都是绑在这两根木桩上执行的;木桩的西南侧是执行荆刑和宫刑的长凳,对于景国这种古老的中原大国来说,人们不喜欢血腥而简单的荆刑或刖刑,而是喜欢技巧性更强的膑刑,剔去犯人的膝盖,而保留一条完整的残腿,似乎会显得不那么野蛮;木桩的东南方是斩首用的木砧,三者呈三角形布局,地面铺着细沙,以便让血液尽快凝结。至于车裂这种仪式感过强的死刑,则只会在十分重大的场合才会使用。

第十一章
大难临头

霍安的脸色变得苍白，父亲一向令出如山，郭仪为了自己在霍家地位的稳固，一定不会手下留情，司徒煜即便不被砍头，恐怕也会被处以膑刑或者劓刑。

"三弟，你害死我了，我千里迢迢跟你来霍家，为的是出人头地，可不是来送命的。"司徒煜神情悲戚地看向霍安，"贤弟，你如果还是对当初夺旗大赛的事耿耿于怀，不如再射我一箭，又何苦来这招借刀杀人？"

霍安额头上青筋暴起："大哥，你这话是从何说起？你我兄弟义结金兰，我怎么会害你？"

"我要是早知道霍家如此凶险，借给我几个胆子，我也是万万不敢来的。"

司徒煜是霍安请来的，而且还帮了他和嬴媳的大忙，如今反倒深陷困境。霍安懊悔万分，暴躁地一拳砸向屋门，木板上顿时被打穿一个大洞。

"大哥，是我对不起你，有我在，我看谁敢动你一根汗毛。"

司徒煜突然倒身下拜，声音颤抖地说道："霍公子，如果你还念在我们兄弟一场的分上，请你务必答应愚兄两件事。"

霍安是个热血汉子，听到司徒煜这样说，眼泪先流了下来，他一把抱住司徒煜："大哥，你别这么说，事情还没到那一步。"

"不，我昨晚夜观星象，紫微黯淡，贪狼星光芒闪烁，此乃大凶之兆，看来这次我真的难逃此劫。"司徒煜神色悲戚地说道，"此事是我咎由自取，也怪不得别人，只请贤弟答应我两件事，第一，愚兄一生别无所好，只喜欢读书，请你们逢年过节多烧几册书卷给我，让我在那边也不会太寂寞。"

话一出口，嬴媳一旁也忍不住哭出声来。灌央也不禁红了眼圈，他与司徒煜虽然没有深交，但也不忍看到他因为灌家的原因被杀头。

"第二，我想请贤弟求主公开恩，给我一个将功赎罪的机会。"司徒煜恳请道。

霍安看到了希望，他一把拉住司徒煜的手道："快说，什么机会？"

"六家会盟。"

霍安有些迟疑，六家会盟是比灌氏赎城更重要的事，司徒煜刚刚办砸了一件事，郭仪等人还会把这么大的事交给他吗？

"三弟不要担心，郭先生他们巴不得我去主导会盟。"司徒煜似乎看透了霍安的心思，"因为单凭赎城一事还不足以要我的脑袋，他们自然希望我多捅点儿娄子，二罪归一，我就真的在劫难逃了。"

"你明知道他们要害你，还给人家这个机会，你是生怕他们抓不到足够的把柄吗？"霍安激动地大叫。

"大家都是一家人，郭先生他们为什么一定要赶尽杀绝？"嬴媳气愤地说道。

司徒煜的眼神中掠过一丝狡黠，这轻微的一瞬瞒得了别人，却瞒不过赵离。原来这小子另有打算，我就说他不会笨到这个程度。赵离心中暗笑，顿时放下心来，他本来还想劝司徒煜跟他逃往定平，现在转而帮腔道："有道是虱子多了不咬，债多了不愁，子熠只有一个脑袋，就算再多犯十个八个的错，也只能砍一刀，死一次，不如向死而生，多做几件事的好，万一主公高兴，兴许不光赦免了他，还能赏下一些金帛呢。"

"二哥，你怎么能这么说？"霍安急了，"你不帮我劝他也就算了，怎么还在一旁煽风点火？你这叫什么朋友？"

"夫妻本是同林鸟，大难临头还要各自飞呢，何况朋友，我只求不要被他连累，我先声明，这件事跟我可没关系。"赵离笑嘻嘻地说道。

霍安气得几乎说不出话："我只道你小侯爷是天下最讲义气的人，怎么能如此冷漠？好，二哥，你不管，我管，是我把子熠兄请来的，我就一定会好好地把他送出去，塌天大祸由我一人承担。"

嬴媤含情脉脉地看着霍安，心中为自己没有选错人而暗自高兴。

"不要管他怎么说，贤弟，这是我最后一次机会，我一生清贫，只有霍家才能让我过上锦衣玉食的日子，愚兄贱命一条，情愿一赌，求你一定要帮我。"司徒煜拜伏在地，一副贪慕权力的势利嘴脸。

好吧，既然如此，我多说无益，就成全了他吧。司徒煜在霍安心中一直是一个清高脱俗的人，没想到那只是假象，看来没有人在权力和利益面前可以不动心。霍安开始有些怀疑自己交朋友的眼光，这两个人还是我在大域学宫认识的那两位吗？

果然不出司徒煜所料，郭仪、栾喜等人不仅没有反对，反而极力推波助澜。他们乐得看司徒煜再次出丑，即便他可以侥幸不死，也永远不会被重用，从而去了一个心头大患。他们是一群目光短浅的人，并非不在意霍家的前景，但更在意自己的利益。对他们来说，毕生的追求就是在霍家身居高位，呼风唤雨。因此为了巩固自己的地位，他们不介意杀死一个与自己往日无怨近日无仇的人。

司徒煜的失误令霍纠大为失望，虽然他知道年轻人总是难免一时鲁莽，但他造成的损失实在太大了，上千石粮食就这么不翼而飞，对于任何一个家族来说，都是一笔巨大的损失。

偏头痛令他几乎一夜无眠，他感到自己头部的左侧几乎有一万根钢针在来回游动，左侧的面部有些痉挛。剧烈的痛苦会令人失去理性，变得暴躁和残忍。

"主公，要不要把他赶出去？"栾喜建议道。

"不，霍家正在用人之际，我不想失去一个谋士。"霍纠沉思道，"不管怎么说，司徒煜都是个人才，我不想与这样的人为敌。"

"那主公的意思是？"

"就按丢失粮草之罪论处吧。"霍纠沉思片刻，他需要给这个狂傲的年轻人一点儿教训，让他变得俯首帖耳，要驯化一匹野马，就不能吝惜手中的皮鞭。

"作为谋士，没有鼻子或者脸上刺字恐怕会有碍观瞻。"栾喜建议道，"我看不如处以膑刑吧，不能走路，坐在屋子里，一样可以为主公效力。"

霍纠点了点头："如果这次可以保住霍家的利益，就膑其左腿，如果依然差强人意，"剧烈的头痛又一次袭来，霍纠用手按着额头沉思片刻，"就双腿吧。"

"遵命。"

当日在大域学宫，章王嬴起为了缓解曹国的危机，曾经亲自做媒，把曹国公主嫁给了景国公子，而嫁妆是曹国徐、宛、虢三地之三十五座城。名义上是送给景国国君，实则是被六家瓜分，景国国君得到的只有公主这个人和随行的车马而已，就连陪嫁的珠宝和侍女都被身为宰相的鲍胜抢走了。

三十五座大城是一笔巨大的财富，六家都虎视眈眈，盘算着如何分配。而此次霍、灌两家召集会盟，就是商讨这件大事。

"这该死的曹国人，为什么不是三十六座城？六家都不是省油的灯，谁肯少拿一座？这不是成心让我们内讧吗？"田父抱怨道。田氏在六家中实力偏弱，终日忧心忡忡，生怕其他家族来犯。

"即便是三十六座又能如何？每座城大小不等，周边所辖的土地有的肥沃，有的贫瘠，请问田大夫这又应该如何分配呢？"范光冷笑着嘲讽道。

"屠岸大人见多识广，还是请他老人家来说句公道话。"

屠岸回是个年逾八旬的老人，头顶上的发髻已经所剩无几，剩下一圈白发散落的披在肩上，却也显得有几分仙风道骨。每次六家会盟，都会唇枪舌剑地争吵一番，他早已看烦了听腻了，于是以年老为由，装聋作哑，坐在一旁闭目养神。

灌鲍两家刚刚经过一场血战，仇人相见，自然怒目而视，恨不得当场厮杀一番。现在只剩作为东道主的霍家露面了。令大家诧异的是，霍家主持会盟的人并不是大将军霍纠，而是一位清瘦儒雅的年轻人，他自称是新来的门客，名叫司徒煜，而郭仪和栾喜这两位追随霍纠多年的元老却在一旁做陪衬。

灌午和鲍胜都见识过司徒煜的厉害，知道他心思缜密，喜欢出奇制胜。其他三人并不知道这个年轻人是谁，心中暗笑，霍纠的伎俩未免太过浅薄，先派一个毛头小子出头露面，给自己留下反悔的余地。

"各位大人，我家主公身体欠安，又不愿耽误会盟大事，因此特派小人来代劳。"

"司徒先生可以代表霍大将军的意思？"田父不屑地问道。

司徒煜把一份文书放在几案上，示意随从传阅各家，上面是霍纠亲笔所写的信札，表示司徒煜可以全权代表自己。

在一边旁听的郭仪和栾喜心照不宣，一朝权在手，可以代表一方诸侯参与会盟，这对于一个涉世未深的年轻人来说，自然是一种极大的满足，他们很了解这种心思，有道是权力越大，责任越大，接下来就看你如何应对了，在座的几位，除了鲍胜是个愣头青之外，其他几个人都是千年的老狐狸，哪一个不是樽俎折冲的高手？

"既然如此，那就请司徒先生给个分割的办法吧。"范光早已料定，无论怎么分，都不会令大家满意，既然这个年轻人不知死活，他也乐得看笑话。

"城池不是金帛，无法按照重量和尺寸均分。三十五座城，大小不一，肥瘠不齐，每个人的好恶也不尽相同，小人有一个办法，请各位大人首肯。"

"难道司徒先生想要靠抓阄来定吗？"田父调侃道。

"小人才疏学浅，涉世不深，怎敢在各位大人面前卖弄？"司徒煜没有理会对方的揶揄，继续说道，"小人以为，为了公平起见，可以集思广益，每个人提出一种分割的办法。"

我还以为这小子有什么与众不同的高招,原来又是各抒己见这一套,鲍胜的不屑几乎写在了脸上,显然小岩城一战是他无意中歪打正着,走了狗屎运,并没什么了不起。

"那要是大家意见不一怎么办?像以前那样一直吵到天荒地老,还是手底下见功夫,凭刀剑说了算?"

"鲍大夫所言极是,所以为了避免这种不必要的纠纷,小人以为可以定下一个规矩,每个人只有一次机会。"

司徒煜的话令大家不约而同地安静下来,把目光投向了他。

"很简单,每家可以提出一种分割方式,但必须要得到半数以上的家族同意,否则他将被淘汰出局,一寸土地都得不到。"司徒煜微笑着看向大家。

在座的人都没有听过如此与众不同的分配方式,就连老奸巨猾的屠岸回都被吸引了。

"如此说来,其他几家可以决定这一家的去留了?"

这句话不言而喻,大家各怀心思,相互提防,又都对土地贪得无厌,谁会放弃致他人于绝境的机会呢?

这小子果然又在铤而走险,你以为别人都是傻子吗?郭仪心中暗喜,看来他的腿是保不住了。

"我觉得不错,提出建议的家族的命运掌握在其他人手中,这就要求他一定要提出令所有人都满意的方案,这是个公道的办法。"

范光第一个表示赞同,其他几人也纷纷附和。只有灌午心中疑惑,以司徒煜的精明加上霍纠的贪婪,他们一定会想要占据大部分土地才对,怎么可能力求公道呢?但他又猜不出司徒煜的心思,于是只能万事谨慎为上。

"主意是先生提出的，霍家又是东道主，那么就请您先说吧。"屠岸回似笑非笑地说道，"我等洗耳恭听。"

毫无疑问，第一个提议的人显然会被牺牲掉，于是大家不约而同地把霍家推到了风口浪尖。

"恭敬不如从命，小人却之不恭了。"司徒煜平静地拱手道，"不过在小人之后，还望大家排个次序，以免各位过于谦让，白白浪费时间。"

除了霍家打头之外，剩下的次序由抓阄而定，依次为鲍、范、灌、田、屠岸。鲍胜心中暗想，只要能遏制霍家，其他家族都不足为惧，即便他们各自得到了几座城池，实力相较鲍氏依然差得很远。

眼看属于霍家的份额即将白白丢掉，栾喜忍不住想要去拉扯司徒煜的衣袖。郭仪轻轻按住他的手，小声耳语道："你是想要保住他的那条腿吗？"

司徒煜受膑刑几乎已成定局，此时又何必心存怜悯呢？想必刽子手已经把那把剔骨尖刀磨得极快，正在喝着酒有条不紊地整理木凳上的麻绳，就像一个屠夫在等候即将送到的猪羊。他是个手艺纯熟的工匠，大约一盏茶的工夫就可以把一块完整的膝盖骨挖出来。

第十二章
马贼分金

直庆城的面积虽然不大，但城里的建筑却非常精美，亭台楼宇，飞檐斗拱，茶楼酒肆鳞次栉比，虽然近年来早已日渐衰败，又加之遭遇战火，街道两旁的店铺半数凋敝残破，但仍不难看出曾经中原大国的庄严和繁华。这里曾经是景国的都城，在景灵公迁都滑邑之后，成为灌氏的首府。

位于城市中心的牡丹宫是一座由土木建成的高大的建筑，面南背北，气势恢弘，已经有两百年的历史，大门外萧墙上有两朵硕大的牡丹，据说出自昭宣王之手，那是景国最为强盛的时候，景襄公贵为天下霸主，只手遮天，号令群雄。内庭左右各植九棘，正南植三槐，左右各有一条对着堂前台阶的路，路面铺有沛国的青石，称为"涂"，位于两"涂"之间，有一个称为"碑"的石柱，用来观察日影，推知时辰，石柱上刻有美丽的饕餮纹，由于年代久远，部分已经风化，更显沧桑悠远之感。几匹战马拴在石柱之上，悠闲地踏着步，时而打着响鼻，似乎这里只是在进行一场普通的会谈。

东方甲乙木，南方丙丁火，西方庚辛金，北方壬癸水，中央戊己土，五行方位相互呼应。景国位于中原，自然以土为尊。牡丹宫的台基很高，由中原大地的黄土夯筑而成，坚固异常，经得起两百年的风吹雨打。斜顶屋檐由巨大的立柱支撑，屋顶下的房间被坚固的土墙分为三个部分，居中的一间最大，称为牡丹堂，这里采光充足，宽敞明亮，地面上铺着磨损的硬木地板，是司徒煜和五大家族议事的场所。堂后的房屋较小，分为东西两间，东边为"房"，西边为"室"，霍纠和众多谋士正在东边的房间内焦急地等候，而霍安和赵离等人则聚集在西侧的房间。

霍安和嬴媳都在外袍下穿了一层软甲，除了腰间的长剑外，还多佩了一柄短剑。今天或许又是一场恶战，而且死在自己剑下的可能都是霍家的人。霍安不知道事情为什么会走到这一步，但显然这是救司徒煜的唯一机会。以前遇到困难，他的主心骨就是司徒煜，可现在司徒煜自己却陷入了危机。在这一刻，霍安感到非常无助，他下意识地握住了嬴媳的手。作为一个女孩来说，她的手有些太大了，但手指修长纤细，并不像常年习武之人的手。嬴媳体贴地挽住霍安的手臂，她为自己的男人感到骄傲。

现在霍家的士兵尚在城中，灌氏派来接管的士兵也已经来到，霍安和嬴媳、灌央打定主意，想办法挑起两家士卒之间的争斗，然后趁机保护司徒煜逃走。霍安早已把两匹快马拴在门外，只等城中一乱，就带司徒煜出城。但下一步呢？他们还能继续留在霍家吗？

赵离已经喝空了一壶酒，他一边喝第二壶，一边和怀中的猫咪逗趣，一副事不关己的样子。

"小侯爷如果只想喝酒，不如回自己房中去喝。"嬴媳实在有些看不下去赵离这副无赖的样子，冷冷地说道。

"我不走,我等着看你们打架。"赵离笑嘻嘻地说道,"我好多天没看热闹了。"

大域学宫三年,霍安一直对赵离有些敬畏。并不是因为他出身高贵,是高漳君的爱子,而是因为他为人正直仗义,既不趋炎附势,又不仗势欺人,是条光明磊落的好汉。现在看来,以前真是高看他了。霍安努力克制着一拳打扁赵离的鼻子的念头,一把拉起嬴媤。

"他不走,我们走,我们去外面等,我现在一眼都不想看见他。"

就在此时,门突然开了,一名士兵跌跌撞撞地跑进来,他满脸通红,大口喘着粗气。

霍安心中凉了半截,看来大势已去,今天的恶战在所难免,他的手紧紧握住剑柄。这名士卒几乎激动得说不出话,只是伸出三根手指,在霍安眼前比画。

"三……"霍安似乎看到了希望,如果司徒煜争取到了三座城,一切就还有缓和。

霍安还没开口,士兵又比出了一个"二"。

"三加二,那就是五座城了。"霍安和嬴媤欣喜地对视,虽然并不算多,但也基本上满足了霍家的预期。

"你们等着,我这就去找我爹求情。"

赵离却莫名地有些失望,子熠怎么会如此平庸?他宁可接受司徒煜空手而归的结果,因为这说明子熠另有打算,而区区五座城,这中规中矩的结果,实在不像是司徒煜的做法。

"不是五,是三十二。"

"什么?"霍安几乎不敢相信自己的耳朵,三十二?一共只有三十五座城啊,"你再说一遍!"

"三十二座城，司徒先生拿下了三十二座城。"

三十二座城池，几乎比一些小国的国土还要大，司徒煜竟然不费一兵一卒，用了不到一顿饭的工夫就收入囊中。

赵离霍然起身，把猫咪抛在一旁，大笑道："我就知道……这才是子熠嘛！"

霍安抓起嬴媤的手，大力咬了一口。嬴媤也正沉浸在震惊中，负痛大叫道："你疯了，为什么咬我？！"

"没事，我只是想看看是不是在做梦。"霍安喃喃地说道，这一切反转得太过突然，他一时有些恍惚。

门外脚步杂沓，显然是霍纠等人也得知了消息，一股脑儿地冲向会盟的牡丹堂。霍安当仁不让，迈开两条长腿，冲在第一个。

牡丹堂大门敞开，参与会盟的几名大夫依次走出，从大家面上的表情来看，刚才这名士卒所言非虚，尤其是鲍胜，他的脸色几乎像生锈的铜器一样铁青。

司徒煜走在最后，他神色平静，看不出有丝毫激动，仿佛刚刚只是在弈星亭与赵离下了一盘棋。霍安一把将司徒煜抱起来，大叫："你是怎么做到的？"

司徒煜的骨头几乎被霍安勒断，他好容易挣开霍安的两条铁臂，向霍纠拱手道："恭喜主公。"

霍纠心中的震惊丝毫不亚于霍安，他是如何做到的？他把目光投向跟随司徒煜一同走出的郭仪和栾喜，两人都是一副懵懂的样子，显然到现在都没有弄清楚司徒煜的计策。坊间传说廖仲是得道的金仙，难道这个司徒煜也得其真传，会仙法不成？

就连赵离都感到有些震惊，他知道司徒煜擅长纵横之术，也预想过司徒煜会凭着机敏和口才得到更多的利益，甚至拿到三十五城中的一半，但怎么也没想到，他会独得三十二城。

"司徒先生真乃当世奇才，老夫佩服万分。"霍纠一揖到地。

司徒煜料定自己在霍家的日子不会太平，生逢乱世，大到整个天下，小到一个家族，没有哪个地方不充满了陷阱和暗箭。如果想在霍家大展拳脚，那么一定要先令霍纠和他身边这几位资深的谋士折服。

"主公过奖了。"司徒煜仍然轻描淡写地说道，"微臣之所以赢得如此顺利，是因为我真正的对手没有在这里。"

这句话说得既谦逊又狂傲无比，大昭天下，配做他对手的只有两三个人，五大家族的首领在他眼中只是昏聩无能的匹夫。

"你还记得老夫子讲过的马贼分金的故事吗？"

在返回顺德城的路上，赵离又一次问起司徒煜是如何做到的时候，司徒煜笑着对赵离说道。赵离恍然大悟，廖仲曾经在课堂上讲起过这个典故，当时大家都听得如醉如痴，可惜过后只有司徒煜一人用它赢得了三十二座城池。

大昭王朝北部是辽阔的草原，他们的历史和昭王朝一样古老，那里的人们不事农作，靠游牧为生，住毡房、穿毛皮、逐水草而居。他们民风彪悍，性情粗野，热爱自由，终日生活在马背上，每个人都是优秀的骑手。这里出产天下闻名的骏马，大昭王朝的商人们经常来这里用钱币或者粮食布帛、茶叶换取马匹，一些位于边境的水草丰美的聚集地逐渐成为马匹交易的集市，于是以抢劫商贩为生的马贼也应运而生。

据说有一天，五名马贼袭击了一名客商，抢得一百枚良国金乌币，大家非常欣喜，因为良国的金币非常贵重，一枚就足以买下一匹千里良马或者一身彭国工匠打造的盔甲。

这五个人都是贪得无厌且心狠手辣之辈，而且奸诈无比、各怀鬼胎，都想干掉其他人，独占这笔财富，他们不约而同地否定了平均分配的方式，而想要另辟蹊径，让自己的利益变得更多。于是，他们定下一个规矩，每人提出一个分配方案，然后五人一起表决，如果他的提议没有得到超过半数的人同意，就要被献给恶神塔尔丹为牺牲。塔尔丹是一个既邪恶又灵验的神祇，他会按照每个人的誓言收走他们的魂魄。

"那么你们认为谁会第一个说出自己的方案呢？"廖夫子问道。

学宫四位大师授课方式大为迥异，扈铭讲课的时候一如当年统帅大军，非常威严，学子们只能听和记录，任何人都不许多嘴；廖仲则恰恰相反，他喜欢提出问题和大家一起探讨，如果有弟子能把他驳倒，则是他最开心的时候。

老夫子话一出口，弟子们立刻议论纷纷，大家普遍认为，无论如何不能做第一个，因为他一定会被大家一起送上祭坛。

只有司徒煜迟迟没有说话。

老夫子似乎看到了希望："子熤，你在想什么？"

"我在想，'谁先说，谁先死'的推论看似有理，实则不然。"司徒煜犹豫地提出了自己的观点。

"说下去。"

"如果前三位都被投票处死，只剩下第四和第五位，那么就没有悬念，第五个人一定会否定第四位的说法，从而杀死他。"司徒煜沉思道,"哪怕第四个人愿意把所有金币都给他,因为对他来说,死人是最没有攻击性的。"

大家被司徒煜的言论吸引了,这套说辞看似荒诞不经,却又很有道理。

"因此,第四个人唯有支持第三个人才能保住性命,无论他的方案是什么,因为对他来说,拿不到金币,总比连命都没有要好。"

"言之有理。"众人纷纷点头。

"第三个人知道这一点,就会提出将全部金币归为己有。"

"对,因为他知道第四个人即便是一无所获也还是会支持他,再加上他自己的一票,即便第五个人反对,他的方案依然可以超过半数。"一个聪明的学子接茬道。

"不过,我们的前提是这五个马贼都是精明狡诈之辈,第二个人推知第三个人的方案,就会提出另外一个方案,即放弃第三个人,而分给后两位每人一枚金币。虽然只有一枚,但对后两位来说,这个方案显然比上一个更为有利,因此他们一定会支持第二个人,而不希望他出局而由第三人来分配。这样,第二个人就可以顺利将九十八枚成色十足的良国金币收入囊中了。"

司徒煜的分析得到了大家的齐声喝彩。

"然而这个看似天衣无缝的方案也同样会被第一个人洞悉,因此,他无论怎么分,都可以让自己独得九十七枚金币。"

"你真是个神奇的家伙。"赵离笑道,"你是怎么把这个典故学以致用的?"

"因为我没有把它当作故事来听。"司徒煜莞尔一笑,"对我来说,这个故事讲的不是计谋,而是人性。"

司徒煜来到霍家第一件事就是巡视霍家全部领地，镇鸾先师在《地经》中说过，如果要治理一片土地，第一件事就要清楚地熟悉这里的一草一木。

赵离和霍安听说司徒煜要去各地巡视，都感到非常意外。

"怎么，你不和我们一起留在顺德吗？辛苦了这么久，也应该歇息几天嘛。"

"说好了三兄弟朝夕相处的，你怎么突然变卦？酒我都让人准备好了。"

"只是暂时不去而已，"司徒煜安慰两人道，"我身为霍家门客，自然要替主公办正经事，总不能每天窝在家里陪少主喝酒享乐，主公把少主托付与我，我不能眼看着他变成某些公子王孙那样的酒鬼。"

"二哥，他话里有话，是可忍孰不可忍啊。"霍安一旁笑嘻嘻地拱火。

"别自作多情了，少主新婚燕尔，用得着你陪吗？"赵离回嘴道，"我不管，反正你去哪我去哪。"

"你不能去，"司徒煜正色道，"你现在要尽量深居简出，不要被人看到才好。"

"这里是景国，有几个人认得我是谁？"

"防人之心不可无，你知道这里有多少人是章国的眼线？"

"你可真是树叶掉下来都怕砸到头，"赵离哂笑道，"这里谁是章国的眼线？我倒真想见识一下。"

此时大队人马已经进入顺德城，霍家为人宽厚，在封地上颇有民心，百姓们见到主公回城，纷纷夹道欢迎。赵离一时兴起，玩性大发，对着街道两侧的百姓喊道："喂，这里有没有章国的密探？站出来让我看看,我这里有重金……"

司徒煜紧张地催马上前,一把抓住赵离的手,低声制止道:"阿季,不可!"

赵离看着司徒煜如临大敌的样子,不禁大笑起来:"看把你吓的,你以为我是大罗金仙吗?叫什么有什么?我要是有这门法术,早就变出几坛好酒了,这一路滴酒未沾,可亏了我的喉咙。"

司徒煜顾不得搭理赵离,转身看向四周,街道两侧是鳞次栉比的商铺,百姓们欢呼如常,似乎并没有人听到赵离的话。他稍稍放下心来,与赵离并辔而行,叮嘱道:"现在风波未平,一切小心为上,我最不放心的就是你。"

赵离冷笑一声:"活该,谁让你不带我。"

"阿季,事关重大,你不要胡闹好不好?"

"我告诉你,我现在还没喝酒,如果喝了,我自己也不知道会惹出多大的事来。"

"真是服了你了,你什么时候才能长大……"

两人一路说笑,随着大队人马穿过街道,迤逦前行。

房屋后,一只鸟儿冲天飞起,展翅摇翎,箭一般地划过天空,向西北方向飞去。它的体形远大于一般禽类,身形优美,羽毛在阳光下显出美丽的蓝灰色,一双充满杀气的眼睛显出十足的霸气,两只翅膀仿佛出鞘的钢刀,它时而滑翔,时而振翅高飞直插云端。这不是一只信鸽,而是一只翱翔于天际的雄鹰。

雄鹰飞过辽阔的景国平原,飞过茫茫大漠和早已枯黄的草原,飞过茫茫雪山和冰封的多鲁河,盘旋在平阳城的上空。

平阳城位于章国北部，距离蛮族边境不过三百余里。当年章肃伯为了防御蛮族的威胁，特意将都城设置于此。这里城高墙厚，易守难攻，号称北方第一要塞。黄土筑成的城墙高有四丈，城上的马道可供八匹马并排而行，因而平阳城又被称为八马城。章国土地辽阔，国土面积与西南的沛国相当，是天下面积最大的两国之一。它的都城经过多次扩建，其规模在天下也算得上首屈一指，虽然没有良国都城那么繁华，但别具风情。入冬时节，城中高大的雪松和龙柏已经蒙上了厚厚的积雪，这里地处高原，又位于最北端，气候寒冷，城中早已白雪皑皑，到处粉妆玉琢，一派雄浑壮丽的北国风光。

王宫位于平阳城正中偏北的位置，方圆百亩，四条宽敞的甬道，便于纵马奔驰。相比其他诸侯豪华的宫殿，这里显得有些过于朴素，甚至不如良国某些大夫的府邸。章王宫主要由黄土筑成，配有朱红的廊柱和玄色屋顶，以素色为主，没有什么花哨的纹饰，更没有华美的亭台楼阁，只有高大雄浑的殿宇，以及大殿正中镶嵌着雄鹰图案。章国历代国君几乎都不喜奢侈，嬴起尤其厌恶那些华而不实的东西。曹国国君曾经向他进献良国产的锦缎和绝妙的丝竹，都被他不屑一顾地付之一炬。都城内的殿宇并不太多，但每一座都高大宽敞，坚固异常。这里常年风沙肆虐，因此所有的建筑都要以坚固为先。这座都城，乃至整个平阳城就像章国人的个性，粗犷简约，坚不可摧。

第十三章
暴殄天物

闲厩殿位于王城一隅，是一间由土木建成的宽敞而朴素的房间，四根高大的柱子，松木铺成的地板，厚重而粗糙。这里本是王宫中的马厩，后扩建为殿宇。嬴起素来喜欢骑马，从小就经常于马厩中厮混。除了接见外国使节之类的大事，他很少在正殿理事，通常的起居都会选择这里，群臣们自然也是这里的常客，于是本是群马聚集的空间，变成了决定国家大事的所在。

殿内没有王座，只有并排两列席位，章王的席位位于一端，与其他座席无异。案几由厚重的杉木制成，由于常年使用，曾经粗糙的桌案被磨得油润发亮，上面摆放着简单的茶具，一旁的青铜鼎下燃烧着松枝，浓郁的松香味弥漫在室内，鼎内烹煮着享誉天下的草原肥羊，香气四溢，但室内的人们却无心关注这绝世美味。

公主被掳，与定平的联姻计划夭折。天下大势，牵一发动全局，这一颗棋子的变化打乱了章王起的一系列计划，令他一时有些举棋不定。

可以容纳三四十人的殿中只在一端坐了四五个人，另外只有一个小童在打理炉灶。大殿内非常安静,大家似乎都在沉默,以至于炉火中燃烧松枝的声响显得非常清晰,只有一阵接一阵剧烈的咳嗽声不时打破这肃静的气氛。

王晋松开手,沉重地大口喘息,仿佛刚刚经历了一场激烈的厮杀,片刻后他平静下来,把带有一丝殷红的白绢放入怀中,他用枯黄干瘦的手端起茶杯,一饮而尽。

"二十万大军已于边境集结待命,只等大王一声令下,老臣即刻出征,踏平猃戎。"

由于病痛的折磨,他干瘪的脸显得更加憔悴,但一双眼睛依然光芒炽烈。

嬴起看着这位赤胆忠心的老臣,微微点头:"大将军忠勇可嘉,不过如今天寒地冻,不是对蛮族用兵的好时节。"

"大王,章国铁骑从未惧怕过风雪和严寒,此时出兵,更能出其不意。"王晋呼吸沉重,肺部发出金属摩擦般的声音。

王晋用兵一向以"奇"著称,越是恶劣的条件,越能激发他的斗志。嬴起深谙战法,当然知道草原上的暴风雪并不能阻挡这位骁武凭陵的名将,而且章国与猃戎接壤,气候相近,章国的武士也很熟悉冰雪天气作战,从这个角度来说,恶劣的天气或许会变成优势。他早就有意出兵猃戎,统一漠北,这样一来,在他发兵南下之际就没有了后顾之忧。这是他多年来的夙愿,只是一直觉得时机未成,或许这是上天赐予的良机?

突然,一旁传来轻轻的嗤笑声。

张粲优雅地吹着茶杯中的浮沫,秀眉微蹙,美目流光,一副似听非听的样子,仿佛沉浸在另外一个世界。他已经来了一个时辰,却始终一语未发。

"你笑什么？"王晋将茶杯重重地放在案几上，嗓音沙哑地喝道。近几年内围和张粱的崛起，令他非常不满，一个乳臭未干的阉人，凭着一些下三烂的勾当，竟然踩在了他的头上。

张粱抬起头，微笑着看向他的死对头。

"大将军的意思是要兵发猃戎吗？"

"怎么，你质疑老夫的兵法？"王晋勃然大怒，一手下意识地按住剑柄，"普天之下，就是赵介也不敢小觑老夫，就凭你这个黄口孺子……"

王晋出身章国贵族，一向瞧不起身为曹国人的张粱，他巴不得挑起两人之间的冲突，借此一剑砍了这个该死的阉竖。

"大将军息怒，"张粱丝毫不为所动，依然优雅如常，"在下怎敢质疑您的武功？大将军当年萨拉木坦一战，将蛮族两个部落男女老少杀得一个不剩，传说那里现在夜晚还能听到冤魂的哭泣，草原上的血还没有干透。我只是想请问将军，猃戎十几家部落，您知道是谁掳走了公主殿下？您又打算先拿谁开刀？"

猃戎位于大昭王朝的北方，游牧射猎，逐水草而居，在达卓单于在位时曾经盛极一时，与大昭王朝南北对峙。但随着伟大的达卓单于去世，几位继承者之间连年厮杀，争战不休，草原民族走向衰落，先是分为东西两部，西为"狄狁"，东为"猃戎"，接着猃戎内部继续分裂为十三个部落，单于林立，相互征伐，各自为政，再也无法真正的对昭王朝构成威胁。

"蛮夷群龙无首，我正好可以逐一击破，即便救不出公主，也可以借机开疆拓土,一统漠北。"王晋所说也正是嬴起所想,征服猃戎当然要比营救公主重要百倍,大国之间的游戏,有时候往往需要一个堂而皇之的借口,这个借口不是给敌人,而是给国人看。公主被掳,这个说辞无疑可以激发章国军民复仇的士气,同仇敌忾,一举荡平猃戎。

张粲聪明绝顶,是章国首席谋士,他怎么可能不懂这个道理?嬴起有些不解地看向宠臣。

"确实是好主意,"张粲冷笑,"微臣请问大王,当年大昭抵御蛮族,是各国各自为政呢?还是听命于唯一的统帅?"

"当然是唯一的统帅,当年我和大将军都在高漳君麾下。"

"这就对了,我大昭诸侯争霸已有两三百年,遇到外敌入侵也依然能齐心协力,焉知猃戎一族就不会如此?"

章王起闻言心中一动,一个雄才大略的君王并不是无所不能,而是可以明辨是非,知人善任,迅速判断每一条意见的对错并作出决断。

"传说东海中有一种箴鱼,只有蝌蚪般大小,但如遇攻击,则会立即凝聚在一起,变成比鲲更大的鱼,可以吞噬天地。"张粲眼波流动,"大王,我国近年来得以迅速壮大,得益于西北方猃戎各部落分崩离析,如今希律达罗单于乃当世英雄,早有统一诸部的打算,有道是兔死狐悲,物伤其类,如果我国贸然出兵,万一一时不能取胜,那么一定会使猃戎各部再次凝聚起来,形成强大的力量,如果南方的良国趁机联络猃戎,两下夹攻,使我们腹背受敌,则章国危矣。"

张粲这句话深深打动章王起,他可以不惧怕猃戎,但不能不忌惮良国,虽然章国兵强马壮,但远不及良国国力雄厚,如果再加上北方的蛮族,恐怕会败多胜少。

"大王与信阳君打了这么多年交道，应该深知其人一贯喜欢把战火引向他国，坐收渔利。当年曹国内乱，就是他暗中资助狁狁十大酋长，装备了八千人的骑兵，准备里应外合，一举攻破曹国都城，难道我们今天还要给他这个机会吗？"

王晋被张燊驳得哑口无言，他不得不承认张燊确实心思缜密，足智多谋。他下意识地把目光移向旁边。殿内除了张燊和王晋两位左右手之外，还有三位重臣，其中一个正是从大域学宫回到章国的淳于式。

一个月前，淳于式黯然回国，继承了父亲的上卿职位。他虽然并不喜欢做官，一心希望留在大域学宫做学问，传承诗书经典，却不得不顶冠束带，位列朝堂，每天公务缠身。章王起对淳于式器重有加，他一来看重他的满腹经纶，二来更喜欢他刚正无私的秉性。因此任命他为司寇，执掌刑狱。淳于式不负王恩，上任伊始就把章国的司法打理得井井有条，成为章王驾前又一位宠臣。

嬴起也把目光投向淳于式，既然动武不妥，那么不如看看文臣有什么妙计。淳于式也不希望与他国兵戎相见，他虽然生在章国，但深受廖夫子影响，仁爱的理念早已在心中生根发芽，他躬身奏道："微臣以为，狁戎偏居蛮荒之地，茹毛饮血，不知礼仪，常年以游牧劫掠为生，他们未必知道掳走的乃是我国公主，因此臣愿为特使，出使狁戎，面见各位单于，晓以利害，定能将公主迎回，也可趁机与之修好。夫子云，万事以和为贵，倘若能以羁縻之策化解危机，又何必要大动干戈呢？"

"倘若这些蛮夷执迷不悟呢？大人不要忘了，非我族类，其心必异。"王晋追问道。

"倘若如此,大将军再发兵不迟。"

"先礼后兵,也算得上大国风范。"嬴起微微点头,但还是看向张粲,一个不经意的动作往往最能暴露一个人的内心,他最信任的人还是张粲。

"淳于大人不愧是大域学宫的夫子,祭酒大人的高足,宅心仁厚,颇有廖夫子之风。"张粲称赞道,但马上话锋一转,"可是您似乎忘了一点……"

他故意卖了个关子,引得众人的目光一起看向他。

"我说错了吗?请大人当面指教。"淳于式严肃地说道。

张粲妩媚一笑,悠然道:"不不不,我不是这个意思,您说得都对,句句在理,只不过前提是……"他一字一顿地说道,"公主真的在狨戎。"

此话一出,众人无不莫名其妙,如入五里雾中。

淳于式不解地问道:"难道殿下不在狨戎吗?回来的士卒亲口所言……"

"送亲的士卒们说的是,公主被一蛮族大汉掳走。"张粲环视众人,"可是谁看到殿下是被掳到蛮族领地呢?又有谁能证明那条大汉一定是蛮族人呢?"

此言一出,四座皆惊,什么?难道是另有他国假冒蛮族动手?倘若是真,那么这可是一桩惊天大事。就连章王起都为之一振:"你的意思是?"

张粲起身离席,走到宫殿门口,仰望天空,喃喃自语道:"真相应该很快就要揭晓了。"他回身施礼道,"大王,恕微臣告退,十二个时辰内,微臣一定给您一个满意的答复。"

虽然现在已是严寒天气，但屠灭却袒露着左臂。健硕的臂膀上刺满了怪异的花纹，肌肉像岩石一般隆起，前臂上裹着一层厚厚的牛皮。他身材非常高大，皮肤粗糙黧黑，棱角突出的脸像镔铁铸就，耳坠金环，头发编成无数条发辫，披散在脑后，一口无鞘的弯刀悬挂在腰间。这样一个洪荒巨人一般的蛮族大汉，怀中却抱着一只未曾断奶的羊羔。羊羔靠在屠灭怀中，发出奶声奶气的叫声。突然，羊羔变得不安起来，它眼神惊恐，叫声也变得凄惨。

天空中传来猛禽凄厉的鸣叫，苍鹰掠过院中高大的杉木，急速俯冲下来，就在即将撞在屠灭身上的一刻，它一个盘旋，猛然收起翅膀，落在屠灭早已抬起的左臂上，一边大声鸣叫，一边用头亲昵地蹭屠灭满是胡须的脸，用尖利的喙在他满是发辫的头上轻轻摩擦，仿佛是久别的情人一般。屠灭取下绑在鹰爪上的纤细的竹筒，粗糙丑陋的脸上露出笑意，他抬手一振，雄鹰再次腾空而起。屠灭突然抓起怀中的羊羔，凭空一扯，把刚才还活蹦乱跳的羊羔活生生撕成两半，抬手抛向空中，雄鹰矫健地划过，稳稳地接住，展翅飞走。

白鹿是一个年轻而美丽的女孩，虽然生长在章国这样常年风沙肆虐的塞北高原，但却像江南女孩一般娇美可人，尤其是胜雪的肌肤，白皙细嫩，如同软滑透明的凝乳，虽然不施粉黛，但依然显得晶莹如玉，在她容光映照之下，就算良国的美人都会相形逊色。

此时的她被吊在地牢的木架上，却已奄奄一息。

这是一间令人魂飞胆丧的刑讯室，但布置得却像名门淑女的闺房，没有窗户，光线有些昏暗，却非常柔和，全然不像那些通常那些肮脏阴暗的囚牢，一切都一尘不染，两旁甚至有两名弹奏琴瑟的童子。色泽美丽的青铜烛台、素雅的屏风，地上铺着考究的松木地板，就连刑架都是楠木制成，上面雕刻着精美的纹饰。刑架矗立在一个长七尺宽两尺的水池中，水池边镶嵌着精美的禹山青石，平整光滑，纹路细腻。这些石材是专门从沛国运来的，每一块都价值不菲，上面镶嵌着黑白两色的石条，构成典雅别致的图案。

在暖烛光映照下，张粲的脸显得更加苍白英俊，一双美丽的眼睛红得像稀世的玛瑙。

第十四章
乌麦白鹿

纯净的水盛在赭红色的木桶中,清凉透明,倒映出天花板上垂下的铁链。随着水波的晃动,铁链的倒影随之扭曲。

一张丑陋而残忍的脸出现在倒影中。他是一名狱卒,名叫庆虒,有着一张令人倒胃的脸和一双灵活的眼睛。他是内围著名的刑讯高手,深谙刑罚的妙处,深得主公的喜爱,据说他可以让一个人连续昏厥七七四十九次而性命无虞。他是计国人,祖上一直从事刽子手的行当,直到他这一代才得遇明主,被张粲带回章国。

庆虒拎起木桶,把冷水泼向旁边的人。她叫乌麦,和白鹿年纪相仿,身材修长健硕,凹凸有致,但皮肤略显粗糙,是典型的章国女人。她被吊在白鹿旁边,浑身布满鞭痕烙印,早已昏厥多时。

乌麦苏醒过来,看到眼前的一切,顿时疯狂地尖叫起来,束缚四肢的铁链也在抖动下发出金属的撞击声。

张粲饶有兴致地看着面前的景致,眼神中掠过一丝哀愁,叹息道:"为什么世人都如此残忍,为了一些荒唐的誓言做无谓的牺牲,花一般的年纪,为什么要自寻死路呢?"

乌麦沉重地喘息，咬牙骂道："阉竖，公主殿下一定会为我们报仇的！"

"公主殿下？"张粲悠然一笑，"如果我没有猜错的话，她现在一定在某个地方悠然自得地过太平日子，哪管你们姐妹会为她送命？"

"那又如何？"乌麦把口中的血水喷到张粲的锦袍上，厉声骂道，"殿下早晚会查明真相，将你碎尸万段！你以为章国可以任由你们内围为所欲为吗？"

庆龅上前一把捏住乌麦的脸颊，令她的嘴不能合拢，他把手中的铁夹伸入她的口中。

"轻一点儿，不要伤了她的舌头。"张粲提醒道，"我还需要乌麦姑娘说话。"

"小人不敢，"庆龅一脸谄笑地禀道，"请主公放心，小人只是拔掉她的一颗牙，给她一点儿警告。"

张粲回身点手示意，两旁的童子十指拨动，琴瑟齐鸣，以掩盖凄厉的惨叫声。

司徒煜的神机妙算可以骗过天下，却瞒不过张粲。他和司徒煜就像是太极图中的阴阳鱼，彼此灵魂相通。因此从某种角度来说，司徒煜真正的知音并不是赵离，而是他的死对头张粲。在两人长期的较量中，司徒煜虽然聪慧绝伦，足智多谋，却始终无法占据优势，因为他想到的一切，张粲也都能想到；但张粲能做到的事，司徒煜却做不出来。如果世界规则是弱肉强食实用为先，那么没有底线的人一定占据先天优势。

乌麦和白鹿都是嬴媤身边最亲近的侍女，也曾经陪她一起前往大域学宫以及定平国，对公主的秘密一清二楚。在半路公主被掳后，她们和送亲的武士一同回到章国。两人和武士们的说法一致，本以为事情就此了结，不料两人于前一天突然被劫持到内围，受尽酷刑，但两人对公主忠心耿耿，任凭内围的打手如何凌虐，都不肯吐露公主的下落。她从来未曾想到内围的人竟敢对她们下手，章国上下都知道长公主是大王的掌上明珠，一个小小的中大夫就算吃了熊心豹胆，也难以与公主抗衡，直到她看到白鹿的躯体，才明白自己这次是真的落入恶魔之手。

"大人，我真的不知道公主的下落。"乌麦哽咽啜泣道，在疼痛和恐惧的夹击下，她开始有些崩溃了。但张粲知道，他需要进一步打垮这个女孩的信心。

"请不要侮辱我的智慧。"张粲用白绢擦去乌麦脸上的血迹，柔声说道，"我既然敢对你们下手，就一定要找到公主的去向。"

张粲很喜欢这种将别人玩弄于股掌之上的感觉。他和王晋不同，对于王晋来说，杀人是赢得战争胜利的必要手段，而他杀人却是一种享受，或者说他并不是真的喜欢杀人，至少不喜欢屠杀，他认为那是屠夫的做法，粗鄙不堪，毫无美感可言。死亡和痛苦是美丽的，是圣洁的，王晋之流的匹夫永远无法理解。他喜欢折磨他们，从肉体上和精神上，就如同他完美精细的刺绣，他喜欢不放过每一个细节，喜欢关注受刑人的每一个表情，每一声呻吟，每一次颤抖，这令他感到心旷神怡，当年他身边最美丽的姬妾也未曾让他有过如此快感。他喜欢看着人们一步步从坚强到脆弱，从矜持到崩溃，从高贵到卑贱，从求生到求死。

"你说得不错，你们是殿下最亲近的姐妹，我当然相信她有朝一日会回来找你们。而且如果发现你死在我的手上,一定会让我死无葬身之地。"张粲把手中的冷茶泼进火中,冷笑道,"我不是王晋那种不知死活的匹夫,你们以为我会不想好退路,就贸然得罪大王的掌上明珠吗?我的地位还没有那么高,也没有那么笨。"

张粲点手示意,打手们搬出一个木箱。张粲从箱中拿出几件简单的珠宝:"这个你们不会不认得吧?"

这是嬴媳为数不多的几件珠宝,她平日喜欢身着甲胄,只是在节日、祭祀或其他盛典的时候才会佩戴。乌麦是嬴媳的近侍,当然认得这些首饰。她只是不知道,这些东西怎么会落在张粲手中。

张粲早已看透了她的心思,微微一笑:"坊间传说,每一百个人里就有一个是内围的爪牙,这话你信吗?"片刻,他拿起珠宝,走近乌麦,温柔地轻轻抚弄她的发丝,自问自答道,"告诉你,这话不对,确切地说,一百个人中应该至少有三个是我的人,包括公主身边,甚至大王身边的侍从。所以,我拿到这些不是轻而易举吗?"

"你……你要做什么?"乌麦和嬴媳很像,是个直爽而勇敢的姑娘,不明白张粲的用意,但她的精神已被摧毁。公主府邸禁卫森严,而内围的人竟然可以如入无人之境。章国新上任的司寇大人执法严明,而她们竟然在都城的街道上被人掳走。内围在张粲手中已经强大到如此可怕的地步。

"如果我没记错,你们分别与侍卫和马夫相好,"张粲回身把手中的珠宝丢入火中,发出轻微的爆裂声,他托起乌麦俊俏的脸,"我会说你们偷了殿下的珠宝,和情郎私奔了。"

"不,这不是真的……"乌麦崩溃地大叫道,"他们会为我们作证!"

章国人大都直爽率真，她从小和嬴媤一起长大，心地纯良，从未见过如此卑鄙的人。

"他们？"张粲大笑道，"你以为他们是谁的人？"

张粲是一个可以洞悉人心的魔鬼。乌麦虽然看上去比白鹿健壮许多，但从她的眼神中可以看出，她并没有白鹿那么坚强。如果要审问两个人的话，那么可以先杀死身体柔弱而精神坚强的那一个，让另外一个人看到最可怕的一幕。果然，乌麦在看到被残害的同伴时表现出恐惧崩溃的状态，这正是张粲需要的。他相信她很快就会招供的，因此他不需要为这件事再浪费太多的时间，他有太多重要的事情要做，他要彻底在大王面前打败王晋，成为章国一人之下万人之上的权臣。

门外传来沉重的脚步声，厚重的木门打开，屠灭大步走进，伏在张粲耳边低语几句，恭敬地取出竹简，交给张粲，但他的目光却一直贪婪地盯着呈大字形被吊在刑架上的女子。他是一个茹毛饮血的怪物，视生命如草芥，视痛苦如无物，对杀戮和年轻的女人有着野兽一般的欲望。他曾经是狄狁草原上臭名昭著的强盗，杀人如麻，恶贯满盈，受到各部落的通缉，并在十大酋长的联合围剿下全军覆没，他在大漠上逃窜了三天三夜，终于力竭被擒。酋长们用铁锁穿透他的锁骨，把他禁锢在草原上祭坛旁的木桩上，准备在月圆之夜用他的头祭天，告慰那些无辜的百姓。但是就在仪式举行的前一晚，一个神秘人来到关押他的营地，用天价重金从巫师手中买下了这个囚徒。屠灭像所有草原上的百姓一样笃信萨郎教，是个虔诚的信徒，他认为这一切都是神的旨意。从此之后，他就成了张粲手下数一数二的得力干将。杜缺死后，他顺理成章地成了张粲手下的首席杀手。

张粲打开竹筒，拿出其中的密信，俊美的脸上露出笑容，信中的内容佐证了他的猜测，赵离和司徒煜在霍家封地，和他们在一起的还有一个相貌清秀的蛮族青年。匍匐在他跟前的这头野兽刚刚喝过羊血，显得野性十足，身上散发出浓烈的腥膻味。

真是一条好狗。

他抬手拍了拍屠灭的脸，像施舍一头饥饿的猎狗："她是你的了。"

地牢位于内围的后院一隅，是一个深约四丈的窑洞，入口位于柴房的右侧，如果不仔细看，很难注意到这个不起眼的小门。门口非常低矮狭小，仅容一个人俯身通过，但里面却别有洞天，三十九级台阶，七十二间牢房，九间刑讯室，分别按照九宫八卦的格局分布，墙壁上镶嵌着生铁铸成的火把，火焰跳动，使来往的人在粗糙坑洼的墙壁上投下扭曲的阴影，像极了传说中的地狱。这里守卫森严，至少有十几名守卫和四头牛犊一般的猎犬，两铁一木三道厚重的大门将内外隔绝成两个世界，令受刑人的惨叫声丝毫无法传到外面。地牢的另外的一个出口通向犬舍，死者的尸体会被猎犬们撕咬吞噬。张粲自幼很喜欢这种凶猛嗜血的大型猎犬，就像他很喜欢屠灭，不过他知道屠灭终究无法取代杜缺。杜缺是斥候出身，机敏伶俐，擅长蹿房越脊，乔装易容，杀人于无形，是个完美的密探，而屠灭的形象太过显眼，尤其是他那一身怪异的刺青实在过于醒目，可以让他去杀人，但探听消息这种事显然不是他的长项，这令张粲感到非常头疼。

张粲很在意面见大王时的仪表，因此他每次觐见章王起都会仔细地沐浴更衣，虽然他已经一夜未眠，但他依然会把自己修饰得非常得体，配上完美的相貌，更显得风神俊雅，惊为天人。难怪就连宫中的内侍都说，张大夫每次觐见，大王都谈笑风生，舍不得他离开。

嬴起对张粢的本章几乎有求必应，除了上次在昭成殿被司徒煜算计得一败涂地之外，张粢几乎从未令他失望。嬴起不是不知道张粢那些卑鄙黑暗的手段，他只是并不关心，他是个只重结果的人，从不关注细节和过程，至于这些细枝末节的事，本就是臣下应该操心的，如果每个君王都对国内一切大小事宜事必躬亲，那么他一定治理不好这个国家，或者会很快累死。他和张粢之间非常默契，张粢也从来不向大王禀报事情的经过，而是只说结果。他思维缜密，措辞精练，言简意赅，从不在一些繁文缛节的地方浪费口舌，他宁可把时间用在与大王纵论天下上。张粢是一个恶魔，但也是不世奇才。多年以后，信阳君纵论天下英雄时曾说到，若论权谋，普天之下只有三个人真正算得上是他的对手，可惜的是其中两个联手，而另外一个却和他失之交臂。

张粢的计划如愿以偿地得到了嬴起的恩准，他一面吩咐人火速备车，一面返回地牢，他断定乌麦一定已经招供。

地牢中传来悠长凄厉的叫声，极为刺耳，但这叫声并非女人发出，而是一个男人。

张粢走进第二道大门的时候，看到公孙痤拖着尿湿的裤子手脚并用地爬上阶梯，身后淋淋漓漓洒了一条水线。他怕那个血人，怕屠灭，怕庆彪，怕阴森的地牢，怕这里所有的一切。他是个喜欢享乐的人，骏马豪宅、金珠玉器、醇酒美人是他的所爱，他来章国是为了

134

荣华富贵，可不是要干这种让人做噩梦的勾当啊。他一个跟跄扑倒在张粲脚前，就势一把抱住他的腿，哭喊道："主公……我的亲主公啊……血……血……吓死小人了……"

公孙痤肥胖的脸因为害怕而不停地抽搐，显得有些挤眉弄眼，看上去很是滑稽。张粲几乎有些忍俊不禁，他俯下身子，柔声道："公孙兄，你这是怎么了？"

公孙痤把脸埋在张粲精致的锦履上，浑身筛糠地哭道："他们传主公的话，让我来这等您……可是我一下来，就看到一个血人挂在那……"

"好了好了，莫怕，"张粲拍了拍公孙痤的头，"我让你来地牢等我，可没说让你下来啊，这些传话的人真是没用。"

公孙痤抬起头，眼泪汪汪地看着恩主，赌咒发誓道："主公，小人对您一向别无二意，有半句假话，让我……让我也变成那个血人！"

这个胖子算得上聪明，张粲暗道，这么快就领会到我的心意，孺子可教。他深谙人性，知道对公孙痤这样的小人，一定要恩威并施。

"好了，你且上去等我。"张粲宽慰道，"我是让你陪我出趟远门，这种腌臜所在，岂是您公孙先生这种身份的人该来的地方？"

第十五章
大权在握

　　自从六家会盟之后,霍纠对司徒煜深信不疑,委以重任,把霍家除军权和外交之外的所有权力悉数交给他来掌管。霍纠军人出身,相对治理领地,他更擅长带兵打仗,他也曾试图把大权交给手下的家臣,但这些谋士没有一个可堪大任,他们想了各种各样的办法,但收效甚微,霍纠对他们很是失望。现在老天有眼,又给他送来了一位能臣。霍纠心中明白,把权力交给司徒煜,其实就是交给霍安。毫无疑问,霍安是家族的继承人,因此他要测试一下他以及他身边幕僚的本事。

　　司徒煜不负霍纠的信任,他只用了不到两个月的时间就把霍家全部领地打理得井井有条。这里虽然不比良国之强盛,但也是个牛刀小试的机会,他心中早有一套治国之道,正好可以借此机会加以验证。

　　包括霍家在内,整个景国已经病入膏肓,或许大昭王朝还有几年好日子,但景国却率先一步几乎到了垂死的边缘,就像它曾经率先步入辉煌一样。这个曾经风光无二的中原大国由于长期分裂,导致国力疲敝、礼崩乐坏,各家族交界的地方更是法治废弛,盗匪横生,几乎比蛮族的地盘还要萧条。这里除了国君的都城和各位领主所占据的重要城市之外，都荒凉地一塌糊涂。司徒煜一路看着四下凋敝破败的景象，心中热血澎湃，他要从霍家入手，改天换地，让景国重新振兴。

民生是改变一切的关键。多年的战争令百姓人口数量减少，但贵族的数量并未减少，他们的欲望更没有减弱，这些古老的贵族有着高贵的传承，他们生活起居的奢华绝不会因为领地内百姓减少而有分毫降低。为了维持奢侈的生活，他们只能增加对现有百姓的盘剥，这导致各领地的百姓生活更加困苦，以至于有人举家逃亡，迁往他国。如此恶性循环，导致各大家族的领地人口数量都急剧下滑，剩下大片荒地无人耕种，长此以往，家族自然会萎缩衰败，据说曾经显赫一时的田氏家族领地上的人口已经只剩下不到巅峰时期的一半。

"请问主公，您认为对于一个诸侯来说，最重要的是什么？"

"自然是土地。"

"不，是土地上的人。"司徒煜纠正道，"就像这个托盘，真正有用的不是它的大小，而是它所盛的食物。据微臣所知，平子大人在位时，霍家的臣民有三十万之众，到了灵子大人的时候，就只剩下二十二万了。"接下来的话司徒煜没有说，现在霍家的百姓只剩下不到十四万，照这么下去，霍安继任的时候，即便还有霍家的存在，人口也不会超过十万。对于任何一个领主来说，人口稀少意味着难以控制现有的领地，一定会遭到周边势力的蚕食。

人是万物之灵，拥有无限的潜能，对于任何一国和一族来说，人口都是最宝贵的财富，他们是税收、劳力更是兵源。所以当务之急是要保持人口的数量。司徒煜勘察过霍家的全部领地，他发现各城附近都有大片荒地，由于人口缩减，近年来荒地的面积与日俱增。但城主们却不愿让百姓开发这些荒地，原因很简单，如果耕农有了自己的土地，谁还会用心去种领主的地呢？

　　霍家虽然不是六家大夫中最为衰败的一家，但处境也明显大不如前。司徒煜在走访各地的时候看到困苦不堪的百姓，那时已经是寒冬季节，很多人还穿着单薄的衣服，孩子们甚至光着身子站在呼啸的寒风中。他们神情木讷，眼神黯淡，和他们身后的房屋一样衰败不堪。司徒煜脱下身上的披风，裹在一个孩子身上。孩子抬起头，懵懂地看着这位高大清瘦的大人，像一个木偶一般不知所措。司徒煜心中涌起无限的悲凉，他从男孩的父亲口中得知，这是他们仅存的孩子，其他几个不是死于疾病就是远走他乡去谋生路了。家中没有多余的口粮，实在养活不了这么多张嘴，虽然在距离他们不到十丈的地方，就有大片的荒地，但却没有一粒尘土是属于他们的。作为父母，虽然舍不得与孩子分离，但总不能眼睁睁地看着他们饿死。这个道理并不难理解，因此要留住百姓，就必须让他们尝到甜头，看到希望，过上好日子。

　　"眼下只有两条路，一条是得罪百姓，一条是得罪城主们，没有中间道路可选。"

　　"先生如此说，显然已经决定要走第二条路。"

　　"还望主公首肯。"

　　"不必，大权在你手中，我说过，霍家一切大事由你们处置。"

　　"那微臣就却之不恭了。"

　　"第一条，各封地对百姓的赋税从今日起，减少半数。"

　　召集城主们议事的八骏厅中，司徒煜先声夺人，抛出一记重锤，令贵族们一片哗然。

霍家有大小二十六名家臣,他们有的是霍家宗族,有的是地位崇高的门客,霍家封地也分成大小不等的二十六份,由他们各自掌管。他们是自己封地上的最高统治者,握有生杀予夺的大权,在税收方面当然也拥有不可置疑的权威。如今这个初来乍到的年轻人要夺走他们的在封地上至关重要的权力,简直是疯了。

"请先生搞清楚,这是我们的封地,难道我们在自己家里都不能做主了吗?"一个年老的贵族说道,他的声音因为愤怒而颤抖。

"您在自己家里当然可以做主,但请不要忘了,主公也有同样的权力。"司徒煜冷冷地看向这名贵族。

贵族们哑口无言,他们可以随意盘剥自己的臣属,他们的主公自然也对他们有着至高无上的权力。"我们平日需要供养主公,养活士兵和家臣,准备兵甲马匹和粮草,以备战时之需,如果租税减少了,恐怕会耽误大事,还望大人明察。"

领主把土地分给封臣,封臣有义务向领主缴纳赋税,同时也要承担兵役和徭役,他们要自己蓄兵,并准备一切战争物资,以备领主的征召。这本是封臣的义务,但阴阳相克相生,老练的城主们往往会把它变成对自己有利的条件。对于各家各国来说,战争都是头等大事,以无法负担军费来作为要挟,这是贵族们常用的伎俩,而且屡屡奏效。但他们没有想到的是,这位看似弱不禁风的司徒先生却是他们的克星。郭仪、栾喜等谋士经过初次见面时的一番博弈,已经对司徒煜既敬又怕,哪里还敢撄其锋芒?虽然他们也是城主之一,但纷纷选择顺从。

"这么说,倒是学生唐突了。"司徒煜做恍然大悟状,"恕学生考虑不周，各位大人身上都有千钧重负，如此说来，不仅不应该减少，反而应该增加才是，我看不如这样，从即日起，每家封地的赋税增收两成，不知各位大人意下如何？"

贵族们纷纷笑逐颜开，这位新来的司徒大人也并没有多么可怕嘛，简直就是个百无一用的书生，只要我们略施小计就可以把他耍得团团转。

"如果各位大人满意的话，学生还有一言，望列位首肯。"

"只要不减少租税，我等无不从命。"既然司徒大人是主公钦点，那么大家也应该适当地给他一些面子，以免主公难堪。

霍纠也诧异地看向司徒煜，不明白他为什么出此昏招，这时候再增加百姓的赋税，恐怕就真的会把人都逼走了。

司徒煜微微一笑："要增加赋税并不难，只要允许百姓们自由开发附近的荒地，一经开拓，即为其所有。"相比上一条，这一条更是触碰到了贵族们的底线。自古以来，贵族们对土地有着无与伦比的迷恋，纵然是拥有千亩良田，也不会感到有一寸多余。

"这恐怕不妥吧。"一名城主大声抗议道，"我们没有犯罪，凭什么夺走我们的土地？这第一有悖祖制，第二不合大昭律令，敢问司徒大人此条法令的依据是什么呢？"

司徒煜等的就是这句话。

"大人的意思是，如果犯了罪，即可剥夺？"

不到一个月，在场的贵族们就为这句话把肠子都悔青了。他们不仅被夺走了土地，而且还担上了各种罪名。司徒煜早就对城主们胡作非为的恶行了如指掌，他轻而易举的抓到了他们的把柄，惩办了其中九名城主，罪名最重的两人被贬为庶民，其他的城主分别处以罚金并剥夺部分土地。

这时候，贵族们纷纷把希望投向大公子霍庄，他是霍纠的长子，也是所有城主中封地最大的一个。算上已经夭折的兄弟，霍安在家中排行第五，伯仲叔季少，少为第五，因此取了"少圭"为字，但实际上霍家只有他和哥哥霍庄兄弟两个。霍庄虽为霍家长子，但并非嫡子，他的母亲来自田氏的旁支，一个早已没落的小贵族，而且早已失宠，被贬出顺德城，居住在儿子的封地。母亲从小就告诫霍庄要谨小慎微，因为儿子的每一句话，每一个动作都可能是置他们母子于死地的刀剑。她（常常带儿子去林间狩猎，让他感受猎物因为大意而被猎杀的悲惨下场。

霍庄对霍安的态度更像是君臣、主仆而非兄弟，卑微远远多于亲热，甚至比一个地位尊贵的家臣还要谦卑。显然这位霍家长子在家中的地位远远低于他的同父兄弟。

霍庄并非庸才，文韬武略也都算得上精通，可惜与霍安相比，都相形见绌，甚至相貌和身高也差了一大截。霍纠平日毫不掩饰自己对幼子霍安的喜爱，日后传位给他几乎是板上钉钉的事。霍安从小被宠坏了，平日耀武扬威，难免在大哥面前显得有些颐指气使。兄弟两人虽然没有赵家兄弟那么亲密，但也很少发生矛盾。久而久之，霍庄日渐谦卑，早已把弟弟当作少主看待，只差在和兄弟说话的时候自称"微臣"了。

霍庄当然不敢质疑新颁布的法令，他知道在司徒先生身后，是少主霍安，乃至父亲大人。在这个时候做出头鸟是最不明智的做法。因此当贵族们跑到他的封地哭诉的时候，他也只是摆出丰盛的酒宴来招待大家，劝大家少安毋躁，退一步海阔天空。郭仪有几次试图探查霍庄的口风，但霍庄守口如瓶，拒人于千里之外，连半句怨言都没有。也难怪，郭仪是霍安的亲舅舅，与霍庄并无血缘关系，加上他平日对司徒大人唯唯诺诺，谦恭至极，谁知道他是不是父亲或者司徒先生派来试探自己的？

看来大公子是打算逆来顺受了。贵族们最后一点儿希望也破灭了，他们看着司徒煜把属于自己的土地分给平民，暗中把仇恨的种子埋在心里，只等合适的时节令它生根发芽，破土而出。

"你不担心他们会转投其他家族吗？"霍安曾经担心地问过司徒煜。

司徒煜淡淡一笑道："现在各家族都缺少人丁，但又有哪一家缺城主呢？我们现在最应该提防的是百姓们远走他乡，而这些大人们，失去一些无用的土地，又无损他们的奢华生活。再者说，如果百姓们不跟随他出走，他到了别的家族还有什么价值？我已经颁下法令，任何封地，如果城主缺失，百姓们可以平分其地。"

司徒煜猜得不错，贵族们也只是口出怨言而已，并没有人真的打算离开。百姓们开垦了荒地，赵离把在陵光学院学到的农艺教给大家，带领大家打井挖渠，甚至亲自下田耕种，霍家的百姓日子很快变得富足起来。霍家声名远扬，半年内，就有上千户人家迁到霍家境内。

春天，司徒煜看着田野上忙碌的人群，看着田野中郁郁葱葱的秧苗，他知道自己的复仇大计又近了一步。

第十六章
彭涂之谋

庄稼的丰产给了司徒煜驰骋的空间，他先用剩余的粮食从蛮族猃戎部落换来良马，然后把马卖给章国，换来大笔的钱帛，接着又用这些钱从相邻的家族手中买来无人耕种的荒地，百姓们可以耕种的土地也因此变得越来越多。

司徒煜把地图上逐渐扩大的疆域指给赵离看："用不了多久，我们就可以拥有三分之一的景国了。"

由于大量的章国钱币涌入霍家，需要鉴别成分。以赵离的聪明，这点儿小事简直是易如反掌，但他是个很容易沉迷于某种手艺的人，而且一旦着迷便如醉如痴，乐此不疲，一发不可收拾，直到彻底玩腻了才算罢休。他从琢磨章国钱币开始，便迷上了炼金术，他把住所变成了一个作坊，摆满了各种冶炼工具、大大小小的泥制炼炉、皮囊制成的鼓风机以及融化金属的陶罐，这是一种形似顶盔的厚胎红色陶器，赵离给它起了一个可爱的名字叫"将军盔"。他在房间内架起支架以及带有轨道的横梁，用锁链和挂钩拖动沉重的巨型陶罐，把融化的金属倒入泥土模具中，铸成造型精巧的钟、鼎以及酒缸；他用铜铁铸造出花纹精美的烛台、镂空花纹的酒樽和锋利的佩剑，一下子成了市场上最为抢手的器物，成为各国王公贵族收藏把玩的至宝；他收集了天下各国的钱币，景国的布币、章国的刀币、沛国的蚁鼻钱、良国船币、贝型币，以及在大域三镇和沿海贸易港口流行的乌鸦金币，大昭王朝曾经发行过法定圆形铜币，但随着王朝的衰落，国家发行的货币也逐渐失去了流通价值，各诸侯国各自使用自己的货币。赵离发现大昭寰型币的含铜量最低，难怪被各国摒弃，而成色最足的当然是良国船币，它们早已经取代大昭法币成了天下通行的货币，各国百姓在使用自己的货币同时，也欣然接受良国船币，而各国之间的贸易往来也都是以良国货币结算，他们的金币甚至在海外和蛮族领地也畅通无阻。

赵离是个夜猫子，喜欢白天睡觉，夜间一边喝酒一边琢磨炼金术，当然，更主要的是因为寂寞。他和司徒煜比邻而居，但却已经有很多天没有见到子熠的人影了，他目前正东奔西走，为霍家游说其他家族，忙得马不停蹄。霍安和嬴媤倒是来过两趟，但他们正值新婚燕尔，又刚刚历经了波折战乱，因此倍加珍惜彼此，愈发显得如胶似漆，无时无刻不腻在一起，似乎一眼看不到对方就开始思念，他们号称是来拜访赵离，替他解闷，但常常都快告辞了才想起他的存在。

"真是人心不古，这年头朋友靠不住啊，要么不露面，要么跑过来恶心你，"赵离一边摆弄炼炉，一边抱怨道，"还是你们好。"

中原的冬天气候寒冷，赵离的作坊中炉火旺盛，温暖如春，他又准备了足够的饭食和清水，因此远近的猫狗纷纷赶来投奔，即便到了春天也舍不得离开。景国近来形势不稳，百姓流离失所，流浪的猫狗也多了起来,赵离担心它们饿死,博施济众,在院中收养了百十来只猫狗,声势颇为浩大。这些小生灵对赵离极为依恋,天气暖和了也依然不肯离去。赵离在炼金烦闷的时候就会跟它们说话。

"看来我说的话果然应验了,走出学宫,大家都忙于大事,就很难在一起朝夕相处了,你们说,什么是大事呢?天下,社稷,征战兼并,合纵连横?人们总是这么贪得无厌,得到一城想要一国,得到一国想得天下,哪里像你们这般洒脱,有饭吃,有暖和的地方睡觉就足够了。"赵离边说,边把一罐融化的金属液体倒入模具中。

"它们难道不需要朋友吗?"司徒煜的声音从身后传来。

赵离猛然发觉,手随之一抖,最后一枚钱币铸歪了。他看到司徒煜站在门口,一袭青衫,正在微笑着看着他,由于连日奔波他显得更加清瘦,几乎有些弱不胜衣。

"老天,你怎么回来了?这都三更天了。"

房间内炉火熊熊,赵离白皙英俊的脸被映得通红,额头上布满细小的汗珠,他穿着修身内衣,卷着袖口,露出肌肉结实的手臂,更显得挺拔英武。

"我如果不回来,还听不到你在背后抱怨呢。"司徒煜笑道。

"你可算回来了,你不在这几天,我连个说话的人都没有。"赵离一边擦汗,一边下意识地拉开衣领走到门口,门外的冷风让他感到无比畅快。

司徒煜脱下外袍,披在赵离肩上:"不要贪凉,现在已经入冬了。"

赵离笑着揽住司徒煜消瘦的肩膀:"不妨事,今天正好是满月,我们赏月喝酒,一醉方休。"

"好啊，让月宫的仙女作证，我今天舍命陪君子，也让你见识一下我们孟章学院的酒量。"司徒煜似乎兴致很高。

赵离大笑道："认识你这么久，还是第一次看到你这么勇敢，来来来，就让我们先喝上三百杯。另外，我还有个重要的秘密告诉你。"他一把拉住司徒煜的手，"让你开开眼，看看我弄明白了什么。"

粗糙的木质方台上摆放着琳琅满目的钱币，在火光映照下反射出美丽的金属光泽。

"怎么，你刚刚偷了各国的国库吗？"司徒煜调侃道。

赵离不理会司徒煜的调侃，一边喝酒，一边兴奋地说道："子熠，你通晓天下，纵览八方，那么我考考你，兵强马壮的章国为什么不敢轻易与良国翻脸？"

"因为良国富甲天下，天下三分之二以上的黄金都存储在良国都城洛滨的金库中。"

"不错，也是因为天下都在用良国的钱。"赵离拿起一枚船型钱币，在手中把玩，"而我已弄清楚了良国铸币的秘密。我现在可以轻松造出这种船币，质地不会有一丝一毫的差别。"

这是一枚椭圆形的铜币，上面铸有对称的菱形花纹，看上去很像船体的剖面。良国是靠海的国家，航海发达，因此他们的钱币也被称为"船币"。良国同时发行几种钱币，其中船型铜币和铸有乌鸦图案的圆形金币是流通最广的两种，铜币主要对大昭诸国，金币主要面向海外。

"我发现他们的船币之所以畅行天下，是因为成色确实优于他国货币，我可以帮你一个忙，让景国的布币也可以达到同样成色。"赵离得意地把船币递给司徒煜。

铜币非常精美,在炉火的映照下闪烁着金属光泽,拿在手中沉甸甸的非常舒服。司徒煜一直非常佩服赵离的奇思妙想和鬼斧神工,他不懂炼金术,但相信经过赵离之手,货币的成色一定会非常足。

"这算不算帮你一个忙?"赵离得意地拿过船币,修长的手指轻轻一弹,船币飞向空中,发出清脆的金属声,再次落入赵离的手中。

"我知道你一直有心振兴霍家,振兴景国,如果我们的钱也和良国一样成为天下通行的货币,那么景国的实力一定也可以和良国一样雄厚,那时候就不用再畏惧北方的邻居了。"

司徒煜笑了,赵离是单纯的,他不谙世事,天真地以为良国的强大是因为货币的成色;赵离也是热忱的,他是如此希望可以帮到我,无时无刻不在为我打算,人生中能有这样的朋友,夫复何求?

"怎么,我说得不对吗?"赵离不解的样子非常可爱,眉头耸起,两道斜飞入鬓的剑眉此时略微有些下垂,一双大而有神的眼睛中闪烁着天真的神情。司徒煜一直认为赵离是一个大男孩,他的脸英俊坚毅而不失可爱,他有孩子般的纯真,又有男人的阳刚和豪爽,难怪天下的女人都把他当作梦中情人。

"不是不对,是有点儿管中窥豹了。"

"此话怎讲?"

"阿季,当年在学宫之时,你经常去黄丘饮酒,我记得你最喜欢去的酒馆名叫'千秋醉',那里的酒香醇馥郁、回味悠长,可是如果其他酒馆告诉你,他们偷学了'千秋醉'的手艺,酿造出同样甘美的酒,你就会立刻放弃'千秋醉'吗?"

"恐怕不会。"赵离答道,"我怎么知道他们说的是真是假?"

"对啊，'千秋醉'招揽回头客的不仅是美酒，还有口碑，口碑是他们的金字招牌。"

"所以，良国的货币之所以通行天下，成色足只是原因之一。"赵离明白了，"良国之所以富甲天下，是因为他们是良国，这两者是相辅相成的。"

"他们的金字招牌不是货币，而是信誉。良国历代国君经营多年，致使他们的信用为天下各国所相信，哪怕是敌国或者化外蛮荒之地，也从来不曾有过丝毫怀疑，这才是良国最强大的地方，尤其是公子中兴之后，这种信誉更是如日中天，信阳君甚至被一些国家的人当作财神爷供奉。"

"这我倒是听说过，我们定平也有人供奉他的像呢。"

"阿季，你知道涂国和彭国是如何被良国吞并的吗？"

"听说好像是中了信阳君的计……"赵离皱眉思索，他听父亲说起过这件事，只不过他对这种事不感兴趣，所以记得并不牢靠。

司徒煜举起杯，轻轻喝了一口，娓娓道来："彭国的冶铁术天下无双，正如良国的造船一样。当年信阳君拜访彭国，向彭国国君提出借道攻打西部的简国，条件是让他大发一笔横财。他出高价，以十倍的价格向彭购买兵器甲胄，彭国国君受到利益诱惑，令全国百姓废农冶铁，大肆打造兵器。彭国的东临涂国担心良国攻打，也倾尽国力从彭国购买武器，以防不测。与此同时，良国又出重金高价收购各国粮食。待到第二年秋季，彭国人才发现，由于全国百姓忙于冶铁，导致田地荒芜，坐吃山空，而粮食又集中在良国，他们空有钱财，却买不到一粒粮；而涂国为了购买武器，倾其所有，国力早已耗尽，当他们反应过来，想要以兵器换取粮食的时候，信阳君以极为低廉的价格抛售彭国的优质兵器，导致涂国连一把短刀都卖不掉，只能乖乖俯首称臣。因此信阳君兵不血刃，只派出了两名使臣，就轻松地把两个邻国纳入自己的版图，这就是著名的'彭涂之谋'。"

"原来如此。"赵离击掌赞道，"所以夫子说过，刀剑虽然锋利，但真正厉害的却是握刀的人。"他突然想到当日抢亲的事，不由大笑起来。

"你想到了什么？"

"我想到前几日抢亲的时候，我三哥只用一根木棍子就把章国全副武装的武士打得人仰马翻。看来'事在人为'这句话果然有理。"

"不错，人是万物之灵，人从来不是负担，而是力量之源，只要有人在，万事皆有可能。良国之所以可以如此强盛，就是因为他们成功地把战争挡在了国门之外，他们的百姓不用受战争之苦，安居乐业，就可以开垦荒地、捕鱼经商，信阳君就可以利用百姓们缴纳的赋税在各国之间周旋，为良国争取更大的利益。"

"难怪人们都说，良国的人命最贵，就连狗都比很多国家的人幸福。"

"因为信阳君了解人的价值，所以他能用钱和权谋解决问题的时候，一定选择这两样，出兵对他来说是万不得已的事，而事实证明，没有什么是他办不到的。"

"听你这么一说，这个小胡子还真有两下子，"赵离感叹道，"不愧被称为四公子之首。"

"日后如果与章王起为敌，我或许有五成胜算，"司徒煜看着炉中跳动的火焰，"可是如果与他为敌，恐怕最多不会超过三成。"

"如果是嬴起和信阳君联手呢？"

司徒煜的眼神黯淡了下去："恐怕连一成都没有。"

第十七章
如胶似漆

窗外的天色逐渐发白。炉火稍微有些衰弱,但依然足够温暖。自从离开学宫之后,两人第一次彻夜长谈。赵离感到畅快淋漓,酒喝了两坛,却毫无睡意,这令他回想起当年在定平两人初遇的日子,那时候他们曾一起度过了许多不眠之夜,仿佛有说不完的话。

司徒煜显得有些疲惫,他的身体毕竟不如赵离强健,又连日奔波。赵离有些内疚,不应该一见面就拉着他聊个没完,都怪自己一时兴起,越聊越开心,越聊越精神,忘了时辰早晚。

"子熠,你累了吧?不如我们早些歇息,改天再聊?你只管睡,午饭我一会儿给你送去。"

司徒煜站起身,整整衣袍,微笑道:"多谢,我还要去面见主公。"

"你好歹睡一会儿,午时再去也不晚嘛。"

"忘了告诉你,我马上就要动身去见屠岸家族,不过可以在路上睡一会儿。"

"什么?你要连日动身?"赵离惊愕地说道,"你……你怎么不早点儿告诉我？"

"适才聊得尽兴，我一高兴就忘了说。"

"你哪里是忘了说，分明是为了陪我说话！"赵离有些急了，他当然不希望司徒煜不顾自己的健康，只为陪他一夜长谈，"你有公事，又何必一定要陪我扯这些闲话？"

"你忘了，我在学宫的时候也经常熬夜读书，这对我来说是很常见的事。"

"你看看你现在的样子，累得像鬼一样，还要硬撑着陪我说话。"赵离把手中的酒泼入炉火中，激起一阵烟雾，"如果我在景国只是会拖累你，那么我不如回定平的好。"

赵离赌气地转身就走，司徒煜在身后苦笑着赔礼道："阿季，我真的不是为了陪你，你以为我就不想和朋友相聚吗？我在各大家族之间游说，每一刻心里都绷紧了弦，恐怕有一句说错，前功尽弃，甚至连一颦一笑都要拿捏得恰到好处。只有和你在一起的时候才是快乐的，放松的。你不要以为我是心中只有报仇，只有天下大事的石头人。我在外奔波的时候，也盼着能回来与你一聚，因为……我在世上没有别的亲人了。"

赵离一直认为司徒煜每次说不过自己的时候，都是靠装可怜来扭转局面，但他仍然无法抗拒这一招，几乎屡试不爽。赵离是个心软如棉的人，他只能眼睁睁地看着司徒煜走向霍家议事的八骏厅。水能克火，这句话真是至理名言。

就在赵离感到百无聊赖之际，霍安和嬴媳跑来约他一起去骑马散心。赵离屡次被他们冷落，本想拒绝，但又实在闲得无聊，只能勉强答应。果然,一到郊外,两人立刻将赵离抛在脑后,自顾自地沉浸在柔情蜜意之中。赵离无奈地看着这一对小鸳鸯,既感到高兴,又有点儿不耐烦。

嬴媳自从来到顺德城之后,与霍安朝夕相处,如胶似漆,过着神仙眷侣的日子。她像所有初尝爱情甜蜜的少女一样,世界一下子变得简单而透明,从此以后,她只为一个人而生。时间过得很快,转眼已经有一月有余,两人分开的时间却不过三个时辰。

三人策马奔驰在原野上。霍家的封地疆域辽阔,地势平坦,寒冬已过,大地上春意盎然,生机勃勃。温暖的春风吹绿了一望无际的麦田,星星点点的野花点缀在草丛中,空气中弥漫着令人迷醉的气息。

"媳儿,我有点儿想你了。"霍安回身柔声道。

嬴媳打马跟上,不解道:"又傻,我不是就在眼前吗?"

"不,"霍安深情地看着嬴媳,认真地说,"刚才你的马慢了两步,我一时没能看到你。"

赵离几乎连早饭都要吐出来,他回身大喝道:"喂,贤伉俪高抬贵手,放过小人好不好?我快要被你们酸死了!"

"这种情话本不是让你听的。"两人挽手并辔而行,"二哥不要偷听嘛。"

"你们这是陪我散心吗?我怎么觉得自己这么多余呢?"

"二哥,环境不足道,心境才是关键嘛,我记得是老夫子说过的话,保持平和的心境,你才能泰然面对一切……"霍安笑嘻嘻地说道。

"想不到监兵学院的头名武士竟然变成了情种……你们如此对我,就不怕落个重色轻友之名吗?"赵离指着两人悲愤地大叫。

霍安索性跳下马,敏捷地飞身跃上嬴媳的马背,从身后揽住她的腰，嬴媤温柔地靠在霍安怀中，两人头颈相交，眼神中柔情如水。

"有道是债多了不愁，反正连朋友的未婚妻都抢了，难道还怕冷落他一下吗？"霍安对赵离眨眨眼睛，一脸坏笑。

嬴媤娇羞地转身打霍安，两人就势纠缠在一起。

赵离用手挡住眼睛："求求你们了，你们俩回家腻乎不行吗？这光天化日的，也不怕冲撞了土地爷，派个鬼来把你们抓了去。"

"既然如此，那小弟就不奉陪了，告辞告辞。"

"此处景致不错，小侯爷自己慢慢赏来。"

两人如释重负，拨转马头一溜烟绝尘而去，留下一阵开心的欢笑声，把赵离一个人留在荒野中。

很多时候，一些思绪会蛰伏在人的心里，在某些特别的时候会突然跳出来，让人猝不及防。赵离一个人信马由缰，这里的天气和家乡相似，定平现在一定也是春天了。赵离不是个多愁善感的人，恰恰相反，他有些少心没肺，只要有酒喝，有朋友在，他很少会被离愁别恨所困扰，这一点一直被司徒煜羡慕。但今天却有些反常，赵离莫名其妙地陷入了一种忧伤的思绪，突如其来又不可遏制。四周一望无际的大平原让他恍惚回到了定平。他突然有些想家，想念父母和哥哥。他突然觉得很孤独。

赵离漫无目的地走在田野中。他喜欢马，没有太要紧的事，他不希望让马太过辛苦。何止是马，任何动物他都视如朋友，他从不认为人的生命比其他物种更为高贵。

"只是长相不同而已，人认为猪羊牛马都是牲畜，但马可能也认为人和猪羊猫狗俱是一样。所有生物只不过是凑巧有了不同的皮囊而已，灵魂没什么差别。"

"那么为什么总是你骑马，而不是马骑你？"每次赵离发出这种怪论，司徒煜都感到自己会被他带入一种有趣的诡辩当中。

"如果我们的体力可以互换，我毫不介意让它骑我。"赵离坦然地说，亲了亲怀里那只熟睡的猫咪，"这和高低贵贱无关，这是力气大小的问题，就像猫经常躺在我怀里，而不是我躺在猫怀里一样。"

司徒煜博闻强记，能言善辩，但在这种时候却往往说不过赵离，因为他也不得不承认，赵离的话不无道理。正因为如此，赵离和动物很有缘，几乎所有动物都喜欢他，甚至一些胆子很小的动物，诸如野兔、麋鹿甚至麻雀，见到他都不会躲开。

"你真是个神奇的人。"司徒煜时常调侃赵离，"你最大的特点是，该明白的你都不明白，不该明白的你都明白了。"

前方是一道缓坡，赵离听到了水声，想必那里有一条小河或者湖泊，而水边一定有茂盛鲜美的青草。

"走，要吃午饭了，咱们去河边饱餐一顿。"

赵离亲昵地拍了拍马头，马儿仿佛听懂了他的话，撒开四蹄，快步冲向缓坡。

前方传来年轻人开心的嬉笑声，赵离精神为之一振。有人，而且是快乐的人，这很对赵离的胃口，他迫不及待地想和他们聊上几句，也好缓解心中的孤寂，如果运气好，可能还会有一坛好酒。想到这里，赵离下意识地咽了下口水。他不是没有酒喝，是没有酒友，俗话说，一人不饮酒，两人不赌钱，酒这个东西必须人多才有味道，一人独饮岂不成了喝闷酒？

马儿似乎猜到了赵离的心情，一跃冲上缓坡。

这里确实是有人，他们很年轻，也很开心，甚至还带了几坛香气四溢的好酒。但眼前的景象却刺痛了赵离的眼睛。几个十几岁的少年正纵马在麦田中纵横奔驰，无比地快活，他们鲜衣怒马，显然是贵族子弟，他们年轻的脸上洋溢着灿烂的笑容。一对农夫夫妇和他们的孩子狼狈地追逐阻拦，试图保护自己田里的庄稼，但他们的努力在这些骑着快马的少年面前显得毫无作用。少年们像对待猎物一样戏弄这一家可怜的百姓，他们有意停下，让马儿啃食田里的麦苗，当农夫气喘吁吁地追上来的时候，他们轻轻地一提缰绳，立刻把农夫甩在身后，留下一阵欢快肆意的笑声。

"不能踩啊，这地上种的是粮食啊。"农妇尖叫着扑过来阻挡战马。

"这本来就是我们家的土地，我想怎么踩就怎么踩。"

霍戎一拉缰绳，战马向前一冲，将农妇撞倒在地。她蠢笨的脸上布满污泥，混杂着眼泪和鼻涕，显得非常滑稽。少年们忍俊不禁地看着农妇张着两手，在泥地上跌跌撞撞地奔跑，感到开心极了。

几番来回，田里嫩绿的麦苗被马蹄踏得一塌糊涂。这里昨晚刚刚下过一场小雨，土地湿润松软，本是种田的绝佳时机，现在却被踏成一片泥泞。农夫终于筋疲力尽，绝望地跪倒在泥土中。土地和庄稼是农夫的生命，看着生机盎然的庄稼毁于一旦，农妇瘫坐在地上号啕大哭，两个孩子也和母亲一起哭得上气不接下气。

对方这么快就放弃了抵抗，少年们显然意犹未尽，他们拉紧缰绳，让战马前蹄扬起，一次次地刨在凌乱的泥土上。

"真没用，别赖在地上，快起来，快起来追我们。"为首的少年欢快地叫道。

赵离认得他是霍庄的独子，霍戎。而这里本属于他家的封地，由于司徒煜推行垦荒法令，被封地上的农夫开垦耕种。

对于他们来说，这也许只是一场游戏，但对于农夫来说，却是灭顶之灾，错过了最佳的种粮季节，他们很可能会在冬天饿死。

"公子开恩吧，不能再踩了，那是小人一整年的口粮啊。"农夫嘶声叫道。

"活该，谁让你们偷了我家的土地！你们这些贼！"

少年们丝毫不为所动，农夫的焦急和痛苦增加了这场游戏的趣味性，如果猎物毫无反应，这场狩猎也就失去了意义。他们下意识地让马紧贴着农夫跑过，当他伸出手要抓住他们时，他们便敏捷地一拨马头，向一旁轻轻跳开一步，让他扑个空。一个顽皮的少年甚至一抖缰绳，让马儿从农夫头上越过。农夫被战马撞翻在地，满脸泥土和泪水，污浊不堪。少年们放肆地大笑，他们的笑声回荡在田野上。

"住手。"

少年们只顾玩耍的开心，没注意到有人旁观。他们闻声一愣，恶作剧也下意识地收敛了一些，但霍庄马上认出了来人，顿时放下心来。

"原来是赵先生。"

为了隐藏身份，赵离在景国化名赵域，只是霍安府上的门客。霍戎当然没有把他放在眼里，更何况这里是他家的封地。

看着这几个年轻的恶棍，赵离心头火起，他平生最恨恃强凌弱，伤害无辜。

"你们为什么欺负这贫苦的一家人？"

"我们只是在和他们戏耍，要来一起玩吗？"一个少年笑嘻嘻地说道，一脸若无其事的样子。

赵离抬手抓住他的衣领，用力一拉。赵离高大健壮，盛怒之下的一拉，更是用了十分的力气。少年猝不及防，狼狈地一头摔下马来。

几个少年没想到赵离会动手，一拥而上，把赵离围在当中。

"你敢打人？"霍戎厉声喝道，"反了你了。"

"我也是在和他戏耍。"赵离冷笑道。

摔倒的少年爬起来，怒不可遏地扑向赵离。赵离抬手一鞭，重重地抽在他的脸上。少年白皙的脸颊上顿时出现了一道红痕。

霍戎没想到一个门客竟然敢当着他的面打人。

"给我打！"

少年们一拥而上，想以多欺少，但对方明显比他们高一头乍一背，一对一显然不是对手。他哪里知道，赵离的脾气一向吃软不吃硬，当日在大域学宫，面对人屠王晋的千军万马，他连眼皮都没有眨一下，何况这几个纨绔恶少？赵离生在将门之家，虽然不像霍安那样武功卓绝，但也多少会几招三脚猫的功夫，对付这几个十几岁的男孩还绰绰有余，加上他平日热血好斗，喝酒打架是家常便饭，因此虽然以一敌五，还是稳占上风。几个回合之后，几个少年悉数被打倒在地。

第十八章
美人赤月

就像蝴蝶扇动翅膀可以造成飓风,鱼儿摆动尾巴可以造成海啸,很多大事总是由小事引起的。几个少年吃了大亏,他们知道赵离是霍安的朋友,不敢前去算账,又咽不下这口恶气,于是趁夜烧了农夫家的房子,将他们赶出封地。

农夫眼看辛苦开垦的农田被毁,房屋被烧,一家四口走投无路,于是把心一横,跑到将军府告状。司徒煜径直走入霍纠的书房,恭敬地把印信放在几案上。

"微臣特来向主公请辞,请主公收回印信。"

"子熠是因为马踏农田一事而来吗?"霍纠当然知道司徒煜的来意,这件事顺德城里闹得沸沸扬扬,所有的城主都在等着看热闹,看司徒大人如何收场。

"此事事关您的长孙,常言道,疏不间亲,微臣不敢惩办,但如果网开一面,又恐怕难以服众,拓荒之事会就此半途而废,微臣愧对主公的信任,只能引咎请辞,望主公恩准。"

司徒煜深知这件事会是拓荒令的关键,一旦退却,法令就会变成一纸空文。霍纠不喜欢霍庄，但对长孙霍戎还是颇为喜爱，老人总是更喜欢孙辈。这里没有大昭王朝和景国的律令，大将军霍纠的话就是唯一的法令，如果他加以阻挠，司徒煜一定会前功尽弃。

很多年前，有人问过廖夫子为什么不愿去做高官。廖仲自嘲地说道，做大事的人需要冷血，而我是个什么都割舍不下的人。霍纠的确喜欢孙子，但他更喜欢权力和土地，他不是鲍胜那种头脑发热的糊涂虫，不会因为个人的好恶而影响整个家族的前途，况且，他还有一个儿子，而这个儿子已经有了喜爱的女人，很快就会为霍家添丁进口。

霍纠微微一笑："子熠，你我之间不必试探了，老夫既然把大权交给你，就不会横加干涉，不管他是谁，一律按令而行。我再说一遍，我要的是振兴霍家，统一景国，不是儿女情长。"

"遵命。"

世上有一种极为华美的纯金丝线，制作这线，首先要由两名能工巧匠相对而坐，轮流用手中的木槌捶打一块黄金。这两人的配合必须足够默契，每一下都要力度均衡，经过几万次的锤打，一块厚重的黄金会变成薄如蝉翼的金箔。然后再把金箔粘在一种特殊纸张上，压紧抛光，裁成条状，剥出金线，和蚕丝相互缠绕，捻搓成金丝线。

沛国的山林中有一种美丽的蓝孔雀，它长长的羽尾上只有顶端的珠毛可以用于制线，将这些细绒与丝线缠绕在一起，分节捆扎，形成彩色的丝线，与金丝交相呼应，既有黄金的华美，又闪烁着宝石的蓝色，极为华贵而美丽。

这样一件金丝孔雀裘穿在一位美人的身上，更显得仪态万方，美丽不可方物。

"我叫十三，是象明赤月氏第十三个女儿，从我嫁到这里之后，几乎就没人这么叫我了，从今天开始，这个名字只属于你一个人。"

她的笑容灿若三月春花，媚眼如丝，在朦胧的灯光下仿佛一泓春水。

"臣公务繁忙，夫人有事请讲。"司徒煜神色平静，仿佛根本没有听懂她的话。

"司徒大人颖悟绝伦，怎么能不知道我的来意？"她轻轻动了动衣襟，迷人的胴体若隐若现，这件华美的锦袍之下，竟然不着一丝，她是个成熟的女人，具有令人难以抵抗的魅力。

"为什么不敢看我？难道我很丑吗？"

"早就听说夫人天香国色，是景国第一美人。"

"那你还等什么？我已经屏退了所有仆人。"她的声音甜得像蜜，柔得像丝，"你知不知道这里有多少人想要得到我？"

"欲望可以使人得到欢乐，但人与动物最大的区别就是，人可以为了某种信仰放弃这种欢乐。"

"我这么做并不是为了欲望，恰恰相反，我经过了深思熟虑，你应该知道，一个母亲为了自己的孩子，是什么事都可以做的。"

她的眼神从妩媚变得冷静，从妖娆变得睿智，但更显得顾盼生辉。

"我的家族早已没落，除了自己，没有什么可以奉献的。"她的神情变得有些自嘲，"所幸上天给了我这副好皮囊。"

"这么说，夫人此行，不是大公子的意思？"司徒煜倒有些诧异，他以为夫人是受了霍庄的指派来求情的。

"他？"夫人不屑地冷笑，"他担心被连累，一句话都不肯说，如果大人想要钱，不妨直说，我虽然一时无法凑够许多金帛，但只要我愿意，一个月之内便可有一笔不小的收获，我既然可以卖给你，就可以卖给所有人。"

司徒煜感到一丝油然而生的敬意，为这份母爱、坦诚和勇气。

"您的行为令我钦佩，如果是我也一定会这么做，但这件事恕臣无能为力。"司徒煜俯身而拜，诚恳地说道，"对我来说，有些事情更为重要。"

"早就有人对我说，司徒大人的心是镔铁做的，你们这种人杀伐决断，志向高远，不是我们这些凡夫俗子可以理解的。我的孩子咎由自取，触犯律令，怪不得别人，您没有做错什么，不需要向我道歉。"夫人款款起身，她的眼神变得坚毅而凶狠，刚才的柔媚一扫而光，"不过您要小心，赤月氏有仇必报，我不会轻易放过伤害我儿子的仇人。"

闯祸的五名少年被绑在广场中心的木桩上，四周是人山人海的围观者。司徒煜将几个惹事的少年处以剖刑，并且贬为庶人，告示已经贴到了霍家所有封地的城中。

自古刑不上大夫，以往贵族家的人即便犯罪，也很少会公开处刑。自从司徒大人到来之后，这里的一切似乎在改变。毫无疑问，拿霍家的长孙开刀最具有威慑力。

大昭王朝的五刑为墨、劓、剕、宫、大辟，分别与五行对应。火能变金色，故墨以变其肉；金能克木，故剕以去其骨节；木能克土，故劓以去其鼻；土能塞水，故宫以断其淫；水能灭火，故大辟以绝其生命。墨刑又称剖刑，是用尖刀或针钻在人的面部或躯体上刺上图案，涂以浓墨，以示羞辱。各国墨刑的图案有所不同，景国是个古老的中原大国，因此沿袭旧制，以火焰形为主。

霍戎只有十四岁，面如冠玉，眉眼有几分酷似霍安，但眼神中带有几分邪气，他从小被父母宠爱，骄横跋扈，残忍无情。像所有被宠坏的孩子一样，他相信父母可以为他解决一切问题。直到钢针刺入他的皮肤的时候，期待才一股脑儿地转化为绝望。

几个少年受刑时的惨叫声响彻整个顺德城，霍家所有的城主这一次是真的偃旗息鼓，贵族们看到了司徒大人的铁腕和决心，没人再敢往刀尖上撞。

霍庄表现得非常恭顺，他不仅没有半句怨言，而且主动上疏请罪，让出大片领地给平民，以表明他对拓荒令的支持。其他城主见此情形也纷纷效法，让出大小不等的土地。如此一来，吸引了更多的各地流民投奔，仅鲍氏家族就有三千多户人家越境来投。这一年，霍家的粮食也因此增收了三倍，司徒煜预言，五年之内，霍家封地上的人口将会达到三十万，这其中不仅包括新生儿，更有外面迁徙而来的移民。

夜已经很深了，司徒煜依然毫无睡意，他坐在刑场西侧的高台上，月光如秋水一般洒落下来，地上的沙子呈现出银白色，仿佛是海边的沙滩。司徒煜在流亡的岁月中曾经见到过大海，它是那么浩瀚无边，使人感到自己的渺小；它是温和的，会托起任何投入怀抱的生灵和船只；但也是暴烈的，蕴含着可怕的、令人胆寒的力量，可以摧毁一切。他曾经久久地伫立在海边，心怀敬畏，像一个虔诚的信徒面对心中的圣地。

一天前，他和赵离在这里有过一次长谈，那是两人有生以来第一次如此不愉快的交谈。当时他正在视察这里的设施和警戒情况，作为监刑官，他必须熟悉这里的一草一木。赵离刚刚在街头看到了告示，随即找到这里。

"子熠，我在街上看到了告示。"赵离的语气有些焦灼，完全没有了平日那种玩世不恭的态度。

司徒熠并没有回答，他知道赵离一定会来找他，虽然当初打抱不平的是他，但他一定不忍心让几名少年受到处罚。

"不至于吧。"赵离果然是来讲情的，"他们还只是孩子，粮食没了可以再种，房子烧了可以再盖，又没有闹出人命，何必为了这点儿小事毁了他们一辈子？"

司徒熠把一根树枝递给赵离："我们打个赌，如果你可以画出一条真正的直线，我就放了他们。"

赵离犹豫片刻，抛掉树枝，他知道司徒熠是什么意思。

"看来如果没有尺子，连你这样的能工巧匠都画不出一条直线。对于一个王朝、一个国家和一个家族来说，法令就是这把尺子。我知道他们没有杀人，关于拓荒令，我已三令五申，但这些贵族仍然视如无物，就是因为他们并不认为真的会受到严惩，如果这次纵容了他们，其他的城主一定会以各种借口收回百姓开垦的荒地，拓荒令就会变成一纸空谈。阿季，你有没有想过为什么需要法令？"

"当然是为了规范大家的行为。"

"不错，如果法令不能起到规范行为的作用，正确的行为不能推广，错误的行为不能禁止，有功而不能赏，有罪而不能罚，那么必将适得其反，使制定法令的人失去权威和大家的信任，从而盗贼横行、纲常败坏，变成一个混乱无度的国家。法令是什么？这就像人们之所以可以在集市上交易，是因为有度量衡的存在。法令就是尺寸，是规矩，是一切的标准，是一切的根本。但执法公平则是根本的保障，执法者必须得到所有人的敬畏，法令才能得以施行。只有君臣上下贵贱皆从于法，一个国家才能得到有效治理，法不阿贵，绳不挠曲，只有做到刑过不避君子，赏善不遗匹夫，律令面前不别亲疏，不殊贵贱，一切皆断于法，才能够让君王圣明，百姓安心，国家富强。"

"好一个宏图大志。"赵离冷笑道，"是不是为了这种宏图大志，就可以不择手段？或许你的朋友应该是章王起或者信阳君这样的大人物，而不是我这种每天只知道喝酒取乐的浪子。"

赵离并没有像以往那样被轻易说服，或者说，他以前之所以会被司徒煜说服，是因为他本心也认同他的想法，而只是不知道如何表达而已，廖夫子早就说过，赵离是个大智若愚的人，小事绝不认真，大事绝不糊涂。

"我知道你认为我这么做太过残忍，我不想辩驳，这个世上需要有恶人，就像五彩斑斓的色彩中需要有黑色，那么就让我来做恶人好了，我只求问心无愧，对得起天下苍生。"

"天下苍生？天下苍生是谁？是复姓天下双名苍生的人吗？"赵离冷笑道，"这些话似乎章王起说更合适，他屠杀一个城的人，是为了救一国的人，屠杀一国的人，是为了救全天下的人。"

"那么请你来给我想个万全之策。现在平民和贵族的矛盾很深，据我所知，因为拓荒引发的冲突不下几十起，贵族有钱有兵，毫无疑问，在这种冲突中失败的一定是平民。你要我怎么做？把土地收回，连同土地上的庄稼一起归还给那些城主？那百姓们怎么办？他们的日子刚刚有了起色，要让他们再度回到衣食无着的日子吗？这几个贵族少年受刑的时候一定很疼，很可怜，可平民们的孩子有多少因为缺衣少食而夭折，很多人终其一生都很难吃到几次肉食，又有谁会同情他们？你常对我说众生平等，可平等在哪里？"

"我不知道。"

"可你知道指责我。"司徒煜一把扯开衣襟，露出胸前的刺青，"阿季，我受过针刺之刑，知道这有多痛苦，可是你有没有想过，五刑之中，墨刑是最轻的一种。"

"我们可以一起离开，不去管这些。"赵离动容道，"天下之大，何处不能安身？你为什么一定要做这些令自己痛苦的事呢？"

"看不到就可以装作这些都不存在吗？"司徒煜冷笑，"有个人想把庙堂中的大钟砸碎偷走，但又担心砸钟的声音会引来他人的注意，于是他捂住了自己的耳朵，就认为钟声不存在了。"

司徒煜知道自己注定会越来越孤独，但他更知道这是一条不归路，对他来说，清醒的痛苦总比糊涂的快乐要好。

第十九章
众矢之的

时逢乱世，一个家族的强盛势必引来其他家族的关注，因为随着人口的增加，他一定会需要更多的土地，而这一定会威胁到邻邦。他们既不愿坐以待毙，又不敢发兵征讨，于是和亲就成了上策，第一个来到霍家的是屠岸家族。

屠岸回是一个耄耋之年的老人，在景国乃至大昭王朝的贵族中，他都算是长寿的。但他带来的却不是孙女，而是女儿。

屠岸回一生娶过很多妻妾，有过很多孩子，却没有一个儿子，在八十岁这一年，他终于放弃了努力，接受了老天赐予的命运。多年前，屠岸家族靠阴谋篡位，谋杀了领主，掌握了现有的地盘，当时一名巫师曾经预言，屠岸家族不会超过五代，而屠岸回正好是第五代族长。

"也许屠岸家族将要从下一代改姓了。"这位老人认命地说道。

他这次带来了尚未婚配的十二名女儿中最美丽的三名，以及丰厚的嫁妆和满满的诚意踏上了霍家的领地。

屠岸家族的求婚令景国上下大为震动，因为他找的不只是女婿，而且是屠岸家族的继承人,在屠岸回过世之后,两家将会合二为一。景国六家并立,任何两家结盟都会打破这个平衡。遵循一生二二生三的规律,这个强大的联盟将会逐步吞噬其他各家,成为统一景国的力量。

"大将军以为老夫只是来提亲吗?老夫是来送一份大礼,这份大礼的名字叫景国。"

这个道理谁都懂得,霍纠自然更懂,这简直是上天的恩赐,屠岸回时日无多,霍安可以不费一刀一枪轻易获得景国六分之一的土地,称雄景国指日可待。霍纠几乎看到了霍安坐上了景国国君的宝座,可是没想到,儿子不仅没有丝毫的兴奋,反而闻讯大怒,莫名其妙地大发雷霆。

为了避免两国争端,嬴媳一直没有公开身份,大家只道她是小公子带来的一位宠姬,不管他们多么如胶似漆,但因为身份差异,总不可能成为正室。司徒煜曾经提醒霍安及时向父亲说明,以防后患,但霍安头脑简单,他沉浸在不期而至的幸福中,终日与嬴媳柔情蜜意,早把司徒煜的话当成了耳边风,现在突然面临屠岸家族提亲,他才如梦初醒。

"爹,这么大的事,您怎么不提前跟我商量一下?"

霍安并不知道屠岸家族的来意,只是以为父亲叫他去应酬,没想到商量的竟然是与屠岸家族的婚事。霍安性如烈火,突如其来的刺激这令他一下子火冒三丈。

"我这不是正在和你商量吗?"霍纠小声斥责道,他巴不得马上促成这桩婚事,马上成婚,生米做成熟饭,抓住这千载难逢的好机会。

167

"您这哪是商量？这分明就是逼着我答应这门婚事。"霍安激动地站了起来。

面对霍安的暴怒，屠岸回感到有些不解，因为他实在想不出这次联姻对霍家有什么损失，景国之内，甚至整个天下，想要和他联姻的人不计其数，他也是再三权衡，才选择了霍家的小公子，没想到他似乎并不感到高兴。屠岸回老于世故，当然不会和一个黄口孺子计较，只是淡淡地笑着问道："小公子是嫌我这三个女儿相貌太丑吗？不要急，她们还有九个姐妹，如果小公子看上了某一个或某几个，甚至所有人，可以尽收囊中，以后屠岸家族的封地都是你的，何况几个女人。"

"不是，屠岸大人，我不是这个意思……我只是不想考虑这门亲事。"

"这么说，小公子是看不上屠岸家族了？"屠岸回的脸上显出不悦的神情，"还是你早已有了心上人？是哪家的小姐，说出来听听？"

霍纠示意霍安不要再说话，转身向屠岸回说道："屠岸大人，能否让我和犬子单独聊几句？"

"大将军请便。"

霍纠寒暄几句，把霍安拉到门外的花园中，劈头盖脸地骂道："混账，是谁给了你胆子，让你敢忤逆父亲？"

霍纠为人专横，一向说一不二。霍安也是个倔强脾气，他无法说出嬴姒的真实身份，只能梗着脖子一语不发。

霍纠平复了一下心情，劝道："大丈夫三妻四妾是常有的事，你喜欢那个蛮族丫头，为父不拦着，但婚姻大事又岂能儿戏？"

"爹，我怎么能娶一个不爱的女人为妻？"

"哪个诸侯家的联姻不是如此？"霍纠为儿子幼稚的言论感到无奈，在这一刻，他有些为自己当初的决定后悔，他喜欢霍安的勇武，但想不到他竟然如此没出息。

"我和你母亲不也是这样吗？你身为霍家的继承人，永远要将家族利益放在首位，记住，你没资格去谈这些儿女情长。"

"那我宁愿不做继承人。"

"你为了一个女人竟然要放弃自己的大好前途？列祖列宗多年的基业，在你眼中还不如一个女人？"

"为了她，我甚至愿意放弃生命。"

"只要我还活着，霍家就轮不到你做主。"剧烈的头痛令霍纠感到烦躁，他眼中露出杀机，"我就是杀了那个蛮族丫头，也要让你娶屠岸家的小姐。"

霍安知道父亲的话并不只是恐吓。霍纠和其他诸侯一样，对权力和土地有着强烈的欲望。时逢乱世，他并不是例外，土地是保护自己家族安全的必要条件。

霍安心烦意乱地回到自己的住处。他住得并不远，虽然是一所独立的宅邸，但与将军府比邻，而且有小路直通，来往只需要一盏茶的工夫。

房间内已经掌灯，桌子上摆放着饭菜，嬴媳背身而坐，她没有像平日那样跳过来和他嬉戏打闹，而是异乎寻常地安静。霍安走过去，他很饿，但面对丰盛的菜肴却毫无胃口。嬴媳刚刚哭过，说话时还带着浓重的鼻音。

"饭有点儿冷了，我让他们给你温一下。"

也许是从小所受的铁血教育让她羞于在别人面前表现出柔弱的一面,她尽量不去看霍安的眼睛,这可以让她显得平静一些。

霍安拉住嬴媳的手,把她揽入怀中。嬴媳的身体显得有些僵硬,人的身体是内心的写照,尤其对于她这种不善于隐藏自己心绪的人来说。

"你已经知道了吧?"

嬴媳点点头,眼泪又不争气地流了下来。自从和霍安在一起之后,她性情中强悍的一面越来越少,变得多情善感喜欢撒娇。美好的爱情让她变成了一个幸福天真的小姑娘,仿佛要把之前所有少女缺失的娇憨任性都变本加厉地弥补回来。

霍安把自己的脸贴在嬴媳的面颊上,她的脸蛋被泪水浸泡得冰凉柔嫩,霍安觉得自己一生一世都亲不够。

"哭什么,他们只是来提亲而已,我又没有答应。"霍安故作轻松地说道。

"你只是暂时没有答应吧。"

嬴媳并非没有想到过会有这一天,霍安迟早要娶妻生子。她只是不愿面对,而且也想不出什么应对的办法,只是没想到这一天来得这么快。

"我永远都不会答应的。"霍安苦笑道,"我以前担心的是你父王万一知道会怎么办,想不到麻烦出在我的家族。"

"为什么我们不能像那些平民一般相守一生,种田放牧,过与世无争的日子?"

"也许是因为我们背负了太多的东西,家族、荣誉、使命、责任,我突然发现我不是在为自己活着。"

"我不想阻拦你娶屠岸家的小姐，对你和你的家族来说，的确不是件坏事。"

"你还记得神女化莲的故事吗？我一直很鄙视那位住在山顶的上仙，女神羲和为了爱情可以舍命登山，他为什么不能下山呢？可是现在，我觉得自己就是那位无耻的上仙。"

嬴媤紧紧抱住霍安。

"抱抱我吧，不管以后怎样，这一刻我们是在一起的。"

霍安以前最佩服的是大哥司徒煜，现在他突然更欣赏二哥赵离那种拿得起放得下的性格。

"有什么比抢亲更难的事吗？"赵离也听说了这件事，但并不在乎，依然是一副天塌下来也无所谓的样子，他给出的一个答案是"跑"。

"天下之大，哪里不能容身呢？大不了跟我去定平国，保你们一辈子衣食无忧，只要你能舍得这个世子的名号。"

他是个对家国毫无概念的人，所以也根本不认为离开霍家会有什么麻烦。

"她能舍得，我有什么舍不得？"霍安笑道，"区区景国一个大夫家的世子，又如何能比得上强章的公主的名号？我以后就算是砍柴种地，只要能和她在一起，也心甘情愿。"

"好样的，是条好汉，不愧是我兄弟。"赵离赞赏地拍了拍霍安的肩膀。

"我这就去收拾行李，咱们晚间动身。"

"收拾什么行李？我们定平国还能缺了你的吃穿不成？带上你们趁手的兵器就够了。"

"这下好了，二哥，咱们身份对换了，以后小弟就是你家的门客了，还请二哥多赏几口饭吃。"

"恐怕没那么简单，这不是你们两个的事。"司徒煜看着兴致勃勃的两个人，有些无奈地摇摇头，"你们以为是三岁顽童在做游戏吗？你们有没有想过，你一走了之，霍家会面临什么局面？"

"我人都跑了，屠岸老头找不到人，自然作罢。"

"那么他离开霍家之后，会去哪呢？"

"他爱去哪去哪，他上天我也管不着。"

"他联合其他家族攻打霍家，屠杀你的族人，你也不管？"

霍安被司徒煜问得张口结舌："我找你们商量，是让你们帮我出主意的，你怎么处处帮我爹说话？"

"我这就是在给你出主意，你要知道，这是个弱肉强食的世道，你不能变得强大，就只有被人吞并，而现在是霍家变成虎的最好的机会，也许是唯一的机会。"

"难道就没有第三条路可以走吗？"赵离不甘心地插话道。

"没有。景国如今六家并立，是一个暂时的平衡，因为没有哪一家有足够吞并其他家族的实力。如果霍家不与屠岸家族联姻，那么他们一定会选择其他家族，而无论他们与哪一家结盟，都会打破这个平衡，到那时，我们只能面对被吞并的命运。"

"你说的这些都对，可是我想和喜欢的人在一起有什么错吗？"霍安委屈地大叫道，"攻打也好，屠杀也罢，又不是我干的，也不是我让他干的，怎么都怪在我的头上了？"

"你身为世子，应该担负起自己的责任。大丈夫生于天地之间，不能每次面对困难都选择逃避。"

"这个世子我不当还不行吗?谁爱当谁当,我都说了,我就打算当一个农夫,太太平平地过我的小日子。"霍安不满地看着司徒煜,刚才的热情被当头一盆冷水浇灭了。

"抱歉,良药苦口,真相有时候的确难以面对,但我作为朋友,必须要说让你面对现实的真话。"司徒煜平静地看着霍安。

"那你让他怎么办?走又走不得,留下来就得……"赵离一脸无奈,他比霍安要冷静一些,但也完全不知道应该如何应对。

"说下去。"司徒煜看着赵离,肯定地说道,"你说得没错,留下来,按照大将军的意思,迎娶屠岸小姐过门。你们应该知道,公主的身份永远不能公开,所以你永远不能光明正大地娶她为妻。屠岸大人来得正是时候,即便他不来,主公也会让你娶另外一个门当户对的小姐过门。"

"什么?那嫚儿怎么办?你有没有想过她的感受?"

"还像现在一样,她现在有名分吗?"

"那不一样,我怎么能另娶一个女人?"

"我没让你真的去爱屠岸家的小姐,你只需要把她娶过门,让她变成你名义上的妻子,其他的事可以一切照旧。你并不是例外,天下几乎所有贵族公子的婚姻都是这样的。"

"那我就从对不起一个女人变成对不起两个女人了。"霍安冷笑道。

"如果你拒绝这门亲事,恐怕对不起的就是成千上万的女人、男人,还有孩子。"

"凭什么要这样?"霍安额头上青筋暴起,"你们这些人每天想的都是合纵连横,家国天下,可是我告诉你们,我是人,我想过人的日子,我不想被你们当作棋子摆来摆去。大哥,我爹给你了多少好处,让你来游说我?"

"我今天不是作为谋士,而是作为朋友来劝你的,你想过没有,一旦霍家被灭,阿季可以回定平安享富贵,我作为谋士,也可以另攀高枝,但他们一定不会让霍家的人活下去。"

"你少拿死来吓唬我,大丈夫生而何欢死而何惧,我活一天就要活得像个人,我管不了那么多了,我就知道一点,今生今世,我绝不会娶第二个女人,让你们的和亲大计见鬼去吧。"

霍安愤愤地夺门而出。

"这又何苦?"赵离苦笑道,"你明知他是火爆脾气,还非要惹他。"

"世上总有人要做恶人,就像当日处罚那几个违反律令的少年,就连你也觉得我冷酷无情,景国不知道有多少人恨我入骨,既然如此,不如所有的坏事都让我来做吧。"

"如今当真没有办法了吗?"赵离还是不甘心。

"不是没有办法,是没有把握。作为谋士,我必须为主公着想;作为兄长,我会尽自己所能,去游说其他家族。"

霍家的城主们心思各异,但他们有一个共同的敌人——司徒煜,而为他撑腰的人就是霍安。现在老天开眼,反击机会终于来了。八骏厅上,城主们你一言我一语,指责霍安罔顾家族利益,沉溺酒色,不思进取。

"联姻关乎霍家前景乃至景国格局,小公子平白无故拒绝屠岸家族的美意,我们要如何向屠岸大人解释?"

"我们得罪了屠岸家族，不仅失去了一个盟友，而且凭空增加了一个劲敌，其中利弊望主公三思啊。"

"为了一个蛮族女人葬送大好前程，主公难道忘了谭哀公宠幸妤準的事了吗？"

"景国六家并立，已有二十三年，现在终于迎来了统一的机会，蒙上天眷顾，把这个机会给了我们霍家，我们不能因为小公子一时任性，而错失良机。"

各位城主之中，霍庄是最为懊恼，他早已婚配，无缘屠岸家的小姐，如果儿子不被贬为庶人，他倒巴不得霍安拒绝这门亲事，从而让儿子霍戎取而代之。不能在霍家即位，得到屠岸家族的封地也不错。可现在霍戎因拓荒令获罪，再次与好机会失之交臂，怎能不令他恨得咬牙切齿，而这一切都是霍安和司徒煜造成的。但多年隐忍的生活令他把韬光养晦的本事练得炉火纯青，在父亲没有明确表态之前，他绝不会说小弟一句不是。

"父亲，孩儿以为，小弟无非是被美色所迷惑，年轻人一时糊涂是难免的。"

"你不要为他辩解了，是我太纵容他了。"霍纠长叹一声，心中增添了几分对长子的愧疚，没想到他竟然如此深明大义，他有些后悔自己因为厌恶他的母亲而厌恶他。

霍纠当即传令，把霍安禁闭在家中，不许离开半步。同时，他留下了屠岸小姐，但以霍安母丧未满三年为由，将婚期暂且推迟。他要利用这个时间来说服儿子答应这门亲事。

屠岸回给了霍纠一个月的期限，他是个老奸巨猾的政客，不会把所有鸡蛋放在同一个篮子里。

"老朽家中还有十一个女儿,而景国还有八位尚未婚配的公子,我当然只中意小公子一人,可是年轻人的心就像春天的草一样,只怕她们耐不住寂寞,一心想要嫁人。"

第二十章
小人本色

留在霍家的屠岸小姐名叫有若，是个害羞腼腆的女孩。她像所有贵族小姐一样从小学习礼仪和女红，为人善良而单纯，像一只小兔子一样容易受惊。如果她不是来和霍安完婚的，嬴姆相信自己一定会喜欢上她。

有若知道嬴姆是霍安的女人，她并没有像正妻对待侍妾那样摆出一副盛气凌人的架势，而是天真地试图与她做朋友。在某个阳光明媚的下午，她终于鼓起勇气，在花园中找到了正在习武的嬴姆。她刚刚学会了用鸟的羽毛刺绣牡丹图案的方法，凭借着这份欣喜，她走到这个比她高出一头的女子身边，举起手中的那张锦缎，礼貌地问嬴姆是否要学。共同研习刺绣，往往是两个女人交往最好的开端，她甚至为嬴姆准备好了针线。

"听说把鸟儿的羽毛缠绕进丝线，可以织成很美丽的图案，而且永远不会褪色。"她的神态甚至有些讨好，屠岸家有很多女人，她从小耳濡目染，知道如何与陌生人相处。

嬴姆握住有若的手，连同这块锦缎一起，居高临下地直视她的眼睛。

"听说折断一个人的手指可以让她的手指肿得比手腕还粗,像织布的梭子一样,变成青紫的颜色,一辈子都拿不起这些该死的针线,吃饭都需要人喂。"

嬴嫘的手可以捏碎青石,她轻轻一用力,有若顿时觉得自己的手像是被城门夹到了一样。她痛苦地呻吟了一声,脸色顿时变得苍白,如果没有嬴嫘抓着她的手,她一定会瘫倒在地。

嬴嫘转身大步离开,她并不想伤害这个柔弱的小东西,但又难以遏制自己对她的敌意。她早上刚刚和霍安大吵了一架,导致一整天都心情沮丧。最近两人的脾气都有些暴躁,相比某些突如其来的打击,这种长期的折磨更令她绝望,她不知道自己还能坚持多久,也不敢想象有朝一日自己会不会决定放弃。

"愤怒是一种无助的表现。"一个清越的声音从身后传来,"而且很危险,就像火灾会烧毁房屋一样,心里的怒火也会毁了自己和你爱的人。"

嬴嫘认得她是霍庄的妻子,一个美丽而有些神秘的女人。据说赤月氏以巫觋为业,他们生活在沛国的象明山中,历史甚至比昭王朝更为古老。赤月氏的人曾经长期担任昭天子的巫师,深得天子宠爱,但在厉王时期因为一起离奇的谋反案而被诛杀,从此衰落,一蹶不振。

嬴嫘和她素无往来,更没有说过话。

"夫人在跟我说话?"嬴嫘面无表情地问道。

"当然,我在这个家族中没有朋友,我想你也一样。"

嬴嫘没有说话,算是默认。

虽然天气很热,但她的脸上还蒙着黑色的面纱,也许是刻意想要让自己更神秘一些。

"如果你不介意,我们可以一起走走。这里很美,我已经很久没有来过这个花园了。"

中原地带的花园没有良国的奢华,也没有沛国的瑰丽奇巧,显得有些中庸,几乎是天子和国君花园的照搬,只是面积缩小了一些。近年来,国君式微,各家大夫的府邸也建得越来越豪华,花园也就水涨船高地随之越来越大。时值初夏,园中各种鲜花盛开,姹紫嫣红,尤其以象征雍容华贵的牡丹和芍药最为显眼。桃树上已经结出了小小的果实,看上去十分可爱。枝头上,鸟儿鸣叫雀跃,仿佛这是一个歌舞升平的盛世。

"你不必称我为夫人,可以叫我十三,我看得出公子很喜欢你。"

嬴姒想起早晨和霍安吵架,不禁露出一丝苦笑。嬴姒不是一个喜欢聊天的人,只有在廖清面前,她才愿意敞开自己的心扉。但这几日心情过于烦闷,有个人在身边陪陪也好。

"你是来劝我的?"

"你希望我劝你吗?"

"那你是来嘲笑我的?"嬴姒握紧了拳头,她决不允许别人嘲笑,无论是谁。

"我有什么资格嘲笑你?"十三冷笑道,"以后你会知道,我才是这个家族中最可笑的人。"

"你?"

十三轻轻掀起面纱的一角,露出脸上的淤青。

嬴姒惊愕地看着她的脸,青肿的伤痕令这张美丽的脸显得有些怪异。

"是我自己不小心跌倒了。"十三看出嬴姬的惊讶,故意开玩笑道,"走在平路上跌跤,这难道不可笑吗?"

嬴姬禁不住笑了一下,但旋即意识到自己的失礼。

"对不起。"

"小姑娘,虽然这个家族的人都很无情,但也不必对所有人都抱有敌意。"

"我不认为是这样。"嬴姬不能接受这种一篙打翻一船人的说法。

"当然,你的公子大人是这个家族中唯一的好人,不过你应该对上天祈祷,希望他不会即位成为霍家之主。"

"为什么?"

"男人的地盘越大,留给女人的爱就越少,你见过哪位诸侯会真正在意自己的女人?"

"你可以为我占卜吗?"嬴姬突然感到不安。

"赤月家受到了诅咒,已经很久无法通灵占卜了。"透过面纱,十三的眼睛显得朦胧悠远,"但我可以告诉你,一切最好顺势而为。"

自从上次和司徒煜吵得不欢而散之后,赵离变得更加离不开酒,经常通宵达旦。虽然大家和好之后一如往常一样说笑打闹,但两人都知道,这次争吵并没有真正地结束,只是大家都不愿面对和提起,要命的是越想忘掉,越是记得清楚。天下众生有着各种各样的信仰,天子和中原的诸侯们信仰天帝;沛国信仰火神;良国信仰海神;草原上的蛮族信仰日月星辰；而赵离信仰酒神，如今他希望酒可以让这一切尽快过去。

赵离一觉睡到下午，感到神清气爽，他最近新铸了许多钱币，将其中的门道摸得一清二楚。但这些钱币对于他来说并没有什么价值，他打算尽快把它们花掉，而花掉它们最好的地方当然就是赌坊。

霍家封地中的赌坊、青楼、酒肆赵离早已摸得一清二楚，他虽然身为门客，但没人真的指望他去做什么，他也乐得自在逍遥。

赵离在赌坊豪赌了两个时辰，他本是前来输钱的，没想到今天手气出奇地好，还不到掌灯时分，他几乎赢光了所有赌客的钱，几乎重得无法搬动。赵离叫了赌场的两个小厮，把重重的钱袋搬到集市一角的火神庙前。今天是顺德城赶集的日子，集市上非常热闹，人头攒动，自然也云集了一些乞丐和难民，这座小庙通常是他们的聚集之地。

乞丐们一见有人施舍，顿时一窝蜂地涌了过来，以往施舍都是干粮剩饭，如果有块没有啃干净的羊腿就算幸运，没想到这次竟然是货真价实的响当当的铜币，难道这个小伙子是财神爷下凡不成？

赵离一边喝酒，一边看着小厮们分发钱财，正欲转身离去，突然在争抢的人群中看到一个熟悉的身影。他虽然还是那么胖，但早已没有了当日的富态，而是蓬头垢面、衣衫褴褛，脸上似乎还有伤痕，眼神中露出痛苦和绝望的神色，显然已经很多天没有吃过饱饭了。

公孙痤。

真的是他！他怎么会出现在这儿，而且竟然沦落到沿街乞讨的地步。

与此同时，公孙痤也认出了赵离，他眼神中的痛苦一下子变成了欣喜，他刚刚抢钱的时候由于过于斯文，被人挤倒在地，还重重地踩了几脚，如今见到赵小侯，突然像被注入了灵魂的傀儡，一下子活了起来，他不顾一切地挤过人群，像一条与主人久别重逢的狗，扑倒在赵离跟前，泪如雨下，嘶声叫道："小……"

赵离想起司徒煜的叮咛，万万不可暴露身份，他连忙俯身捂住公孙痤的嘴，小声道："胖子，真的是你？"

公孙痤抱住赵离，放声痛哭，他的哭声撕心裂肺，山河几乎都要为之变色，他的嗓音尖利而嘶哑，饱含悲苦与思念，仿佛是在黄连中浸泡了三年。

赵离平生最怕的除了老鼠，恐怕就是这种无根之水了，无论男人还是女人，任何人的眼泪都会令他心软。赵离最不怕的是强势，哪怕天王老子，都休想让他把头低下半寸，但一滴眼泪却足以冲垮他心中的壁垒。

狂风暴雨般地将两碗拌了肉糜的黍米和一只肥鸡吞下肚，公孙痤还了魂，脸上恢复了油光和狡黠的神情，他一边打饱嗝，一边恋恋不舍地啃着最后一只鸡腿，呓呓有声。

赵离眼看他吃饱，心中的怜悯逐渐退去，劈手夺过鸡腿，扔在一旁，问道："死胖子，先别光顾着吃，我有话问你，要是敢骗我，我让你把刚刚吃的都如数吐出来。"

"公子，您有话请讲，小人知无不言。"公孙痤还是以前那副熟悉的卑微狡黠的模样。

"少装糊涂，你不是跟了张粢吗？怎么跑到这来了？"

"那个阉竖啊！"公孙痤大叫一声，咬牙切齿地道，"您不说还好，您提起他，怎不令小人痛心疾首、怒满胸膛！"

公孙瘥告诉赵离，他一时糊涂，财迷心窍，误上了贼船，追随了张粲那个狗贼去往章国，一路之上如何见到张粲残暴不仁，坑蒙拐骗，伤天害理，他又是如何深明大义，不愿为虎作伥、同流合污，正义凛然地与张粲针锋相对，最终反目成仇，甚至做好了杀身成仁的准备。但老天有眼，终于在一个月黑风高之夜找到机会逃出生天，一路艰辛，逃难至此。

　　公孙瘥讲得声情并茂，激昂之时拍案而起，伤心之处泪水潸然。在他口中，一个隐忍正义的英雄诞生了，他是如此侠肝义胆、智勇双全。就连饭馆中的伙计都被感动了，无限崇敬地看向公孙瘥。

　　"你要是再说下去，我恐怕就该给你修庙立像了。"

　　善良的人通常有些侥幸，他们不愿意看到世间的阴暗和人心的险恶，他们希望世界上的人都和他们一样心地纯良，哪怕一次又一次地被欺骗，被伤害，也无法彻底动摇他们根深蒂固的仁爱与悲悯。

　　"我只说今生今世再也见不到公子您了，没想到苍天有眼，让我再次得遇公子……这真是小人三世修来的福分啊。"公孙瘥在啜泣中突然仿佛想起什么事，做惊愕状道，"刚才光顾高兴了，可是公子您怎么会在这呢？我听说……"

　　赵离连忙制止："嘘，这件事不要声张。"

　　公孙瘥做会意状，神秘地小声道："公子难道是为了……逃婚？"

　　事已至此，赵离只得默认逃婚的说法，因为这毕竟是个可以说的过去的原因。公孙瘥早已知道他和章国公主的婚事，如果不承认，反而会招致他的怀疑。

见赵离沉默不语，公孙痤连忙赌咒发誓道："公子放心，小人如果透露半个字，天打雷劈。"

赵离是个对人不设防的人，他知道公孙痤是个小人，只要衣食无忧，有钱可赚，也犯不着来坏别人的事。毕竟是我把他从乞丐堆里捞出来，离开这里，他还有什么地方可去呢？赵离哪里知道公孙痤来此的真正目的，这一切都是张粲的精心安排。他知道赵离不会忍心看着公孙痤流落街头，为了让公孙痤显得更加可怜，张粲还特意让庆觊在他身上和脸上添加了几条浅浅的伤痕。

司徒煜拗不过赵离，只能接受了公孙痤，虽然他很不喜欢这个狡猾猥琐的胖子，但他毕竟是赵离的朋友。霍纠对司徒煜言听计从，他慷慨地给了公孙痤一个管马的闲职，活不累，薪俸却不少。

公孙痤感激涕零，他本就擅长察言观色、溜须拍马，这下更是嘴上仿佛抹了蜜，围在霍纠身旁，使尽浑身解数，把霍大将军哄得喜笑颜开。大家只道公孙痤是个人畜无害的弄臣，充其量只是贪污一些购买草料的钱财，因此没人对他特别在意。此时正是景国面临巨变之际，霍纠和各位谋士都在紧张地谋划国内局势，霍安和嬴媳沉浸在幸福中，更是无暇他顾。公孙痤趁机在霍家和顺德城来来往往，暗中记下了任何一个可疑之处。他的确是个小人，但人是会变的，就像柔软的河水遇到严寒即可变成坚硬的冰块一样，在他遇到张粲之后，就从一摊只是令人恶心的狗屎变成了一柄杀人的利刃。

"三哥真是艳福不浅，这位姬妾真是天香国色，美艳动人啊。"公孙痤谄媚道，他自顾自地把自己列入结义兄弟之中，觍着脸称霍安为三哥。

嬴媳和霍安出双入对、形影不离，两人都是大大咧咧的性子，天不怕地不怕，不知人间险恶，虽然司徒煜千叮咛万嘱咐，让他们务必低调保密，但时间一长，他们也顾不上那么在意。也难怪，这毕竟是在自己家的封地，有什么可怕的？由于公孙痤经常出入霍府，难免偶尔会遇到霍安与嬴媳。他没有见过嬴媳，目前只是怀疑，而无法断定真伪。因此他开始只是远远观察，直到心中有了几分把握，才上前搭话。

　　"少瞎打听。"赵离瞪了公孙痤一眼，"少主的女人，你也想打主意？小心你这两条短腿！"

　　"不敢不敢，小人哪有这等艳福？"公孙痤谄笑道，"小人是发自内心地为少主爷高兴，这是咱们霍家人丁兴旺、昌盛发达的根本啊。况且以咱们少主的人品长相，玉树临风，卓尔不群，英雄神武，盖世无双，迷倒天下女子那是情理之中的事。说句不怕您恶心的话，小人只恨自己不是女人，没有机会与公子一结鸾俦。"

　　一席话说得众人既恶心又忍俊不禁。赵离捂着肚子笑骂道："死胖子，我记得这话你以前是说给我听的，怎么现在奉承的对象换人了？"

　　"那是自然。"公孙痤脸不变色地道，"俗话说，鸡打鸣狗看家，牛耕田马拉车，各有各的道，你们文韬武略，满腹经纶，是干大事的人，小弟文不成武不就，就仗着脸皮厚舌头灵，会说几句奉承话，况且我白白得了霍家这么多钱财，难道不应该靠嘴皮子博少主一笑吗？小人的话，您若信，那就是小人的肺腑之言；您若不信，就当门口的黄狗多叫了几声，也耽误不了您多少工夫。"

　　一席话说得赵离和霍安大笑起来，嬴媳也笑倒在霍安怀中。这话说得没错，自古以来，将军打仗，谋臣治国，弄臣当然是用来博人一笑的，但却也是不可或缺的。公孙瘗的聪明之处就是可以清楚地认识自己，他从不认为自己是经天纬地、治国安邦的材料，他了解自己的长项和不足，他就想做一个合格或者优秀的弄臣，最大的梦想是做天下弄臣之首，天下弄臣的祖师爷。因此他是快乐的，也是清醒的。人生的痛苦往往来自于不甘和错位，一个人最难了解的人其实是自己。

公孙瘗曾经开玩笑说，如果有朝一日他做了学宫祭酒，一定要设立一个黄犬学院，专门教授胁肩谄笑、溜须拍马、阿谀奉承之道。

"左青龙右白虎，前朱雀后玄武，中黄犬，五大学院以中央为尊。"公孙瘗得意地说道，"这门学问必将会传之千秋万代，我黄犬学院徒子徒孙绵延不绝。"

赵离对公孙瘗很是不屑，但司徒煜却从未轻视过这个猥琐的胖子，他的清醒令司徒煜感到欣赏和震惊，他绝不像看上去那么蠢，或者说他是在故意装出很蠢的样子，以便令别人对他放松戒备，从而达到自己的目的，就像执明学院的刺客一样，他们最大的本事是混入人群，毫不起眼。可惜的是司徒煜近来忙于周游景国，游说各大家族，又忙于治理霍家封地，推行拓荒令，很少有时间回到将军府，这给了公孙瘗绝佳的时机。他陪着赵离和霍安等人饮酒高歌，畅谈嬉戏，把大家哄得很是愉快，几乎都喝得酩酊大醉。没有人注意到，往日贪吃贪喝的公孙瘗几乎滴酒未沾，他悄悄地把所有的酒都倒在了衣袖里。看着大家都已经昏昏睡去，公孙瘗的脸上露出了一丝微笑，他的眼神充满自信，与平日蠢笨的样子判若两人。

第二十一章
祸起萧墙

猎鹿川，地如其名，这里地势平坦，森林茂盛，林子里有许多野兔、山鸡和麋鹿，是行围狩猎的绝佳地点。昭襄王曾经多次在此猎鹿，故而得名。这里是霍家最好的一片土地，属霍庄掌管。

现在公孙痤正舒服地坐在猎鹿川城堡的大厅中，等候主人的款待。

霍庄为人一向谨慎，对公孙痤的到来保持着十二分的警觉和客气，一副拒人于千里之外的样子。对于这样的人，最好的办法就是先声夺人，单刀直入。

"我家主公有事求见大公子。"

公孙痤是霍纠的门客，霍庄当然认为他口中的"主公"说的是父亲。

"公孙先生，父亲有事唤我，我应当立即前往，怎敢当求见二字？"

公孙痤脸上浮现出狡猾的笑意："公子误会了，我家主公另有其人。"

一个人走进大厅，他的脚步轻盈得像一只狐狸，由于背光而立，只能看清他的身材消瘦颀长。来人走到席前，缓缓地摘下风帽，露出一张俊美无双的脸和一双赤红的眼睛。

"卑人张粲,拜见霍大公子。"

张粲,这是个令天下人魂飞胆丧的名字,章王驾前的第一宠臣,竟然以公孙痤随从的身份来到自己的封地。霍庄先是愣了一下,旋即霍然起身,倒退几步,下意识地抓起佩剑。

"你是章国人?"

"不错。"

"你是怎么进来的?"

"大公子放心,我没带一兵一卒,手无缚鸡之力,您这里有千军万马,难道还怕我行刺不成?"

霍庄也意识到自己的失态,他坐回原位,但依然没有放开剑柄。

"你不怕我抓你去见父亲?"

"但不知大将军会给公子什么封赏?会把送给百姓的土地还给您吗?"张粲冷笑一声,不无鄙夷地看着霍庄。

霍庄脸红了,他被张粲轻而易举地说中要害,他虽然貌似恭顺,但心中却一直在为被夺走的土地而耿耿于怀。

"你来做什么?"

"来助大公子一臂之力。"

"此话怎讲?"

"难道公子不想做霍家之主吗?"

张粲的声音不大,但霍庄却感到如同晴天霹雳,当即吓出一身冷汗,他连忙屏退厅内所有仆人和侍卫,大厅中只剩下三个人。

"刚才多有冒犯,请张大夫海涵。"霍庄的态度客气了许多,"您刚才所说的话……"

"大公子是人中龙凤，难道真的甘心一辈子屈居人下，过仰人鼻息的日子吗？"

"那都是坊间的谣传，我们兄弟一向埙篪相和，张大夫何出此言？"

"好一个埙篪相和。"张粲大笑道，"司徒大人在令郎脸上刺字的时候，有没有当您是霍家的长子，二公子的长兄？"

霍庄勃然变色，拍案大喝道："住口，我出于地主之谊，不想加害于你，你却三番两次地挑拨我弟兄之间的关系，是何居心？告诉你，这是我霍家的事，轮不到你们章国人说三道四！恕不挽留，请便吧。"

此时，屏风后突然有人插话道："爹，我觉得张大人说得不无道理。"

一个少年转出屏风，十三四岁的样子，他身材高挑，有几分酷似霍安，面颊用黑纱遮掩，只能看到眼睛，正是霍庄之子霍戎。他本来生的眉清目秀，也颇以自己的容貌为傲，自从被处以剠刑之后，他把自己关在房中，整整八天不肯进食，任凭霍庄夫妇百般劝慰。第九天，就在霍庄打算破门而入之际，他走出房门，砸碎了家中所有的铜镜，并用黑纱遮住自己的脸。

霍庄诧异道："你怎么在这儿？"

"我一直躲在屏风后听你们谈话，恕孩儿直言，父亲也未免太过软弱了。"

"这里没你的事，下去吧。"霍庄不想当着外人的面和儿子争吵。

"因为我已经被贬为庶人了，所以没有资格说话吗？"霍戎冷笑，咄咄逼人地问道。

189

"放肆!"

"父亲的虎威只会对家人发吗?我被人绑在长街之上黥面毁容的时候,却没听到您说过一句怨言。"霍戎并没有被父亲的斥责吓退,脸上的伤痕让他变得成熟起来,也更为冷酷。

"你懂什么?这是生死攸关的大事。"

"您不必担心,如果叔父和司徒大人追究下来,孩儿会独自承担,现在我既是庶人也是废人,只剩下贱命一条,他们喜欢就拿去好了。"

"不要这么大声好不好?这件事要从长计议。"霍庄小声地劝道,霍戎是他的独子,平时宠爱有加,爱子身受酷刑,他心疼得无以复加,他无时无刻不想报仇,只是他生性懦弱,担心小不忍则乱大谋。

"从长计议?还要等多久?等我这一侧的脸也被他们毁掉吗?"霍戎的声音有些颤抖,但他还是极力地控制着自己的情绪。

"这是咱们霍家自己的事,不要当着外人争吵。"霍庄小声劝道。

"是你们霍家!"霍戎把几案上的酒樽扫落在地,失控地大声叫道,"父亲难道忘了吗?我已经被贬为庶人了!你们这些姓霍的没有一个人站出来为我说话。忘了告诉你,我已经改姓为剐,从今以后,我与'霍'这个高贵的姓氏毫无关系。"

霍庄痛苦地低下头,儿子的话像匕首一般刺入他的心。他为自己的懦弱感到羞愧。没有哪个父母看到爱子身受酷刑还可以无动于衷,但是他不敢有半句微词,他甚至还要违心地向父亲称赞司徒大人秉公执法,乃是霍家幸事;他还要为自己教子无方表示忏悔,并奉上土地作为自我惩罚。无数次夜深人静之际,他痛苦地撕扯自己的头发,想要报仇,但他不敢,他惧怕父亲的威严,惧怕兄弟的强悍,他知道自己没有这个实力,想要活下去唯有一个"忍"字。

大厅中的气氛像凝结了一般，就连门外偶尔传来的滴水声都显得异常清晰。

"小公子，可否让我看看你的脸。"张粲打破了沉默，他的声音轻柔中带着几分妩媚。

如果是别人说这句话，霍戎恐怕会不顾一切地拔剑拼命，但张粲的话却似乎有什么魔力，霍戎沉默片刻，轻轻摘下面上的黑纱，露出那片狰狞的疤痕。

一道黑色的火焰形标记，从额头一直延续到嘴角，几乎占满了整个面颊，仿佛是一块青黑色的胎记，由于伤口收缩，他的脸显得有些歪，看上去像是在发出冷笑。

"很好。"张粲满意地点点头。

"你说什么？"霍戎眼神中杀气陡现，多日的痛苦令他几乎崩溃，他现在只想杀人。

"我喜欢你的眼神。"张粲欣赏地看着眼前的少年，"你学会了如何去恨。"

霍戎没有说话，他恶狠狠地盯着面前这个俊美的男人，他的眼神妩媚、睿智而残忍，有着无穷的魅力，令人沉迷。霍戎感到自己几乎被他的眼神摄去了灵魂。

"仇恨是天下最强大的力量，你以后会知道，仇恨远比爱和希望更能令人成长。它会让你变得更加执着，更加果决，更加随心所欲，不再受那些繁文缛节的束缚，抛开一切羁绊，从而你会找到最有效、最实用的办法。我给你讲一个故事，十五年前，那时候你还没有出生，北方强大的章灭掉了弱小的陈，一名陈国的少年被抓到章国为奴，他恰好就在我的家中。他经受了地狱一般的磨难，我们杀掉了他的家人，在他身上刺下图案，把他关进地牢，无数次地鞭打折磨，并打算剥下他的皮。"

"那么后来呢？"霍戎显然被这个故事吸引了，他期待地看着张粲。

"他没有屈服，也没有崩溃，而是利用心中的仇恨变得强大，成为一个聪明绝顶又铁血无情的人，最后通过一个完全不可思议的机会逃走了，而且几乎要了我的命。"张粲娓娓道来，言语中带着几分欣赏，像是在说别人的故事。

"他逃去了哪里？"

"逃到了你的家里，成为首席谋士，这个人复姓司徒，单字名煜。"

"是他？"霍戎吃惊地瞪大眼睛。

就连霍庄都感到心跳加速："如此说来，您是司徒大人的仇人。"

"我和司徒大人既不共戴天又惺惺相惜。"张粲微微一笑，"这个世上我没有朋友，仇人也只有他配得上，如果他死了，我一定会感到惋惜。"

霍庄心中一颤，难怪人们都视他如魔鬼，他果然胆识过人，明知道司徒煜在霍家说一不二，还敢只身犯险，单凭这种胆识，就堪称当世枭雄。

张粲打开随身的木匣，拿出一枚精美的面具。面具由黄金制成，上面点缀着水晶、珊瑚和玛瑙，显得高雅而华丽。霍戎惊喜地接过，轻轻地戴在脸上。面具并不能遮挡住整张脸，人们可以清楚地认出面具后的人，但却看不到面颊上丑陋的刺青，显然制作者花费了一番心思，就连大小都极为合适。

"但我希望你不需要这个面具,因为当你足够强大的时候,就不需要再掩饰自己的缺陷,甚至可以以此为荣。"张粲平静地看着霍戎,"小公子不知道吗?我也是个废人。"

室外月朗星稀,枯枝在庭院中倒映出美丽的图案,宁静中带有一丝惨淡。天空深邃幽蓝,沉静如水,虽然是夏天,但却有一种寂寥清冷的意味。

霍安回来得很晚,他被郭仪等人请去喝酒庆祝。他没有赵离的酒量,此时也已经有了八分醉意,却一定要拉着嬴媤再喝几杯。他和屠岸小姐的婚期日渐临近,距现在已不足十日,各方的贺礼都在陆续送到。

霍安刚刚决定了一件重要的事,和嬴媤一起回章国。他知道这么做的后果,霍家或许会因此生灵涂炭,他会成为人们口中荒淫无度、为了女色而招致灾难的人,但既然一定要做出选择,他一定会选择爱情。他不想一再逃避,他宁愿背负愧对家国的罪孽,虽然他知道这种罪孽或许会令他万劫不复。

不过媤儿为了我,又何尝没有这么做呢?

"你经常说起的那片草原,我这次可以看到了。"

"现在的草原很美,不过来年春天才更好看。"嬴媤靠在霍安怀中,柔声道,"你一定没见过那么大的草原,无边无际,我没有见过海,但我觉得草原也像海一样大。风一吹,草也像波浪一样,到处开满了野花,成群的牛羊像天上的白云,骑马驰骋的牧民就像夜晚的星星。"

嬴媤美丽的眼睛上似乎蒙了一层薄雾,霍安看得如痴如醉。

"我也没有见过大海,不过我见过海岛中的女神。"他俯身吻了吻嬴媤的面颊,"我真的希望时间可以永远停在这一刻,让我可以永远看着你。"

"真的很抱歉,是我害得你离开故国。"

"你和我来景国,不也是离开故国吗?"

"可是你的愿望不是驰骋疆场,振兴景国吗?"

"我的愿望就是一生一世和你在一起,哪怕是做一个普通的牧民。"

"如果父王不答应我们的婚事,我愿意被贬为庶民,和你一起去草原放牧,我们会有自己的羊群和牛马,黄昏的时候,我会在毡房外等你回家。"嬴媤竟然有些憧憬了,她仿佛看到了霍安在夕阳下赶着羊群回家的情景,是如此温馨美好。

"何止是牛羊,我们还会有一群孩子。"霍安笑道,"我要的不多,五六个就好。"

嬴媤害羞地捶打霍安,两人滚倒在地板上。

"我希望他们世世代代做平民百姓,过平淡的日子,找到自己的爱人。我现在才知道什么是天下,爱就是天下。"

这一夜嬴媤睡得很不安稳,她梦见了自己的战马腿瘸了,奶娘曾经告诉过她,这不是好兆头。章国的民间流传着许多塞外草原的神话故事,诸如能够变形的木桶、会喷火的三眼乌鸦以及狼头人身的弓箭手等等,大部分荒诞不经,只适合哄孩子入睡,但一些关于吉凶的预测却通常很灵验。霍安对这些嗤之以鼻,一概称为无稽之谈,只有蛮荒和尚未完全脱离蛮荒的人才会相信这些,否则大域学宫为什么没有开设这门课程？嬴媞每次和他谈起这些都会毫无例外地遭到嘲笑，但今天的梦太过真切，战马并没有受伤，它的前腿似乎是被某个巨大的甲虫咬伤的。按照奶娘的说法，这应该是个身披金甲的坏蛋。她不想把这个梦告诉霍安的另一个原因是，这只甲虫长了一张人脸，酷似霍纠。嬴媞特意查看了一下马的前腿，她打算请赤月十三为她解开这个奇怪的梦，赤月家的人即便不再能占卜，解梦总还是可以的吧。

嬴媞走出府门，看到门外站了许多士兵，为首的是大谋士栾喜，也许他们是在等候霍安。她记得今天不是操演兵马的日子，也许又是去协助其他家族征缴边境上的土匪。她懒得去想这些，只是对栾喜点了点头，请他让士兵们闪开一条通道。栾喜那张油腻的脸上露出了一丝笑容，他抬起手示意。

"请吧。"

这是嬴媞在失去知觉之前听到的最后两个字。

一个士兵突然牵住她的战马，另外两个一左一右紧紧抱住她的双腿，紧接着，一根硬木制成的枪柄重重地砸在她的后脑上。

屠岸家的有若小姐被发现死在卧榻之上，纤细柔弱的脖颈被一柄锋利的短剑刺穿，她的血几乎流干了，浸透了三重寝席。

自从那天在花园吓跑了有若之后，嬴媞感到有些内疚，真的没必要把火撒在一个无辜的女孩身上，她只是一个家族合纵连横的工具，一个可怜的完全无法掌控自己的命运的棋子，也许她在家乡也有自己喜欢的男人，有自己不舍的亲人。嬴媞从她身上看到了自己，自己至少还有爱情，而她在霍家却一无所有。

嬴媞表示出来的好感令有若欣喜，她是个胸无城府的人，对她来说，父亲的安排几乎等同于天意，她唯一能改变的就是自己在霍家的处境，既然所有贵族家的女人的一生都是这么度过的，她也不认为自己会是例外。

在花园中，嬴媤教会了屠岸小姐骑马和射箭，嬴媤和霍安的善意也让这个第一次离开家的小姑娘感到了温暖，她逐渐变得开心起来。就在头一天傍晚，她们还在一起练习剑法。由于屠岸小姐力气太小，拿不动真正的佩剑，更不要说长剑了，嬴媤就把自己最喜欢的一柄短剑送给了她，而这把短剑现在就插在她的脖子上。

司徒煜看着摆放在大厅中央的尸体，努力使自己保持着冷静。他知道郭仪等人正蓄势待发，准备向他发难。贵族们一直在苦苦等待这样一个时机，他们才不会真正关心一个女孩的死，对他们来说，所有能打败司徒煜的机会都是天赐良机。郭仪曾经警告过所有的城主，这位司徒大人是一头猛兽，如果不能一击而中，就会被他吃的连骨头都剩不下一根。

在霍家最为强盛的时候，曾经有八位公子共同执掌大权，因此议事的大厅被称为八骏厅，门上八匹骏马的图案让这座古老的建筑显得尤为庄严。大厅的地面宽敞平整，由青石铺成，室内并没有太多装饰，几面简单的屏风和两排座席，正中的两个主位自然是留给司徒煜和霍纠的，现在霍纠外出狩猎未归，只有司徒煜一人面对城主们的围攻，他孤独地坐在左侧的主位，宛如一只陷入狼群的狮子。

自从司徒煜掌握大权之后，已经在这里审理了大大小小上百起案件，这是他第一次感到如坐针毡。

第二十二章
不白之冤

刚刚消息传来，屠岸家族已经得知了噩耗，超过三千人的兵马已经开往边境。距凶案发生还不足三个时辰，屠岸家族就已经得知了确切消息。这显然是有人在第一时间把消息告知了屠岸氏，目的无非是为了给他增加压力。想不到郭仪、霍庄这些人竟然有如此高明的手腕，司徒煜不禁有些钦佩对手，同时为自己的轻敌感到懊悔。

"屠岸小姐无辜惨死，天地为之含悲，日月为之失色。花儿一样的年纪，就这么香消玉殒，客死异乡，就是铁石心肠的人也难免要为之落泪，想必铁面无私的司徒大人一定会明察秋毫，还死者一个公道，还霍家一份清白。"作为谋士之首，郭仪率先义正辞严地说道。

"此事既关乎天理人伦，又关乎律令的尊严，更关乎两家和睦，恳请司徒大人一定要秉公而断。"

"司徒大人常说，法不阿贵，绳不挠曲，我等一向对大人首肯心折，这位奴刺部的女子行刺世子的未婚妻，该当何罪呢？"

如果人们知道嬴媤的真实身份，现场至少有八成的人会吓得落荒而逃，剩下两成是因为当场吓瘫，跑不动了。但目前人们只知道她是狁戎奴刺部落的人,那里临近边境,语言和中原早已互通,加上她身材高大,皮肤黝黑,因此没有人怀疑。

嬴媳口中被绳索缠绕,她无法发出声音,只能用眼睛凶狠地瞪着这些道貌岸然的家伙。直到刚才听到郭仪等人的指控,她才明白自己被带到这里的原因。她当然猜不透这些人的用意其实是隔山打牛,陷害的是她,但目标却是司徒煜。

"解开她口中的绳子,我需要听她辩解。"司徒煜向左右示意,"每个人都有申辩的权利。"

"大人,她会咬人的。"士兵们担心地说。

"你敢咬人,就割了你的舌头。"栾喜威胁道。

嬴媳并没有咬人,而是趁士兵为她解开绳子的契机,突然起身,一头撞向栾喜。嬴媳盛怒之下力大无穷,三四名身强力壮的士卒竟然拉不住她。栾喜的鼻骨折断,鲜血从指缝中涌出,染红了他那件考究的袍子。他痛苦地捂着脸大声呻吟,片刻狂怒地抬起手要打。

"好了,不要耽误了正事。"郭仪有些不耐烦地喝道,他担心万一霍安介入,事情会变得很麻烦,要趁他尚且不知情,尽快把事情敲定。

人们对司徒煜的忌惮,一方面是他心机缜密,铁腕无情;另一方面是因为他背后有大将军霍纠的支持,而这一切的关键是世子霍安。这是一招左右逢源的棋,如果现在司徒煜放过杀人凶手,那么他公正严明的声誉将毁于一旦,贵族们可以趁机反扑,逼他辞职下野;如果司徒煜"秉公而断"处死世子的女人,那么他与霍安的联盟就会破裂,从而也就不足为惧了。

嬴嫘平日里也不是一个冷静沉着的人，此时更是怒不可遏，只是一味地怒骂。

司徒煜抬手示意，所有的人都安静下来。他拿起摆放在面前的凶器，那柄用野牛角装饰的短剑，向众人示意。

"各位大人，请问大家认识这把凶器吗？"

"我见过很多次，这柄剑一直带在她的身上。"几个人指着嬴嫘大声道。

"这把剑是被告的，这是不争之事实，这个大家都没有异议吧？"司徒煜再次问道。

众人齐声附和，认可司徒煜的判断。

司徒煜点点头，继续说道："各位大人，刚才大家有没有注意到，被告袭击栾大人的时候，身边按着她的有几名士卒？"

"四名。"众人异口同声地说道。

"四名强壮的男子尚且按她不住，说明她膂力过人，武功不弱，这一点恐怕在座的各位都有所了解。"司徒煜看向所有贵族，"如果有人不信，不妨当场比试。"

大家都在演武场上见识过嬴嫘的本事，自然没有人敢接茬。在霍家，除了霍安之外，没有人可以在嬴嫘面前走过三个回合。

司徒煜看向一旁屠岸有若的尸体。

"各位请想，如果她要杀这个像羊羔一样的女孩，赤手空拳也一样可以轻易做到，又为什么一定要蠢到用自己的刀去杀人，而且还要把刀留在现场呢？"

众人被问得哑口无言。

嬴嫘心中暗道，难怪霍安对他这位大哥佩服得五体投地，他的心智果非常人能比，如此三言两语就轻松击中要害。

"这并不难解释，如果是蓄意谋杀，凶手一定会选择最为稳妥的方式。"郭仪不愧是霍家首席谋士，不会轻易被驳倒，"但如果是一时激愤呢？"

郭仪拍手示意，两名士兵带着一名中年女仆走进大厅。司徒煜认得她是陪着小姐留在这里的屠岸家族的女仆，她战战兢兢，显然小姐的死把她吓坏了。

"不要怕，这里没人会伤害你，你昨晚见到了什么，听到了什么，要原原本本地告诉司徒大人。"

"昨晚我伺候小姐睡下，就回到自己房里，大约在四更时分，我听到了争吵声，她们声音虽然不太大，但吵得很凶，我本想起来去看看，又怕小姐生气……"

"她们在吵什么？你听清楚了吗？"

"奴婢离得远，只听到了只言片语，她们好像在说关于婚礼的事。"

"你一直没有离开房间？"

"后来我听她们吵得太厉害，就想去劝劝，谁知我刚走到门口，就看到一个人从小姐的房里出来……"

"这个人的样貌你看清楚了吗？"

"没有，当时天还很黑，月亮也不太亮，不过我看清楚她长得很高，而且……是个女人。"

"你平日有没有见过此人？"

"见过……"女仆战战兢兢地点头，回身看向嬴嫘。

"司徒大人，现在人证物证俱在。"郭仪说道，"您还有什么要问的吗?"

自从女仆被带进来的那一刻,司徒煜就已经改变了策略,他知道对手一定是有备而来,正如两军交战,受到突袭的一方最佳方式绝不是仓促迎敌,而是迅速收缩退守,先稳住阵脚再做打算。

"既然各位一致认定她是凶手,目前主公狩猎未归,按照霍家的法令,应先将她收押,等主公回来再做论处。"

目前霍纠和霍安父子都不在现场,司徒煜势单力薄,明智的选择了退守。可是郭仪晓得司徒煜的厉害,又如何能给他喘息之机?

"且慢,恐怕凶手的目的并非这么简单。"霍庄阻止道,"夫子云,一言一行,必有所由,各位请想,如果屠岸家族对霍家宣战,对谁最为有利呢?"

霍庄一改往日唯唯诺诺的样子,多年来他一直像一支在弦之箭一样隐忍待发,他要拿回本应属于他的一切。

司徒煜心中一沉,显然他们是要赶尽杀绝,也难怪,既然已经剑拔弩张,唯有全力进攻才是最安全的方式。

"自然是鲍氏。"郭仪说道,"众所周知,霍、鲍两家即将决战,我们少一个盟友,就等于他们多一份帮助。"

"郭先生言之有理,我看这名蛮族女子或许就是鲍氏的奸细。"其他城主们纷纷附和。

霍安被推醒的时候,还在榻上酣睡。自从回到封地以来,他很少像在学宫中那样早起,每天不是和赵离畅饮就是和嬴嫼厮混,不知不觉已经胖了十几斤,以前的甲胄都有些穿不下了。他头天晚上被郭仪和栾喜等人灌了许多酒,到现在还没完全清醒。

大管家霍平是霍安的远房堂叔，是个油滑而忠诚的人，他的心中没有天下，也没有景国，只有霍家父子。

"我大哥和我舅舅？"霍安迷迷糊糊地听完霍平一番话，感到难以置信，"他们要造反？"

"公子，快跑吧，我看他们这次是来者不善，我已经在后门给你备好了马。"霍平气喘吁吁地说道。

霍安清醒片刻，一跃而起，连甲胄都不穿，拿起佩剑大步走向门外。霍安性如烈火，从小到大，向来只有他欺负人，谁敢太岁头上动土？嬴媳和司徒煜身处险境，他当然不能一走了之。

"公子，使不得。"霍平一把抱住霍安，"你这不是去送死吗？"

"就凭他们？"霍安不屑地说道，"四叔，今天让你见识见识我的功夫。"

霍安还没有走到大门，就迎面遇到了冲入府中的栾喜等人。他们只有二十几个人，未必能拦得住盛怒之下的霍安，但霍安自从进入监兵学院的那天开始，心中就再也没有逃跑二字。天下只有断头将军，哪有逃走的将军？

"那就请公子跟我们去见大公子和郭先生。"栾喜露出得意的神色，他本以为会费一番周折，没想到事情如此顺利。

"见他们不难，不过我要带一样东西。"

"大公子已经等候多时了，还是不要耽误时间的好，公子要带什么，我吩咐他们去拿。"

"我要带你的脑袋。"

霍平本是跟在霍安身后，心中正在飞快地盘算如何拖延时间，保护少主的安全。他恍惚间听到霍安佩剑出鞘的声音，本能地抬起头，赫然看到栾喜的头凌空飞起，落在距离他脚边不足一尺的地方，并弹跳着向他的小腿撞过来。这个肥胖臃肿的中年人喑哑地尖叫了一声，以一种与他的体重完全不相称的灵巧凌空跃起，迅速地躲过了人头的袭击。他躲在一旁，浑身抖得像筛糠一般。

霍安一把挽起栾喜的发髻，把头颅拎在手中，头也不回地喝道："滚！"

话音未落，士卒们已经有多一半跑到了大门之外，剩下的只恨自己跑得太慢。

当霍安拎着栾喜的首级走进八骏厅的时候，司徒煜感到一阵失望。虽然以他对霍安的了解，早已猜到这傻小子十有八九会选择这种最笨的办法，但心中还是抱有一丝侥幸。

霍家的军队大约有万人，其中各位城主的人马只占一半，最精锐的五千铁甲军由霍纠亲自掌握。在他离开顺德城的时候，兵符会交给霍安保管。如果霍安逃出顺德，在城外调集大军，或许尚有胜算，但他现在飞蛾扑火，一个人杀进大厅，实在是正合霍庄、郭仪的心思。饶是这样，他们也依然被栾喜的首级吓了一跳。霍庄一直对这个霸道的弟弟畏惧三分，一见人头，更是话都说不利索了。郭仪城府颇深，连忙示意霍庄镇定，他们手中有人质，不怕霍安发威。

"人是我杀的，和别人无关，你们现在无非是需要一颗脑袋去退屠岸家族的兵，我的脑袋岂不是最管用？"霍安扔下佩剑，做出束手就擒的样子。

"只要公子交出兵符，一切都好商量。"

"好说，把他们放了，兵符我给你，世子的名分也给你。"霍安看着有些畏缩的大哥,心中充满鄙夷,"大哥,要什么就直说,大丈夫何必这么吞吞吐吐?"

"我们虽不比这位司徒大人神机妙算,但也不是三岁顽童,会放他们去搬救兵。"郭仪冷冷一笑,喝道,"给我拿下!"

几名士卒冲过来,死死抓住霍安。

这些人曾经对他百般阿谀,像家犬一样讨他欢心,如今却像鬣狗一样要分食他的肉,他们令霍安感到一阵阵作呕。他想起了老师的话,当你处于劣势的时候,最要紧的是要让自己尽快冷静下来。

"小弟,我要你交出兵符,并非为了一己私欲,眼下屠岸家族的大军就在边境,我们身为霍氏子孙,应以大局为重,而非儿女情长。"霍庄鼓起勇气,义正辞严地说道,"如果你执迷不悟,可莫怪我这做哥哥的不念兄弟之情。"

霍庄和郭仪很清楚目前的局面,现在只有孤注一掷,裹挟着所有人一起把事情做到无可挽回,才会得到安全,因为法不责众,霍纠无论如何也不会处死所有的贵族,而霍安也会因此失去父亲的信任。他们必须速战速决,生米煮成熟饭,霍纠也只能将错就错,他们这场叛乱不仅不会被追究,反而会变成正义之举。

郭仪大声说道:"各位大人,屠岸小姐的死事关重大,我等追随主公多年,深受霍家大恩,此时万不能因私废公,断送霍家大好基业。"

城主们虽然恨不得把司徒煜碎尸万段,但毕竟现在主公不在眼前,他们都是霍纠多年的部下,对主公既崇敬又畏惧,万一主公日后怪罪下来,如何收场?

有人不安地问道:"我们要不要等主公回来再做定夺?"

"如今屠岸家族发兵前来,大敌当前,家中不可一日无主。"郭仪大声说道,"此时主公外出未归,世子被奸人迷惑,司徒大人忠奸未辨,老夫提议,我们拥戴大公子主持大局,大家以为如何?"

在任何一个国家或家族,反叛都是满门抄斩的一等大罪。城主们面面相觑,不知如何应对。

"当断不断反受其乱,各位大人现在已经参与叛乱,后悔恐怕来不及了,即便是跪地求饶,恐怕也会死无葬身之地,不如置之死地而后生,或许还有一线生机。"郭仪冷笑着看向众人。

众人犹豫片刻,齐声应道:"郭先生言之有理,我等愿唯大公子马首是瞻。"

门外脚步杂沓,一个人被士卒们推进大厅,正是大管家霍平,他脸色苍白,满头油汗,衣服被撕破了几处,显得非常狼狈。

"霍平身为管家,图谋不轨,罪在不赦,来人,给我斩了!"霍庄厉声命令道。

城主们面面相觑,犹豫不决,他们当然想讨好霍庄,但此时一切尚且没有定数,有谁愿意做这出头鸟呢?霍庄明白,此时必须要杀一儆百,才能在各位城主面前立威。他咬牙拔出佩剑,走到霍平面前。

"胆敢违抗我的命令,这就是你们的下场。"

霍平眼望霍安喊道:"公子多保重,四叔先走一步了。"

第二十三章
世间尤物

霍庄之所以敢铤而走险,是因为他知道,父亲此刻远在百里之外,并不会很快回来。

秋季是狩猎的季节。春夏是万物生长的季节,动物也需要繁衍后代,而且经过一冬天的消耗,动物大多瘦弱;冬季万物肃杀,但天气太冷,动物也很少活动;只有秋季,动物经过一年的成长,膘肥肉多,成果自然更加丰厚。

霍纠此次狩猎,收获的却并不只是猎物。

三天前,他接到了霍庄的书信,霍庄在信中毕恭毕敬地邀请父亲前往猎鹿川狩猎,他已经替父亲把一切都准备停当,只等父亲大驾光临。霍纠戎马一生,对狩猎情有独钟,这几天秋高气爽,晴朗少雨,是行围狩猎的绝佳时机,他毫不犹豫地答应了儿子的邀请,带上亲随卫队动身前往。

霍家的狩猎队伍虽然无法和天子相比,但规模也算了得,士卒们敲响战鼓,放出猎犬驱赶猎物,安静的山林顿时变得喧嚣起来。一天下来,竟然收获了三只麋鹿和一头黑熊。霍纠是个终日有些阴郁的人,但今天却很反常地表现出了盎然的兴致,常年的偏头痛也好了很多。他在席间喝了很多用鹿血勾兑的佳酿,人逢喜事,最近霍家不仅收获了大片土地,而且人数大增,粮食丰产,军力增强,在雁足灯昏黄朦胧的光线中,他仿佛看到了景国辽阔的国土、山川河流以及景国国君的宝座。霍大将军轻轻地闭上眼,惬意地感受香醇的液体滑过舌尖,流入喉咙,暖意从腹间缓缓升起,他感到身体逐渐变得轻盈,仿佛可以飘浮在空中,晶莹剔透的琉璃酒樽也变得更加光滑,光滑得像侍寝的美人的身体,在这个时刻,他感觉自己还年轻,身体依然像公牛一样强健,他仿佛回到了当年在草原上与猃戎大军作战的那个夜晚。那时候他正是当打之年,精力旺盛,勇武过人,尤其以擅长防守著称,虽然是在一望无际的草原上,但他命令士兵用巨大的盾牌组成了四面坚固的壁垒,令蛮族骑兵一筹莫展。那天他以三千步兵挡住了猃戎五千铁骑的进攻,成为他,乃至大昭军功的传奇。虽然已经过去了二十多年,但他依然可以清晰记得那被血色染红的草地和响彻草原的呐喊声,虽然当时已是初冬季节,草原上刮着凛冽的寒风,但他依然厮杀的汗透征衣,在那一刻,他感到自己是无法战胜的。

但他毕竟是一个年近花甲的老人,烈酒的甘醇馥郁和美人的千娇百媚令他感到疲惫。就在他昏昏欲睡的时候,一个声音在他耳边响起,声音轻柔甜美,但却像惊雷一般令他为之一震。

"大将军要去沐浴吗?"

"是你?"霍纠顿时醉意全无。

"您的儿子告诉我,要让猎鹿川最美的女人服侍您。"赤月的语气很平静,甚至有一丝调侃,"除了自己以外,我实在想不出其他的人选。"

霍纠的头又剧烈地疼了起来，他下意识地用手按住额头，来抵御这种突如其来的痛苦。这是当年与蛮族交战时留下的旧伤，这种按压额头的手势也成了他掩饰尴尬的一种方式。

她的语气变得妖娆，像一个顽皮的少女："我这么做让您害怕了？那么随您怎么惩罚好了，只要您舍得。"

她跪伏在他的身旁，摆出一个无比挑逗的谢罪姿势，头紧紧贴着寝席，纤腰如柳，丰满圆润的臀部高高耸起，肤如凝脂，在朦胧的灯光下宛如一个完美的玉雕，她美丽的胴体上点缀着一些青紫的伤痕，就像玉雕上那些被巧妙利用的色斑一样，反而显得更加诱人。

"是他让你来的？"霍纠的嗓音变得有些沙哑。

"这句话您一定要听我亲口说出来吗？"她抬起头，美丽的眼睛像蒙了一层雾。

"你想要什么？"霍纠冷静下来，他在战场上一向以沉着稳健著称，可以在最短的时间内稳住阵脚。

"我想要的很多。"赤月的长发散落在他的胸前，她像蛇一样缠绕住他的身子，"但这一刻，我只要你。"

赤月是一个世间难得的尤物，她有着令人无法抗拒的魅力，可以迷倒世上所有男人，除了霍庄之外。对于霍庄来说，她只是一个名义上的妻子，儿子的母亲，一个毫无作用的女巫。他知道她美得不可方物，但这种美对他来说更像一种讽刺。自古以来只有英雄才能与美人般配，可他不是英雄，只是一个毫无权力、地位岌岌可危的公子。他像一个无意间窃取了天下至宝的乞丐一样，在短暂的惊喜之后，随之而来的是挥之不去的自惭形秽，甚至逐渐转化为厌恶和仇恨。霍庄在人前是一个敦厚内敛的君子，但在家中，尤其是在妻子面前却是一个专横暴烈的恶棍。虽然没有任何证据，但他依然怀疑妻子和所有人有染，包括家中最卑贱的奴仆。尤其是妻子嫁给他十五年，却除了霍戎之外再无生养，这令他感到难以解释，也给了他施展暴力的理由。赤月家族源远流长，她秉承着家族忍耐的特性，挨打的时候依然可以保持优雅和沉默，在人前也依然可以扮演贤惠得体的妻子。

霍庄比霍安年长十五岁，他童年时目睹几位叔父的全家被父亲杀死，他清楚地记得顺德城南门的城墙上挂满了大大小小的人头。恐惧有一种神奇的力量，人越是害怕，就越禁不住地想去看。那段时间他经常跑到城墙下，愣愣的一站就是几个时辰，似乎要把每一颗头颅的样子都记清楚，晚上回到家中彻夜难眠，那一张张或者麻木或者狰狞的脸依次从他眼前闪过，一双双无神的眼睛直视着他，他会去想他们的身体会是什么样子，他们在被砍头之前想的最后一件事是什么，就这样直到天亮，他就早早地起身，再次跑到城墙下，甚至比换岗的士卒更准时。当时人们都认为他被吓傻了，父亲于是更加不喜欢他。他的母亲曾经与其中一位参与叛乱的叔父关系密切，由此遭到父亲的嫌弃，至死都没有再见过父亲。

霍庄活了三十五岁，几乎从未有过安全的感觉，少年时，父亲的每一封信都会令他心惊肉跳。他毫无例外地要熏香沐浴，穿好礼服，才去拜读，不是因为尊敬，而是担心信中有令他自尽的命令。

成年之后，霍庄多年的韬光养晦收到成效，由于他兢兢业业地管理封地，对父亲恭顺有加，并且表现得毫无野心，使父亲对他的态度有所改变，虽然仍然谈不上亲密，但至少不再令他恐惧，父亲甚至对他表现出了一丝欣赏，并把最好的一块封地赐给他。霍庄曾经把所有的爱都给了独子霍戎，因为父亲似乎对这个长孙很喜欢。毕竟霍家目前只有一个继承人，如果强悍尚武的霍安有了什么不测，那么父亲很可能会在百年之后把霍家交给自己的儿子，但这个不争气的孩子却因为破坏司徒大人推行的拓荒令被贬为庶人。这令他再次感到恐惧，对他来说，获得安全的唯一方式是掌握权力，可是霍家的权力似乎一直离他很遥远。就在此时，张粲出现在了他的面前，让他再次看到了希望，就像一个落水的人突然看到救命稻草一样。在张粲的撮合下，霍庄与郭仪、栾喜等霍家旧臣走到了一起，他们虽然没有共同的利益，但却有一个共同的敌人。

张粲的计划很周密，似乎除掉司徒煜和霍安等人并不是什么难事，但对霍庄来说，报仇只是其次，最重要的是可以被确立为世子，而他现在手中唯一的法宝就是这位美艳绝伦的妻子，赤月十三。

"你要我去劝说父亲吗？"赤月对霍庄的建议有些不解，多年来她和丈夫一样，对这位专横凶悍的公爹敬而远之，她嫁到霍家十几年，和公爹说过的话恐怕一张素绢就可以写得下。

"这是我唯一的机会。"

灯火映照在霍庄的瞳仁中，她在他的眼中看到了可怕的欲望。

"我当然希望你可以做世子，可我能做什么？除了在诸神面前为你祈祷。"

"让你的那些神滚远一点儿，我要你去说服老头子，让他答应，让他写一份手谕。"霍庄憧憬地说道，"那样等他百年之后，霍家就是我的了，我可以重新让咱们的儿子做世子，那时候不会有人敢说个不字。"

"他怎么会听我的？"赤月苦笑道，"我的话和府中一个普通厨娘的话没有任何区别。"

"当然有区别，厨娘哪有你这般美貌？"

赤月明白了丈夫的意思。其实从霍庄一开口，她就感受到了他的打算，毕竟十几年的夫妻，她只是不愿面对而已。

"我这么做也是为了咱们这个家，为了你和儿子。如果错过了这个机会，我们这辈子都不会有出头之日，也许还会像我那几位叔父一样，被诛杀全家，因为对于一个诸侯来说，最大的威胁就是他的兄弟。"霍庄的声音中充满恐惧，"你难道想看着咱们一家三口的头被挂在城墙上吗？"

霍庄托起赤月的下颌，端详着这张美艳绝伦的脸，就像一个马贩子在打量一匹即将出售的良马。这张脸上似乎毫无岁月的痕迹，而且甚至比她刚嫁过来的时候更增添了几分韵味。

"你难道不应该为这个家出一份力吗？"

赤月从不和丈夫争吵，她最大的反抗是沉默。两人之间的这种沉默通常是被耳光的声音打破的。

"你是不愿我做世子吗？"

通常霍庄在发火的时候是不需要解释的，他其实是在自问自答，他只是需要这些问话来使打耳光变得不那么枯燥。

"还是舍不得霍安那个小兔崽子被我杀掉？你骗不了我，我见过你看他的眼神。"每次霍庄把话题引向这个方向，下手就会变得很重，打耳光也变成了毫无节制的拳脚相加。

"你跟他睡过几次？不要在我面前装什么贞洁，我早知道你是什么货色。"

霍庄气喘吁吁地揪住赤月的头发，试图把她的头撞向柱子。

211

赤月轻轻而坚决地抓住霍庄的手，轻声道："你再打，老头子就不会喜欢我了。"

霍庄笑了，他坚信暴力可以令所有人屈服。他为妻子擦干净嘴角的血迹，她的脸有些红肿，但却显得更加明艳动人。

三百年前，韦庄公与昭天子会战于长越。为了鼓舞士气，昭天子在战前杀牛宰羊犒赏三军，看着将士们昂扬的士气，天子感到势在必得，但他偏偏一时大意，忘了分给车夫羊粟一碗肉羹。凑巧羊粟为人心胸狭窄，睚眦必报，在开战之后，他便驾着载着昭天子的马车直奔敌方而去。昭天子就这么稀里糊涂地做了俘虏，韦国也由此成为第一代霸主。

这个典故说明千万不要轻视小人物，他们也许会是成就大事的关键。

如果公孙瘗早一点儿得知这件事，赵离一定无法逃走。可惜霍庄和郭仪自视过高，瞧不起鄙陋猥琐的公孙瘗，以至于错失良机。赵离不像司徒煜那样卓尔不群、引人注目，他很少与贵族们交往，每天流连于青楼酒肆，放浪形骸，认识他的人都只当他是个依仗公子骗吃骗喝的酒鬼，加上当时一片混乱，因此当大家一直没有想起霍家还有这么一个门客。

霍安的固执耗尽了郭仪和霍庄的耐心，他们知道，任何政变都需要速战速决，时间拖得越久对他们越不利。现在屠岸家族已经发兵，一旦霍纠得知情况，一定会火速返回，那时候他们就死无葬身之地了。就在他们准备孤注一掷杀掉霍安等三人之时，突然接到一封密信。这是霍纠的亲笔信，信中命令他们立即把这三个人带往边境，他要在那里亲手把他们交给屠岸家族。

"父亲已经得知了消息?"霍庄顿时脸色苍白。父亲不仅得知了政变的消息,而且也知道了屠岸家族的进犯,现在如何是好?对于霍纠这种铁腕强悍的诸侯来说,权力旁落是最不可容忍的事,他刚刚亲手斩杀了管家霍平,如何向父亲交代?

"不如一不做二不休,干脆杀了他们,兵发猎鹿川,连老头子也一并除掉,霍家就是你我的了。"霍庄低声耳语道。

郭仪却并不这么想,他只是个外人,无论是谁做霍家之主,他都只是谋士,他的目的是彻底击败司徒煜,重夺首席谋士的地位。他当然不愿和霍庄一起冒险起兵造反,一来名不正言不顺,没有兵符,城外的士兵是调不动的,会有多少城主愿意追随?二来霍纠是天下名将,与他对阵能有几分胜算?霍平又不是他杀的,他何必把身家性命押在霍庄这么一个不成器的人身上?

"大公子,主公并没有在信中对我们所做的事表示任何不满,现在轻举妄动恐怕会适得其反,依微臣之见,不如见步行步,先见到主公再做道理。"

霍庄是个优柔寡断的人,本就有些六神无主,见郭仪如此说,当即下令前往边境。

一路上嬴媤都在懊恼地埋怨霍安鲁莽冲动,自投罗网,简直是愚蠢到家。

"你能不能长点儿心?眼看着悬崖还要往下跳,留得青山在不怕没柴烧这句话你没听说过吗?就知道逞能,猪都比你聪明。"

霍安当仁不让地回嘴:"你管我,我喜欢留下,要走你走。"

"我怎么会看上你这么个白痴。"

"物以类聚，你以为你比我聪明多少？"

"躲我远一点儿，我不想和一个傻子死在一块儿。"

"你也就配和傻子死在一块儿。"霍安自从和两位大哥结拜之后，嘴上的功夫长了不少。

"当兵的。"嬴媭大叫道，"你们现在就杀了我吧，要么就杀了他。"

自从离开顺德城开始，两人就鸡一嘴鸭一嘴地吵了一路，虽然都被绑在马背上，但这丝毫不影响他们吵得天翻地覆。以至于身旁押送的士卒都被烦得难以忍受，逐渐与他们拉开距离。

司徒煜趁此机会靠近两人。

"随时准备逃走，会有人接应。"司徒煜小声说道。

赵离除了会制作各种新鲜奇巧的物件之外，还有一个绝技就是模仿他人的笔迹。当年在大域学宫，赵离曾经模仿廖夫子写了一份告示，贴在四象坛前，要所有学子放假三天。笔迹惟妙惟肖，就连廖清和淳于式都无法分辨真假。因此在士卒呈上书信的那一刻，司徒煜心中一动，知道事情有了转机。

从顺德城走到两家交界，大约有六十里的距离。景国地处中原，地势以平原为主，虽在野外，也并没有太多的崇山峻岭，只有一些低矮的丘陵，这里的路纵有倾斜起伏的地方，也绝对算不上陡峭。

此时天色将晚，人马进入一片树林，时值盛夏，树木更显得茂盛，最近雨水充沛，无论是高大参天的乔木还是低矮蓬松的灌木都长得郁郁葱葱，树叶在夕阳下发出幽静而微弱的光芒。马蹄踩在厚厚的落叶上发出轻微的沙沙声。

长时间的奔波和高度紧张令霍庄感到有些疲惫，刚才的万丈豪情逐渐被劳累和炎热消弭殆尽，更令他心力交瘁的是心中的焦虑不安。万一父亲怪罪下来，他将如何承担？父亲是个阴郁而冷酷的人，虽然他手中握有人质，但他并不确定父亲会有多在乎霍安的小命。他有些后悔自己过高地估计了妻子的魅力，后悔自己一时头脑发热听信了张粲的建议，他感到自己的心在下沉。或许不只是心，他的整个人都在下沉。也许是太过出神，以至于连周围的骚动他都没能第一时间发觉。前方的落叶下出现了一个巨大的坑，霍庄等人纷纷连人带马落入深坑；位于后方的骑兵发现形势不妙，试图拨转马头，厚厚的落叶中突然弹起了几道绊马索，马上的骑士猝不及防，纷纷被受惊的战马掀落马下；与此同时，几张渔网从天而降，将他们罩在网中；几根木桩飞速划过，将仅剩的几名幸免者击落马下。这一切电光石火，令人猝不及防。为了尽快到达，霍庄和郭仪只带了几十名骑兵，瞬间被这突然袭击打得晕头转向。

司徒煜等三人心中早有准备，因此并没有过于失措。他们及时翻身下马，看到密林深处有火光闪动，三人迅速向那方向奔去。

司徒煜虽然早已料到赵离会有所动作，这些机关对于赵离来说也并非难事，但从他们出发到现在也不过两三个时辰，他是如何凭着一己之力在这么短的时间内部下天罗地网的呢？

"谁说我是一个人？"赵离卖了个关子。

"你哪里来的帮手？"

"这里的百姓足有几百户，我只是告诉他们这是为了救司徒大人，他们就一窝蜂地过来帮忙了。"赵离示意马背上的一大包东西,"不仅如此,还送来了这么多干粮和酒,足够我们一路吃到定平的。"

"百姓们真是有情有义,这大概就是所谓的种瓜得瓜,种豆得豆,司徒兄让百姓们丰衣足食,他们自然念你的好。"

"百姓们的好意我心领了,不过我却并没有打算离开。"司徒煜平静地说道。

"什么,你还要留在这儿?"

"你们可以走,但我还有事没有办完。"司徒煜坚定地说道,"放心,我不会有危险。"

"好吧,我今天三分之一的功劳付之东流了。"赵离做沮丧状。

"二哥,他不走,我们也不会走。"霍安和嬴嫼十指相扣。

"这么说我今天白忙了?不仅一个人没救走,还要把自己也搭进去,你们既然都不走,我又怎能不舍命陪君子?也罢,我们结拜时发过誓,不求同生,但求同死,就算我交友不慎吧。"

"阿季,你并没有白忙,反而是办了一件天大的事,你挫败了大公子的阴谋,你救的不只是三个人,而是将近二十万人。"司徒煜恳切地说道。

赵离拿下马背上的酒肉:"好,既然如此,不如我们先喝个一醉方休,即便再落入虎口,起码也是个饱死鬼。"

司徒煜拦住赵离,肯定地说道:"酒不忙喝,我们也不会有危险,相信我,大公子不会再有机会了。"

说话间,远处火光闪烁,人喊马嘶,虽然离得很远,但依然可以清晰地听到捉拿叛逆的喊声。

"如果我没猜错的话,是主公的人马到了。"

第二十四章
四大公子

司徒煜猜得不错，果然是霍纠的人马赶到，虽然人数不多，但没有人胆敢与名震天下的霍大将军对抗，包括郭仪在内，所有的城主一见霍纠的旗号，立刻望风归降，摇身一变成了捉拿叛臣的先锋。

霍庄成了唯一的叛臣，墙倒众人推，就连身边的亲信也全部调转矛头，要抓他将功赎罪。望着漫山遍野的火把，霍庄明白美梦彻底破灭了，如今唯一的希望是逃往他国避难。他如惊弓之鸟一般纵马奔向猎鹿川，即便是逃亡，他也要带上家眷和金银细软。在距离猎鹿川不到五里的地方，遇到了赤月前来迎接的人马。

"外面人多眼杂，诸多不便，请公子上车。"

赤月带来了马车，显然已经得到了消息，并做了充分的准备。

霍庄稍微放下心来，他匆匆弃马登车，放下布幔，听凭车夫驾车驶向远方。他太累了，突然的放松令他有些昏昏欲睡，刚刚经历的一切仿佛是一场梦，他希望自己睁开眼睛的时候，能回到自己舒适的卧榻上，一切都回到从前。

马车慢了下来，停在了某个地方，似乎有一些沉重的东西被放在了车辕上,也许是赤月在指挥仆人准备路上的粮食。霍庄吃力地睁开眼睛,掀起车帘,准备呵斥他们,带上细软不就足够了?这些沉重的粮食只能会拖慢行进速度。风吹过,一些零星的稻草被吹进车厢内,带来干草特有的清香味。她还给马带了草料?现在是夏天,到处都是青草,为什么要这么多此一举?女人总是这样,自以为心思缜密,过于着眼于这些微不足道的东西。霍庄心头火起,禁不住要下去呵斥这个自作聪明的蠢女人。他的头撞在坚硬的铁条上,她竟然在车厢外装了铁条,简直是可笑,她以为这样就可以挡住追兵的进攻吗?

赤月走到车前,她美丽的脸在火把的映照下,显得光彩夺目。

赤月嫣然一笑:"公子,家中的一切都已安排妥当,请您安心上路吧。"

"什么?你难道不和我一起去吗?儿子在哪儿?"

"儿子很好,老头子已经答应为他恢复身份。"

"那么我呢?"霍庄知道这句话问得很多余,但还是禁不住问了一句。

霍庄曾经叮嘱赤月,要在意乱情迷之际,让父亲答应两个条件,一是恢复爱子霍戎的身份;二是废掉霍安,改立霍庄为世子。赤月常年的逆来顺受,让霍庄只看到了她的美貌,而低估了她的智慧。如霍庄所愿,赤月的确可以征服一切男人,但她却将这两条请求做了一下变动,确切地说,是第二条。

"你不想做世子妃吗?"霍纠不解地看着面前的尤物,他活了将近六十岁,今天第一次体会到无与伦比的快乐,他会答应她所有的要求。

"我当然想,不过您真的认为他被立为世子之后会让我做世子妃吗?"

"不然呢?"

"您太不了解您的儿子了。"赤月妩媚一笑,"他做了世子之后,一定会想办法休了我,或者干脆杀了我,然后娶屠岸家的一个女儿为妻,这样即便您活着,他也可以成为一方诸侯。"

"如此说来,我以前还真的是小看他了。"

"他也小看我了。"赤月躺在霍纠的怀中,玩弄着自己的发梢,巧笑嫣然,"既然如此,让我的儿子直接做世子岂不更好?"

"天下没有这个规矩,儿子还在,我不能直接立孙子为世子。"

"那么,如果儿子不在了呢?"

十几捆干草让马车瞬间变成一个巨大的火球,几乎映红了夜空,霍庄凄厉的惨叫声响彻荒野,他的灵魂仿佛随着滚滚的浓烟直冲天际。

这次小小的叛乱对威震天下的霍大将军来说并不算什么大事,他更关心的是当前的局势,眼下屠岸家族已经和鲍氏结盟,合兵一处,大兵压境,更可怕的是,在鲍氏的要求下,章国大军从另外一侧逼近霍家领地。

"子熠,你打算如何处置这些叛臣?"

"首恶已死,其他人既往不咎。"

眼下大敌当前,家族内部一定不能再出乱子,这是个很简单的道理。

霍纠点点头:"那么如何平息屠岸家族发起的这场战争?"

"主公相信这件事吗?"

"当然不信。"霍纠摇了摇头,"屠岸小姐刚死,鲍氏就与屠岸家族结盟,而且章国人也趁机进攻,这一切当然都是安排好的。"

"多谢父亲。"霍安欣喜地说道,"我就知道您不会相信这种栽赃。"

"那个蛮族丫头在哪儿?"

"就在帐外。"

"砍下她的头,派快马送给屠岸家族。"霍纠平静地吩咐道。

"为什么?"霍安跳起来,"为什么要杀她?您不是知道她是冤枉的吗?"

"这是平息战争的唯一方法,我不能两面受敌,想让屠岸家族退兵,一定要给他们一个说法。"

"这不公平,她是无辜的。"

"这世间哪有公平?"

"好。"霍安拔出佩剑,架在自己颈上,"您要杀她,孩儿绝不独活在世上。"

"你要为了这样一个女人放弃自己的家族?家门不幸,两个儿子,一个是心怀叵测的卑鄙小人,一个是只知道儿女情长的懦夫。"霍纠长叹道。

"不错,我可以为了她放弃一切。只要您敢下令,我立刻死在您面前。"

霍纠用手按住额头,努力克制剧烈的头痛和心中的杀机。

"主公担心的是章国人,还是屠岸和鲍氏的联军?"司徒煜突然问道。

"当然是章国人。"

"那么是不是只要章国退兵,您就可以应付鲍胜和屠岸回?"

"当然,就凭他们两家还休想占到老夫的便宜。"霍纠自信地说道,他以防守擅长,名冠天下,不要说两家联军,就是三四家也未必能攻破他的防线。

"那就好。"司徒煜点头微笑,"主公少安毋躁,章国人很快就会退兵了。"

"为什么?"

霍纠的话音未落,账外传来脚步声,斥候匆匆跑入,欣喜地禀道:"主公,章国人退兵了。"

霍纠身经百战,常年与赵介、王晋、孙苌这样的名将打交道,见过千奇百怪的战术,却从未见过如此运筹帷幄之人。他几乎真的要相信孟章学院传授神通的传说了。

"主公,微臣罪该万死。"司徒煜郑重地俯身拜倒。

"子熠,你是救我霍家满门的活神仙,何罪之有?"霍纠连忙扶起司徒煜,一脸懵懂地问道。

"主公,微臣私自割让了霍家的土地,罪在不赦。"

"土地?哪里的土地?"霍纠彻底糊涂了。

"不是这里的土地,而是远在曹国的那三十二座城池。"司徒煜道,"不瞒主公,微臣在当时争来这些城池的时候,就是为了这一刻。"

曹国的三十五座城远在百里之外,中间隔着鲍氏家族的封地、都城昭歌和大域三镇,霍家只有区区一万人马,本就分身无术,鞭长莫及。那里临近章国,曹国又是章的附庸,只要章国人有意,几乎随时会被纳入囊中。因此司徒煜争来这些城池，并不是为了让霍家扩大地盘，而是为了在关键时刻当作礼物送出去。

三路大军中，最令霍纠头疼的是章国大军，他们足有三万之众，装备精良，凶猛异常，领兵的是悍将王燮。他是王晋长子，多年来一直驻守在章国南部的封地。邺南王氏是章国势力最大的贵族，王晋常年在朝中为官，领地自然交给了长子王燮。这里距离景国只有几十里的路程。此人深得其父的兵法传授，骁勇善战，来去如风。即便霍纠全力应付，也未必能有几分胜算，何况还要分兵去对付另外两家的联军。

王燮的确是一员猛将，虽然霍纠是前辈名将，但他依然没有把他放在眼里。章国军力日渐壮大，兵精粮足，这次正是他扬名立万的机会，击败天下排名第七的名将的机会并不多。但就在他的大军逼近霍家边境之际，突然接到斥候禀报，一支大军从天而降，进入曹国境内，直逼章国南部边境。

王燮大惊，问道："是哪里的人马？"

斥候禀道："天狼军，他们打的是'孙'字大旗。"

王燮是个胆大包天的人，但听到这个名号还是惊得连马鞭都掉在了地上。

广武君孙苌。

这是一个仅次于赵介的名字，也是昭王朝四大公子之一。与其他三位公子不同，他没有国家，也没有固定的封地，他的全部家当是八千精兵悍将。他是一个流浪的王侯，一个优雅的强盗，他唯一的经济来源是受雇于其他诸侯，为他们打仗，接受他们的供养。据说他是韦国国君的庶子，自幼擅长弓马，勇武绝伦，深为太子所忌惮。在他十三岁那年，突然离开故国，不知所踪，几年后，在猃戎边境地区出现了一支军事武装，号称"天狼军"，首领正是孙苌。天狼军能征善战，神出鬼没，他们明码标价，接受任何国家乃至家族的雇佣，甚至受雇于蛮族，介入过争夺单于王位的战争。三十年前未名川一战，威名大震，被天子封为广武君，却依然漂泊无根，因为天子已然没有分封土地的权力。他只能继续带领本部游荡在大昭国土之上，过着颠沛流离的日子。几十年内，人数由几十人扩张至八千，虽然不算多，但个个都是以一当十的猛将。

据王夑所知，广武君的天狼军最近一直以调解沛、辛之争为由驻扎在沛国边境，距此千里之遥，怎么会突袭章国边境呢？

第二十五章
杀手季布

每当有人问起故国原籍的时候,季布总是感到有些无奈。从前他会感到伤心和自卑,不过那是很小的时候,后来随着流浪的地方和见过的生死别离越来越多,他的心逐渐变得麻木,所谓的家乡的一草一木在心中逐渐远去,逐渐模糊,只剩下一些支离破碎的画面,尤其是在他第一次把刀刺入一个人的喉咙之后,汩汩涌出的鲜血把他心中所有的记忆都冲刷殆尽。

那一年他七岁,唯一的朋友是一条狗。

季布出生在沛国边境的一个镇,但这并不是他的故乡,他在一家走江湖卖艺的杂耍班子破烂的牛车上呱呱坠地。至于这家杂耍班子属于哪一国,他无从得知,所以如果一定要问,季布会说自己是沛国人。他记事很晚,或者是那些事被他有意地淡忘了。他只记得从小就跟随母亲在杂耍班子里混饭吃。他没有姓,是母亲的第四个孩子,前三个不是夭折就是卖给了旁人,季布毫无印象。听母亲说,在他出生后曾经有人想以十二枚刀币买他,对一个婴儿来说,这算是一个很不错的价格,几乎可以买一头刚出生的牛犊了。母亲很开心,她甚至已经计划好了要买一只鸡来庆祝。但由于这个婴儿看上去太过瘦弱，买家担心无法出手，于是扔下两枚刀币作为赔偿，转身走了。母亲白得了两枚刀币，心情自然不错，而当地的刀币又被称为"刀布"，于是她就索性以"布"作为孩子的名字，至于他姓什么，她才懒得去管。

季布从来没有见过父亲，母亲是一名舞姬，也是班主的情人，她是个泼辣而风骚的女人，很少和孩子亲近，她每天会留不同的男人过夜。季布也很少亲近母亲，他和那条名叫"麦子"的狗住在一起，靠杂耍班子每天的残羹剩饭为生。他们一起在营地中穿梭，寻找掉在地上的食物。"麦子"的嗅觉很灵，但季布的眼神更准。

班主本不愿意带着这么一个累赘走南闯北，这个小东西虽然看上去瘦弱，但饭量却不小，而且很少说话，总是躲在角落中静静地看着某个人，黑色的眼睛像两颗寒星，透出冰冷的光，如果你不经意中与他目光相碰，会感到毛骨悚然，仿佛在森林中被猛兽盯上了一样。班主有好几次被他吓到发出惊叫。但他很快就发现了这个小东西的价值，他的手快得出奇，可以接住向他飞来的任何东西。于是杂耍班的一个保留节目就是在地上画一个圆，由观众向这个站在圈中的孩子投掷各种物品，而这个孩子会接住四面八方飞过来的大小物件，不一会儿脚下的小筐便会装满。如果恰巧有人扔出水果或者干粮，季布便会拿到窝中与"麦子"分享。

那一天的运气非常好，他已经接到了三块饼和七八枚果子，今晚的夜宵显然会很丰盛，小季布的心中开始盼望再飞来一根羊腿，哪怕是有人啃过的也行。但他没有想到，飞来的却是一块烧红的火炭。

季布本能地伸手接住，他在随之而来的灼热的剧痛和皮肉的焦味中，听到了一个男人粗野放肆的笑声。这是一个醉醺醺的无赖，季布认得此人，他每日在闹市闲逛，仗着身强力壮，欺行霸市，靠收取店铺的孝敬钱为生。他往往睡到晌午，收到足够的酒钱，就会找一家酒肆，喝得酩酊大醉。刺眼的阳光下，他的嘴张得很大，季布可以看到发黄的牙齿和厚厚的舌苔。

周围的人群发出了惊呼声，令大家惊奇的是，这个孩子并没有大声哭喊，他吃惊地看着手中的木炭，甚至没有马上扔掉。

急促的犬吠声打断了人们的惊呼声。"麦子"飞速扑向醉鬼，死死地咬住了他的手腕，把这条肥胖的大汉扑倒在地。它的体格并不大，但速度极快，跑起来几乎像一道闪电。班主一直认为这条狗之所以和这个孩子形影不离，是因为他们有个相同的特点——快。他时常看到这个孩子和这条狗在草地上奔跑追逐，他总是不自觉地认为这是两只动物在嬉戏，那个孩子身上有着完全不同于人类的野性和灵活。

这小崽子应该属于森林，而不是人的世界。

季布的手掌烫伤很厉害，但他并不太在意，他天生有着异于常人的承受力，从来不会为了疼痛而流泪。"麦子"对朋友的伤倒很是上心，不停用毛茸茸的头蹭他的手臂，希望他可以早点儿好起来。季布像往常一样，和"麦子"玩了一会儿便沉沉睡去，疼痛虽然无法击垮他，但也会消耗掉一个七岁孩子的大部分精力。或许是因为这个原因，季布当晚睡得很沉，他一向非常警醒，但那一夜却没有被轻轻的响动警醒。他梦见了森林和草原，在那里他和"麦子"以及其他动物一起愉快地奔跑在阳光下，那里百花盛开，溪水清澈见底，树上有吃不完的野果……如果不是突然下起雨来，季布可能会一觉睡到天亮。

突如其来的雨水透过破烂不堪的窝棚，把季布带回了现实。他突然发现"麦子"不见了。这是从来没有过的情况，无论春夏秋冬，他们永远依偎在一起，从不分开。季布的心一下子抽紧了，一种不祥的预感让他禁不住有些战栗。

季布从小就是一个有些悲观的人，他总能预见噩兆，或者说他对可怕的事情总是有着惊人的预感。他默默地收拾好自己极为简单的一点点物品，他知道这是他留在杂耍戏班的最后一夜。

季布按照记忆找到了那个泼皮的家，这是一间低矮、破旧的房屋，大门早已脱落，简单的炉灶设在屋外，屋内传来雷鸣般的鼾声，四周笼罩着浓雾，一股令人作呕的劣酒的味道从门内传出，弥漫在周围的雾气中。

借着月光，季布看清了炉灶上残破的青铜釜中的肉汤和头骨，炭火已经熄灭，油花漂浮在肉汤中。旁边的树上吊着一张金黄色的毛皮，上面沾满风干的血迹。季布认得这是"麦子"的皮，它曾经在寒冷的冬夜依偎在他身旁，季布记得这种毛茸茸的感觉。现在"麦子"的肉想必已经进了那个无赖的肚子。剥皮的尖刀插在树干上。

季布用刀挖了一个浅浅的土坑，把"麦子"的皮和头骨埋了。雨后的泥土非常松软，挖起来并不费什么力气。他在屋外独自坐了一会儿，想再多陪"麦子"片刻，以往这个时候，它还睡在他的身旁或者脚下，毛茸茸的身体蜷成一团。

雨早就停了，那是一个初秋的晚上，月朗星稀，雨后的空气非常清新，带有泥土和淡淡的血腥气味。

季布轻轻地走进屋门，在月光下安静地看着睡在草席上的人。他的嘴惬意地张着，发出巨大的鼾声和难闻的气味，脸上杂乱的胡须随着鼾声抖动。旁边的木几上放着吃剩下的骨头和半碗粟米饭，以及喝空的酒坛。

季布的右手被火烧伤,但他的左手也同样快,刀从泼皮的口中插入,直没刀柄。季布很有杀人的天分,他准确地选择了相对脆弱的咽喉,因为他不能确定自己的力气可以把刀插入这个壮汉的胸口。

泼皮睁开眼睛,发出轻微咳嗽似的声音,仿佛是一个牙牙学语的婴儿。他是个两百斤重的壮汉,做梦也想不到会死在一个孩子的手中,这个孩子是如此瘦小,甚至体重都不到他的四分之一。但杀人不只需要力气,更需要胆量和冷静。他在临死前看到的最后一个画面是两颗像寒星一般的眼睛,近在咫尺,犀利而毫不畏惧地盯着他。多年之后,当渡鸦大师见到季布的时候,最令他吃惊的不是这个年轻人的机敏矫健,而是他的眼睛。

季布无法拖动这样一条大汉,只能用草席把他盖住。这一切他都做得有条不紊,丝毫没有慌乱,他甚至还没忘吃完木几上剩下的半碗饭。

季布出手很快,但对于一个杀手来说,快只是一个杀手需要具备的基本素质,而且并不是最重要的一点。

最重要的是冷静,几乎没有什么可以扰乱他的心智。渡鸦大师正是看中了这一点。

对生命的漠视,对血腥的习以为常,如果作为普通人,自然是很可怕的,但作为一名杀手,却是难得的品质。还有一点很难得,就是他没有牵挂,也几乎没有欲望。无论是珍馐美味、良马貂裘还是绝色佳人、珍宝美玉,对他来说似乎都是可有可无的。他有着惊人的忍耐力,可以在积雪中潜伏三天三夜,只靠雪水为生;也可以在烈日下奔袭数十里,不饮一滴水吃一粒粮。世界上几乎没有什么可以让他动心，也没有什么可以摧毁他的意志，而他还只是个年轻人。这令渡鸦大师感到很震惊。在大师漫长的生命中，见过冷血到极致的杀手，但他们或许贪财好色，或许已经人到中年，虽然历经沧桑，但行动上略显迟缓。渡鸦大师知道这个孩子一定有过不同寻常的经历，但并没有细问。

但就在季布学成即将出师的时候，渡鸦大师却发现他心中有了羁绊。

当渡鸦大师把几柄短剑和两支劲弩扔在季布面前的时候，季布露出吃惊的神色，这个表现令渡鸦大师有些失望。

"你是我最好的学生，也是最差的学生。"

季布露出不解的神色，老师的话让他感到有些迷茫，渡鸦大师是个沉默的人，除了廖仲和他最亲近的学生，几乎没有人听到过他说话。他虽然已经活了将近百岁，但一生说的话恐怕还没有鬼斧一个月多。

"你忘记了你的本分，你是刺客，可是现在却变成了护卫！"渡鸦大师斥责道，"你不知道有人要杀你吗？"

这一点季布真的毫无察觉，他对自己的麻木感到羞愧，对于一个刺客来说，这是最大的耻辱。他知道是自己大意了，只顾着救司徒煜，昨晚要不是老师暗中保护，自己恐怕早已死在别人手里了。

一个刺杀任务的完结只有两种可能，一个是目标死亡，一个是杀手死亡。而季布上一个任务恰恰违反了这个规则，目标没有被杀死，而杀手却成了目标的门客，因此这个任务并没有结束，买凶一方一定会找机会再次下手。显然这次他们的目标已经从信阳君变成了季布。

我竟然从杀手变成了目标。季布骑在马上，心中暗想，他觉得有些可笑，但丝毫不觉得恐惧，只是感到有些新奇而刺激。他们会在何时再次动手呢？

关于买凶之人，信阳君没有再次问过季布，他不想令一个君子为难，另外，他早已猜到了对方的身份，现在要杀季布的人，一定是当初雇用季布刺杀自己的人，他们担心季布的出卖，所以急着杀人灭口。信阳君悠然地躺在豪华的车中，享受着醇酒美人的快乐。他相信对方已经有些迫不及待了，而他们越着急，就越容易露出破绽。

卫野骑在一匹高大的白马上，这使他显得比别人更加高出许多，像洪荒的巨人一般，在人群中异常显眼。他的头发很黑，面部像岩石一样粗砺而棱角分明，眼睛像猛兽一般警觉。就像季布钟爱刺杀一样，他也很喜欢护卫这个行当。他并不喜欢杀人，但却喜欢击退对手的感觉。他小时候和族人在草原上放牧，作为男孩子，有两件技能是必须要掌握的，一是狩猎，二是保护牧群的安全，而他显然更倾向于后者。信阳君把他们两人比作是天下最锋利的矛和最坚固的盾。如今这支矛需要靠他这面盾牌保护了，主公特意交代过，要他保证季布的安全。但他没有告诉季布，季布是个骄傲的人，如果知道自己需要被人保护，一定会很不开心。

信阳君的车队一向走得不快，虽然马车内的陈设已经极尽舒适，但如果速度过快，还是难免有些颠簸，这对于一向养尊处优的信阳君来说，是无法忍受的折磨。但车队只是个招摇而过的幌子，信阳君早已悄悄离开队伍，为了掩人耳目，他让大部分随从以及平日出行所用的仪仗向东南取道黄丘、韦国，先行返回良国，而自己则取道西北，轻车简从，只带季布和卫野进入桑国境内，目的是暗中前往位于西南的沛国，与要人接洽。信阳君喜欢微服出行，他虽身为天下霸主，但并不喜欢有太多人前呼后拥，至于安全嘛，有卫野在，抵得上千军万马，何况又有了季布。

这是一个位于桑国东部的偏僻小镇，地处低洼地带，气候阴霾潮湿，天空中常年飘着积雨云，镇上人口不多，显得古老而清净。此时正飘着细雨，空气湿润清凉。客栈中的酒也像这里的天气，清冽可口，他是个懂得享乐也喜欢享乐的人，但却从不过量。

这家客栈很小，只有七八间客房，但对于这个小镇来说，已经是最大的，也是唯一的一家客栈了。所以他们没得可选，况且即便再有百十家客栈，信阳君还是会选择这一家。因为这家客栈虽小，却有一个非常妩媚妖娆的老板娘。她身姿窈窕，面如桃花，一双水灵的眼睛正不停地瞟向这三个有钱的男人。清酒红人面，财帛动人心，这话果然不假，英俊而多金的男人总会得到女人更多的青睐，因此她给这桌客人的酒也格外多一些，话也说得更温柔可人。

"客官这边请。"老板娘声音像蜜一般甜腻，"靠窗的位子更敞亮一些。"

窗外远山含黛，烟雨朦胧，宛如一幅绝妙丹青。信阳君透过宽大粗糙的榉木窗户眺望远方，这样的景色让他感到放松。

"老板娘，这是什么味道？"卫野问道。

"自然是花香了，客官是外地人吧？我们这里有上百种花，一年四季常开不败，据说当年廖夫子周游至此的时候，还特意称赞我们这的花香天下无双呢。"老板娘眼波流动，骄傲地回答，"不瞒您说，我们这家客栈就是靠各地来赏花的达官贵人们养活的。"

对于这么一个的小镇来说,花香无疑是最大的招牌,难怪这家店取了一个雅致的名字——"蝶舞"。显然是花香引来了蝴蝶,形成了一幅别致的美景。

一进店门,季布也闻到了一阵香气,虽然并不难闻,但似乎过于浓郁了一些。

"只是花香?"季布看向老板娘,冷冷地问道。

"不然呢?难道还是人家身上的香吗?"老板娘娇羞地看了季布一眼,扭捏道。

季布丝毫不为所动,依旧面无表情地看着她,再次问道:"只是花香?"

老板娘被看得有些发毛,也难怪,任何人被季布这么盯着看,都会感到有些不寒而栗。

"蚀骨红罗帐,销魂美人香,区区花香怎能与你相比?"信阳君笑道。

"哎呀,客官说什么呀。"老板娘害羞地掩面而去,身体却摆得像风中的杨柳,她穿了一身很薄的麻布衣裙,纤腰丰臀呼之欲出。片刻,她又一阵风似的转了回来,手中捧着酒坛。她身上的香气混杂着美酒的味道,简直令人迷醉。

"客官,这是小店珍藏二十多年的老酒,如果不是贵客,我可舍不得拿出来呢。"

"你怎么知道我们是贵客?"

老板娘飞了个媚眼,笑靥如花,得意道:"不瞒您说,小女子开了十几年的店,别的不说,看人的本事可是一等一的,看三位客官的样子，就知道你们一定非富即贵，不是等闲之辈。"

关于察言观色的本事，她并没有吹牛，一眼就能从三人中分辨出谁是做主的人。

"那我倒要打听一下，招待我们这样的贵客，能赚多少钱呢？"信阳君饶有兴致地问道。

"那要看怎么招待了……"老板娘语义双关，顺势靠在了信阳君的怀中，她的腰身非常柔软，手中的酒杯一滴未洒，递到信阳君的唇边，挑逗道，"您是要酒，还是要我，如果两者都要，那可要贵一些了。"

她的手非常漂亮，白皙柔嫩，肤如凝脂，宛如春葱一般纤细，衣袖褪下两寸，露出莲藕一般的手腕，以及腕上翠绿色的手镯，不知道有多少人曾为这双玉手所倾倒。

信阳君把她的手连同酒杯一起握在手中，温柔地问道："如果是杀我们这样的贵客，是不是要更贵一些？"

老板娘顿时感到自己的手像被铁板夹住一般，没想到这个优雅的贵族竟然有如此可怕的力量。信阳君六岁的时候曾经见过渡鸦大师，当时大师预言，这孩子如果不做天下霸主，那么一定是天下第一剑客。

信阳君随手把酒泼在地上，干净的青砖地面上泛起泡沫，一阵淡青色的烟雾随之升腾消散。

"你的手太嫩了，一个躬操井臼的农妇，怎么可能有这样一双手呢？"

他的眼睛很漂亮，这是一双成熟男人的眼睛，清澈但并不懵懂，深邃却并不奸诈，咄咄逼人却并不粗野，它犀利如箭，深不见底，仿佛能看透人心，它可以令女人着迷，也可以摄去敌人的魂魄。

但老板娘并未惊慌，反而就势一滚，娇声呼道："哎呀，你弄疼人家了！"

话音未落，她已反手拔下头上的发簪，发簪一端锋利无比，闪着青黑色的光芒，显然淬有剧毒。

发簪已刺到信阳君的咽喉，几乎已经碰到了他的皮肤，但信阳君的眼睛都没有眨一下，而是看向面前美人飘逸的长发。随着发簪拔出，她乌黑的发丝如瀑布般散落下来，随着身体的摆动，在空中飞扬。

信阳君想起了少年时曾经遇到的一名歌姬，她也有一头秀丽及腰的长发，曾经令他无比迷恋，他曾经专门从氿叶岛定制了一套犀角制成的发梳送给她，多年之后他依然会偶尔想起这名歌姬，他早已忘记了她的长相，但对她的长发却记忆犹新。

长发骤然飘离了信阳君的眼前，连同头颅一起落在地上。

身后，季布持剑而立。天殇剑上的血迹正在点点滴落。

真正的掌柜在客栈的房间中，早已被杀死，他的血在地板上蔓延开，上面覆盖着浸有某种液体的粗麻，一个敞开口的瓷瓶扔在一旁，浓郁的花香味就是从粗麻上散发出去的。

"看来我们到来之前，他们刚刚杀了店主，来不及转移尸体，情急之下只能用香味来掩盖血腥味。"

卫野捡起瓷瓶闻了闻，道："瘦子，这是你们杀手常用的招吗？"

季布出神地站在门口，似乎完全没有听到卫野的话。

前行的路上，季布一直远远地跟在身后，神色凝重，一语不发。

"你在想什么？"信阳君注意到了季布的反常，他拨转马头，来到季布身旁。

季布有些迟疑，他似乎对自己即将说出的话感到耻辱。

信阳君诚挚地看着季布的眼睛："但说无妨，你我君臣肝胆相照，还用得着遮掩吗？"

季布的眼神中闪过一丝痛苦："我在想，为什么一定要让女人来做这种事，世上的男人都死光了吗？"

第二十六章
浣花烟雨

正如渡鸦大师所担心的，季布难以成为一个顶尖杀手，因为他的血仍未冷，他最大的障碍不是别人，而是自己。他虽然在世上了无牵挂，虽然出手无情，且置自己的生死于度外，但对处于弱势的人却有一种本能的怜悯。

此刻，他正徘徊在小镇的街道上，天空中飘着细雨，青石路面被雨水洗得非常干净，泛起青蓝色的光。周围雾气很重，路旁的树木、花草、房屋都笼罩在雾气之中，显得朦胧而虚幻，这是沛国典型的天气，虽然已经离开多年，往事如烟般散去，但这种浓雾却一直留在心中，爱犬"麦子"就是在一个雾气弥漫的天气被杀的。他没有打伞，任雨水把衣服打湿，紧贴在身上，镔铁一般的肌肉凸显出来。

他刚刚斩杀了一名刺客，但这个刺客却是个女人。虽然从他进入执明学院的第一天起，渡鸦大师就告诉他，刺客没有权力选择自己的目标，更不应该被情感和道德所束缚，但他一直心存侥幸，希望自己遇到的目标永远不会是女人和孩子。他在出手的时候并没有一丝犹豫，但现在却感到有些莫名地烦躁。

他心中有一种可笑的念头，有时候会情不自禁地想，如果我的对手和目标都是男人该有多好。为什么会偏偏有人会用女人和孩子做刺客？为什么偏偏有女人和孩子会去从事这个职业？但这些想法他一直留在心中，从没有对任何人说起。

在大域学宫，霍安曾经多次当众说起过这个观点，他希望战争是男子汉的事，女人和孩子应该永远处于被保护的地位，当然，那时候他还不认得公主媳，并不知道女人也可以驰骋疆场。刺客这行又何尝不是这样呢？季布虽然一直有点儿看不起咋咋呼呼的霍安，但是这一点却颇为认可。不过季布与霍安最大的区别就是，他知道这种想法是可笑且不切实际的。

雨越下越大，街道上空无一人。房顶和青石路面上溅起一层白蒙蒙的雨雾，宛如禹地缥缈的轻纱，雨水顺着房檐往下流，形成一条不断的线。一阵风吹过，雨丝斜飞，雨雾在风中轻摆。

一个小小的身影出现在雨雾中。这是一个五六岁的男孩，他是被一个成年人从临街的店铺中推出来的。季布看到，他的手中抱着一条大约只有一两个月的小奶狗，这条狗和他一样瘦小可怜。季布可以隐约听到那个人的喝骂声，大约是因为这个孩子忘记了添加喂牲口的饲料。想必这个人是他的父亲或者主人，但无论是谁，他都是一个残暴的家伙。男孩几次被这个人打得跌倒在水中，他每次都倔强地站起来，直到小奶狗被那人夺过，狠狠地摔在地上。男孩终于失去了斗志，他趴在水中，看着小狗抽搐着死去。

季布一直没有听到他的哭声，或许他也是个倔强的孩子，或许他根本就是个哑巴。想必那个男人也没有听到他期待的哭喊和求饶。这样的人通常不会满足于简单的施暴，他们的快乐在于面对弱者的作威作福。他抬起脚，准备踢向这个孩子，但他的腿刚刚划过半程，季布的铁拳已经打在他的脸上。

男人听到了自己下颌骨清晰的碎裂声，两颗有些坏掉的槽牙从他口中飞出，带着口水和血丝，落在距离他不远的泥坑里。季布没有去看这个龌龊的男人，因为他知道自己如果再多看他一眼，就会忍不住杀了这个卑鄙的混蛋。在行刺信阳君，与刑天卫野过招的时候，他都可以始终保持冷静，但这一刻，他清楚地感觉到自己身体的血在上涌，甚至手都有了些许颤抖。季布并不是个残忍的人，渡鸦大师说过，杀手不是屠夫，杀手杀人是因为任务需要，而不是为了自己的发泄或者快感，因此杀手是神圣的，而滥杀无辜会玷污这项职业。季布深吸一口气，努力平复自己的心情，他转过身，扶起倒在地上的男孩。

男孩的手有些粗糙，也难怪，这些常年操持家务的孩子，总不会是细皮嫩肉。他的手虽小，但骨节却有些粗大，而且相当有力，季布心中一动。当他看到男孩的眼睛的时候，他再次的验证了自己的判断。

他并不是一个"男孩"，而是一个侏儒，侏儒杀手。

侏儒的眼神中露出一丝笑意，这是一种捕获猎物的快感。他手中小巧而锋利的三棱透甲锥已经刺到季布的前胸。季布纵然迅捷无比，也无法躲开这致命的一击。他突然想到了渡鸦大师的话，一个成熟的杀手靠的不是武功，而是经验。他当时很有些不以为然，没想到刚刚离开学宫，便着了对手的算计。

侏儒脸上的笑意突然停滞，他的眼睛骤然突出，像是突然发现了什么，他短短的脖颈被一支劲弩贯穿，弩箭锋利的箭头从他脖子的另一侧穿出，使他矮小的身躯形成了一个十字型。侏儒的身体随着弩箭巨大的冲力向侧方摔出两尺有余。

他的身体尚未落地,季布手中的天殇剑已经出鞘。如果有人暗算,绝不会只有这一个杀手。他猜想得不错,身后被打倒的男人早已抽出连发劲弩,他半躺在雨棚下,正要扣下悬刀。突然,雨棚连同立柱轰然坍塌,像一面天罗地网一般将这个男人连同他手中的弓弩一同埋在下面。

卫野站在倒塌的废墟旁边,在衣服上擦擦手,笑着看向季布。在他身后,季布看到信阳君的身影穿过雨雾,走向自己,他正在把精致的袖箭退回宽大的衣袖中。这支袖箭虽然形体小巧,但威力巨大,而且还有一个优雅的名字,叫"浣花烟雨",这一刻,信阳君突然觉得这个名字很符合今天的天气。信阳君身上的锦袍被雨水湿透,紧紧贴在身上,显出锦袍下的软甲。他身形消瘦健壮,完全是一名久经沙场的武士,与平日雍容华贵的样子判若两人。

信阳君上一次亲手杀人大约还是十几年前,自从卫野留在身边,就几乎没有人能够靠近他。卫野有着与身型极不相称的敏感,他像是一头嗅觉灵敏的野兽,总是能在第一时间察觉到危险的存在。当年,信阳君带兵以吊丧为名进入都城洛滨,以摄政的身份架空刚刚即位的侄子,独揽朝政,招致众多前朝老臣的反对。他的政敌,那些老谋深算的朝臣们曾经在一年内策划过二十三次刺杀,但每一次都被轻松化解,继而招致毫不留情的屠杀和清洗,直至最后彻底屈服于这位少年公子的铁腕之下。那一年信阳君只有十七岁,他不仅继承了父亲精明的头脑,而且更加雄才大略,胆识超群,小小年纪就擅长翻手为云覆手为雨,把恩威并施玩得炉火纯青,令那些老贵族们既恨又怕。朝臣们知道他们绝不是这个少年的对手,他们也相信,信阳君会让良国更加强大,因此与其在内部拼个你死我活,让其他几国有机可乘,不如臣服于他的脚下,换得良国霸主之位永固,自己封妻荫子,荣华富贵。

季布说要一个人出去走走的时候,信阳君并未阻拦,他是个善解人意的人,不愿戳穿季布心怀悲悯的真相,他知道对于杀手来说,心软是一种耻辱,而对于季布来说,最残忍的就是让他知道自己并不胜任杀手这个职业。他只是和卫野悄悄地跟在他身后。信阳君知道,杀手的目标未必是自己,很可能是季布,因为当初季布行刺未遂,买凶的人一定担心他会泄露秘密。信阳君更知道,买凶者很可能来自良国境内,虽然他已经统治良国多年,但一定有人不希望他活着回去。良国比邻大海,他从小在海边长大,深知在看似平静的海面下,很可能有暗流涌动。

"你看着我干什么?我又不是女人。"季布瞪着卫野说道。

卫野担心季布在刚才的袭击中受伤,正打算帮他检查,被季布不客气地推开。他不善言辞,但还是努力安慰道:"你别往心里去……"

"我为什么不往心里去?"

"主公说过,胜败是兵家常事……"

"我败了吗?"

"没有,我的意思是,这些事在所难免,不是你的错……"

"那是谁的错?"

卫野也不知道是谁的错,更不知道怎么说才能让季布满意,他一脸委屈地看向信阳君。谁知信阳君把脸转过一边,自顾自地看路旁迎风摇曳的野花。他早就告诉过卫野,季布是个自尊心很强的人,不要试图去直截了当地劝他,但对于卫野这种拙嘴笨舌的人来说,直截了当地劝人尚且不易,拐弯抹角他如何做得到?

"谁也没说你什么……"卫野硬着头皮继续劝道。

"这么说,你原本是打算说我什么了?"季布怒视卫野。

"没有……"

"为什么没有?"

"那你到底要我说什么?"卫野彻底绝望了,额头冒出一层汗珠,说也不对,不说也不对,他在季布的逼视下,高大的身材几乎缩小了一半。

"不知道说什么就把嘴闭上,没人拿你当哑巴!"季布气冲冲地吼道。

信阳君几乎忍不住笑出声来,劝人的人反要问被劝的人想听什么,既然如此,人家自己安慰自己岂不是一样?

卫野词穷,沮丧地走向马匹。

"站住。"季布在身后叫道,"你们为什么不埋怨我?我是个侍卫,不能保护主公,还要让主公保护,你难道不认为这是失职吗?"

卫野意识到季布根本不需要语言上的安慰,至少凭自己的口才实在难以做到。

"既然如此,废话少说,打一架吧。"

卫野一拳打向季布,他终于明智地选择了自己最擅长的方式。

按照常理来说,与卫野这种身型巨大的壮汉对阵,季布一定会选择以巧破千钧的方式，绝不会硬拼。但这一次季布毫不躲闪，也不遮挡，生生地挨了卫野一拳。虽然卫野及时的卸去了大部分力量，季布还是被重重地打倒在地，但他在倒地的一刹那，马上单手一撑地面，飞腿横扫卫野的膝窝。卫野猝不及防，单膝跪地，季布就势纵身扑上，把卫野压倒在地。两人仿佛完全忘记了武功，像两个孩童一样，拳脚相加，打得不可开交，最后双双力气耗尽，瘫倒在地上。卫野擦了擦鼻腔中流出的鲜血，吃力地站起来，伸手去拉同样气喘吁吁的季布。

"痛快了？"

季布面颊上肿起一大块，面部严重变形，但心情却好了许多。他长吁了一口气，就势站起，吐掉口中的血水，掸了掸衣服上的泥土，点点头道。

"多谢。"

第二十七章
肘腋之患

沛国地处西南，和章国一样，是个与蛮族接壤的国家，同样疆域辽阔，也同样不被中原大国尊重。这里雨水充沛，气候温和，盛产亚热带水果、稻黍、香料以及麻类作物，国势比其他四国略弱，但有洪江天险为屏障，进可以攻，退可以守，是独霸一方的强大势力，其国力强盛时觊觎霸主之位，国力衰落时固守天险自保，蓄势待发。国人中包括许多西南部蛮族，坚韧的藤甲可以抵挡最锋利的刀剑。沛国地势复杂，多山，易守难攻，而且充满神秘气氛，这里盛行巫蛊之术，茂密的原始丛林中瘴气弥漫，充满各种毒蛇猛兽，令人望而却步。大昭五百二十三年，沛、景争霸，会战于平陵，沛国军队被景、定平、章国联军击败，从而一蹶不振，几十年来不曾踏入中土。但近十几年，沛国在明君贤臣的治理下国力大增，虽然一直没有什么明显动作，但却是在韬光养晦，蓄势待发。

翻过一道山岭，他们已然进入了沛国境内，由于桑国过于弱小，对沛国完全没有威胁，因此这里没有什么防卫的军队。三人顺利地越过边境，神不知鬼不觉地来到这个神秘的西南大国。

"主公，我们要不要即刻返回良国？"在他们继续前行的时候，卫野曾经不安地问道。

"不忙，他们既然让人在半路行刺，就说明他们在国内还掀不起什么风浪。"信阳君摇摇头，"我们千里迢迢来到沛国，还没见到要见的人呢。"

信阳君要拜见的是沛国宰相、国君的同胞兄弟，四大公子之一的平氾君芈催。在小镇一家古老偏僻的客栈中，季布见到了这位在沛国首屈一指的权臣。他是个笑容可掬、面目和善的矮胖子，一副与世无争的安闲做派，完全没有半点儿叱咤风云的气势，倒是像一个走街串巷的小商人。季布以为他是张粢那种外表谦和内心狠辣的人，这种人通常更为可怕，但很快发现，他是名副其实的表里如一，根本就只是个摆设。真正掌权的是他的夫人。

"多日不见，夫人的气色可是越来越好了。"信阳君亲手奉上礼品。

芈夫人三十几岁年纪，风姿绰约，美艳绝伦，虽然人近中年，而且一身布衣，但依然难掩倾国倾城的风采，尤其是她的眼睛勾魂摄魄，令人不敢直视。从她走路的姿势可以看出，她一定擅骑快马，季布暗中打量。她的手很有力，动作很稳，一定拿得起分量很重的武器，她的眼睛很有神，完全不像普通女人那般柔和温顺，而是充满力量，但又深藏智慧，更重要的是，她看主公的眼神有些特别。

"听说你们刚刚遇到点儿麻烦？为什么不提早派人通报，我好派人去迎接。"

果然，两人说话非常随意，看上去像是多年的旧相识。

"如果我想兴师动众的话,为什么不摆开仪仗,在百官的簇拥下,坐着舒服的马车走进您的宫殿,却偏偏来到这个好酒都没有的鬼地方?"

这里位于沛、桑两国交界,群山环绕,极为荒凉,低矮的木质房屋稀少破旧,整个小镇上长满了各种热带植物,参天蔽日,不时有成群的鸟儿飞过,大天白日的几乎看不到几个行人,与其说是一个城镇,不如说更像是一片荒芜的乡野。也难怪,两国权臣密会,当然要越隐秘越好。

这几间低矮破旧的木屋是这里唯一的一家客栈。信阳君一行穿过桑国边境,乘渔船渡过洪江,进入沛国境内的时候,季布仿佛回到了童年时光,这里同样地偏僻、同样地蛮荒,唯一不同的是,这里到处可以看到神秘的咒符和狰狞的图腾。这里的人大部分是南部蛮族的后裔,他们笃信原始的拜火教,认为万物皆有灵,而火焰之神是天地之主。

这间客栈自然没有什么可口的饭食提供,一路奔波,卫野早已饿得前胸贴后背,他不像季布那样擅于忍受饥饿。好在平汜君带来了足够的食物和美酒,虽然不能马上大快朵颐,但至少有了盼头。平汜君夫妇也是轻装简从,装扮成采购鹦鹉的客商,只带了四名侍卫,穿山越岭,冒着大雨和山林中弥漫的瘴气,显然一定有重要的事要谈。

"我才不在乎你的生死,我担心的是会有人以此大做文章,搞得烽烟再起,没人愿意天下霸主死在自己的国土上。"芈夫人眼波流动,看似嗔怒,但言语中透着一丝柔情。

信阳君闻言大笑:"我今天才知道,原来自己是一个令人嫌恶的人。放心,我死不了,那几个刺客不过是茶余饭后的一点儿消遣。"

他突然话锋一转,"不过我想夫人并不是担心我的死会带来战争,而是担心眼前火燎眉毛的大事没人效劳吧。"

"好了,天下第一聪明人不要再卖弄你洞察人心的本事了,要知道聪明人总是活不久的。"

"我可算不上天下第一。"信阳君莞尔一笑,"夫人久居西南,不知道中土大地早已天翻地覆,人才辈出,我这次至少遇到了两个比我聪明百倍的年轻人。"

"那个阉人只不过是心狠手辣而已,算不得治世安邦的栋梁。"芈夫人言语之中有几分不屑。

"看来夫人足不出户,也晓得他的名声。可不要小觑了他,以我所见,他比想象中要厉害得多,也要可怕得多。"

芈夫人大笑道:"想不到一个小小的内围,令威震天下的信阳君如此忌惮,张粲如果知道了,一定会感到心满意足。"

"一捆干柴并不可怕,但如果遇到了引火之物,就可以烧毁整个房屋。我忌惮的不是他,是与他联手的人。"

"什么联手,不过是一条投靠恩主的丧家犬而已。"

"随你怎么说,不过嬴起对他言听计从,我看用不了多久,他就会打开景国的大门,把章国的领土扩张到百步关一带。"信阳君不再争辩,一个女人当然不希望自己心爱的男人贬低自己抬高别人,就连芈夫人这样的人也不能例外。

在信阳君与芈夫人谈论国家大事的时候,平汜君作为东道主,自然也不能毫无作为,他带着属下的四名随从在一旁摆开食盒,大吃大嚼起来。

平汜君友善地招呼卫野和季布:"两位将军,请过来一起用餐吧。"

卫野从来不会在陌生人面前放松警惕,他冷冷地回绝了沛国人的邀请。

"但吃无妨。"信阳君回身示意道,"不要饿着肚子等我,沛国的包烧鹿肉可是天下美味。"

信阳君说得不错,季布早就闻到了沁人心脾的香味,这是混杂了竹子清香的肉味,大概是用竹叶包裹着新鲜的鹿肉烤制而成。但卫野不动,他也不会动,他坚信自己会比这个傻大个更有忍耐力。

卫野沉默得像一尊泥塑,连手都没有离开兵器一寸。

"刑天大将军,你难道怕我会刺杀你家主公吗?"芈夫人笑着调侃道,"要论担心,也应该是我担心才是,我们所有的人加起来都不是你的对手,何况你身边还有个长得像玄鬼一样的帮手。"

"玄鬼"是西南地区一带传说中的地狱使者,可以化身烟雾,来去无踪,悄声无息地带走人的魂魄。季布对"帮手"这个词有些不满,但对玄鬼这个称呼却感到很是称心。"玄鬼季布"日后也成了他的绰号。

"老实讲,我最应该担心。"平氾君一旁插话道,"我的夫人此刻正在和天下最迷人的男人在一起聊天,我不是也能泰然自若地吃喝吗?"

话音未落,卫士们都笑成一团,信阳君和芈夫人更是乐不可支,就连季布也忍不住笑了,只有卫野依然沉默如岩石,平静如秋水。季布心中第一次涌起了对卫野的钦佩,这才是优秀的侍卫,任何外界的变化都无法影响他的心神,日后一定要向他请教是如何做到这个境界的。

"如果夫人不介意，我们边吃边聊如何？"信阳君建议道，"赶了半日的路，我也早就饿了。"

"早就听说信阳君把侍卫看作同胞兄弟，这话果然不假，你是怕饿坏了你这位铁塔一般的武士吧？"

"夫人猜对了。"信阳君率先抓起一块烤得金黄的鹿肉，赞叹道，"贵国的鹿肉真是名不虚传。"

"真是馋鬼转世，我大老远从都城赶到这荒凉的边境，可不是为了陪你吃饭的。"芈夫人有些不悦，这话很有些情人之间娇嗔的语气，但平汜君却充耳不闻。

"夫人但放宽心，我心中早已有了对策。天子不差饥饿之兵，夫人要我效劳，总不能连顿饱饭都不管吧？"

芈夫人虽然谈笑自若，但却难以掩饰眉宇间焦虑的神色，显然她心中有万分焦急的事要商量。她不顾平汜君就在身边，一把按住信阳君的手，娇嗔道："先把你的奇谋妙计说出来，否则一口都别想吃。"

这简直就是撒娇了，季布有些忍俊不禁，他饶有兴趣地看着主公，他对大国之间的博弈没有兴趣，但却想知道主公到底会为这位红颜知己做什么。

信阳君无奈地放下鹿肉，用手指蘸着酒，在地板上画了一个简易的地图。

"俗话说，肘腋之患殃及肺腑，沛国现在最头疼的莫过于有一头肥壮的天狼栖身于此。"

他用铁箸将一块烧红的木炭放在沛国与辛国的边境上。

辛国位于沛国南部，背靠大海，西邻瞿父国，北部接沛国。十年前，沛国与辛国爆发争夺领土的战争，沛国当时刚刚度过了战争失败的恢复期，为了休养生息，雇用广武君孙芪的天狼军代为参战。天狼军一举击溃了辛国军队，平息了争端，却在边境驻扎了下来，而这一驻就是十年。令沛国君臣不安的是，近来，天狼军逐渐扩大，似乎并不满足于边境一隅，而是有大举北进，兵发国都缨城的意图。天狼军虎狼之师，即便可以抵挡得住，势必也会让沛国再度陷入战乱，几十年的积蓄毁于一旦。形势如此危急，芈夫人又如何能不发愁呢？

"你有什么办法赶走这头天狼？"

"天狼凶猛无比，恐怕赶是赶不走的。"信阳君捏起一块鹿肉，"但如果用肉做诱饵，也许它就会随之而去。"

"这头狼的胃口可不小。"

"但也吃不下方圆千里的沛国，别忘了，他只有区区八千人马。"

"或许吃不下，但却可以牵制我国九成的人马，令我们无暇他顾。"

"孙芪进军沛国，无非是因为没有自己的封地，他现在老了，需要一块地盘安度晚年了。"

"你的意思是让我割地给他？"芈夫人露出不悦的神色，"我夫妻虽然比不了你这天下霸主，但也绝不会做这等丧权辱国之事。"

"哪里哪里，我岂敢让沛国割地给他？"信阳君微笑，"放心，丧权辱国的另有其人。"

"谁？"

"我有个地方，很配得上天狼军。"

"何处？"

"曹国，那里有三十二座城等着天狼军去白捡，一座城换三十二座城，我不信他不动心。"

"曹国的地盘为什么会听你安排？"

"现在是属于景国的，确切地说，是霍家的地盘，他们已经全权交付与我。"

芈夫人狐疑地打量信阳君，冷笑道："既然如此，你为什么自己不要？我不信你会做这等赔本的买卖。"

"我之所以会这么做，是因为这买卖并不赔本。"

"此话怎讲？"

"夫人只要修书一封，送我去见广武君，我自会让他退兵。"

"此话当真？"

"我几时骗过你？"

"好。"芈夫人霍然起身，"事不宜迟，你们马上动身。"

芈夫人是个风火性子的人，她命令立刻启程，所有的饭食装进食盒，给信阳君一行带走。信阳君等人只能在马背上进餐了。虽然如此，他还是神情愉悦，显然是他的计谋又一次胜利了。

身后，卫野在马上悄悄拉了拉季布的衣襟："瘦子，我想明白了一件事。"

"什么事？"

卫野神秘地小声道："刚才那位平氾君好像说他夫人喜欢主公？"

季布愣了片刻，笑着从马上跌下来，原来卫野不是沉稳，而是当时根本没有听懂，直到现在才想明白了。

信阳君放下手中的酒囊，回身问道："什么事笑得这么开心？"

季布从出生以来，几乎都没有这么大笑过，他也感到诧异，自己最近为什么变得开朗了许多？

季布笑得上气不接下气:"我见到了天下最聪明的人,比主公和司徒煜还要聪明百倍。"

卫野大喝一声,纵马冲向季布,战马前蹄扬起,重重地踏向季布。季布怎么可能被一匹马踏到,他身形一矮,游鱼一般从马胯下钻过,卫野探身向下,以与身材极不相称的敏捷抓向季布,但季布更快,瞬间又闪到马的另一侧。信阳君饶有兴致地看着两人围着一匹战马周旋。人生际遇真的很奇妙,仿佛是被一种神奇的力量在冥冥之中安排好的,素不相识的人也许会在某一时刻相遇,就像两条不同流向的河流,因为地形的变化,在某处交汇,从此融合在一起。不久前这两人还在馆驿中刀兵相向,拼得你死我活,现在竟然成了好朋友。

持有盖有平汜君大印的通关文牒,他们一路上没有受到任何阻碍,顺利地沿着沛国边境来到庸巢城外。沛国多山,很多城堡都是依山而建,庸巢也不例外。当初这里只是广武君用于暂时驻兵的地方。沛国本打算借刀杀人,没想到请神容易送神难,何况是孙芪这样的凶神。孙芪给沛国国君写了一封情真意切的信,说自己师老兵疲,走投无路,恳请暂借庸巢。沛国君臣当然知道卧榻之侧不能有强人安睡的道理,他们准备了大批金帛玉器,派使臣送给广武君,以示感谢,不料沛国的使者还没出都城,凶悍的天狼军就赶走了当地守将,占据了这座关隘。沛国多次派人催要,但广武君每次不是称病不见,就是找各种理由推托,把撤军的日子拖了一天又一天。很简单,作为雇佣军首领,孙芪最喜欢的是群雄争霸的时代,那时候他是各国争相拉拢的盟友,这样他才有赚不完的钱。但近年来天下大局呈两极化,南北各有一大强国,小国争相依附,不再大动干戈,即便有什么争端,几乎也都是谋士们在文字之间、案几之上的较量。这令孙苁感到空前地恐慌，他纵横天下几十年，自由自在，不愿归附于某一国，但长此以往，他将何去何从呢？孙苁不仅能征善战，而且谋略过人，他思来想去，天下虽大，但地盘都是有主的，他一把年纪，总不能去蛮族的土地上放马。

平汜君夫妇当初坚决反对借兵抗敌，但国君一意孤行，贪图眼前利益，给沛国埋下了祸根。平汜君忠心耿耿，不能坐视不管，但又不想出兵征剿，只能找人从中斡旋。沛国有大批谋臣说客，但却无一能说动广武君。并不是这些谋士无能，而是孙苁的条件过于苛刻，没有人可以做到在不割地的前提下请走这尊瘟神。

"这件事本就不是靠谋士可以做到的，每件事都分前中后三个阶段，就像盘子里这条鱼。"芈夫人用刀把鱼切成三段，"谋士擅长预测，事情未发生之时最有用；武士负责中期的战争；如果到了收尾的阶段，只能由国君来想办法了。"

"国君能想到的唯一的办法，就是把事情压在我的头上。"平汜君苦笑道。

"你是天神吗？"芈夫人白了丈夫一眼，她是个性如烈火的人，对国君的懦弱和优柔寡断有些不满。

"我不是天神，但我娶了一位神女做夫人。"平汜君笑嘻嘻地说道。

芈夫人一拍几案，大声道："好，我正要见识一下广武君的本事，兵来将挡，我们沛国难道是软柿子吗？"

若论打仗，芈夫人可从来不曾怕过谁。她虽然不像嬴嫘那样武功高强，但却是个治国安邦的人才。

"夫人少安毋躁。"平汜君苦笑道，"我知道你弓马娴熟，能征善战，是位女中豪杰，可打仗总不是什么好事，难免生灵涂炭，不如不战而屈人之兵。"

"美人计吗？"芈夫人白了平汜君一眼，冷笑道，"就算我肯去，你也肯让我去，只怕孙苌那老儿也未必看得上我，我已经人老珠黄了，你以为我还是十几岁的少女吗？"

"夫人或许无法说动孙苌，但却可以说动一个能令孙苌改变主意的人。"平汜君露出狡黠的笑容。

芈夫人勃然变色道："你们这些男人，平日里耀武扬威，不可一世，一个个都是朝廷栋梁，一遇到事就变成缩头乌龟，躲在女人身后。沛国要兵有兵，要将有将，战车像山上的榉树，兵器像稻田里的庄稼，却没有胆子和敌人作战，而是需要女人出卖风情来化解危机，真让我替你们感到害臊，我看你不如让国君让位给姓孙的，这样的国家留它何用？亡了也罢！"

她霍然起身，一脚踢翻了面前的几案，大步离开。一旁的侍女早已习惯了夫人的脾气，丝毫没有惊慌失措，麻利地俯身收拾落在地上的茶盏，擦拭地板上的水渍。

平汜君更是习以为常，他若无其事地看着妻子的背影，眼神中充满爱意，自言自语道："我就是喜欢她这种火辣的脾气，真是姜桂之性，越老越有味道。"

芈夫人是个刀子嘴豆腐心的人，话虽说得刻薄，却还是不能坐视不管，她连夜修书一封，派人火速送往信阳城。

信阳君接到书信的时候，正要动身前往景国。三天前，他接到司徒煜的密信，信中提及曹国的三十二座连城。对他而言，这是个绝佳的机会，在接到密信的那一刻，他心中突然有了一个大胆的想法，只要运筹得当，将会是大有可为。

"能打而不打方可得到和平。"老臣管邕摇头道，"沛国人难道真的不懂这个道理吗？沛国有三十万大军，而天狼军只有不到一万人。他们至少应该摆一摆架势，做个样子给天下人看看也好。"

"拉开架势很容易，如何收场才是难题。你觉得广武君是虚张声势吗？如果等到局面不可收拾再来求援，恐怕损失就会大得多。"栾祝反驳道。

信阳君把密信投入火中："沛国君臣不是庸才，他们当然不是惧怕孙苌，把战争作为最后一招，也不失为上策。"

"可是他们的信中没有提割让一城一地的条件，难道要我们白白帮他们出头吗？"

"他们如果打算割让土地，直接割给孙苌岂不是更方便？"

"那么主公的意思是？"

"我一定要得到利益，但未必要直接从沛国得到。"

管邕铺开竹简，拿起笔道："那么我们要如何回复？"

信阳君莞尔一笑："不用回信，我会亲自去一趟，你们替我把家看好，准备好给我接风的宴席。"

第二十八章
君临天下

沛国之所以不愿诉诸武力，除了忌惮孙苃的威名之外，庸巢城地势险要也是原因之一。这座关隘依山而建，易守难攻，令本来就以一当十的天狼军如虎添翼，哪怕是高漳君也没有取胜的绝对把握。这里曾经是防范邻国的要塞，没想到如今变成了国家最大的威胁。

君臣三人骑马转过山谷，此处距离庸巢城越来越近，已经可以远远看到山坡上高耸的城堡以及城楼上飘摆的"孙"字大旗。

广武君孙苃的名声略逊于赵介，但他一生中打过的仗却是赵侯的好几倍。他是个为战争而生的人。常年刀头舔血的生活令他像狼一样凶狠而警觉，终生保持着行军打仗的习惯，战马永远拴在门外，佩剑从不离身，他从来不住宫殿府邸，即便是在最富庶的城内，也是住在帐篷里。帐篷虽然简陋，但更为灵活，它没有台阶、长廊这些阻碍人行动的东西，令人来往更为方便，最大的好处就是在遭遇敌军突袭的时候可以随时用刀剑割破帐篷逃生，永远不会被敌人堵在死角。广武君戎马一生，曾无数次凭借机警躲过了敌人的偷袭。

孙苃年逾五旬，但身材消瘦灵活，步伐轻盈，丝毫不显老态，如果不是花白的头发和胡须，简直像一个二十几岁的年轻人。他眼窝很深，一双寒星般的眼睛配上无肉的面颊，使他整个人看上去像一把出鞘的利刃。他比看上去要结实得多，季布注意到他的腿有些弯，脚尖内扣，这是常年骑马形成的习惯，他的剑插在右侧，左手总是下意识的抚摸剑柄，仿佛随时准备拔剑。他拔剑的速度一定也很快，季布心中暗想，虽然他知道孙芪在大部分时间用不着自己亲自拔剑拼杀。

"大王大驾光临，老朽不胜荣幸。"城门外，孙芪抢先拱手道，虽然同为四大公子，但其他三位的名声加起来也比不上信阳君，他是名副其实的天下霸主。因此孙芪干脆以"大王"相称，一来以示尊敬，二来调侃信阳君早有称王天下的打算。信阳君也不多做客套，或者说他根本不屑于客套。

"大将军，多日不见，您还是这么硬朗。"信阳君挽起孙芪的手，宛如多年故交。

"哪里，大王见笑了，我这把老骨头一天不如一天了。"孙芪淡淡一笑。季布注意到他在笑的时候，眼神依然充满警觉。

天下名将仿佛龙生九子，每个人的气质都大不相同，相比赵介雄狮般的威武，王晋毒蛇般的残暴，孙芪则拥有狼一般的机敏和狡猾。

"大王请上马。"

一行人骑马进入青石筑成的高大城门。沛国多山，这里的大路也铺满了青石板，马蹄踏在上面发出清脆的嗒嗒声。信阳君侧目打量街道两侧，大部分商铺都已经关闭，剩下的也冷冷清清，几乎没有顾客光顾。街道上行人稀少，一副百业凋敝的景象。显然孙芪只会打仗，并不会治理城市，想必城中的百姓有不少已经逃走。信阳君心中暗笑，很多人只知道江山是打下来的，却不懂得"逆取顺守"的道理，刚才他一路走来，就注意到城外的村庄也颇为萧条，田野上农田荒芜，几千兵马人吃马喂，需要的花销不是小数，况且这些以卖命为生的雇佣军一贯纵情声色，穷奢极侈，不像普通军队那样好养活。可以断定，照这样下去，天狼军很快就要无以为继了。

孙苌的大帐就扎在膴巢城中央偏北的位置。这里曾经是地方官吏的衙署，空场上还留有祭祀用的青石高台，以及台阶两侧高大的石柱，在地方官被赶出城之后，天狼军将这里夷为平地，只留下这座祭台。周围方圆五里的百姓被迫迁往他处，这里帐篷林立，战马穿梭，旌旗飘摆，俨然变成了一个军营。只有在这样的环境中，孙苌才感到安心。

在这片城中军营中，最显眼的是那座青石祭台，石柱上雕刻着许多神秘而美丽的纹饰。沛国人笃信拜火教，这座祭坛就是用来祭祀火神赤帝的。祭台并不像中原地区采用方形或圆形的方式，而是一种不规则的三角形，由巨大的粗糙的青石堆积而成，有一种震撼人心的原始的力量，每一级台阶都高约一尺，一个中等身高的成年人跨上去也会感到有些吃力。

这座高耸的祭台现在改为了点将台，同时也是刑场，两颗人头悬挂在一旁的石柱上，其中一个是年轻女人的头。她的头发很长，被拴在一个锈迹斑斑的铁环上，透过垂下的发髻的缝隙，季布可以看到她半闭的眼睛，仿佛是在俯视着下方来往的芸芸众生。她的脸很干净，由于失血显得非常苍白，并没有沾上什么血迹，显然当时的那一刀很快，或许是有人扯着她的头发，在刀落下的一刹那尽力向前拉拽，这需要刽子手之间很好地配合。

孙苌的大帐用粗糙坚固的白色毡布制成，并不太大，上面布满污渍，显然已经有很长的年头，看上去很像蛮族的帐篷。

"两位请交出兵器。"两名武士分别拦住季布和卫野，"将军有令，任何人不得携带兵器入内。"

卫野和季布不约而同地采取了拒绝的态度。卫野怀抱双戟，冷冷的一语不发。季布则狠狠地盯着阻拦他的人，他轻声说道："抱歉，我的剑从不离身。"

仿佛冷风吹过融化的油脂，气氛一下子冷了下来。

武士再次大声声明："天狼军的规矩，天下除高漳君之外，没人可以带兵器进入大帐，哪怕是天子来了，也要摘下佩剑。"

当年孙苌受雇于蛮族单于，与赵介的大军作战，兵败被擒。赵介英雄惜英雄，不仅没有杀孙苌，反而以公侯之礼相待。孙苌感念高漳君的大恩，立下誓言，今生今世不与赵姓为敌。

"我若是不摘呢？"季布懒得废话，他冷冷地看着面前的人，手轻轻按在剑柄上。他很讨厌规矩，尤其是这个规矩并没有经过他的同意。

与此同时，卫野退后两步，与季布拉开距离。这是一个绝佳的联手方式，卫野擅于防守，季布擅于进攻，两人是世上最坚固的盾和最锋利的矛，最关键的是他们心有灵犀，有着足够的默契。

另外几名武士围了过来，这些粗野的雇佣军嗜血好斗，杀人如草芥，他们显然也都是身经百战的高手，但面对巨灵一般的刑天卫野，还是不免有些忌惮。

"您的侍卫有点儿不守规矩。"孙苌挑衅地看着信阳君，"如果是我的部下，我会砍了他们的头。"

"他们不是我的部下。"信阳君若无其事地一笑，他才不会在乎什么激将法，"他们是我的朋友，我从不勉强他们做任何事，别人更不能勉强。"

"这么说他们是要硬闯了？"

"全凭大将军一句话。"信阳君镇定自若，"我想他们更希望被请进去。"

孙芠脸上的笑容逐渐消失，眼神中杀气陡现。作为大军统帅，尤其是这么一群桀骜不驯的雇佣军的首领，最重要的一点就是言出必行，令行禁止，一旦权威削弱，后果不堪设想。但这次他遇到的是信阳君，发威的雪狼或许也可以吓退猛虎，但在神龙面前却显得无能为力。

信阳君一方只有三个人，但他的气势却像拥有三百万大军。他倒背双手，气定神闲地看着对方。经常声色俱厉大声咆哮的人通常色厉内荏，而真正的大人物则可以控制自己的情绪，处变不惊，临危不乱。多年以后，每当季布想到"君临天下"这个词，心中就会浮现出信阳君当时的样子。

时间似乎停滞了，就连战马都停止了嘶鸣。大帐门前的人越围越多，已经有至少十几支箭对准了季布和卫野。就像一捆铺满油脂的干柴，只要一颗小小的火星，就会立刻燃起烈焰。但火星始终没有落下，取而代之的是一瓢冷水。雇佣军做的是生意，靠战争赚钱，信阳君是大昭王朝的财神爷，广武君当然不愿意得罪雇主。他的手缓缓松开剑柄，干瘦的脸上再次绽出笑容，他大声说道："天下如果有人可以让老夫为之破了规矩，那除了信阳君还能有谁呢？"

广武君一向令出如山，围在帐门外的武士们立刻让出一条路。

信阳君优雅地示意："大将军请。"

"大王请。"

两人亲热地携手走进大帐。身后，季布一直死死地盯着刚才的那名武士，那名武士也毫不相让地对视，显然大家心中的芥蒂并未解开。

"瘦子，你今天怎么这么大火气？"卫野悄声问道。

"没怎么。"季布不耐烦地敷衍道。

"大王万金之躯，来到老夫这一亩三分地，想必一定有要紧的事。"孙苌一贯不喜欢绕圈子，两人刚刚就座，他就迫不及待地问道，"良国兵强马壮，国力雄厚，难道大王用得着老夫这区区万许残兵吗？"

信阳君心中暗笑，广武君已经迫不及待地想要做生意了，看来天狼军的财政状况不容乐观。孙苌虽然已经过了天命之年，但他是一介武夫，驰骋疆场自不必说，不过若论权谋纵横之术，在信阳君面前却幼稚得像个孩子。

"将军说哪里话，如今天下太平，国泰民安，百姓安居乐业，哪里还需要打仗呢？"信阳君一语击中对方要害。

孙苌眼中闪过一丝失望，信阳君猜得不错，他现在的确很需要钱，天狼军已经很久没有生意做了。雇佣军通常都没有积攒钱财的习惯，他们会迅速花掉靠卖命赚到的每一文钱。

"寡人前来，不是为了打仗，而是为了和平。"

"此话怎讲？"

"实不相瞒，寡人刚刚与平汜君夫妇见过面。"

"这么说，大王是来为沛国做说客了？"

"不错，寡人是特意前来劝阻大将军北上进军的。"信阳君就势直截了当地回答，有时候纵横之术和兵法一样，最简单的方式往往最有效。

孙苌心中大吃一惊，进军北上是他最近刚刚做出的打算，天狼军中只有几名亲信知道，信阳君又是如何得知呢？难道天狼军中有他的眼线？他并不知道，信阳君只是在诈他。信阳君一路上看到城中凋敝，断定天狼军在膈巢城一定不会久留，他们只有两条去路，一是南方的辛国，一是北方的沛国，以孙苌的贪婪，一定会选择更为富庶的沛国。

虽然孙苌没有承认，但信阳君从他的神情可以看出，自己猜对了，于是乘胜追击："敢问大将军此番北进，有几成胜算？"

"沛国人真是没种，泱泱大国，不仅不敢迎战，连亲自谈判都不敢，真是可笑至极。"孙苌冷笑道，"就凭这个，我至少有六成的胜算。"

"将军所言差矣，寡人刚刚见到平汜君不假，但他并非求我前来做说客，他们早已做好打仗的准备，是寡人不愿看到两方刀兵相见，伤了和气，故而劝住平汜君，请他宽限几日。"

"来得正好，好久不打仗，老夫的刀都钝了。"孙苌冷笑道，"打仗的事不劳大王费心，天狼军别的不会，疆场搏杀嘛，倒是拿手好戏，用不了一个月，老夫就可以在缨城放马了。"

"这个自然，依寡人看来，您的胜算何止六成，简直可以是十拿九稳。天狼军虎狼之师，一旦交战，势必摧枯拉朽，一举荡平沛国大军。"

得到信阳君的恭维，孙苌得意起来："不要说是沛国这几个虾兵蟹将，就是王晋来了，也无异于插标卖首，天下除了姓赵的，老夫怕过谁？"

"大将军过谦了，您和赵侯一向不分伯仲，高漳君也经常向寡人提起，天下武将，他最钦佩的就是您广武君。"信阳君微微一笑，话锋一转，"大将军取胜并非难事，可是您有没有想过，取胜之后呢？"

"此话怎讲？"

"您占领缨城之后，打算如何治理呢？恕寡人直言，大将军驰骋疆场、排兵布阵是一等一的人物，但若论治理国家，兴修水利，征收赋税，却并非您拿手的事。况且您即便一举攻下都城，沛国各地势必发兵勤王，到时候您将如何打算？难道就据守孤城吗？寡人虽不擅兵法，也知道这绝非用兵之道。沛国土地广袤，就凭天狼军区区八千人马，只怕散落在沛国大地上，每十里都不足一个人。"

"不瞒大王，老夫从未想过要统治沛国，我要的只是钱，只是军饷。"广武君倒也痛快，既然瞒不过，不如实话实说，他只是打算大肆劫掠一番，然后就率众离去。没有仗打的时候，雇佣军就会变成强盗，但他们的武装和作战能力又绝非一般强盗可比。

"原来大将军只为钱财。"

"明人不说暗话，大王想必已经看到了，现在不打仗，天狼军的日子快要过不下去了，弟兄们跟着我出生入死，图的是逍遥快活，我总不能让大家饿肚子。"

雇佣军没有祖国，没有故乡，没有家室，也没有明天，他们是一群漂泊无根的职业杀手，由各国的溃兵、流民以及逃犯和强盗组成，他们既无归属，也没有什么羁绊，不事农耕商贾，只会打仗杀人，今朝有酒今朝醉，把每一天都当作最后一天来过，没有钱就去打仗，活下来的人拿着死去的战友用命换来的钱大肆挥霍，没有人觉得有什么不妥。活着的时候纵情享乐总比死后被香烛供奉要划算得多。

"大将军有没有想过，您进军沛国，即便可以满载而归，可万一遭遇抵抗，一定会有不小的伤亡，沛国军队虽不如天狼军精锐，但人数众多，以十换一，恐怕天狼军也承受不起吧？"

"我们这些当兵的过的是刀头舔血拿命换钱的日子，兄弟们早已置生死于度外。"广武君淡淡一笑，毫不在意。

"我知道天狼军都是不畏生死的好汉，可是如果能满足您的心意又能不损一兵一将，岂不是更好？"

"大王有话请明示。"孙苌似乎有些动心。

信阳君起身走到地图前，用手指示曹国边境之地，道："只要您发兵前往此处走一遭，寡人愿将三十二城拱手相赠。"

"曹国边境。"孙苌冷笑道，"恐怕您就是把良国送给我，我也无福消受了。我可不想和章王起交战，大王难道不知道，章国比沛国要可怕得多，您是让我的人去送死吗？"

"大将军难道没有听说吗？章王起将这三十五座城送给了景国做嫁妆，而霍家独得了其中的三十二座，而且以大将军的威名，剩下的三座城不也是您的囊中之物吗？我只需要您去走一遭，并不用和章国军队开战。"信阳君悠然一笑，"不费一兵一卒，就可以得到三十二座城，大将军还要犹豫吗？"

"有这等便宜事？"广武君低头沉思，"恕老夫直言，大王您为什么不自己出兵呢？"

"很简单，因为王晋怕的是姓孙的和姓赵的。"

两人同时大笑。

孙苌长身跽坐，道："好，既然大王看得起老夫，老夫就恭敬不如从命了，不过此事事关重大，请大王容老夫与部下略作商议。"

"有劳将军。"

第二十九章
威震天狼

沛国山中有很多黑熊,它们的油脂火焰比羊油的要更明亮一些,燃烧的时间也更久。大帐内光线充足,羊皮制成的地图已经磨损,但每一座城市、每一条河流、每一座山川都标记得清清楚楚。这张地图跟随广武君已经有二十多年了,见证了他每一场拼杀和每一场胜利。

孙芪坐在地图前,双眉紧锁,本来就消瘦的脸颊在灯火的映照下,显得更加棱角分明,泛起一种金属的光泽。天狼军的确已经到了山穷水尽的地步,最多还能支持一个半月,在这一个半月之内,如果再接不到生意,就只能铤而走险去劫掠沛国了。沛国国君虽然懦弱,军队也多年不识干戈,但毕竟是大国,人数是自己的几十倍,况且还有雄才大略、胆识过人的芈夫人,一旦彻底撕破脸,他也没有必胜的把握。虽然当着弟兄们的面他依然是沉着威武的领袖,但他已经很多天没有睡好了,他迫切需要走出困境。他非常清楚手下这帮兄弟是一群亡命之徒,他们虽然作战勇猛,却没有太多的忠诚可言,一旦无利可图,他们一定会作鸟兽散,甚至会起来造反。现在是谋士们的时代,他们靠着唇舌之利纵横捭阖、樽俎折冲,所有的问题都靠谈判解决,导致军人们没有太多的仗可打。目前信阳君给出的条件无疑是无本万利,几乎找不到拒绝的理由。

帐外,欢愉的丝竹鼓乐声阵阵传来,其间夹杂着士兵们粗野的吵闹声和女人放荡的娇笑声,夜晚是天狼军纵酒狂欢的时间,如果不打仗,他们通常会一直闹到四更天。将士们并不知道主公的困境,他们只懂得两件事,一是上阵厮杀,二是醉生梦死。包括广武君本人在内,天狼军的将士们都没有家眷,因此每到一处,他们一定会花重金请来附近所有的舞姬歌女来军营寻欢作乐。由于狼多肉少,醉酒的士兵为争抢女人大打出手甚至拔剑火拼的事时有发生。

酒至半酣,地上到处是碎裂的酒坛以及东倒西歪的武士。喧嚣的鼓乐声弥漫在天地间,周围的火把似乎也在随着节奏跳动,裸露的肢体在人群中挥舞。君臣三人是天狼军中的贵客,自然被邀请参加这营中的狂欢。信阳君见多识广,自是见怪不怪,他悠然地喝着产自沛国的佳酿,自得其乐;卫野性情沉稳木讷,只要在主公身旁,他就心无旁骛;季布却感到有些别扭,但碍于宾主之宜,也不便离开,心中暗自盼着狂欢尽快结束。

烈酒和节奏强劲的鼓声令大家血脉偾张,他们大声呼喊起来。两扇门旗分开,一名艳丽的舞姬站在一面贲鼓之上,身披薜荔,腰系金铃,头顶手鼓,跳着原始而充满野性的舞蹈,俨然是传说中的山鬼,极尽魅惑,美得不可方物。她的眼神热辣,咄咄逼人,像拥有魔法的黑水晶,可以把人拉入幻境,令人沉迷其中,万劫不复。她赤着脚,双腿修长有力,不时用脚去踢系在头上的手鼓,脚踝上的金铃随之发出清脆悦耳的声音,与鼓声相和,相得益彰。她的身体柔软轻灵到不可思议的地步，在不满二尺的鼓面上腾舞飞旋。季布的功夫以灵活见长，但自认为也无法做到这些动作。

舞姬的表演赢得天狼军将士的大声喝彩，他们冲上去，把舞姬扛在肩头，舞姬并未停止动作，而是在众人的肩膀和头顶上舞蹈，气氛愈发热烈了。

一个竹筒制成的酒杯重重地放在季布面前，琥珀色的酒溅出来。白天在大帐门前与季布对峙的武士站在面前，醉眼迷离地看着季布。他叫韩固，是一个身材高大的彪形大汉，素来好勇斗狠，是天狼军中屈指可数的好汉，也是广武君的贴身侍卫之一。他一直对白天的事耿耿于怀，如果是在刑天卫野面前吃了亏也就罢了，但被这个身材瘦小的家伙当众羞辱，实在是咽不下这口气。

"朋友，干了这杯。"虽然广武君有令，不许找良国人的麻烦，但他是一个胆大妄为的亡命之徒，在烈酒在作用下，早已把一切都抛在脑后。

季布冷冷地看着面前的大汉，轻轻摇摇头："抱歉，我不喝酒。"

他的确很少喝酒，而且身置天狼军大营，他必须要保持十二分的警觉。

"男人哪有不喝酒的？"韩固大叫道，"是汉子就干了这一杯。"

韩固用手中的酒杯碰了一下桌上的竹杯，仰头一饮而尽。

季布轻轻地把案几上的酒杯推开，神色平静而坚定。

他抬头看着韩固，眼神中露出一丝嘲讽："你这么喜欢喝酒，这杯也是你的。"

韩固的脸涨得更红了，粗壮的脖子上青筋暴起，通红的眼睛像泡在酒里的梅子："我们这儿的规矩，不喝酒就是不给面子。"

季布直视对方的眼睛，淡淡地说道："不是我的规矩。"

韩固的手握住腰间的剑柄，这是一柄硕大的铁剑，沉重而锋利，可以拦腰斩断一匹马。

"我劝你不要拔剑。"季布平静地说道，他的手依然放在案几上，但是他有把握一拳打碎对方的鼻子。

天狼军中的将士对喝酒打架的事早就习以为常，他们不仅不劝阻，反而围成一圈大声欢呼起来。

一旁，卫野不禁有些担心，他并不像季布那样喜欢把别人的鼻子打断，对他来说，自己一方的人不被人打断鼻子才是最重要的。他虽然知道季布武功卓绝，但对方人多势众，一旦动手，难免会吃亏，他刚要起身阻拦，突然，那名在人群头上飞旋舞蹈的舞姬一个漂亮的转身，落在韩固肩上，她用双脚勾住韩固的脖子，身子倒挂下来，几乎弯成了弓形，用嘴叼住那枚竹杯，以一个奇怪而优美的姿势把酒喝下，然后翻身落在季布怀中，抱住他的脖子用力吻了他的嘴唇一下，旋即大笑道："这样也算他喝了吧。"

季布被这突如其来的一吻搞得有些不知所措，在现场一片排山倒海似的喝彩声中，他下意识地舔了舔嘴唇，分辨不清是酒的香味还是这名舞姬嘴唇上胭脂的味道。趁季布出神之际，舞姬手却伸向了他腰间的天殇剑。

"这么漂亮的剑，借我玩几天。"

季布一惊，本能地抬手反扣，舞姬不仅没有躲闪，反而整个人向他压了过来。她的身上只用几条藤蔓遮体，大部分肌肤裸露着，像凝脂一般滑嫩。季布下意识地向外推开，舞姬趁机像游鱼一般从季布怀里挣脱,娇笑道:"好快的手,只怕还没有摸过女人。"

季布看着替他解围的舞姬,问道:"你叫什么名字?"

舞姬顽皮地噘起嘴,两条结实的长腿迈开轻盈的步子,一边后退,一边笑道:"来啊,抓到我就告诉你。"

季布没有起身,也没有开口,但他的目光却再也无法离开她的身影,她的一颦一笑都充满了诱惑。信阳君见遍天下各色美女,但也不得不承认,这名舞姬的确称得上倾国倾城。

与大昭王朝隔海相望的地方有一些自由城邦,那里有许多商人会乘船来到大昭王朝,在民间购买长相俊美、体格健壮的童男童女,带回海外,培养成为歌伎、舞姬和角斗士,待他们成年之后,再带回大昭,以供人们享乐,或者直接出售给王公贵族,赚取高额回报,简单地说,他们是一群能歌善舞、长相出众的女奴,最好的命运就是被某个贵人看中,买进府中。这些商人还有一个好听的名字,叫雀儿帮,又叫乐商,因为他们最开始进入昭王朝的主要生意是贩卖色彩斑斓的鹦鹉。

这些舞姬想必就是由这些乐商带来的,他们进入大昭的必经之路就是良国的码头,因此信阳君对他们的伎俩了如指掌,他们会让手下的歌伎舞姬极尽所能去取悦雇主,以便卖个好价钱。而这些舞姬久经风月,也早就练会了察言观色的本事,可以从众多人中找到最容易上手或者出价最高的客人,就像训练有素的猎犬可以在草丛中找到猎物一样。

季布涉世不深,当然很容易被这些迷人的尤物俘获。信阳君不希望季布陷入泥沼,更不想因为一些不必要的冲突影响与天狼军的合作，于是他向身边的天狼军将士拱手示意，起身告辞，表示自己不胜酒力，要回帐休息。虽然他很想等孙苌的消息，但更知道欲擒故纵的道理，越是迫切的时候，越要显得毫不在意，因为你在等待的时候，你的对手同样也在等待。

主公告辞，季布和卫野自然要随主公一同离席，第二天一早，只等孙苌大军出发前往曹国边境，他们就可以踏上返回良国的路。廖夫子说过，宿命是个很神奇的东西，人们的相遇、分离，相伴一生抑或是擦肩而过，似乎在冥冥中早有定数，该发生的迟早会发生，而不论我们想与不想，都会身不由己地随着命运的洪流而走向既定的方向。人在命运面前是无能为力的，就像我们在自然面前同样微不足道一样。

不论是在富丽堂皇的宫殿还是在荒无人烟的野外，有卫野在身边，信阳君总是睡得很安稳。虽然他的身体一直很健壮，但连日奔波，也确实有些疲劳。况且人在熟悉的环境下往往会睡得更熟一些。沛国的气候和良国都属于南方，天气一样温暖，不同的是，良国沿海，沛国多山，因此在夜间的时候会凉一些，但在夏季的时候却没有良国的炎热。沛国的面积是良国的两倍以上，来自南方大海的气流被群山阻挡，因此这里很少有大风，但雨水却很充沛，算是得天独厚的天府之国。如今中原诸侯似乎都已经忽略了这个位于西南的大国，但信阳君一直认为，沛国的实力绝不次于风头无两的章国，尤其有平汜君和芈夫人这对贤臣当政，内修文德，外治武备，一直在暗中积蓄力量，他们不愿意和广武君孙苌开战，并非懦弱，而是不想过早在天下各国面前暴露实力。这样的大国不动则已，一动必然雷霆万钧，势不可挡。

在大约四更天的时候,信阳君被外面的骚乱声惊醒。卫野早已先他一步起身,此时他正从帐门口匆匆返回,道:"主公,出事了。"

门外,天狼军将士弓上弦刀出鞘,杀气腾腾地将一个人团团围在当中。

季布是一个属于夜晚的精灵,他在晚上总是睡得很轻,任何一点儿风吹草动都可以让他惊醒。今天晚上他更是难以入眠,那名舞姬的身影时刻在他眼前闪动,尤其是那双猫一样眼睛。季布想起童年时听到的传说,猫和夜枭都是山鬼的化身,因为它们都是美丽而神秘的生物。

在西南地区的传说中,美丽迷人的山鬼青春永驻,可以迷住任何男人,她们经常诱惑进山的猎人,把他们变成自己的粮食。猎人们明知道爱上山鬼是一条不归路,但还是不断有人抵御不了山鬼的美貌,重蹈覆辙,快乐地死在温柔乡中。巫师告诉百姓们,天下没有任何一个男人可以杀死山鬼。眼看部落中的男人越来越少,有一位勇敢的姑娘挺身而出,决定杀死山鬼,挽救自己的部落。在巫师的指点下,她告别了新婚的爱人,历尽艰辛,翻山越岭,与狼虫虎豹搏斗,经过几十年的探寻,终于在高山之巅的密林深处找到了山鬼的洞穴,此时她已经是一个鸡皮鹤发的老妪了。姑娘按照巫师的办法,杀死了山鬼。她带着山鬼的头走出洞穴,在小溪边洗净身上的血迹,此时,她突然惊愕地发现,河水的倒映中竟然是山鬼的脸,自己已经恢复了青春,美得不可方物。她变成了新的山鬼。

大营内的狂欢进入到高潮，大部分的将士都已经有了七八成的醉意。他们是一群勇猛而尚武的汉子，每到这个时候他们往往会把狂欢变成比武甚至斗殴，打仗流血对他们来说是再司空见惯不过的事，这也是这支军队一直可以保持旺盛的战斗力的原因之一。今天有人提出比试箭法，但目标不是箭靶，而是悬挂在石柱上的人头。

那是一名舞姬的首级，她在一天前因为偷窃财物而被斩首。送她们前来的乐商当然不敢提出异议，无论进入哪个国家，都要遵守当地的律令，这是雀儿帮的行规，舞姬偷窃属实，被处死也是根据天狼军的军规，况且天狼军出手大方，是很难得的雇主。因此包括其他舞姬在内，没有人对此大惊小怪，夜间的歌舞也一如往常，直到士兵们把人头当作箭靶的时候。晚间跳鼓上舞的那名舞姬站了出来，她固执地认为这名同伴已经用生命偿还了所犯的罪孽，因此她的首级不应该再次受到侮辱，而是应该等示众三日期满入土为安。作为漂泊无根的优伶，她们没有故乡，因此常常选择就地下葬。她生前是一个美丽的女人，愿来世依然可以拥有美貌，因此她不希望同伴姣好的面容被破坏。可想而知，一群醉醺醺的雇佣军面对一个敢于扰了他们雅兴的女子会采用何种手段。他们强迫她脱光衣服，头顶一个木瓜站在石柱前。

"既然你舍不得让她做箭靶，那就只能你来做了。"韩固粗鲁地把舞姬推向石柱，狂笑着说出比赛规则，"射中木瓜的赢三百金，射空的不算，射死美人的赔乐商两百金。"

和毫无生气的人头相比，一个活生生的光着身子的美人显然更能激发众人的兴致。眼看又要出人命，乐商连忙挤出人群。这名舞姬是他的摇钱树，如果死了，对他的生意来说是很大的损失。但一个瘦小孱弱的乐商如何能挡得住这些彪悍强壮的大兵？眨眼之间，已经有七八支箭射向了石柱方向，其中两支命中了木瓜，但舞姬的肩膀也被射偏的箭划出一道血痕。

韩固拉开一把五石的硬弓，他是天狼军中有名的神箭手，射中木瓜并非难事，但此时他突然有些想杀人，他算了一下，马鞍下面的褥套中应该还有两百金，于是他下意识地压低了前手，把箭头对准了舞姬的咽喉，就像猎人把弓弩对准了无处藏身的猎物。人的脖子会比木瓜坚韧许多，但在这个距离还是会被轻松射穿。他似乎闻到了久违的血腥味，这种气味令他血脉偾张。他打算用点儿力气，让箭头没入石柱，这样人们在把她放下来的时候会花费更多的力气，从而彰显他超群的武力。

面对死亡的舞姬并没有哭喊求饶，即便是被箭头划破肌肤的时候，她也没有失态。她静静地站在石柱前，努力保持着最后的尊严，只是在箭飞来的时候闭上眼睛。她挺直身子，像一座雕像一样站在青石台阶上，几乎和石柱融为一体。被当作玩物是无可避免的，但她不希望自己像一头受惊的猎物一样让这些男人取乐。一个人的尊严并不因为他的地位和处境不同，而只与他的灵魂有关。对于弱者来说，尊严是对抗强权的唯一法宝，因为暴力可以夺走人的生命和财产，但却未必能夺走他的尊严。

这种箭的名字叫"飞虻"，长一尺六寸，箭头由纯铁铸成，三棱透甲，旁有血槽，不要说是人，就是坚硬的牛皮也会被其轻易射穿。但箭并没有射穿这名舞姬的脖子，因为它被一只手稳稳地抓住了。

又是那个像玄鬼一般的瘦子，他早就离席，不知道什么时候又像鬼魂一样出现了。

季布随手把箭抛在地上，反手抽出佩剑，斩断了悬挂旗帜的缆绳，天狼军的军旗像一只中箭的鸟一般坠落下来。这是一面黑色的大旗，中间绣有一个狰狞可怖的狼头。这面曾经令无数军队闻风丧胆的大旗，如今被人随意砍下，裹在一名舞姬的身上。

斩断军旗犹如斩杀主帅的首级，对于任何一支军队来说，都是不祥之兆，更是难以容忍的奇耻大辱。天狼军虽然军纪不彰，但却视荣誉如生命。现场气氛突变，大家不约而同地拔出刀剑，冲向季布，恨不得立刻将他碎尸万段。

大家七嘴八舌地喝道："大胆狂徒，吃了熊心豹胆，敢砍落军旗？"

"天狼军最大的本事就是欺负女人吗？"季布冷笑着看向众人，他的声音低沉，但足够让面前的将士听清楚，"既然如此，要这面旗子何用？"

"闪开，让我来！"韩固大声喝退其他将士，"别让人说咱们天狼军仗着人多欺负人。"

韩固是天狼军中屈指可数的悍将，大家自然乐的看他将这个桀骜不驯的瘦子撕成碎片。韩固慢慢地走向季布，他再次抽出一支箭，对准季布的额头。

西南的天气总是阴晴不定。突然起风了，夹杂着雨水的潮气扑面而来，闻起来有些像血腥味。季布的耳边仿佛听到了熟悉的犬吠声，那是爱犬"麦子"的声音。季布还剑入鞘，但手却没有离开剑柄，现在他不再想只打碎对方的鼻子。

信阳君一生阅人无数，但他还是看错了季布，季布并不适合做侍卫，也不适合做刺客，他只适合做一名游侠。他太快意恩仇，太遵从自己的内心,也太不计后果。

韩固抬手一箭射向季布。此时两人相距不到十步,而这一箭的力道比刚才更要大出许多。季布连眼睛都没眨一下,他轻轻闪身,箭贴着他的鬓发飞过。季布天生有着比别人快三倍的反应速度,任何人的动作在他眼中都迟缓得像年迈的老人。除非万箭齐发,否则再近的距离也不可能伤到他。两人相距越来越短,韩固已经没有机会再放箭了。

"拔剑吧。"季布轻轻地说道。

"好。"韩固把手伸向剑柄,说出了他人生最后一个字。

他的剑刚刚出鞘三寸,手便僵住,再也无法移动半分。天殇剑已经穿透了他的脖子,角度非常奇怪,并非正向刺入,而是由下向上,从下颌刺入,像用草棍穿透蚱蜢。按剑的长度来算,剑锋大约直达头顶百会穴。韩固的眼睛瞪得很大,几乎凸出眼眶,露出一副不可思议的神情,他的眼白上布满血丝,像某种颜色奇异的鹅卵石,他愣了片刻,鼻孔中一下子喷出大量的血液,瞬间染红了衣襟,他试图张开嘴,却只有嘴唇在努力翕动。季布看到他发黄的牙齿上沾满了血迹,喉咙中发出奇怪的声音,想必他的舌头已经被剑穿透,再也无法发出声音,一些血沫随着他不规律的低沉的喘息喷出唇外。

两人原本还有三四步的距离,但季布闪电般地来到韩固跟前,距离之近,令韩固根本没有可能拔出那把足有四尺的长剑。没有人看清季布这一剑是如何出手的,似乎是韩固早已把喉咙对准了天殇剑的剑尖,只等季布来刺入一样。

第三十章
春宵一刻

当今天下优秀的将军未必都出自监兵学院，比如章王嬴起就是师从高漳君赵介，而不是扈铭；但优秀的刺客却都是渡鸦大师的门生，而其中最出色的就是季布。渡鸦大师一生中最大的遗憾就是始终未能去除季布身上的野性，他担心他的杀气会随着野性一起消失。大师的担心不无道理，但他后悔的是，即便季布的凌厉减弱一半，也依然会是天下排名前十的刺客，然而他的野性和率性却会给他带来无穷无尽的麻烦。

几年前的一个黄昏，廖夫子在面对太极图的时候，悟出了阴阳的道理，阴中有阳，阳中有阴，万事万物都不会是圆满无缺的，祸兮福所倚，福兮祸所伏，越是美好的东西越会有瑕疵，当人们努力抹去瑕疵的时候，美好也会一同被毁灭。

季布从来不关心是福是祸，他在做一件事的时候会心无旁骛。

喧闹声惊动了信阳君，也惊动了广武君孙苂，他此时正在大帐中和谋士一起议事。天狼军中斗殴甚至闹出人命都并非什么新鲜事，真正令孙苂震怒的是斩断军旗一事。这面大旗几十年来横扫中原乃至漠北，从未有过一时落地，就是当年他在草原败给赵介之时，高漳君也没有要求败军降旗，没想到今天竟然被一个无名小卒随手砍下。

这座青石祭坛并不太高，分为上下三层，每层之间有一块六尺见方的平台。里曾经香火旺盛，祭坛正面的石阶被火熏出黑黄的颜色。被雨水打湿，呈现出金属一般的颜色。最下一层的平台布满斑驳的赭红色，那是人血沁入青石形成的特殊纹理。笃信拜火教的人民认为火焰可以驱散世间一切邪恶，而鲜血是一切邪恶的根源，因此祭坛方圆三里之内曾经被禁止一切杀生。但自从天狼军到来之后，这里变成了刑场。

火把重新燃起，在细雨中冒出浓重的黑烟。

斩首通常会选在午时三刻执行，因为这是一天当中阳气最盛的时辰，人的影子最短，变成厉鬼的可能性也最小，刽子手和监刑官希望用旺盛的阳气压制阴气，避免鬼魂的纠缠。但天狼军却不介意这些，因为他们对死亡有另外一番理解，认为死是一件司空见惯的事，并不需要百般忌讳。

祭坛最上层用于发布军令，第二层用于审判，最下一层用于行刑。天狼军的将士把凶手簇拥在中央，但却没有人愿意靠近他，因此季布身边留出了两尺左右的空当。

"是你杀了我的人，砍了我的旗？"孙苃打量着这个桀骜不驯的年轻人。

"是我。此事与旁人无关，是小人一人所为。"季布将天殇剑抱在怀中，神色平静地答道。这里没有人敢动信阳君一根头发，他所说的旁人，自然是指那位被他救下的舞姬。

"你难道不怕死吗？"

"不知大将军是想令小人自尽,还是派人砍我的头?"季布的言语中有几分调侃,他不是不怕死,他是不怕任何东西。

"有什么区别吗?"

"如果派人杀我,最好是个英雄,"季布挑衅地环视四周,"否则他会先走一步。"

天狼军将士一片骚动,距离季布最近的人纷纷紧张地做出防御的姿势,他们久经沙场,自然可以感受的到来自身边的杀气。

广武君点点头,赞许地看着这个瘦小精悍的汉子。

"放心,我天狼军中有的是英雄豪杰。"

"只怕未必。"季布冷笑道,"以小人看来,在场人等只有三人有资格砍我的头,除了大将军您和我家主公,就只有我这位兄弟了。"

季布看向卫野,两人四目相对,卫野轻轻点头示意,虽然相识不久,但他早已将季布视为知己,没有主公的话,他不能上前相救,但绝不会让小人之手玷污季布。

"你是条好汉,韩固死在你的剑下也算他自己学艺不精,怪不得你,我本可以饶了你,但砍旗如砍头,天狼军的威名岂能任人侮辱?"

季布冷笑道:"以小人看来,天狼军八千精兵悍将的尊严,未必比得上这一女子。"

广武君被季布的话噎得半晌无语,他转头看向信阳君道:"大王贵为天下霸主,依您之见,老夫应该如何处置您这位部下呢?"

这句话点燃了天狼军的将士们的怒火,他们激愤地呼喊,恨不得马上将季布碎尸万段。

"这是在您的大营中,如何处置悉听尊便。"信阳君被邀请坐

277

在广武君身边，始终未动声色，"不过寡人听说，天狼军将士违反军法，可以用钱来赎买，不知可有此事？"

天狼军是雇佣军，每个人都是靠卖命赚钱，当然也可以靠钱来买命，人命和钱财可以互换，天公地道，这是所有雇佣军都认可的道理。

"怎么，大王想要为您这位部下赎命？"

"不可以吗？"信阳君坦然答道，"如果大将军可以饶他不死，我再送九座城给您，就在彭国边境。"

此话一出，众人皆惊，现场一片哗然，就连季布和广武君孙苌都为之一震。

"大王不是在说笑吧？一命换九城，难道此人是什么天潢贵胄不成？"广武君有些难以置信，天下竟然有如此大方的人，竟然可以用九座城来换区区一个侍卫的性命。

简、彭、涂三国位于良国西部，是良国与西部各国之间的缓冲地带，其中彭国尤为富庶，号称小良国，是西部沿海五国中最富的国家，当年与之接壤的谭国想以十换一，却被信阳君拒绝，今天他却毫不在意地出手，仿佛只是舍弃了几头牛羊而已。

"他是什么人不重要，重要的是大将军是否满意？"

这是一笔没有人可以拒绝的买卖，这是信阳君的一贯做法，他不会像个街头小贩一样一点儿一点儿地增加筹码，而是一上来就先声夺人，用最大的诱惑令对方打消犹豫的念头。孙苌当然知道，要想打下九座城，需要死伤多少兵将。

孙苌干瘦的脸上露出笑意："对我们天狼军来说，每个人的命都是有价可沽的，至于大王开出的价格，有谁能不动心呢？"

能用钱解决的问题就不是问题，这是信阳君一贯的想法。他从一开始就并不担心，因为他深谙人性，也从不吝惜钱财。他喜欢这种把人玩弄于股掌之上的感觉，也从来不曾将广武君这种武夫放在眼里，当他看到孙苃对蝇头小利的贪婪，几乎忍不住要笑出来，同为四大公子，区区九座城池就可以打动他，他太容易满足，那些目光短浅的蝇营狗苟之辈当然不懂钱的奥秘，这也是他们永远不会真的富有四海的原因。真正令信阳君忌惮的是司徒煜和张粲这种人，他们很难用钱收买，也很难掌控。因此他可以容忍季布一再闯祸，却无法容忍司徒煜对他的利用。他是个谨慎的人，对自己无法掌控的人或事从不轻易触碰，好在天下令他无法掌控的东西并不多。

"记住，你是良国人，天下人都要敬你三分，你根本无须拔剑，只要用钱就足以让别人对你俯首帖耳了。"面对季布的道歉，信阳君没有丝毫的怒意，仿佛是老师在教一个不成器的学生，"那些人不值得你杀，你的剑是用来为我杀人的。"

"小人记下了。"季布顿首道，他为自己的鲁莽感到懊悔，"主公，这是您第三次救了我的命。"

"你我君臣同生共死，我相信如果你有九座城，也会毫不犹豫地用来换我的命。"

"主公，小人出身卑微，一直有名无字，今天小人终于有了自己的字。"杀手不需要名字，但今天季布却觉得自己应该有个字。

"是什么？"

"季布，字九城。"

"好字。"卫野在一旁拍手笑道，"听上去颇有几分书卷气，不愧是大城学宫出身。反正我现在睡意全无，不如一起喝上几坛。"

"不要胡闹。"信阳君笑着呵斥道，"春宵一刻值千金，他要与佳人赴约，哪里有心思与你喝酒？"

春宵一刻，花月佳期，无疑是人生最美好的时刻，尤其是与一位绝色佳人相伴，但季布却开心不起来。

"我叫阿荇，你不是想知道我的名字吗？我们这种人，就像路旁的荇菜，谁都可以采来吃的。"

老天在创造人的时候总喜欢开一些残忍的玩笑，他给一个女孩子最美丽的容颜，却同时给了她卑贱的身份。此刻她刚刚跨出浴盆，身上只披一层淡淡的薄纱，曼妙的身材一览无余，在灯火的映照下，更是美得不可方物。

季布努力使自己不去看她，他跽坐在席子上，怀中依然抱着天殇剑，神情几乎比刚才和主公谈话还要严肃。

"你不必报答我，我杀他不是为了救你，况且我也没能救得了你。"

"我也不是为了报答你，我是喜欢你。"

舞姬娉婷地踏过地上的青毡，像一朵摇摆于荷叶上的莲花。她美丽的眼睛此刻像蒙上了一层雾，更显得顾盼生辉，极尽魅惑。

"你为什么不看我？我长得很丑吗？"

她的腿依然裸露着，笔直修长，光滑如玉，脚踝上的金铃发出清脆的声音。

季布把衣服抛给舞姬。

"穿好衣服，我送你离开。"

"你要我走？"

"你难道不想走吗？"

"你是要带我走,还是要送我走?"

"有什么区别吗?"

"当然,我不想一个人。"舞姬跪坐在他身旁,轻轻地挽住他的手臂。

"天快要亮了,再不走就来不及了。"

季布试图推开她,却被缠绕得更紧。

"天已经快要亮了,其他的事不做也就来不及了。"她的气息呼在他的耳边,声音甜得像刚刚采摘的蜂蜜。

"我知道你要做什么,你要送我走,然后自己去和他们拼命。"

"我没那么容易死。"

"你一定不会离开,救你的那位大人也是个好人,以你的脾气,一定不想给他找麻烦。"她的眼中露出狡黠顽皮的笑意。

"这是我的事,与你无关。"

"当然有关,自从你用旗子裹住我的那一刻,我就是你的人了。"

"既然如此,我更要救你,你在这里等我,我去求主公帮忙。"

"不要去,我不想让我的男人去乞求别人。"舞姬的手臂缠住季布的腰,把头贴在他的背上,喃喃地说道,"有你这句话就足够了,我只是一棵路旁的野草,从小到大,从来没有人对我这么好过。"

季布从未感到过如此绝望,他把她的手握在手中。

"那我该怎么办?"

"你只要陪着我就好。"她的眼神炽烈得像灯盘中的火焰,"告诉我,我是不是你见过的最漂亮的女人?"

"是。"

她的腿搭在他的肩上,用脚趾灵巧地撩拨他的耳垂。

"我的腿是不是很漂亮?"

"是。"

"以后你不会再见到这么漂亮的腿了,"她欣赏着自己美丽匀称的腿和灵巧的纤足,颇有几分得意,"傻瓜,为什么不趁它还是完整的,好好地享用它?"

广武君赦免了季布,但却不愿赦免所有的人。手下将领被杀,军旗落地,必须要有人受到惩罚,才能平息军中将士们的怒火,让他们残忍的天性得以释放。于是一切归罪于那个倒霉的乐商,而处罚一名商人最好的方式是令他的财产受到损失。广武君下令,对这名引起骚乱的舞姬处以刖刑,让她永远不能再跳舞。为了表现仁慈,他特意网开一面,只砍掉她的左脚就可以了。

柳絮无法选择自己会被风吹往水塘还是岩石。刚才季布生死攸关的时候,这名名叫阿荇的舞姬几乎战栗得无法抬头,现在面对她自己的判决却表现得平静而无奈,她只是对自己不能继续跳舞感到有些伤感。多年的漂泊生涯中,她见过了太多的杀戮和酷刑,就在两天前,她的同伴在这座石台上被砍了头。人除了接受命运之外别无他法,在乐舞之神垂青的时候,就会跳出惊人的舞蹈,现在大概是乐舞之神要离我而去了,凡人是无法挽留神仙的。刖刑通常会连带部分小腿一起砍下,她下意识地看着自己的左脚,不知道小腿还会剩下多少。

她被两名军士拖向祭坛,下意识地用脚掌感受青石路面的坚硬和粗糙,那里已经准备好了一块一尺左右的砧板,由一块粗大的原木制成,上面布满鲜血和各种刀斧砍落的痕迹。她感觉到季布的眼睛一直在看着她，突然萌生了一种强烈的留恋。

"大将军，能不能开恩把行刑时间推迟到明日？"她挣脱军士的手，拦住正要离开的广武君，跪在他的面前乞求。

"又有什么事？"孙茯有些不耐烦，他已经格外开恩了，他还有军务需要处理，很不想被这些琐事纠缠。

"大将军，从今以后我就是个废人了，既没有了美貌，也不会有钱，他刚才救了我，小女子无以为报，只想趁我还是完整的时候把自己献给他。"阿荇大胆地看着广武君的眼睛。

此等儿女情长的小事不足以让他多说一句话，广武君挥挥手表示认可，头也不回地走向大帐。

季布睁开眼睛的时候，阿荇已经不在身边。她昨晚喂他喝了很多酒，季布本就不胜酒力，他只记得她柔软光滑的胴体和炽烈美丽的眼睛。

"跟我回良国吧，你不需要再跳舞，我们有足够的钱。"

"我不会跟你回去的。"

"你怕我养不起你？"

"我不要你可怜我，那样你早晚会厌烦，我不想看到那一天，我们把最好的留给彼此吧。"

"那你想要什么？"

"我想听你叫我的名字。"

"阿荇。"

舞姬从枕下拿出一块锦缎，小心地打开，里面是一双精美的丝履。

"我们从小都没有鞋子穿,光着脚跑来跑去,后来长大了就穿木屐,那时候看到别人脚上的漂亮的鞋子就眼馋得不得了。我十二岁有了自己第一双鞋,虽然只是当地的绸缎,但也很开心了。那时候谁能有一双良国的鞋,简直就像是当了王后一样。上个月路过禹地,我终于买到了禹锦做的鞋子,还一直没有舍得穿。"

她恋恋不舍地把其中一只递给季布。

"左脚的这只留给你吧,反正我以后穿不到了,你以后看到它就会想起我了。"舞姬粲然一笑,眼神纯净得像清澈见底的潭水,"我知道我有点儿贪心,我们只不过是萍水相逢而已,以后你一定会遇到很多女人,但我要你记住我。"

她在季布肩上用力咬了一口,眼泪也一滴滴地落在季布结实的肌肉上。

季布站在祭坛前,看着青石上滴落的新鲜血迹。

阿荇早已跟随乐商离开,正如她所说,她不想把丑陋的一面留给心爱的人。她在受刑的时候特意让行刑官用绳索勒住她的嘴,以免因为剧痛叫出声来,吵醒沉睡的季布。

"走吧。"卫野拍拍季布的肩膀。他知道季布是个面冷心热的人,此刻他一定很痛苦,他唯一能做的就是陪着他。卫野很不喜欢这种无能为力的感觉,他空有一身绝世武功,却一点儿忙都帮不上。

"等一下,我还没有数完。"季布神情专注,轻轻地摆了摆手。

"你在数什么?"

台阶上空无一物,难道他在数台阶吗?

"血。"

"血？"卫野不解地问道。

"台阶上一共是二百三十六滴血，每一滴血要用一个天狼军将士的命来还。"

"九城，你在想什么？"信阳君问道。

出城的路上，季布一直神色凝重，沉思不语。

"我在学宫的时候，经常听老师们说的一句话，天地不仁，以万物为刍狗。现在我终于明白了这句话的意思。天下万物皆是枯藤野草，又何须心存怜悯？我终于明白，世人永远不会拿我们这些卑贱者当人看，我唯一能做的就是也不把他们当人，大家都是刍狗，不也很好吗？"季布脸上露出一丝残忍的笑容，"以后我要专心杀人，杀更多的人。"

第三十一章
一本万利

合约已经达成,广武君亲率七千精骑奔袭曹国边境,接收那三十二座城池,这是一笔划算的买卖,他为自己的后半生找到了归宿。路上,他感到心情很舒畅,这么好的结果是他从来未曾想到的。

因为有了平汜君的安排,天狼军骑兵一路畅通无阻,顺利地穿过沛国境内。这一切似乎有些过于美好,以至于广武君到现在都觉得有些难以置信,最重要的是,他始终想不通信阳君的策略。手下的谋士也感觉到了主公的疑惑。广武君帐下的谋士同时也是武士,在天狼军中,不会打仗、不会骑马、不会喝酒是很难混得下去的。

"主公是不相信良国人的话吗?"谋士蒯谈纵马上前,与主公并辔而行。

"不,信阳君一向言而有信,这从他做生意的口碑就可见一斑。"

"那么主公担心的是?"

"我不担心这件事情的本身,我只是想知道他的葫芦里到底卖的什么药。"广武君皱眉沉思,"他与我非亲非故,为什么会这么大方?姬殊这个人从来不做亏本买卖,他一定有更大的利益可图。"

"或许是沛国给了他更大的好处？"谋士庆羊说道。

"那么到底是什么好处呢？曹国虽小，但却是膰巢的几十倍还不止，沛国不舍得把膰巢城给我，又能给信阳君什么好处呢？他的胃口可比我大得多了。俗话说，知己知彼，百战不殆，我要知道他的谜底，是为了抬高价码。和信阳君这种人打交道，不多长几个心眼，恐怕被他卖了还在帮他数钱。"

先知先觉的人可以准确地分析形势，预见未来，创造机会，以便在机会来临的时候不会错失，或者做出对自己有利的决策避开风险。大国间的博弈最上乘的是纵横，其次是战略，再次是战术，最次是战斗。就像下棋，后知后觉的人永远不会猜中先知先觉者的袖内机关，他们只有到事情发生之后才会恍然大悟。广武君孙苈的本事仅限于战略和战术，因此他永远猜不到信阳君的打算。但就在广武君等人百思不得其解的时候，有人已经猜到了答案。

缨城的冬季仿佛有天神眷顾一般，美丽而惬意。这个季节，在北方的国家早已白雪皑皑，天寒地冻，但这里却依然是一派绿意盎然的景象。庭院中耸立着参天榕树，繁茂的枝叶和下方芭蕉树巨大的叶片遮挡住了炽热的阳光，只留下星星点点的光斑洒落下来，这里很少刮风，庭院中温暖和煦，却不显得很热。由于气候宜人而且雨水充沛，院子里各种奇花异草长得非常茂盛，绽放出五颜六色的花朵，这里的花四季不败，成群的蝴蝶在花丛中穿梭飞舞。枝头上传来鸟儿清丽的鸣叫声，几只孔雀在院中悠闲地踱步，美丽的羽毛似乎比花儿更加绚丽。

芈夫人半卧在竹榻上，一旁有侍女在轻轻地扇动芭蕉扇，驱走蚊虫和炎热。平汜君的府邸坐落在山腰处,这里视野开阔,可以看到城外一望无际的农田、原野和远处群山的壮丽景色。

在这样令人心旷神怡的环境下,不能尽享良辰美景,却要绞尽脑汁的思考天下大事,实在有些煞风景。芈夫人接过夫君递过来的酒杯,依然是一副魂游天外的样子。酒杯是水晶制成,造型奇巧,晶莹剔透,透出里面紫红色的葡萄酒。酒是从良国运来的,刚刚从井中捞起,清凉可口,沁人心脾,仙界的玉露琼浆也不过如此,但芈夫人却似乎尝不出味道。

"夫人还在忧虑什么?难道你担心信阳君说服不了孙苌吗?"平汜君端着同样的酒杯,轻轻嗅着美酒散发出来的水果香味,悠然地走过来。

"当然不是,这大昭天下还没有他办不成的事。"芈夫人慵懒地靠在竹榻上,她穿着宽大的白色葛布长裙,长发散落在肩上。她是个成熟而美丽的女人,身材丰满,凹凸有致,丝毫不逊色于妙龄少女,而且更多了几分韵味,一件简单的粗布衣裙随随便便地穿在身上,却比天下最精良的锦缎还要漂亮百倍。

"夫人如此说,我可要嫉妒了。"平汜君笑嘻嘻地坐下,挽起夫人的手道,"我承认他的确有两下子,可至少当着为夫的面,不要夸得那么直接吧。"

芈夫人的手修长纤细,肤如凝脂,被这样的手戳在脑门上,似乎也是一件很美妙的事。

"你还有脸说,当初还不是你逼着人家去求他帮忙,让你们沛国远离战争之苦?"成熟的女人偶尔撒撒娇,并不显得做作,反而别有一番风情,"过河拆桥,良心让狗吃了吧。"

288

平汜君就势倒在竹榻上，发出咯吱的响声。对于他胖胖的身躯来说，这条竹榻着实有点儿狭窄。

"你知不知道男人嫉妒的时候会怎么做？"

"是只会卖关子，还是会顺便压垮家里的竹榻？"

"是会戳穿情敌的计谋。"平汜君丝毫不在意夫人的揶揄，依然得意地躺在竹榻上，舒服地伸开四肢。

"你的意思是，你已经猜到了他的葫芦里卖的什么药？"

"就是刚刚想出来的。我承认姬殊这只狐狸是先知先觉，他可以走一步看三步。"说着拿起面前的青玉棋子，随意地摆放在棋盘上，"和他相比，我的确鲁钝了一些，但也可以走一步看一步，一定比孙苌那个只会骑马打仗的老山羊要强得多，他现在一定还蒙在鼓里。"

胖子的脸会把一个普通的表情放大若干倍，因此他得意的样子显得非常夸张。

"快说，七窍玲珑的猪大人。"

生性诙谐的平汜君曾经把四大公子比成四个动物，高漳君是威猛的狮子，信阳君是狡猾的狐狸，广武君是劳碌的山羊，而他自嘲是一头安于享乐的猪。

"我的酒杯还空着。"平汜君懒洋洋地举起手中的玉杯，"我在口渴的时候一个字都不想说。"

很多人认为平汜君只是个傀儡，沛国的实权人物不是平庸窝囊的芈催，而是精明强干的芈夫人。这句话只说对了一半，真正的平汜君是两个人。芈催智谋超群，芈夫人行事果断，这两人是天下最默契的夫妻搭档，也是沛国崛起的擎天玉柱，架海金梁，只是与其他夫妻不同的是，他们是男主内，女主外。

"姬殊下了一盘好棋。他巧施手段，为沛国解了燃眉之急，为广武君解了后顾之忧，为景国解了围城之困，还在章国头上悬了一把刀，可谓一举四得。"

"此话怎讲？"

平汜君用手指蘸着葡萄酒，在石桌上画了一个简单的地图，手法之纯熟，地形之精准，说明他早已将大昭王朝的每一座山丘，每一座城池的位置烂熟于心。

"夫人请看，我们早已接到消息，章国人试图进入栈屏关，谋图景国，这正是信阳君不能容忍之事，但又不愿与强章兵戎相见，因此他借用孙苌的人马牵制章国人，让他们不敢贸然入景。当时章王起把曹国三十五座城送给景国，来化解本国的危机，确实赢了一局，但没想到却给自己埋下了祸根，那几座城放在景国霍家手中并没有什么用，章国只要愿意，还是随时可以夺回来，但现在住进了一头饿狼，这对章国来说恐怕就是个巨大的麻烦了。"

"这么说，信阳君是把我们的肘腋之患转嫁到了章国身上？"

"他最大的对手是章国，不是我们，因此这件事对他来说是再划算不过了。这件事的妙处就在于，如果没有我们相助，孙苌的天狼军就是插上翅膀也飞不过沛国大地，但我们又恰恰需要这尊瘟神离开我国，有时候我真的不知道是不是有天神在暗中帮助姬殊。"

"孙苌为人贪婪短视，自然经受不住他的利诱，变成他的马前卒。"芈夫人点头道，"这么说，他一定早就暗中下手，准备染指景国。"

"夫人真不愧是我猪大人的妻子。"平汜君点头赞道，"景国国土比那三十二座城大得多，而且位于中原要地，这可是笔一本万利的买卖。"

百步关是霍家与屠岸家族交界之处,这是一座有六百年之久的老城,地势险要,是兵家必争之地。鲍胜率大军日夜兼程,来百步关前与屠岸家族会合,这次他带来了鲍氏所有的精锐,一心要为自己在小岩城的惨败找回面子。没想到关前竟然没有屠岸家族的军队,鲍胜心中纳闷,这明明是他们的地盘,怎么可能比我还慢?他在城外扎营,一直等了三天,却连个人影都没有等到。他哪里知道,在他到达百步关之前的两个时辰,司徒煜已经见到了屠岸回。他带来了大批贵重的礼物,请求屠岸家族原谅,并告诉屠岸大人,世子已经改变人选,两家婚约照旧。

屠岸回已经得知章国退兵的消息,他活了八十岁,见多识广,老谋深算,当然知道只凭他和鲍胜无法战胜霍大将军,失去一个女儿对他来说算不得什么,因此顺水推舟,在装模作样地掉了几滴眼泪之后,爽快地谅解了霍家的失误,两家重归于好。

鲍胜来得匆忙,为了行军速度,他的人马只带了三天的口粮,本以为会势如破竹,一举荡平霍家,没想到却陷入了僵局。如今军粮已经吃完,援军还是不见踪影,城楼上,霍家大军虎视眈眈,鲍胜感到有些心惊肉跳。

霍纠看到鲍氏人马轻装前进,并无辎重,早就料到他贪功冒进,时间一长军心必散。霍纠是久经沙场的百战名将,又集中了霍家全部兵力,以多打少,以逸待劳,顷刻之间将鲍胜打得落花流水,丢盔弃甲,狼狈逃回自己的封地。霍家军乘胜追击,一举攻下鲍氏二十余座城池。这一次鲍氏彻底一蹶不振,失去了六成以上的土地,除了栈屏天险之外，再无险可守。

景国西北部的邙谷地区是鲍家的封地，封地的北部是连绵百里、高有万仞的栈屏山脉，山的另外一侧是强大的章国，而两国之间唯一的通道就是邰谷口。这是一条长约十五里的峡谷，最窄的地方宽度不足一丈，只容得下一辆战车通过。景国当年强盛无比，两侧的山上都建有长城和堡垒，当中一座雄伟的关隘，名为"栈屏关"，一夫当关万夫莫开，号称景国第一天险。章国铁骑在这道屏障面前丝毫发挥不出优势，莫说是千军万马，就是两百士卒驻守两侧，章国大军也一筹莫展。

景国几大家族的领地大都位于中部地区，只有鲍氏和霍氏的封地位于边境。当年景国国君为了防范章国，特意在此建城，并派战功赫赫的鲍灵子驻守于此，这里也由此变成鲍氏封地。历经几十代，这座城已经成为景国乃至天下最为重要的所在，也是鲍氏与章国联盟的最重要的筹码。

鲍胜已经来来往往地走了上百趟，除了他的脚步，整个大厅鸦雀无声。小岩城一战损兵折将，又在百步关前折戟沉沙，家底丧失殆尽，他已经成为天下笑柄，更担心会令章国失望，认为他是一块扶不上墙的烂泥，失去扶植他的兴趣，报信的使者已经出发十三天了，却迟迟没有收到章国回信。如今霍家虎视眈眈，大兵压境，如果没有章国的支持，如何能够抵挡霍氏一族的进攻？

鲍胜是个心胸狭窄且好大喜功的人，一向喜欢把所有功劳揽在自己身上，而把过失推卸给旁人。所有门客都哑口无言，他们知道此时贸然开口，很可能会成为主公的替罪羊，轻则会招来一顿大骂，重则也许会脑袋搬家。大家不约而同地把目光看向位于首位的老臣范举，他是鲍家首席谋士,也是三朝老臣,当年鲍宣子在世的时候就对他言听计从,信任有加。

范举被大家看得无奈,只得咳嗽一声,奏道:"主公不必忧虑,老臣已经派人去催了。"

"派谁去催的?"鲍胜停下脚步,脸色阴沉得像山上的岩石,目光如电地看向范举。

"祝喜。"

"怎么这么久还不见回信?他是爬着去的吗?"鲍胜双目圆睁,厉声喝道,"来人,给我准备下鼎镬,三个时辰之内没有答复,给我把他的家人抓来,一个一个烹了!"

众人面面相觑,不敢争辩。

鲍胜环视众人,喝道:"怎么没人答应?反了你们了?"

范举壮着胆子顿首奏道:"主公,此去章国路途遥远,请再宽限两日吧。"

"宽限?谁宽限我两日?万一今天霍家军就打过来了呢?我靠谁去抵挡?"鲍胜声嘶力竭地喊道,"靠你们这群酒囊饭袋?"

"主公,以老臣对霍纠的了解,他是个谨慎的人,虽然侥幸得胜,但他一定知道栈屏天险易守难攻,是断然不会轻易兴兵进犯的。"

"可是他要联合其他几家呢?墙倒众人推,那几个老贼不都虎视眈眈地盯着我吗?"

"如果主公担心其他几家联合,老臣愿去替您游说。"

"闭嘴吧!"鲍胜俯下身子,双手抓住这名年近八旬的老者,大力摇晃道,"那些老匹夫平日里一个个都以我的长辈自居,说三道四,天天想要看我的笑话,现在让我去向他们低头服软吗?我的面子还要不要?"

他跳起来,拔出佩剑,大力劈砍面前的几案,疯狂地吼道:"我就是死,也不向他们低头!"他气喘吁吁地怒视群臣,眼神疯狂可怕,"当初都是你们撺掇我去讨伐姓霍的,这下好了,我让人打得落花流水,你们高兴了?"

众人战战兢兢齐声回答:"微臣不敢。"

"不敢?我看你们心里得意得很呢!你们是不是就盼着我早点儿死,好去投奔别人?"

眼前木屑乱飞,剑光闪闪,众门客纷纷恐惧地躲避。鲍胜是范举从小看着长大的,他很了解这位小主公色厉内荏的秉性,一恐惧就会发火,而一旦发火就很难收拾,轻则毁坏物品,重则伤人。以前身为公子还好,如今身为栈屏之主,手握生杀大权,万一失控,滥杀无辜,恐怕会酿成大祸。范举知道鲍胜性情残暴,不得人心,家中门客本来就对鲍胜颇有微词,很多人留在这里是冲着范举的面子,这么闹下去,恐怕人心会散啊。

我是三朝老臣,怎能忍心看着先主宣子大人的大好基业就此断送?范举心中暗道,也罢,老夫已经偌大年纪,还有几天活头?不如拼得一死,直言劝谏,也落得个忠臣的名声。他上前一步,抱住鲍胜的手臂:"主公,自古兵家胜败乃是常事,我们虽然惜败于霍纠,但粮草仍在步兵尚存,在六大家族中论实力也还是数一数二,如果主公想要固守,也不是难事……"

鲍胜不耐烦地打断范举的话:"谁要听你们这些屁话?我要的是章国的回信!你听懂了吗?我要的是章国的回信,没有章国的保护,我根本无法睡得着！"他神经质地看向众人，"现在你们都给我出关，去章国，一个都不留，去见章王起，求他给我个答复，给我回一封信，哪怕只是带个口信也行啊……"

鲍胜的失态令老臣范举心痛如割，先主一世英名，子孙竟如此不肖，看来鲍氏一族要断送在他手中了。这么下去，用不着其他家族动手，这个不争气的东西会把栈屏关拱手送给章国的。如果真是这样，我百年之后有何面目去见先主？

范举痛苦地说道："主公，我们是景国人，不是章国的附庸，这里有我们的祖先。"

"住口！我不再是三岁孩童，不要你教训我！你不是三朝元老吗？那就赶紧给我想个对策！"

"事已至此，只能从长计议。"范举平静而坚定地回答。

众人齐声道："主公息怒，从长计议。"

鲍胜举剑环视，厉声道："怎么，我说的话都是放屁吗？你们要造反吗？"

范举长身长跪，目光平静地说道："主公若真要杀人，请从老臣开始吧。"

鲍胜虽然性情乖戾，但也知道范举忠心赤胆，是鲍家的中流砥柱，他并不是真的要杀人，而只是想把心中的不安和愤懑发泄出来。他突然将宝剑扔在地板上，匍匐在地，失声痛哭。

众门客面面相觑，眼神无奈，不知如何是好，作为臣子，最痛苦的就是遇到这样的主公。大家都深受先主大恩，如果一走了之，未免显得有失仁义；但如果留下来，那么前途何在？

此时，一名仆人匆匆跑进，大声道："禀主公，章国大军兵临城下了。"

鲍胜瞪大眼睛，一连问了七八遍才最终确定仆人口中说的是"章国大军"而不是"章国特使"。

难道章国也要趁火打劫，在背后捅我一刀？鲍胜的心顿时缩成了一团，脸色惨白，他感到自己即将变成了一条丧家之犬。

栈屏关上，鲍胜和范举扒着城楼垛口向下张望，看到杀气腾腾的章国大军已经来到北门外一箭之地，足有几千人之众。为首一人，身材高大，相貌狰狞，正是章国第一悍将，前将军王燮。前几天王氏封地突然遭到天狼军的袭扰，的确令他有些手忙脚乱，但王家父子都是久经沙场的名将，很快稳住了防线。天狼军毕竟人少，虽然凶悍，但也不足以造成太大威胁。

鲍胜与王燮相识多年，知道他勇武非凡，残暴程度丝毫不亚于其父，见他突然杀到城下，不免胆战心惊。他连忙躲在垛口下方，向范举使眼色。老臣范举忠心耿耿，临危不惧，他摆手示意，城上的弓箭手弯弓搭箭，严阵以待地对准城下。

范举手扶垛口向下喊道："将军突然兵发城下，不知所为何故？"

栈屏关建在山腰处，地势险要，城上戒备森严，王燮本也没有攻城的打算，他骑马缓步来到城下，粗野地大声喊道："听说鲍老大让人打得屁滚尿流，我家大王特意让我前来接应。"

范举平静地回答："将军请回吧，栈屏没有什么麻烦，即便是有，我们也能自己应付。"

王燮狂笑道："鲍老大怎么不敢露面？是不是吃了败仗没脸见我了？"

垛口下,鲍胜听的面红耳赤。当年父亲为了让他学习兵法战术,把他送到王晋军中为将,那时候王燮就一直很瞧不起这个华而不实的公子哥,时常欺负他。王燮具有章国人特有的好勇斗狠的秉性,而鲍胜只是徒有其表,无论是武功还是气势上都不是对手,经常他打得鼻青脸肿,这种心理阴影一直到现在都无法抹去。他即位后虽然在封地以及国内骄横跋扈,号称"无敌将军",但他心里知道王氏父子是惹不起的人,尤其是王燮这个心狠手辣杀人如麻的恶棍。他求助地看向老臣范举,盼着他尽快把这个瘟神打发走。

"我家主公另有要务,将军有话可以和老夫讲。"范举不卑不亢地答道。

"我没什么事,就是让他多准备几块尿布,别被人家吓得尿了裤子。"王燮大笑着吩咐兵退二十里,然后带着大队骑兵绝尘而去。

鲍胜探出头,看着冤家远去的背影,松了一口气。还好,章国大军不是来攻城的,那么他们到底是来做什么的呢?难道兴师动众只是为了来笑话我一番?这事王燮这个混蛋倒是做得出来⋯⋯

第三十二章
昏庸无道

鲍胜回到府中,第一件事就是令人摆上美酒佳肴,饮酒作乐,并召来大批歌童舞女助兴。在烈酒馥郁的香味、悠扬的丝竹声和飞旋的裙裾中,他暂时把刚刚经历的惨败和城外虎视眈眈的大军忘得一干二净。既然失败在所难免,他只能用肆意狂欢来缓解心中的恐惧,在最后的时光享尽人间美好。就在他尽情享乐之际,突然有人来报:"主公,章国特使到城门外了。"

城门外,一辆考究精美的马车停在城下,旁边并没有什么奢华的仪仗。张粲只带了几名侍卫,轻车简从。既然胜券在握,又何必要大张旗鼓呢?他知道鲍胜早已盼星星盼月亮,等得心急如焚,因此特意让他再多等些日子,本来三五天的路程,他偏偏要兜了一个大圈子,等到来到栈屏关前的时候,已经是半个月之后了。当他看到鲍胜不顾景国宰相的身份,亲自出城迎接,心中更是验证了自己的猜测。

鲍胜一溜小跑来到车前,跑得尘土满面,衣带凌乱。鲍胜顾不得仪表,在车前躬身施礼道:"特使大人驾到,外臣有失远迎,恕罪恕罪。"

张粲连车都懒得下,只是轻轻掀起车帘,淡淡一笑,懒洋洋地道:"相国大人,别来无恙啊。"

鲍胜不是第一次见到这张俊美非凡而充满邪魅的脸了。就在两个月前,这个自称章国大夫的年轻人出现在他面前,那时候他表现得非常谦恭有礼,而且带来了丰厚的礼物。鲍胜记得当时他用极为炽烈而得体的词汇赞美了鲍胜的才华和武功,既热情澎湃又情真意切,和平时身旁那些阿谀小人的称颂截然不同,他的赞美令鲍胜感到每个毛孔都舒服至极。他称鲍胜为"百年难遇之奇才""景国中兴之希望"。

"我家大王虽然文韬武略盖世无双,但是和大夫您相比,还是显得逊色三分呢。"张粲媚笑道。

"岂敢岂敢,鄙人怎敢和章王相比?"鲍胜口中客气,心里却早已乐开了花,"毕竟你家大王要年长几岁,经验也更多些嘛。"

他的言下之意是章王赢起与他相比,也只是因为年纪大而多了一些经验而已,若论才能却未必在他之上。

张粲附和道:"常言道,有志不在年高,大夫您年轻有为,当世少有,我看就是信阳君也难以望您项背。"

"他?一个只知道在温柔富贵乡享乐的花花公子,"鲍胜鄙夷地冷笑道,"无非是凭着父兄之基业,仗着他们良国财大气粗,虚张声势罢了。待我一统景国之后,第一个拿他们良国开刀。"

"大夫鸿鹄之志,胆识过人,外臣佩服。"张粲赞叹道,"不瞒您说,外臣早就看出来您有经天纬地之才,不会甘于跟那几家迂腐的老朽并驾齐驱,他们做您的臣子恐怕还嫌不够资格,现在竟然跟您平起平坐,真是岂有此理,外臣都替您觉得不公了。金鳞岂是池中物,焉能与鱼虾为伍?"

张粲凑近鲍胜，压低声音道："大夫您何不再往上走一步？"

"先生的意思是？"

"据外臣所知，景国也只是近十几年未设宰相。"

宰相，这个头衔倒是正对鲍胜的胃口，一人之下万人之上，他本就觉得自己比其他几家大夫高出不少。

"先生所言有理，景国这几年走下坡路，正是因为没有治世能臣为相，鲍某深受国恩，也当尽心辅佐君王。"

"大夫此言差矣，"张粲笑道，"如今国君暗弱，社稷倾颓，要想中兴景国，不如取而代之。"

这句话又一次说到鲍胜心坎里，他野心勃勃，早就有取代国君的念头，甚至学嬴起称王，与天子比肩，也不枉此生。但他并没有完全失去理智，他知道，以自己现在的实力恐怕还不足以以一对五。

"可是万一……"

"我这次来，就是帮您解决这个万一的。"

张粲那一次带来了八百匹骏马和足以装备三千人的铠甲、战车和兵器。鲍胜在章国多年，当然知道这些东西的价值。章国的武器质地精良，天下闻名，章王起出手如此大方，绝不会无缘无故。

"那么，贵国的条件是？"鲍胜虽然好大喜功，但也不是傻子，他当然知道没有哪个国家会这么好心地无偿帮他。

"想必您也知道，多年以来我家大王的心腹大患就是南方的良国，我国虽有心与之一战，但怎奈国力相差悬殊，恐难以取胜，"张粲长叹道，"因此我国亟须盟友合纵抗良，纵观天下，沛国偏安一隅，定平摇摆不定，只有景国最为合适。"

"所以你们希望我与章国结盟?"

"不是您,是整个景国。"

鲍胜明白了,章国要和景国结盟,就必须要扶植一个和他们一条心的国君来统一这个国家。景国北接章国,南邻良国,如果章、景结盟,共抗良国,那么毫无疑问,景国会成为交战的前沿,而章国居于背后坐收渔利。拿我当枪使,做他们的马前卒。鲍胜心中冷笑,如果是这样,这点儿礼物不是有点儿太微薄了吗?

"替我谢谢章王的美意,不过这件事还需要从长计议,我扫平其他五大家族并非难事,但毕竟都是景国同胞,我心中实在不忍令国内烽烟再起,百姓荼毒啊。"他故意敷衍道。

"大夫宅心仁厚,德配天地,不过自古成大事者不会在意这些细枝末节,"张粲早已看透了鲍胜的心思,故意叹息道,"恕外臣直言,霍大将军可不似您这般举棋不定。"

"什么?你们还见了姓霍的?"鲍胜闻言一惊。

"请不要误会,不是我,是另外的使臣,"张粲做无奈状,"实不相瞒,我家大王只是要和景国结盟,至于是哪一家统一景国他并不关心。外臣虽然仰慕大夫您,但无奈人微言轻,无法阻止大王派其他使臣去游说另外几大家族,还望大夫见谅。"

霍纠本就是一代名将,能征善战,如果他得到了章国的支持,恐怕就会南北夹击对付我,到时候我如何抵挡?鲍胜越想越怕,不由出了一身冷汗。他转念一想,也罢,好汉不吃眼前亏,合纵连横的把戏谁不会?你们能同时找两家,我就不能吗?我不如先借助章国的力量壮大自己,一统景国。至于我做了国君之后,是联章抗良,还是联良抗章,还不是我说了算?到时候就看谁出的价码更高了。

张粲似乎看透了他的心思，微微一笑，神秘地说道："大夫不必担心，景国夹在章、良之间不假，但从另一面来说，也证明了它的位置至关重要，只要您点头，日后您需要的一切战略物资都由章国提供。外臣斗胆，站在您的角度去想，章、良是死敌，势同水火，因此两家势必都要争着与您结盟，您还怕没有好处可捞吗？"

事关重大，鲍胜还是有些不放心，他送走章国使臣后，紧急召集门谋臣议事。大家从傍晚商量到天色微明，一致认为应该接受章国的条件，毕竟他们只是要求结盟，而并未要求驻军。景国依然是独立的。

"结盟结盟，说的就是两国之间平等相处，我们即便与章国交好，也不会沦落为曹、陈两国的处境。"

"对，只要我们守住底线，章国人也拿我们无可奈何。"

"只要誓死不开栈屏关，就不怕章国翻脸不认人。"

"不错，章国人想要借刀杀人，这一手我也会，"鲍胜得意地笑道，"至于谁是刀，谁是握刀的人，现在还说不好呢。"

他哪里知道，张粲这只是虚晃一招。

廖夫子说过，人生如棋，纵横之道犹如对弈之道，走一步看一步是庸才，走一步看三步是人才，走一步看十步是天才，走一步看全局是奇才。

关于这个问题，章王起也曾问过张粲："你真的认为鲍胜能一统景国吗？据寡人对他的了解，此人志大才疏，好大喜功，不是能成大事之人。"

"大王以为微臣想扶植这个废物统一景国吗？"

"不然呢？"

"大王难道没有听说过浑水摸鱼这句话吗？"张粲展颜一笑，犹如三月春花，"臣要的只是让景国乱起来，让鲍家这个愣头青与其他家族为敌。"

"原来如此，"嬴起恍然大悟，称赞道，"爱卿高见，可是万一……"

"臣早已在景国国君身边安插下得力的眼线，万一他真的击败了其他家族，威胁到国君，那么微臣会趁机游说景国国君借章国之兵，剿灭叛乱。"

世间能猜透张粲的心思的人不超过三个，而司徒煜正是其中之一。景国这场混乱来得突然，他相信背后一定大有文章。

"先生的意思是，鲍胜背后另有主使？"霍纠有意试探一下这个年轻人，看看他是否真的像儿子说的那么才华横溢。

"景国内乱，主公以为得利者是谁？"

"当然是章、良两大强国。"

"那么谁的可能性更大呢？"

"或许是北方……"霍纠沉思道。

"不错，良国与景国的边境地势平坦，易攻难守，范氏一族又相对弱小，根本不是良国的对手，加之韦国虽然名为景国的附庸，但这几年景国朝廷式微，自顾不暇，韦国早已投靠到强良的羽翼之下。"司徒煜侃侃而谈，"换句话说，良国如果想入侵景国，根本不必如此大费周章，而且以信阳君的为人，相比掠夺，他似乎更喜欢用钱去解决。"

"有理。"霍纠点头道，"鲍氏位于北方边境，章国一向对栈屏关垂涎三尺。"

"主公不会不知道鲍胜为人色厉内荏,如果鲍氏落败,那么他一定会向国外借兵,或许章国就是在等这个机会。"

"栈屏关是他鲍氏压箱底的法宝,鲍胜不会糊涂到这个程度吧?"霍纠沉思道,"他会把祖宗几百年的基业拱手让与他人?"

"一头狼遇到野猪和猎狗,当然可以势均力敌,但如果遇到老虎,恐怕就会变成口中之食;一艘小船可以在河水中畅行无阻,但如果遇到海中的滔天巨浪,眨眼间就会化为齑粉,"司徒煜忧虑地说道,"因此就要看他的对手是谁了。"

第三十三章
人心尽失

车轮转动，发出有节奏的吱呀声，风轻轻地吹拂两侧的车帘。车内铺着厚厚的兽皮，非常柔软，张粢惬意地把腿伸直，闭目养神。事情比他想象的还要顺利，没想到一向骄横无忌而且有章国支持的鲍胜第一战就败得一塌糊涂，他本以为他会在对阵几家联军的时候受挫，现在看来真是高估这个徒有其表的家伙了。偏巧又发生了公主被掳事件，真是天赐良机，这样看来，征服景国这个庞然大物只是朝夕之间的事了。王氏父子的千军万马不能进入的铜墙铁壁栈屏关，他也许只凭三言两语就可以轻松拿下。

张粢知道他的倨傲会令鲍氏门客非常不满，但他就是要杀一杀鲍氏的威风，把他们像猫狗一样玩弄于股掌之上。

为了表示尊敬，鲍胜出城的时候并未骑马，此时特使的车驾径自驶入城门，连他的随从都没有下马。鲍胜尴尬片刻，只能跟在车后像个跟班一样步行入城，仅仅两个回合，他就已经败在张粢手下。鲍氏众门客见主公如此，也只得忍气吞声跟在身后。

一路上，老臣范举一直暗中提醒鲍胜不要太过心急，既然章国使臣已经来了，就说明章国君臣并没有放弃我们，沉住气，欲擒故纵才能谈得更好的条件，他很了解这位主公的自负与自卑，担心他过于迫切，令章国人乘虚而入。多年来，栈屏关一直是章国觊觎之地，这里是景国北部的屏障，除此之外，他们想要进入景国就只能通过霍家的封地或者绕道大域三镇，但霍纠素来与章国不睦，且以擅于防守著称，可能性微乎其微；取道大域三镇一来路途遥远，二来大军进入这个地区又是一件极为敏感的事，容易招致天下各国的一致反对。因此这里是章国铁骑南下中原一统天下的第一步，历代章国国君都梦想有朝一日可以得到这道关口，随着国力的强盛，近几代欲称霸天下的章国国君更是对这里垂涎三尺。但栈屏关居高临下，地势险要，靠强攻断难得手，唯有与鲍氏联手，才是通过栈屏入主中原的机会，这也正是章国大力扶植鲍氏家族的原因之一。但鲍家历代族长也都是允文允武、出类拔萃的人物，这显而易见的道理又怎能看不没明白？因此他们历来都是对这个虎狼一般的邻国防范有加。

廖夫子说过，国运兴衰，天道无常，国运也像一个人的命运一样，沉浮跌宕；世间万物彼此相连，一个微不足道的动作，或许会改变人的一生，也可以改变一个国家的运势；两件看似毫不相关的事或人，由于风云际会，可能会互为因果，就像有时候海边的蝴蝶扇动翅膀，会引起塞北大漠上的狂风。

就在章国无计可施之际，同样野心勃勃的鲍宣子即位，他为了对付其他家族，主动傍上了章国这棵大树，其子鲍胜更是把这种政策推向极致，由此改变了景国，乃至整个天下的格局。

范举担心的事果然发生了。来到府中，鲍胜气都没来得及喘匀，就迫不及待地问道:"特使大人,您怎么才到啊,章王那里怎么讲啊?"

张粲平静地看着鲍胜,虽然天气寒冷,但他的额头上却沁出细细的汗珠,想必他的内衣已经湿透了。

"相国大人,外臣近来一直未在国内,还没有见过大王,不知您所说的是什么事?"张粲装作糊涂,一步步把鲍胜引入圈套。

"什么?大人您……您不是从章国来吗?"范举连连向鲍胜使眼色,但鲍胜视而不见,他现在一心想从章国特使手中讨个定心丸吃。

"我这几日一直在各国之间游历,为章国寻求结盟。"张粲一副茫然不知的样子,"宰相大人是要外臣代向大王转达吗?"

"这个……自然是想请大王念及两国交好的分上……施以援手了……"鲍胜擦了擦额头上的汗水,吞吞吐吐地说道,"前几日的事……想必大人已经知道了,我……遇到了一点儿小麻烦……"

"只是一点儿小麻烦吗?"几句话下来,鲍胜的底已经被张粲摸得一清二楚,他冷笑道,"鲍氏位列六大家族之首,相国大人在景国举足轻重,一人之下万人之上,以您这样的身份,一点儿小麻烦都解决不了吗?"

鲍胜被问得张口结舌,像一个被当众抓到的窃贼,或者被戳破谎言的孩子。张粲倨傲地调侃道:"所幸我来得早,还能看到这城头飘扬的鲍氏大旗和旗子上那朵金灿灿的菊花,如果迟来一步,恐怕这里马上要被其他五大家族瓜分了吧?"

章国人欺人太甚,在鲍家的地盘,当着满堂文武的面,如此刻薄地羞辱鲍氏主公,鲍氏门客无不怒满胸膛,但由于主公软弱,他们也只能强忍怒火,不敢发作。

"特使大人，我家主公对贵国竭诚相待，望大人不要辜负了我家主公一片诚心。"范举看不下去章国特使对主公的戏弄，忍着气说道。

"我当然知道相国大人对我章国忠贞不二，这一点我家大王也未曾怀疑过。"张粲调侃道，"忠贞不二"一词一般用在臣下对于君上，张粲故意说出这个词，无疑是在强调章国与鲍氏的关系是君臣而不是平等合作。

鲍胜此时早已把脸面抛于九霄云外，他心里此刻怕得要命，唯有章国大王的支持才能让他感到心安，与被霍、灌等家族吞并相比，被章国人羞辱几句算得了什么？没想到张粲并未收敛，反而变本加厉："我章国更需要和有才能的人合作，听说相国大人数千精骑在小岩城被几百残兵败将打得大败亏输，不知传言是否属实？您打不过霍纠情有可原，可若是连几个乳臭未干的毛头小子都打不过，又如何解释呢？"

"都是我一时大意……还望大王见谅……"鲍胜面红耳赤，"请特使大人禀告章王，只要贵国能助我一臂之力，外臣一定重整旗鼓一雪前耻，定不负大王厚望。"

"主公，我鲍家并非章国的臣属。"见到主公如此卑微，范举忍无可忍，低声劝道。

"闭嘴！"鲍胜转身气急败坏地喝道，"我是谁的臣属用不着你操心！"

范举气得脸色苍白，双手颤抖，无奈地坐在一旁，他不愿意当着章国的使者和主公争吵，这样会更令他们觉得鲍家人心不齐，难成大事。他从一开始就不赞成毫无保留地投靠章国，怎奈两代主公都一心走这条路,他在再三劝谏无果之后,也只能选择遵从。其他门客见这位三朝老臣都无可奈何,纷纷摇头叹息,面面相觑。

"相国大人希望我章国如何助您一臂之力呢？"张粲悠然问道,他早已胜券在握,等的就是鲍胜这句话。

鲍胜仿佛看到了希望,信誓旦旦地说道:"只需要一千匹战马和相应的盔甲兵器,我就能重新组织一支骑兵,一举击溃霍纠,一雪前耻！"

"一千匹良马,"张粲笑道,"这可不是小数目,不过我家大王一向看重和相国大人的友情,我想他一定会答应您的。"

鲍胜闻言大喜,深施一礼道:"多谢特使大人成全！"

因为兴奋,他的眼睛都放出了光芒,仿佛看到了率领铁骑踏破霍家领地的一幕。不料张粲突然话锋一转,冷笑道:"不过据我所知,不久前章国已经资助过鲍氏大批战马军械,让您一战损失殆尽,如今又狮子大开口,怎么,您以为章国的马匹是取之不尽的吗？您知道养一匹马需要多少牧民夙兴夜寐、风餐露宿地辛苦劳作吗？春夏要赶着马匹穿越茫茫大漠,秋冬要筋疲力尽地准备干草谷物,赶上灾荒之年还需要把人的口粮省出来给这些食量日益增长的畜生。我章国人一向爱马如珍宝,除了作战之外,平日里连拉车都不舍得使用,现在凭着您红口白牙几句话,章国就把千匹良马拱手奉上,请问相国大人,您对章国有何大恩大德,或者章国欠了你们鲍家什么债务,我们要如此解囊相助？"

鲍胜万分惭愧,脸红到脖颈,再三施礼道:"请大人在章王面前多多美言,外臣发誓,一定下不为例。"

"您这话我信,可我家大王会信吗？倘若您再次战败呢？大王怪罪下来,您让我如何向大王交代?"

鲍胜尴尬地看着张粲,恳求道:"还望特使大人指条明路,外臣如今道尽途殚,只有靠贵国施以援手方能反败为胜……"

眼见鲍胜一步步走入自己的圈套,张粲知道,只要再略加引诱,猎物就会彻底陷入罗网。他凑近鲍胜,故作为难道:"我十分体谅您的难处,况且我与大人一见如故,情投意合,焉能眼看鲍氏被五大家族吞并而坐视不管?"

鲍胜闻言立刻不顾宾主礼仪,爬到张粲身旁,像一个虔诚的信徒看着救苦救难的神仙。

张粲故作真诚道:"相国应该有所耳闻,我家大王前不久刚用三千匹良马与良国交换了粮食,如果您需要战马,不妨也效仿信阳君,以谷物来交换如何?"

鲍胜仿佛一个落水的人刚刚抓到一根救命稻草,但旋即就发现这只是稻草的倒影,刚刚看到的希望再次落空。

张粲这番话无异于明知故问,不要说鲍氏一家,就是景国六大家族一起,又如何能与信阳君相比?如今时值秋冬,各地百姓都需要粮食过冬,鲍氏哪有多余的粮食去交换一千匹战马?即便所有人不吃不喝,也凑不齐如此庞大的数量。鲍氏门客无不咬牙切齿,有人已经不由暗中把手按在剑柄上。

张粲却依然气定神闲,他端起酒樽一饮而尽,饶有兴致地打量着鲍胜:"怎么,相国大人手中没有多余的粮食吗?"言闭,自问自答道:"也难怪,以鲍氏弹丸之地,怎能有那么多的粮食?"

鲍胜苦涩地问道:"难道……就别无他法了吗?"

"办法倒是有一个,相国大人真的想听吗?"

"大人请讲，外臣洗耳恭听。"

"恕我直言，章国断然不会再次援助战马兵器，依我看，要想确保鲍氏无忧，如今唯一的办法是……"张粲狡黠一笑，"请章国直接出兵帮助鲍氏抵御外敌，前将军王夑大军就驻扎在栈屏关外，只要您打开城门，漫说霍氏一家，就是那五家兵合一处，又有何惧哉？"

此话一出，厅内一片哗然。章国人果然狼子野心，他们想趁此机会驻军景国，由此打开入主中原的大门。

"特使大人妙计，栈屏关大门一开，霍家自然不是章国铁骑的对手，但这虎狼之师进入景国之后，如果就此不走呢？"门客韩让大声说道。

"主公，我们之所以可以和章国结盟，靠的就是栈屏天险，如果栈屏关失守，您以为章国人还会和我们谈条件吗？"

"对啊，与其被章国吞并，还不如向其他家族求和，毕竟大家都是景国同胞，也不至于赶尽杀绝。"

"主公，想想陈、计两国的下场，我们以一家之力，又如何能挡得住章国铁骑？"

众门客七嘴八舌地说道。

"够了够了，不要吵了！"鲍胜拍案大声叫道，他本来就是个举棋不定的人，现在面临两难，更是烦躁不安，他当然知道章国大军进入关内的后果，但是对他来说，这个后果并不比被其他家族击败更可怕。在这一刻鲍胜突然明白了，现在只有低头，或者向章国，或者向五大家族。鲍胜毫不犹豫地选择了前者，因为对他来说，臣服于强章尚可算是景国首屈一指的家族，但如果屈服于霍、灌等各家，就会显得太窝囊，宁为鸡头不做凤尾，我本来也只是景国一家大夫，又不是景国国君,做景国的臣子和做章国的臣子有什么不同?或许章王开恩,将我扶上景国国君之位也未可知。这样一来,我不仅没有辱没祖先,反而光宗耀祖了呢。

鲍胜看向众人道:"我意已决,不要再多说了!"

"主公,适才王燮兵临城下,这位特使大人马上就到,劝说您放王燮进城,这难道不是章国人故意设下的圈套吗?"老臣范举含泪劝道,"您难道真的想屈居人下,把祖宗几百年的基业拱手送与章国吗?"

"那又如何?"鲍胜烦躁地喝道,"你能想出两全其美的办法吗?我还能怎么办?"

"主公,我们是景国人,有道是兄弟阋于墙,外御其侮。"范举声音颤抖。

"闭嘴,我刚才的话你没听到吗?"鲍胜厉声喝道,"传我的话,再多言者,定斩不赦!"

范举闻言摇头叹息道:"老臣早已把生死置之度外,我深受鲍家三世厚恩,焉能眼看鲍氏基业葬送在你这竖子之手?"由于过于激动,他的脸色非常苍白,颌下的白须剧烈抖动。

"不要再坏我的事了!"鲍胜咆哮道,"要不是看你年纪大,又是三朝老臣,我现在就斩了你!"

范举挺身站起,向张粲拱手道:"张粲,老夫早就听说你才智出众、巧舌如簧,今日一见果然名不虚传,老夫佩服。可是你骗得了我家主公,却骗不了老夫,只恨主公冥顽不灵,中了你的奸计,引狼入室,断送鲍氏大好前程,也害了景国举国上下!"

鲍胜拔剑怒喝道:"范举,你……你要造反吗?"

范举向鲍胜拜道:"主公,恕老臣不能陪侍身边了,以后的路,望您好自为之。"他抬起头,潸然泪下,悲怆地大笑道:"鲍氏不幸,出此不肖子孙,都是老臣辅佐不力,老臣无颜于九泉之下再见先主!"说罢,范举突然掀起袍襟蒙面,猛跑几步,大力撞向一旁的庭柱。

在这一刹那,大厅内鸦雀无声,几乎所有人都屏住了呼吸,可以清楚地听到头骨碎裂的声音。

第三十四章
棋逢对手

传说忠臣义士的血珍藏三年后,可化为碧玉。

低沉的歌声响起,伴随着重物击打在木质地板上发出的声响。这是一首唱给死者的灵歌,一般用来怀念战死沙场的将士。

范举在鲍家的位置非常重要,他是三朝老臣,为人老成持重,威望极高,这里几乎所有的门客都对他敬仰有加。他们拔出佩剑,以剑鞘击打地板,为前辈送行。

殷红的鲜血渗透粗麻袍襟,流淌在精致的木质地板上,形成奇怪的形状。

韩让率先拔出佩剑,以剑身击打胸口,金属撞击在坚硬的皮革上,铮然作响。门客们的眼中燃起怒火,他们缓缓起身,紧随其后,走向逼死范老先生的元凶。

这是一只小巧的白陶茶杯,造型精美雅致,釉面光滑,花纹简约古朴。相比良国那些有些过分华美奢靡的器具,张粲更喜欢景国的物品和服饰,毕竟是最古老的中原大国,底蕴深厚。

张粲面不改色，面带轻蔑的微笑，悠闲地品着手中的茶，打量着这只茶杯。他的淡定不只是因为他身边有屠灭这只洪荒巨兽，更是因为有鲍胜挡在面前。鲍胜毕竟是这里的主人，他断定门客们不会轻易造反，而且对他来说，以目前的形势来看，鲍胜和门客们闹得越僵，对他就越有利。

果然，鲍胜拔剑挡在张粲身前，厉声喝道："大胆！你们要做什么？还不给我退下！"鲍胜知道大家对张粲恨之入骨，恨不得生食其肉，如果杀了章国特使，那么鲍家就会内外交困，面临灭顶之灾。

韩让是鲍氏门下著名的勇士，性情刚烈，他迎着主公的剑，颤声道："主公以为我们鲍家今天死的人还不够吗？那么微臣愿和范老先生死在一起。"

鲍胜是范举看着长大的，他虽然任性妄为，但也知道范举对鲍家忠心耿耿，又何尝不为范举的死感到痛心，可是事到如今，他又能如何呢？难道要他当着大家的面认错，与章国撕破脸皮吗？

鲍胜大叫道："你们不要再逼我了！"

"那就让我杀了这匹夫，臣绝不会连累主公。"

他早已抱定拼死一搏的信念，为了范先生，也为了鲍氏。忠诚、信义、廉耻、尚武、名誉是门客的五大美德，其中最为重要的品质是忠诚，对于门客来说，背弃主公或者为之效力的家族是最为不齿的行为。但此时对于韩让来说，忠于鲍氏家族远比忠于这个不成器的主公要重要得多，在范举以头触柱的那一刻，他相信了老人绝望的预言。

"鲍氏基业迟早会断送在主公手中。"

他可以选择离开，"君有过，臣三谏而不听，则逃之"，但这显然不是义士所为。他选择留下面对一切，哪怕杀身成仁。

"来人，把韩让给我拿下！"鲍胜喝道。

　　韩让敏捷地绕过主公，挺剑直刺张粲。鲍胜虽然好大喜功，有些名不副实，但也并不是手无缚鸡之力的懦夫，他的剑法虽然算不上精妙，但身高力大，体力超群，又在章国军中多年，也算得上一名勇士。鲍胜用剑格开韩让的佩剑，两人双剑相交，缠斗在一起。

　　张粲悠然地看着面前的搏杀，仿佛置身事外，看着一件与他毫不相干的事。他和司徒煜一样，虽然是一介文士，但却胆识过人，处变不惊。他看得出韩让并不敢伤害主公，他身后的门客们虽然怒火中烧，咬牙切齿，但也依然克制，并没有上前助阵的行动。他很了解这些以忠诚为最高准则的门客，他们无论怎样愤怒，也不会失去起码的理性。张粲是个邪恶的精灵，他擅长利用所有制度、规则和他人的原则，一切按照常理行事的人都不是他的对手，他真正无法对付的是霍安这种做事不经思考、全凭脑子一热的愣头青。

　　果然，韩让虽然武功更高一筹，但投鼠忌器，始终无法突破鲍胜的阻挡。韩让情急之下，突然伸出左臂，以血肉之躯挡开鲍胜的利剑，同时右手剑猛刺张粲的咽喉。他知道，鲍氏君臣无论如何厮杀，哪怕自己死在主公剑下，都不会真正激起身后同僚的群起围攻，只有逼迫章国人出手才是唯一的办法。他看到张粲身后的蛮族大汉已经摘下弯刀，严阵以待，随时做好攻击的准备。他决定用自己的生命来唤醒众人。

　　但是他还是低估了鲍胜的武功和敏捷。鲍胜正在酣战之间，整个人都处在非常紧绷的状态，在韩让突然突破了自己的防守之时，他先是一愣，继而本能地回剑反刺。锋利的剑尖穿透了韩让的胸甲，刺入他的身体。而此时他的剑距离张粲还有不到三寸的距离，而张粲竟然始终面不改色，连脸上的笑容都不曾有过变化。

鲍胜本没有杀死韩让的打算，他刚刚失去了老臣范举，当然不想再损失左膀右臂。一切都发生在电光石火之间，他根本来不及细想。当他反应过来的时候，韩让已经剑透前胸，跌倒在地，他的口中汩汩地涌出鲜血，声音嘶哑地叫道："杀了章国人！"

接连两名肱股之臣血溅当场，鲍氏门客群情激奋，霎时间，大厅内一片刀剑出鞘的声音。屠灭跨步上前，巨大的弯刀寒光闪烁，眼神狰狞可怖。

张粲缓缓放下茶杯，振衣危坐，一双美目傲然环视，像一只被群狼包围的狮子。他虽然身处劣势，但临危不惧，气势上却凌驾于众人之上。

眼看一场血战即将爆发。鲍胜回过神来，在场的鲍氏门客有三四十人之众，蛮族大汉虽然有万夫不当之勇，但双拳难敌四手，一旦动起手来，恐怕章国特使性命堪忧。我已经得罪了这些家臣，如果再得罪了章国，可真是里外不是人了。鲍胜心中暗想。他咬牙上前一步，硬着头皮喝道："叛逆韩让已经伏诛，尔等还要执迷不悟，步他的后尘吗？"

门客中有人叫道："韩先生赤胆忠心，却落得个叛逆之名，主公之言令大家寒心啊！"

门客田乞悲愤地说道："我等当年追随宣子大人，为了鲍家基业披肝沥胆，殚精竭虑，想不到章国人的几句花言巧语，就让主公视我等如仇雠。"

众人纷纷响应："这都是章国人搞的鬼！"

"对，杀了章国人，替两位先生报仇！"

鲍胜面对四下环围而上的门客，心急如焚，他能杀死一个韩让，又如何能杀得了这里所有的人？况且这三十几人都是他平日最为倚重的家臣。他一时无计可施，求助地看向身后的张粲。就在此时，一名仆人匆匆跑进，大声禀道："主公，霍家的使臣到了。"

鲍胜想到过各种可能，包括其他家族的使臣到来，唯一没有想到的是霍纠会派人来下书。

霍、鲍两家是景国最强大的家族，多年来一直明争暗斗，他们各自也都把对方当作劲敌，而且两家刚刚在百步关有过一场恶战。

鲍胜有些不敢相信自己的耳朵，他连问了三遍，才算终于确定自己没有听错。无论如何，他正不知道如何收场，使臣的到来至少可以缓解现在的尴尬局面。

鲍胜吩咐："请。"

鲍家的门客也大感不解，鲍霍两家势同水火，已经十几年没有来往，难道霍纠是派人来下战书的吗？不论他们对主公如何失望，但如果面临外敌入侵，那么同仇敌忾当然义不容辞。现场只有一个人可以清醒地洞察一切。

张粲。

他不仅猜到了霍家的来意，而且猜到了下书人是谁。刚才面对众人拔剑相向，他神色不变，现在却突然惊出了一身冷汗。权谋之争如同高手对弈，棋逢对手的两个人总是能猜到对方的意图。有悖常理，必事出有因。霍纠派来使臣，打破了两家十几年的隔阂，只能说明一件事，他有了很大的胜算。

张粢猜得不错，来者正是司徒煜。

他一袭青衫，英俊出尘，浑身散发着一种超然的淡定。来到鲍胜面前优雅地躬身一礼，眼睛却看向他身后的张粢。两个不世对头再次相遇。

鲍胜恍惚间觉得此人有几分面熟，却一时有些想不起，正在迷茫间，司徒煜微微一笑道："小岩城一别，鲍大夫别来无恙。"

鲍胜猛然认出眼前的使者正是当日在小岩城指挥战斗的人，是他用发石车击溃了他的骑兵，令他陷入了走投无路的境地。

鲍胜拔剑怒喝道："是你？你还敢来见我？"

司徒煜毫不畏惧，抬手轻轻推开近在咫尺的剑尖，开门见山道："实不相瞒，我是来救你的。"

司徒煜一进门就看清了大厅内的一切，愤怒的鲍氏门客、章国特使，以及倒在血泊中的两具尸体。聪慧如司徒煜，自然在第一时间猜到了这里的状况。他心中暗喜，鲍胜众叛亲离，这正是他所需要的，唯一的障碍是张粢的在场。他没有料到张粢会先一步来到，但这也是令他感到兴奋的地方，高手之间的博弈总是令人感到畅快淋漓。

"你敢耍我？"鲍胜声色俱厉地吼道，"说，是不是霍纠那老匹夫让你来探听虚实的？"

人的情绪通常是泄密的源头，在这种场合，一个人的嗓门恰恰与他的心智和底气相反，你的愤怒会让对方清楚地看到你的薄弱之处，令对手找到破绽。

"您的虚实还需要探听吗？"司徒煜冷笑道，"鲍氏常备军力两万三千，其中精骑五千，在小岩城一战损失殆尽。这些连街头的贩夫走卒都知道得一清二楚。"

"那又如何？"鲍胜嘴硬道，"我还有强大的步兵，还有固若金汤的雄关，还有章国大军的支持，就凭霍家那点儿人马，还差得远！你告诉霍纠，如果想乘人之危，就让他发兵来战，也好一决雌雄！"

司徒煜平静地走到鲍胜的对面坐下，步伐平缓，不疾不徐，青色的长袍拖曳在身后，即便在这剑拔弩张的环境中依然显得飘逸出尘。

"鲍大夫口中所言的雄关，可是指栈屏关吗？"

"不错。"

"这么说，这座关隘还在您的手里？"司徒煜不无嘲讽地说道，目光却看向对面的张粲。

"我鲍家的事，用不着你来操心。"鲍胜冷冷地说道，"你还是小心自己的项上人头吧。"

"我不想管鲍家的事，我关心的是景国的事，大夫您不要忘了，鲍霍两家都是景国人。"

"有道是兄弟阋墙，外御其侮，对吗？"张粲插话道，"可是相国大人不要忘了'远交近攻'这句话，您与章国之间有栈屏天险，与霍家之间可是一马平川，您最大的威胁来自哪里不言而喻。"

司徒煜心中涌起一丝兴奋，棋逢对手，这才是高手之间的较量。

"众所周知，章国是天下首屈一指的强国，而我霍家只是景国六大家族之一。张大夫以我霍家与章国相比，外臣深感荣幸。"司徒煜对张粲谦恭地一笑，两人的神色同样出尘，气度同样优雅，眼神同样睿智，有说不出地相似，"霍家与强章相比，无异于星辰之于日月，沟渠之于大海，牛羊之于猛虎，但张大夫却说霍家对于鲍氏的威胁更大，那么请问鲍大夫，您有没有想过其中的原因呢？"

司徒煜此话一出，张粲顿时惊出一身冷汗，心中后悔不迭，司徒煜明显是在用他的话来说服鲍胜不让出栈屏关。司徒煜果然厉害，一旦抓到弱点，必然会全力出击，不给对方留还手之机。

"先生的意思是，栈屏关？"鲍胜也悟出了几分道理，对司徒煜的称呼也显得尊敬了起来。

"不错，外臣以为张大夫所言极是，鲍氏正是因为有了栈屏天险，才可以使强章对于您的威胁比不上实力远不如您的霍氏，足以见得这座关隘对于您的重要性，我想，他一定是为了鲍家的安全，劝您不要轻易打开关门。"司徒煜并非一定要和鲍家结盟，只要他们不打开栈屏关，只要章国大军不进入景国境内，他就有充足的把握征服其他家族，一统全国。

"主公，臣以为这位司徒先生说得对，如果我们连霍家都难以抵挡，那么一旦栈屏失守，又如何能防御章国的进攻？"门客们纷纷说道。

"可是，如果没有章国的支持，我又将如何对抗霍家？"

"鲍大夫以为我是来下战书的吗？"司徒煜说道，"恰恰相反，我是代表我家主公来谈和的。鲍霍两家同殿称臣，世代交好，霍家本无意与您为敌，只是由于奸人挑唆才使两家渐生仇隙。"

"可是……"

"如果您真心结盟，我家主公自然会去说服灌家，不计前嫌，一切以和为贵，也免得景国百姓再陷水火，臣子们不再有无谓的牺牲。"司徒煜看向一旁范举和韩让的尸体，神情悲怆地说道。

室内刚刚少许平静下来的气氛再次骚动起来。

鲍胜是个既不多谋也不善断的人，尤其在面临抉择的时候，更是犹豫不决，毫无疑问，他被司徒煜的话所打动，但却又难以判断真伪，他迟疑地看向张粲。

张粲微微一笑，露出嘲讽的神色："既然这些问题如此显而易见，难道宣子大人当年选择与章国结盟的时候没有想到过吗？常言道，一山难容二虎，鲍霍两家即便当下可以结盟，来日也必有一战。如果您背靠章国，霍家断无胜算，否则，您真的有信心击败霍纠这只老狐狸吗？"

他的目光也同样越过鲍胜，看向对面的司徒煜，在他们眼中，鲍胜只是一件可有可无的摆设。两人四目相对，仿佛又回到了当年在阴森可怖的地牢内，在大域学宫昭成殿上，在烈焰冲天的特使府邸中生死对峙的情形。

第三十五章
巧取鲍氏

司徒煜不是个自大的人，他一向谨慎内敛，很懂得尊重和欣赏对手，他甚至更愿意把对手看得更强大一些。他与张粲有过两次对决，一次是在须引的府邸，一次是在昭成殿上，虽然都以弱胜强侥幸取胜，但他知道并非实力悬殊，而是因为张粲的轻敌和自负。

现在是第三次。

而这一次的形势对于司徒煜依然不利。如果张粲失败，他会被驱逐出境，因为鲍胜就算吞了熊心豹胆也绝不敢伤害章国特使；但如果司徒煜失败，那么张粲断然不会允许他活着离开。

两次失败都令张粲付出了惨痛的代价，他愈发清楚地认识到这个曾经被他踩在脚下的卑贱的奴隶正是他今生最强大的对手，他的才智绝不在自己之下，自己即便万分谨慎仍然未必能占据上风。令他感到欣慰的是，如果这次可以得胜，那么就可以带着司徒煜的头离开。更重要的是，对方早已使出全力，而他还留有后招。

"如果鲍大夫担心的是章国大军进入栈屏之后驻而不走，那么大可放心，"张粲诚挚地说道，"外臣斗胆替我家大王做主，章国绝不会有一兵一卒进入景国境内。"

鲍胜的眼睛一亮，章国不要求驻军，打消了他的顾虑，但他旋即显出担忧的神色，难道章国是要放弃我了吗？

张粲聪慧过人，自然能看出鲍胜的担忧："大人放心，您所要的军马武器，章国一定悉数奉上，以表盟友之诚意。"

霍家能给予鲍氏的最多无非是和平，但他们无论如何也没有能力，也绝不可能帮助鲍胜称霸景国，而这恰恰是鲍胜最想要的，他不是一个能够安分守成的人。章国却可以帮他做到。如此一来，鲍胜不可能不倒向章国。他们既不要求驻军，又能满足我的索求，岂不是天大的好事？在这一刻，鲍胜顿悟了纵横之术的诀窍，原来弱小一方面对强国并非只能俯首听命，只要手腕耍的高明，一样可以把大国玩弄于股掌之上。

鲍胜心中窃喜，我还以为你们都有多聪明，原来也不过如此，章国人也并没有那么难对付嘛。他的底气立刻足了起来，心中涌起了指点江山、傲视群雄的得意，连日来的恐惧、压抑、憋屈一扫而空，胸膛也自然挺了起来。

"如此，就多谢特使大人了。"鲍胜喜笑颜开，他不是个擅长掩饰情绪的人，所有喜怒哀乐都写在脸上，既然天降喜事，也不妨大度一次，"特使大人有何条件，还请当面讲来。"

"两国之间，但听凭相国大人吩咐，外臣一定照办，只是有一件私事，"张粲微微一笑，看向司徒煜，"这位司徒先生是外臣的故交，外臣想请他一同返回章国，还望大人恩准。"

原来是要霍家的使者，鲍胜对司徒煜的死活毫不关心，但是他猜到司徒煜一定是张粲的仇人，没有人会煞费苦心地要带走一个素不相识的人。

显然如果他落入张粲之手，一定凶多吉少。鲍家的门客们已经开始为司徒煜的命运担心，甲代长身禀道："主公，我们和霍纠没有开战，万万不可擅杀使臣。"

"对啊，主公，如果我们把霍家的使者交给章国，那么无异于同霍家宣战。"

"我们如果不同霍家结盟，也理应将使者礼送出境，实在没有加害的道理啊。"

"糊涂！不要拿姓霍的来吓唬我，我会怕霍纠那老匹夫吗？"鲍胜斥道，"有了章国的支持，即便他不来找我算账，我也会出兵讨伐他，到那时候整个景国都是我的，漫说一个使者，就是霍家父子的小命也要握在我的手心里了。"

"主公，我们现在没有见到章国的一根马毛，千万不可贸然答应，以防有诈啊。"门客顾向劝道。

"这么简单的事我当然知道，不见兔子不撒鹰的道理哪个不懂？"鲍胜轻蔑地嗤笑，"特使大人，人，我先帮您留下，等章国的战马和兵器进入栈屏关的时候，我自然把他送到您的手上，我们一手交人一手交货。"

张粲拱手道："多谢相国大人。"

他也是个喜怒不形于色的人，但此刻仍然免不了有一丝激动，苍白的脸上有了几分血色。得来全不费功夫，只要能够抓到司徒煜，他可以使出浑身解数来帮鲍胜拿到他要的东西，他相信大王会答应，况且司徒煜并非他个人的敌人，对于章国来说，除掉司徒煜无异于绝了一个巨大的后患，于公于私，都是极为划算的买卖。

司徒煜跽坐在席位上,面容平静,波澜不惊,仿佛置身事外,在看一场与自己毫无瓜葛的事。鲍家的门客都为他捏了一把汗,他们刚刚经历了两位同僚死在面前的惨剧,心中对章国人恨之入骨,他们希望主公和霍家言和,而不是去攀附虎狼一般的强章,由此也对霍家的使者多了一分好感,但现在却要眼睁睁地看着他送命,无计可施。

"且慢。"司徒煜轻轻抬手示意,拦住扑向他的武士。

"怎么,你害怕了?现在求饶也来不及了。"鲍胜狞笑道,"别担心,我不会伤害你,在鲍家这段时间我会保证你的安全,不过到了章国可就不好说了。"

"鲍大夫忘了吗?我是来救你的。"司徒煜淡然一笑。

"不要再巧舌如簧了!"鲍胜喝道,"你以为凭着三寸不烂之舌就能逃得活命吗?你来救我?你先想想怎么救自己吧。"

"既然如此,那外臣就恭敬不如从命了,"司徒煜站起身来,平静地说道,"不过,在我被监禁之前,能否请您和我去看一样东西。"

"在哪里?"

"不远,就在您的城楼。"

"那里有什么?"鲍胜狐疑道,"你要耍什么花样?"

"我只有一个人,您这里有千军万马,怎么,还怕我飞了不成?"

"谅你也没这个本事!看就看,来人,先给我把他绑起来!"鲍胜虚张声势地喝道,"告诉你,无论你带了多少援兵,他们也休想攻上我的城池,你死了这条心吧。"

炉中的火焰发出温暖的淡红色的光晕,火舌跳动,仿佛要冲出炉口,炉内火红的木柴发出哔哔啵啵的轻响,令张粲想到地牢中那个做工精致的青铜火炉。

张粱轻轻挽住司徒煜的手,柔声道:"你的眼睛还是那么迷人,这一次我不会再放你离开。"

夫子云:存之人者,莫良于眸子,眸不能掩其恶。胸中正,则眸子瞭,胸中不正,则眸子眊。因此"由目观心"之说不无道理。人心难测,各有玄机,但俗话说,性为内,情为外,性为体,情为用。性情所致,一个人最难掩饰的不是语言、动作,而是眼睛。眼睛往往最能折射一个人的心灵,父母的眼睛令人感到温暖,情人的眼睛令人感到柔情,朋友的眼睛令人感到愉悦,而有些人的眼睛则令人不敢直视,或凌厉如渡鸦大师,或威严如章王嬴起,张粱的眼睛却仿佛可以摄人魂魄。

但司徒煜却没有丝毫畏惧,他平静地直视张粱的眼睛,斯文有礼地向门口示意道:"请。"

城楼上,金色的菊花绣在红色的旗帜上,迎风招展。

远处传来人喊马嘶之声,只见城外烟尘滚滚,人马浩浩荡荡,战车、骑兵、步兵交错在一处,各家旗帜林立。鲍胜匆匆扫过一眼,似乎其他几大家族都在,但这并不能令他有一丝畏惧,有了章国的支持,任你几家联手,又有何惧哉?但定睛一看,顿觉诧异,自家的旗帜赫然也在其中。这是怎么回事?鲍胜有些不敢相信自己的眼睛,他再次定睛观看,果然没错,金色菊花旁边,红底黑字,斗大的一个"鲍"字。

鲍胜勃然大怒:"无耻狂徒,竟然冒充我鲍家的人马,简直卑鄙至极,行同狗彘!"他一把抓住司徒煜的衣领,喝道:"你们有什么资格打出鲍氏大旗？"

司徒煜瘦弱的身体在鲍胜大力地拉扯下有些踉跄，但他的眼神却平静如常，甚至带有几分嘲讽，他手指城下道："大夫且息虎狼之怒，我们没有资格，但他有。"

鲍胜尚未察觉到有什么不妥，张粲却早已敏感地察觉到情况有变。

城下的鲍氏大旗分开，一人纵马而出，虽然身材矮胖，相貌平庸，又缺了一只耳朵，但在华丽的盔甲衬托下，也显得颇有几分威风。

鲍朔，这个从小被鲍胜看不起的三弟。在他身后，是霍家父子和其他几大家族的首领。他们身后的大队人马以及各色旗帜代表着他们强大的势力。

"鲍大夫可以放心，如果您可以接受和谈，三公子那边外臣自会料理，五大家族也会就此退兵。"司徒煜凑近鲍胜的耳边，轻声说道，"六大家族和谈势在必行，就看是您来谈，还是他来谈了。"

直到现在，鲍胜依然没有彻底想明白这个消瘦的年轻人是如何一个人，手无寸铁，却能在自己的地盘掌控全局。

张粲顿时明白了司徒煜的意图，他要用扶植鲍朔来要挟鲍胜，逼他就范。扶植鲍朔，以他取代鲍胜为鲍氏之主，他们是亲兄弟，都是鲍宣子的儿子，既可以被鲍氏诸臣所接受，又能得到其他家族的认可，几大家族一同前来助阵，就是向城内的人表明这个观点。

好一招釜底抽薪。

当日鲍朔在五鹿坡被俘后，一直押在霍家的顺德城。他在霍家的这段时间，虽然行动受限，不能出头露面，但也并未受什么罪。鲍朔少心没肺，吃得饱睡得着，竟然还胖了几斤。此刻他骑在高头大马上，耀武扬威，得意非凡。他早就想推翻大哥，取而代之。当日鲍宣子去世之后，兄弟俩曾经为了争夺爵位在封地上掀起了一场历时三个月的大战。如今天上掉馅饼，霍家突然想把他扶上宝座，怎能不令他兴奋异常？他哪里知道，对于司徒煜和霍纠来说，他只是要挟鲍胜的一个筹码，让他不轻易倒向章国。

"诛杀逆贼鲍胜者，赏黄金百镒。"鲍朔在城下大声喊道，他虽然文韬武略样样稀松，但嗓门却很大。

"来人，把这个霍家使臣给我拿下。"鲍胜咬牙切齿地说道，"然后立刻出兵，把这个叛贼给我碎尸万段！"

身后一片安静，没有一个门客回应。鲍胜适才逼死范举，杀死韩让，得罪了所有鲍氏门客，令大家对他心灰意冷，失望至极。城楼上像坟场一般安静，只有城下鲍朔的喊声不断传来。

越是无能懦弱的人，越不能容忍自己在内部的权威受到哪怕一丝一毫的挑战。虽然鲍胜对章国卑躬屈膝，对霍家畏之如虎，但面对家臣们沉默的抗拒，却会雷霆震怒。这群废物竟然敢公然违抗我的命令，这件事情对他的刺激几乎更甚于霍家的进攻和鲍朔的挑衅。看来还是对他们太过仁慈了。

鲍胜拔出佩剑，接连斩杀了距离自己最近的三名门客。他疯狂地咆哮道："我的话你们没听到吗？还不动手，我就把你们都杀光！"

话音未落，一柄锋利的短剑刺入鲍胜的肋部，鲍胜声嘶力竭的骂声戛然而止，他诧异地看着身旁这名身长玉立的年轻武士，他叫韩伏，是刚刚死去的韩让的胞弟。

韩伏大声喊道："主公无道，残害忠良，我等拥立三公子即位，为范老先生报仇。"

说罢，他再次把剑刺向鲍胜。这一次不再是一把剑，就像崩溃的堤坝一样，早已忍无可忍的各位门客纷纷拔出刀剑，将鲍胜乱刃分尸。现场血肉横飞，场面之惨烈，就连嗜血如命的屠灭都感到有些震惊。

众人打开城门，恭迎一只耳朵的鲍朔进城。大家心中清楚，曾经强大一时的鲍氏家族从今不复存在，已经彻底成为霍家的附庸。

"公子，恕不远送了。"司徒煜微笑着看向张粲。他是章国特使，没有人敢动他一根汗毛，但如今胜负已分，料他也不会再有脸留在这里。

"恭喜司徒先生，"张粲却没有任何不悦的神色，他的笑容依然优雅从容，"可我并没有要走的意思，六大家族结盟，景国再度归于一统的大喜事，我怎能不留下庆祝呢？"

第三十六章
复仇在即

六大家族上一次会盟还是在四十多年前,那时候霍纠还是少年,是跟随父亲霍襄子来参加大会的。时光荏苒,一晃五十年过去了,霍安都已经长大成人。霍纠看着当年熟悉的环境,心中感慨万分,物是人非,当年雄踞一方的霸主们大都已经不在人世,取而代之的是他们的儿孙,割据的形势终于要终结于此了。

霍纠与司徒煜并辔而行。他已经对这个消瘦的年轻人深信不疑。霍纠也算得见多识广,但却从未见过如此深谋远虑、料事如神的人。

霍安一直在狠狠地盯着张粲,这个恶棍跑到这来做什么?还是那副得意扬扬的样子,令霍安恨得咬牙切齿。让出了世子之位,霍安从未感到过如此轻松,他不用再担负什么家国大义,只要快意恩仇。就在一行人即将到达会盟地点的时候,他纵马上前,挡住张粲的车驾,大声喝道:"站住!"

张粲掀起车帘,打量着这个曾经给他带来巨大麻烦的年轻人,平静地答道:"原来是霍公子,久违了。"

霍安横眉怒视道："怎么哪都有你？你来这里做什么？"

张粲心机深厚，和司徒煜一样喜怒不形于色，他微微颔首道："我是章国特使，来参加六大家族结盟大会，霍公子有事吗？"

霍安挑衅地盯着张粲："这里不欢迎你这种无耻小人，不要脏了我们景国的土地。"他一厢情愿地希望张粲发怒，与他拔剑决斗，他也好就势一剑斩了这个狐妖。

张粲是何等聪明，哪里会上霍安的当，他轻轻一笑道："霍公子，时候不早了，再不进城，恐怕赶不上时辰了。"

霍安见张粲不肯接招，飞身下马，伸手抓住张粲的车辕，冷笑道："好啊，既然你这么想去，那让本公子送你一程。"

霍安单臂用力，马车的左侧车轮应声离开地面，眼看就要被霍安掀翻。霍安的用意很明显，他想让张粲当众出丑。但就在此时，霍安突然感到一股巨大的力量，将马车死死按下。木质车轮落地，发出沉重的碎裂声。

一只粗糙黧黑的大手按在车辕处。手背上青筋凸起，有怪异的刺青，手指关节粗大，像长满结疤的树根。

屠灭岩石一般的丑陋的脸近在咫尺，他呼吸沉重，野兽一般的眼睛发出可怕的光芒，霍安可以清楚地看到他左耳边的金环和闻到他口中散发出的腥臭气。

他的力气比我大，不可硬拼，霍安心中暗道，他假意与对方角力，引得屠灭大力把马车拉向自己的一侧。坚固的硬木马车在两人的拉扯下发出刺耳的咯吱声。霍安猛然转身，潇洒地飞身越过车辕，抬腿踏向另一侧的车轮。

"大块头，你想要，给你好了。"

马车平地横移，撞向屠灭，就连驾车的马都被带得一阵踉跄。屠灭粗壮的身躯在马车的撞击下倒退几步，他一身铜皮铁骨，倒也无妨，不过马车却禁不住这一番折腾，车辕折断，车轮碎裂，屠灭位于马车的另一侧，身躯又略显笨重，一时无法及时阻止霍安，只能眼睁睁地看着车厢碎裂，主公狼狈地跌出马车。

霍安一招得手，趁势双腿连踢，接连闪电般的踢向张粲。不料屠灭竟以身躯护住主公，硬生生接了霍安重重的一腿，虽然也踉跄了两步，但显然并无大碍。

霍安惊叹道："是条好汉！"

屠灭转过身，怪叫一声，猛虎一般扑向霍安。霍安不敢怠慢，后撤两步，左手格挡，右手猛击屠灭的面门。霍安这一拳非常重，可以打断一根树桩，屠灭口中流血，但却似乎毫无痛感，他咧开厚厚的嘴唇，桀桀怪笑，牙齿间沾满血迹，显得更像是一头疯狂嗜血的怪兽。霍安出身监兵学院，能骑善射，功夫本也是刚猛一派，但与怪兽屠灭相比，却显得轻灵飘逸。屠灭的身高与霍安相仿，但体格却几乎大了一倍，一身蛮力，皮糙肉厚，可以承受得住霍安的重击。刚才这一拳，霍安的手骨都感到一阵阵作痛，但屠灭却丝毫不为所动。霍安的拳脚频频打在屠灭身上、脸上，但其作用也只是令屠灭暂退一步，丝毫不能阻挡他的进攻。如果双方使用刀剑，霍安还会多几分胜算，但对方不动兵器，以霍安的脾气，又如何能先行拔剑？屠灭撕开上衣，露出庞大的身躯和浑身狰狞的刺青，咆哮着扑向霍安，恨不得把这个小白脸撕成碎片，霍安依仗功底扎实、身体灵活，一次次地闪过，他知道一旦被屠灭抓到，断无脱身的机会。屠灭的武功虽然不似霍安这样师出正统，但他久经沙场，功夫不花哨却非常实用，他看似笨重，但动作却非常有效,加之皮糙肉厚,已占据了先天优势。他已经摸清了对方的底,所以敢于拼着挨对方几下,也要把对方抓在手中。

果然,几番颤抖下来,霍安一不留神被屠灭一把抓住袍带,局面骤然变为贴身肉搏,这对霍安非常不利。摔跤本来就是草原蛮族的特长,屠灭又几乎比霍安重了百十来斤,如果被他压在身下,那将会性命堪忧。

屠灭的血盆大口紧紧贴着霍安英俊白皙的脸,浑身腥膻的气味令霍安一阵阵作呕,他钢铁一般粗壮的双臂令霍安感到有些窒息。他虽然武艺精通,却无法挣脱对方的手臂,由于贴得过紧,霍安几乎所有的功夫都无法使用,只剩下与对方死拼力气。

他渐渐感到有些体力不支。就在此时,突然听到一人柔声喝道:"住手!"

随着这喊声,屠灭千年古藤一般的手臂突然松开了。他喘着粗气,像一条忠犬一般回身看向主人,霍安趁机摆脱了屠灭的控制撤身后退,赢得了喘息之机。

在张粲身后,几匹快马驰来,霍家的骑士们张弓搭箭,杀气腾腾的将屠灭团团围住。司徒煜下马,将霍安拉到一旁,小声道:"不要造次,坏了主公的大事。"

"大哥,这个狐妖在咱们这一亩三分地上,看我不宰了他,给你报仇。"霍安咬牙切齿地说道。

司徒煜紧紧拉住霍安的手,焦急地小声道:"胡闹,是我重要还是令尊统一景国的大业重要?"

司徒煜好容易促成了六家会盟,如果在这个节骨眼上擅杀章国使臣，即便景国联盟不会被破坏，盟主也会另落别家。为了霍家，也为了自己的复仇大计，绝不能让霍安这愣小子坏了大事。

"也罢，等一会儿在会盟大会上一定会有比武，那时候再跟这厮算账！"霍安恨恨地说道，他生性好斗，适才这番较量，显然有几分吃亏，他心中自然不甘。

屠灭也在气喘吁吁恶狠狠地盯着霍安，他是一头刚刚被驯化的野兽，心中嗜血的野性被激起，恨不得把对方撕碎。

"蛮子，你看谁？"霍安看到屠灭的眼神，刚刚平复的怒火再次点燃，他最受不了有人挑衅，难道以为本公子怕了你不成？

"看你。"屠灭嗓音沙哑低沉，带着浓重的蛮族口音。

"再看，我把你的狗眼挖出来！"霍安大叫一声，拔出佩剑。

那边屠灭也怪叫一声，摘下弯刀。司徒煜连忙抱住霍安，把他推向坐骑。霍安一边走一边不甘心地回头道："让你的狗头再多留片刻，等会再收拾你！"

霍纠吞并鲍氏，又与屠岸氏联姻，已成为景国毫无争议的霸主，六家名为会盟，其实只是向他表示臣服而已。霍纠并未过多推辞，他接过象征盟主的玉圭，登台祭拜天地。玉圭是当年天子赐给国君的，后来被灌氏以三匹白马和一只猎鹰的代价换至自己的封地。

看着霍纠稳步登上黄土高台，司徒煜的心中甚至比霍安还要激动，复仇的计划马上就要走出第一步，这似乎比他预期的还要顺利。统一景国之后，就可以以此为依托，实现连横的大计。霍纠虽然中规中矩，但好在知人善任，在我的辅佐下，一定会成为一代雄主。景国幅员辽阔，沃野千里，并且有着庞大的人口数量以及悠久灿烂的文明，它就像一个病入膏肓的巨人，一旦痊愈，必将焕发出无穷的力量，而他将借助这个巨人的声威联络天下各国，集结力量荡平暴章，为家人复仇，为故国雪耻。

司徒煜的眼中放出光芒，他暗自咬紧牙关，抑制着自己的激动。除了赵离之外，他不希望任何人看到他的情感，无论是痛苦还是欢乐，喜悦还是哀愁。

整个会盟的过程中，霍安几乎一个字都没有听进去。"比武"二字刚刚落地，他第一个跳进当场，点手叫道："蛮子，有种的下来和本公子一决高下！"。

他心中憋着一口气，早已等得不耐烦，甚至父亲登台祭天的时候他都有些心不在焉，两只眼睛不错眼珠地盯着屠灭，仿佛生怕他跑了似的。可是没想到屠灭还没来得及起身，却已经有人抢先一步闯入校场。

来人名叫屠岸伯，是屠岸家族中的一员猛将，他素闻霍家公子武功盖世，今天得见，当然要领教一番。对于武士来说，有人挑战是一种荣耀，也是一种敬意，霍安当然不好拒绝，只能硬着头皮和屠岸伯过招。结果并无悬念，霍安几个回合就轻松击败了对手，但紧接着又有两位武士下场挑战，也难怪，霍安在大域学宫号称"白虎神君"，前不久又在"致师大赛"中独占鳌头，早已名扬天下，各家英雄谁不想见识一下？

霍安一心要击败屠灭，哪有心思和他们纠缠，他心中焦躁，下手不再留情，以最快的速度打倒了两名挑战者，连剑都来不及插回剑鞘，就指着屠灭大声叫道："蛮子，快下来受死，是好汉的不要躲！"

"且慢。"

又是张粲，又是那副妩媚中带着几分狡黠的表情。

霍安感到心中的怒火已经烧到眉毛，他现在想一拳砸扁他的鼻子，把那两只红彤彤的眼睛打成乌眼青。

"怎么，怕了？章国人都是只敢群威群胆的孬种吗？"霍安讥讽道，但话一出口，又颇觉得有些对不起嬴嫼，她也是章国人。我的嫼儿可不是胆小鬼，好在她没听见。

"你要是怕我打死他，就替他当着六大家族的面磕头认输，本公子有好生之德，会留你们一条狗命。"霍安挑衅道。

"公子误会了，他能和您这样高贵的武士比武，是他的荣幸。"张粲依旧波澜不惊。

"既然如此，就痛痛快快地下来应战！"

"霍公子连战三阵，我的侍卫此时应战，不免有车轮战之嫌，有失公允，万万不可。在下虽然不是武士，但也知道以逸待劳的道理。"

霍安根本不信他会有什么好心，不耐烦地大声道："什么车轮战不车轮战，我不在乎，这点便宜我让给他了。"

"公子大人大量，光明磊落，不愧是监兵学院之典范，可是您越是君子，我们就更不能乘人之危，这也未免太过卑鄙了。"

"废话少说，你想怎样？"

"很简单，让他也比试三阵，之后再与您过招。"张粲指着屠灭说道，"既是比武，当然应该尽量公平一些，无论输赢，大家都心甘情愿，不知您意下如何？"

"可是……"霍安迟疑道，他担心万一屠灭被人打死或者打伤，他就没有机会亲手击败他了。

张粲做恍然大悟状，苦笑道："难道公子不是为了比武，而只是为了泄愤？适才他冒犯了公子，罪无可赦，这里是景国的地盘，您贵为盟主家的公子，在下又岂敢袒护于他？如果是这样，不劳您动手，外臣现在就令他自尽谢罪，岂不更好？"

张粲的话说得在情在理，巧妙地把自己置于弱势，霍家刚刚接了盟主之位，各家并未心服口服，如果此时因为一点小过节就逼迫一个侍卫自尽，实在是面上无光、名声扫地，不免落得个小肚鸡肠、恃强凌弱的话柄。霍安是个地地道道的武士，对于他来说，这种名声带来的耻辱远远大于任何一场比武失败，他连忙说道："且慢且慢，不就是比三阵吗？你让他比，我等就是了。"

霍安的担心是多余的，屠灭这样经过大风大浪的悍匪又如何能在这种小河沟中翻船？他的两场比武也同样没有任何悬念，赢得非常轻松，他们的拳脚似乎根本无法伤到这头巨兽。霍安知道，对于屠灭和自己这样的武士来说，击败在场的一些人几乎不费吹灰之力，权当活动筋骨，根本不会对比武有任何影响，张粲一介儒生，不懂武功，妄自揣度，真是可笑至极。

再有一场就可以轮到我了，霍安心中想道。他一面活动手指关节，一面暗中观察屠灭的武功路数，想着应对的方式。他走的是刚猛一路，招式简单而实用，显然没有受过任何正规训练，而是在实战中摸索出来的，因此并不好看，甚至有些拙笨，但却明拙实巧，霍安常年在大域学宫学习弓马武艺，见过很多优秀的武士，比如恩师扈铭和战神卫野,但还是第一次遇到这样的对手,一时还真有些想不出什么有效的办法。

要是老师或者媤儿在就好了,他们一定能给我一些好的建议。霍安心中暗道,大哥司徒煜什么都好,就是不懂武功,手无缚鸡之力,这事是不能指望他帮忙了。

"想出对策了吗?"霍安下意识地回头,看到父亲站在身后。

知子莫若父,霍纠当然知道儿子在琢磨什么,他拍拍霍安的肩头,暗中示意道:"你看,这条大汉的弱点在哪里?"

霍安迟疑道:"是不是……腿?"

"不错,就是步法。"霍纠点头道,"蛮族人自幼骑马,往往会忽略步法的灵活,他们虽然擅长摔跤,但那只是近身格斗,一会儿你与他以兵器过招,这样就不会给他抓到你的机会。他虽然力量占优势,但年纪比你大,体重几乎是你的两倍,你只要以轻灵的步法与他周旋,用不了多久就会耗尽他的体力,那时候他就只是一头任你宰割的肥肉。切记,不要急于取胜,尤其不要用你的剑去硬碰他的弯刀。"

父亲的一席话令霍安茅塞顿开,他惊喜地看着父亲。自从霍家另立世子之后,父子两人的关系也变得非常融洽,大家各得其所,自然不必再有什么纠纷。

就在父子两人谈笑之际,场上风云突变。

屠灭前两场也像霍安一样点到为止,甚至只是把对手抱起,轻轻地按在地上而已。这毕竟只是一场助兴的比武,除了霍安之外没有人会当真,赢得胜利也无非是赐酒三杯,屠灭又何必要痛下杀手呢?谁知在第三场他突然狂性大发,一刀将对手的头颅斩下,鲜血迸溅,现场一片哗然。

　　这名挑战者正是率先杀死鲍胜的韩伏。他的出场也颇有几分为兄复仇的意味，因此也比前面两人多了几分杀气，但饶是如此，以屠灭的本事，想击败他也易如反掌，断然不必伤他性命。不仅如此，他还俯身捡起韩伏的首级，高高举起，死者的眼睛尚未合拢，嘴唇微张，鲜血顺着斩断的脖颈淌下，沾染了屠灭的手臂和面颊。

　　屠灭把血迹涂抹在脸上，手持弯刀，纵声狂啸。

　　现场的人们都被这残忍的一幕震惊，一片鸦雀无声。

　　突然，一骑快马自东南方向疾驰而来，像箭一样冲过人群间狭窄的通道。

第三十七章
土崩瓦解

司徒煜一直想不通一件事。刚才在鲍家的较量中，张粲明明已经落败，却为什么一定要留下参加六家会盟？几大家族的人甚至已经不再掩饰对他的嘲讽，他却似乎视而不见。他不是个厚颜无耻的人，为什么会自取其辱？他知道张粲绝不会善罢甘休，也猜到张粲会有阴谋，但却无法猜到他到底要做什么，如果他还有后招，为什么不赶在会盟之前拿出来呢？他平静得有些反常。六家会盟，景国面临统一，亲章的鲍氏式微，霍氏崛起，毫无疑问是对章国最大的不利，尤其这一切都是由不共戴天的仇人一手操办，于公于私张粲都不应该不出手阻挠这次会盟，生米一旦做成熟饭，再想破坏就要花费几十倍甚至上百倍的力气。可是直到霍纠登台祭天，张粲都心平气和地坐在一旁无动于衷，始终像一个旁观者。

直到嬴媤尖叫痛哭着扑向校场中的尸体的那一刻，司徒煜心中所有的疑问都找到了答案。可惜他明白得太晚了。

她的身份太过敏感，实在不方便和霍家父子一起出头露面，又不放心留在家中等候，于是独自一人住在鲍氏边境的一家小店中，此处距离会盟之处只有不到十里的路程。

天下局势风云万变,六家关系错综复杂,一刻不与霍安会合,她就一刻不能放下心来,整整一天,她都感到眼皮一直在突突跳动。就在半时辰之前,嬴媤正在焦灼不安的等候会盟的消息,公孙痤突然慌慌张张地跑过来,一身黄土,满头大汗,脸上还有擦伤,显然在赶来的路上慌不择路摔倒所致。他一见面就倒地痛哭,口称霍安父子在会盟大会上遭到暗算,现在生死未卜,自己拼死逃出,前来报信。

"公子吩咐,让你赶紧逃命,千万莫要迟延!"

嬴媤顿时感到一种深入骨髓的寒冷,她感到自己抖得像初冬寒风中的树叶,心被剧烈地扭了一下,痛得几乎连气都喘不过来。

嬴媤住在这家小店的事只有她和霍安知道,就连霍纠和司徒煜都没有告诉,因此在公孙痤找到她的时候,她毫不犹豫地相信了这个小人的话。如果不是霍安派他前来,他又如何知道我在这里?况且这个胖子是霍安的朋友,大域学宫的同窗,还是霍家的门客。嬴媤自以为自己的行踪神不知鬼不觉,她哪里知道她的一举一动张粲都了如指掌,因为这家店主就是内围的爪牙。

韩伏身长玉立,一袭白袍,看上去有几分形似霍安,尤其尸体已经失去了头颅,加上嬴媤刚刚飞马赶到,正在极为悲痛之际,根本无法仔细确认死者的身份。她本能的认为霍安已然遇害,从马背上跌落,跟跄着扑向血泊中的尸身。

嬴媤的出现令现场所有的人都感到莫名其妙,包括霍氏父子在内,因此霍安愣了片刻才看出了台下校场中的女子正是嬴媤。他惊愕地瞪着眼睛起身喃喃地道:"媤儿?!"不知道是在叫场中的嬴媤,还是说给身旁的父亲和司徒煜，抑或是自言自语。

只有两个人懂得这一切的含义。司徒煜看到了张粲得意的冷笑，自从母亲和小妹去世之后，他从来没有感到过如此绝望，哪怕在可怕的地牢中，或者在雪原上狼群的围困之下，但这一刻他知道自己输得血本无归。

六族会盟是一座刚刚建起的并不稳固的高塔，张粲只是轻轻抽掉了其中最关键的一块砖，这座高塔就顷刻间坍塌下来，化为齑粉，连一块完整的砖瓦都没有剩下。

嬴嫘睁开泪眼，模糊地看到看台上一个人快步冲进校场，一边大叫着"嫘儿"，不是霍安是谁？可是怀中的这具尸体又是哪个？她下意识地推开尸体，用衣袖擦干眼泪，愣愣地定睛观看，霍安已经大步跑到她的身旁，不顾一切地一把将她抱在怀中。

"公主殿下，微臣久候多时了。"张粲款款走下看台，优雅地施礼，"恭喜殿下得配佳偶，大王得此乘龙快婿，一定会格外开心的。"

他的声音并不太大，但看台上的人却一片哗然。

这个女子竟然是章国公主！如此说来，不久前盛传的章国公主被蛮族掳走是假，与霍家公子私奔才是真。

刚刚结成的脆弱的联盟马上变得风雨飘摇。各族之间本就是各自盘算、互相利用的关系，所谓结盟，只是利益上的平衡和共识，如今霍家得罪了虎狼一般的强章，眼看一场大战在所难免，谁又愿意为他们做出头鸟引火烧身呢？

霍纠猝不及防，一下从盟主变成了众矢之的。他虽然一时陷入僵局，但久经大阵，面上也临危不乱。他知道，事已至此，抵赖毫无意义，只能让自己陷入更加被动的境地。六族之中，并不是没有人见过章国公主。

其他几位大夫的震惊程度丝毫不亚于霍纠，这实在是大家做梦都不敢想的事，简直比日出西方、夏日落雪还要令人不可思议。大家纷纷疑惑地看向霍纠，霍家到底要做什么？是要暗中与章国结盟吗？有人的心中暗自打起鼓来，大家明争暗斗，尔虞我诈，谁知道别人会暗地里做出什么事来？

"既然霍大夫也想与章国交好，理应派遣使臣光明正大前往平阳提亲，不该背地里利用我家殿下单纯无邪，蒙哄诱拐，败坏人伦，您让我家大王如何向高漳君交代？"张粲冷冷地说道。

霍家得罪的不只是章国，还有定平国首席大臣、大昭第一名将、四大公子之一的高漳君赵介，如果两国合兵共讨，恐怕天下没有任何一国可以抵挡。在场的其他四大家族不约而同地站在了霍纠对面，显然霍家已经成为众矢之的。

"我只想知道，这件事是霍氏一家所为，还是整个景国都有份？"张粲冷冷地环视众人，目光如同尖刀一般，最后落在东道主灌午身上。他的眼睛有时候如狐妖一般妩媚，胜过信阳城最美丽的歌伎；有时候却比地狱中的恶鬼还要令人不寒而栗。

生活在和平中的人总是认为战争是遥远的传说，但纵观人类历史，战争似乎才是贯穿始终的主干，而和平不过是点缀其中的枝叶。

章王起终于找到出兵景国的口实，立即点兵，挥师南下。更重要的是，景国再次陷入分裂，鲍家的人打开了栈屏关的城门，前将军王燮的铁骑以迅雷之势占领了这个兵家要地，打开了章军入景的大门。

王燮势如破竹，横扫景国北部的大片土地，所到之处如风卷残云、摧枯拉朽，霍家军在强悍的章国大军面前显得有些难以招架，刚刚得到的鲍氏的城池尽数失守，速度之快，出乎霍纠和司徒煜的意料。王燮采用王氏家族常用的做法，以屠城作为威胁，凡超过十二个时辰不降的城池，一旦破城，鸡犬不留，无论男女老幼一律屠杀殆尽，然后把他们的头颅砍下，摆放在阵前，用来威胁下一座城。因此很多城池一见章国大军兵临城下，立刻开门请降，甚至不惜为此杀死守城士兵。

王燮骁勇善战，是一个难得的猛将，他将章国依仗强弓快马快速突进的战术运用得炉火纯青，只是他忘了一点，嬴媳也是章国人，而且精通章国战术。

霍纠命司徒煜为帅，霍安为将，统帅八千精锐，在百步关与王燮决战。

"章国人借鉴了蛮族的战术，以快打慢，骑兵突袭，两翼包抄。"嬴媳告诉霍安，"他们会先以弓箭远射，或将敌人消灭，或引诱敌人追击，再分别予以围歼。"

话虽如此，却如何才能克制这种战术呢？霍安在大域学宫曾经听老师扈铭讲过，步兵对骑兵几乎没有胜算。当年霍纠曾经创造了以步兵击败蛮族骑兵的奇迹，但那是在防守的情况下，而非进攻。步兵最大的缺点是推进速度过慢，即便是在一场战役中占有优势，也无法乘胜追击全歼敌军，一旦阵形不稳，就会被对方趁机反杀。而且景国地势以平原为主，更适合骑兵作战。

这个问题不仅令霍安和嬴媳彻夜难眠，就连霍纠和司徒煜也感到一筹莫展。司徒煜知道，这一战意义不同寻常，景国虽然再次陷入分裂，但几大家族尚未公开投靠章国，他们都在观望，如果霍家能够展示出足够的实力，那么再次统一景国并非不可能，但一旦失败，则会立刻陷入腹背受敌的境地。

当司徒煜和霍安找到赵离的时候，小侯爷正在一家简陋的酒馆中喝得酩酊大醉，身边有一位哈欠连天的老板娘在为他斟酒，桌子上蹲着两只猫与他分享食物。

公孙瘗早已趁乱溜走，赵离为自己引狼入室感到内疚。他曾经和司徒煜为善恶之事有过争执，他不同意司徒煜以善报善，以恶制恶的说法，尤其是后者，如果一个人处处揣测他人是否怀有恶意，只能说明他并非真正地善良，况且谁有资格去评判其他人的善恶呢？如果这个所谓的恶人行为有错，那么以同样的恶行去惩罚他难道就是正确的吗？我们反对的是恶行本身，还是实施恶行的人？赵离记得那是在司徒煜决定处死一个杀人凶手的时候，这个人非常残忍地杀死了自己的邻居，手段之狠辣令人触目惊心。但赵离依然感到有些同情这个凶残的凶手，尤其是他在刑场上洒泪拜别老母的时候，赵离看到了一个人对生命的眷恋。他不知道死刑的意义何在，是以一个生命来作为对另一个生命的救赎吗？如果说死刑的目的是阻止杀人，但其手段却是通过法令来剥夺一个人的生命，这难道不是很吊诡吗？赵离的问题总是很古怪，以至于司徒煜完全无法回答，如此艰深晦涩的问题，天下大概只有廖夫子可以解答吧。

但这一次赵离真的非常懊悔，因为这件事引发了战争，他从频频传来的战报中得知有大批景国百姓死于屠杀，而他就是这场悲剧的间接制造者，是他所谓的善良害死了这些可怜的百姓。司徒煜曾经多次提醒他要远离公孙瘗，但他一次次地被这个小人的花言巧语所蒙骗。

如果只是被骗去金钱，赵离并不在乎，可面对无辜者的惨死，他不能无动于衷。

赵离排解心情沮丧的唯一方法是喝酒，这里的酒很差，不过就算不差，赵离也喝不出味道来，他只是希望尽快把自己灌醉。赵离不耐烦地抱怨他们扰了他的雅兴，他推开他们的搀扶，踉跄着走出酒馆，很快掉进路旁的一条水沟里。

霍安虽然力大如牛，但还是费了很大力气才把满身泥水的小侯爷拖回房间，司徒煜熟练地为他擦洗更衣，他仿佛回到了在学宫的日子，那时候赵离就总是要他照顾，以至于司徒煜可以一边照顾烂醉如泥的赵离，一边读书。

霍安在一旁愁眉不展地踱步，一刻不停地和司徒煜商量对敌之策，大敌当前，用人之际，这位二哥却在一旁鼾声如雷。

"别指望他了，我们今天务必要想出个退敌之策。"

"沟……"赵离翻了个身，口齿不清地说道。

"睡你的觉吧，二哥。"霍安不耐烦地道，"你不在沟里，我已经把你拉出来了。"

赵离霍然坐起，挣扎着跑到门口，大声呕吐，片刻，喘息着回到房内，醉眼迷离地看着三人。

"你们在商量什么？"

霍安白了赵离一眼，他现在没心思回答一个醉鬼的问话。

"我们在商量如何加快我军的行进速度。"嬴媳替霍安回答道，"对方是清一色的骑兵，弓箭长刀，来去如风，我们的步兵本就比他们慢很多，还要携带沉重的盾牌。"

"听懂了吗？"霍安揶揄道，"听不懂就继续睡吧。"

赵离懵懂地看着他们，仿佛魂游天际，片刻他步履蹒跚地返回榻上，口齿不清地又说了一遍："沟……"

霍安无奈地叹道："我二哥摔傻了，不过对于一个酒鬼来说，傻不傻没什么区别。"

司徒煜刚才一直在低头沉思，此刻突然眼前一亮，宛如醍醐灌顶。

"阿季说得对。"

他是最懂赵离的人，他知道小侯爷大智若愚，看似玩世不恭，实则聪明绝顶。

"对什么？大哥，他在说梦话呢。"

"他没在梦中，我们才在梦中。"司徒煜微微一笑。

一旁，赵离的鼾声再次响起。

"此话怎讲？"霍安和嬴媤好奇地问道。

"小侯爷说得对，如果不能加快我们的速度，那就减慢对方的速度。"

赵离的计划很简单，霍家的士卒每人多带一把铲子，在战场上挖下密密麻麻深浅不一的坑洞。一望无际的平原立刻变得坑洼不平，这种浅坑对人来说并无大碍，但对飞驰的战马来说就是致命的，一旦踏空，后果不堪设想。然而一旦战马失去了速度，骑兵的优势就荡然无存，而且没有步兵灵活，也没有坚固的盾牌防护。

霍家士兵以防守见长，他们使用巨大的方形盾牌，由硬木制成，非常坚固，可以抵御长矛的冲刺和战斧的劈砍，但也相当笨重，以致行进缓慢，固守尚可，进攻就显得非常吃力。赵离认为应该放弃这种大型木盾，改用轻便的手持盾牌，因为据嬴媤所言，王燮为了加快行进速度，他手下所有的骑兵都只配有弓箭和长刀，而没有马槊、长戈这类重型兵器。赵离是打造兵器的高手，对任何一种兵器的性能都了如指掌，骑兵的长刀虽然锋利，但并不沉重，不要说盾牌，就是重甲都难以击穿。

"据说沛国人擅用藤牌，既轻便又坚固，同样大小，分量最多是我们盾牌的三分之一。"

"沛国地处西南，藤条是那里的特产，我们是在中原。"

赵离笑道："不错，景国没有藤条，却有柳条。"

时值仲夏，平原上柳树茂盛，柳条纤细柔软，最适合编织。赵离带领三百名手巧的士卒夜以继日，在三天内编出了一万三千只手牌，虽然只有传统木盾的一半大小，但足以抵挡刀砍箭射。

司徒煜特意把决战的时间定在一个雨天。夏季的雨非常猛烈，本就湿滑泥泞的地面上多出了无数坑洞，而在雨中人和马的视线都会变弱，从而大大降低了章国铁骑的优势。霍家军突然改变了战术，令章国这些轻敌的骄兵悍将猝不及防，大败亏输，三万人马只有六千人逃回章国，其余不是战死就是被俘。不可一世的大将王燮带着残兵败将一路逃出栈屏关，心中懊恼到了极点。他一生鲜有败绩，如果这次击败他的是大将霍纠也就罢了，可是竟然败给了两个毛头小子，如果他知道这两个年轻人以后将会改变大昭王朝的命运，此时或许会坦然一些。

第三十八章
血雨腥风

大雨渐渐平息,天空中依然阴云密布,泥泞的地面上流淌着赭红色的血水,弥漫着浓重的血腥气,成片的人和马的尸体倒卧在战场上。在鲜血的滋养下,多年以后,这里的植物会长得非常茂盛。

对于胜利者来说,每一场胜利都具有非凡的意义;但对于战败一方来说,天下所有战争都是大同小异,死亡、杀戮、倒卧在原野上的尸体、四处零落的断臂残肢,令司徒煜再次想起少年时期的噩梦。

章国士兵一贯铁血强悍,虽然惨败无可避免,但还有散兵在拼命抵抗,从而遭到霍家士卒的毫不留情的镇压。他们都被鲜血刺激得兴奋异常,瞳仁被手中的刀剑照得发亮。

"既然敌军已经投降,尽量少杀人。"霍安命令道。

一名士卒像看怪物一样看着霍安,不解地道:"打仗不都是这样吗?不杀人,难道等着被杀吗?"

话音未落,一支冷箭飞来,射穿了这名士卒的前胸,他顿时像一捆稻草一样倒在地上。其他几名士卒嘶吼着冲向一旁一名断了腿的章国士兵,顿时响起砍杀声。

霍安茫然地看着司徒煜道:"子熠,我们应该怎么做?"

"我们什么都做不了。"司徒煜脸色苍白,平静地答道,"他说得没错,这就是战争。"

几名士卒把一个满身血污的章国军官拖了过来,不由分说,砍掉了他的脑袋。脖颈中的鲜血像喷泉一样涌出。一个十五六岁的少年尖叫着扑过来,嬴媤认出他是平阳城仲山家的儿子,他的家距离王宫只隔一条街,嬴媤以前经常可以看到他和弟妹一起在街头玩耍。在嬴媤的印象中,这是个可爱活泼的男孩,没想到几年不见,他长高了,成为一名勇敢的骑兵。

霍家的士卒们抛出绳索,像套狗一样套住他的脖子,男孩踉跄着倒退了几步,摔倒在地,他的脖子被勒住,叫不出声,只能在地上扭曲挣扎,两只手拼命抓住绳索,试图减缓可怕的窒息感。

嬴媤一剑斩断了绳索,正在欢呼的霍家士卒猝不及防,踉跄着跌倒在泥水中。

因为目睹了章国铁骑屠城的惨状,整场战争中,嬴媤一直在毫不犹豫地为霍家为景国作战,她甚至为自己是章国人感到羞耻。但这一刻,她终于看清楚,残暴的不是章国人,是战争。战争可以让所有人变成魔鬼。

几名霍家士兵早已在战争中杀红了眼,他们一起拔出刀剑,冲向嬴媤。嬴媤在霍家深居简出,各城的士卒们几乎都不认得她,当然也不知道她的本事。嬴媤毫不犹豫地挥剑招架,一招之内斩杀了两名霍家士卒,剩下一人仓皇后退。嬴媤正要追赶,被霍安拉住。

"你做什么?这是我们霍家的人。"

嬴媤余怒未消,大力地推开霍安:"对,这就是你们霍家的兵将！你们还要杀多少人才罢休？"

嬴嫀的话令霍安大为恼火，这分明是指责他治兵无方，别的他都能忍，但这是他的底线。

"他们死有余辜，你知道他们屠杀了多少景国人？"

"可他现在手里已经没有了武器。"

"我们景国百姓手中也没有。"霍安指着嬴嫀背后的少年道，"你敢说他手上没有景国百姓的血吗？"

"所以我才帮你们对抗我的国人。"嬴嫀的脸色变得苍白，在这一刻，她有些怀疑自己的选择是否正确，她爱霍安，可以为他付出一切，但霍安真的可以不介意她的身份吗？

"有朝一日，我一定要踏破平阳城，向那些章国恶魔讨还血债。"霍安咬牙切齿地说道。

"也包括我父王在内吗？他再怎么不好，也是我亲生父亲。"

"我说的是这个道理，廖夫子说过，不为尊者讳，不为亲者讳，不为贤者讳，道理面前，所有人都是平等的。"

智者之间的争执叫辩论；头脑简单的人的辩论叫吵架。这种吵架有一个特点，往往是吵着吵着就渐渐忘记了最初的议题以及自己的观点，变成了习惯性地为了反驳而反驳，有时候甚至相互站在了对方的立场上，依然吵得不可开交。

"廖夫子还说过，对不了解的人不要轻易下结论，你很了解我父王吗？你见过他几面？"

"我没见过昭歌城，难道就不知道大昭王朝也有都城？天下谁不知道，章国大军所过之处寸草不生。"

"那你也应该听说过，屠城的人是王晋父子，不是我父王。"嬴嫂激动地大叫道。

"王晋是谁的臣子？"霍安冷笑道，"章国屠城的人只有王晋家族吗？"

"想不到你这么讨厌章国人，别忘了，我也是章国人，这是无法改变的。"嬴嫂的眼眶中一下子充满了泪水，她远离家人，孤身一人来到异国他乡，为他付出了一切，却依然不被接受。

刚才险些被杀的士卒再次返回，他身后跟着十几名士兵，霍安认出为首的一人是封地在下安的贵族，名叫栾卫，是谋士栾喜的族弟，显然刚才被杀的士兵是他的手下。

"公子，她刚才杀了我们的人。"栾卫怒气冲冲地说道，随着霍安身份的变化，贵族们对他的恭敬早已大打折扣。

"是你的人先滥杀无辜。"霍安把嬴嫂挡在身后。

"她是章国人。"

"她帮着章国杀我们的人，她是章国奸细。"士卒们七嘴八舌地说道。

"你们眼睛瞎了？看不到她是在为我们作战吗？"霍安厉声喝道。

"公子，杀人偿命，这里是景国，我们景国人不能被章国人随便砍杀。"

栾卫的话还没说完，霍安的剑已经抵在了他的脖子上。

"再说一遍？"

"怎么，公子也要亲手杀自己人了吗？"栾卫不仅没有躲避，反而迎上霍安的剑，咄咄逼人地说道，"来吧，我的命早已给了霍大将军。我们为霍家出生入死，你却为了这个章国女人要杀我，不怕令兄弟们寒心吗?"

周围的士卒越围越多。嬴媳的身份有些尴尬,最近王翦在景国大肆屠城,激发了景国军民对章国人的切齿痛恨,只要一提章国二字,大家就群情激奋,恨不得生食其肉。如果此时霍安一味强压,难免会激起士兵哗变,大军临阵内讧是兵家大忌。

"且慢,听我说。"司徒煜快步走进人群,拦住了缓缓逼近的人群。

司徒煜出道以来执法严明,不阿权贵,在百姓心中颇有威望,人们对他又敬又怕,虽然他的声音不高,但众人很快安静下来。

"各位兄弟,刚才栾大人一番话说得慷慨激昂,不过我想请问栾大人,您的祖籍是哪里?"

"曹国。"

"这就对了。"司徒煜转向大家说道,"我是陈国人,现在陈国已被章国吞并,而曹国是章国的附庸,要说你我两人也应该被怀疑为奸细才对。我看过花名册,这里还有不少兄弟的祖上来自章国,难道他们都是章国派来的卧底吗?"

众人被司徒煜的话打动,纷纷点头。

"同样的道理,这位章国公主既然嫁给了霍公子,就不再是章国人。如今大敌当前,章国人马是我们的几十倍,我们唯一的机会,就是精诚团结,不要互相猜忌,凡是在这里与敌军作战的人,都是景国人,也都是霍家人。"

当霍安找到嬴媳的时候,她正独自躲在一棵树后流泪。她在景国举目无亲,可以依靠的只有霍安一个人。委屈、孤独和悲伤一起涌上心头，她觉得霍安变了，也许他和其他男人一样，平时甜言蜜语，但在面对军国大事的时候，就会把女人抛在一边。她虽然丝毫没有怀疑过两人之间的爱情，但现在却感到害怕，她不知道自己是章国人还是景国人，或许不被任何一方接受，如果两国真的开战，她将如何自处？

说来奇怪，当年她一心想要驰骋疆场、冲锋陷阵，不料在章国多年磨练出来的钢铁般的意志，在景国不到半年就被消磨殆尽。自从出生以来，她无数次听到父王出征的号角，无数次见到父王凯旋。城外绵延无际的兵车和战马，街道两旁欢呼雀跃的人群，队前的车辆中是各式各样的战利品，彰显此番出征的战果，蓬头垢面、衣不蔽体的战俘被拴在战马后面跟跄而行，他们项戴锁链，眼神像陷阱中的猎物一样充满惊恐。主帅被簇拥在将士中间，享受万众敬仰膜拜，那是多么荣耀的时刻。那时她的心中总是充满羡慕和憧憬，于是她苦练骑术和武功，为了有朝一日可以像父王那样成为万众瞩目的英雄。此时，她宁愿自己是一个手无缚鸡之力的小女人，心中无比羡慕廖清。

霍安追到嬴媞身边的时候，她已经哭成了泪人。嬴媞也不明白自己最近为什么特别爱哭，她似乎是把以前十几年的泪都攒到现在一起流了。霍安看得心疼不已，他轻轻拉了拉嬴媞的衣襟，柔声劝道："好了，不要再生气了，刚才是我错了。"

一句话出口，嬴媞反而哭得更厉害了，转过头不睬霍安。

"反正你也讨厌我，干吗还来追我？"

"我不追你，以后想吵架都没有对手。"霍安笑嘻嘻地说道。

往日霍安谐谑几句，嬴媞必定破涕为笑，但今天她却依然连声啜泣，不肯原谅霍安。

"你拿我当三岁的孩子吗？想骂就骂，想哄就哄。"嬴姆委屈得难以自持，嘴角向下几乎撇成月牙，长长的睫毛低垂，眼泪挂在脸蛋上，简直像一个因为没有吃到果子而委屈的小姑娘。

霍安看得忍俊不禁，谁能想到强悍铁血的章国公主竟然像一个总角之年的小姑娘一样令人爱怜。霍安心中一下子充满柔情。

"我刚才的话说重了，你也知道我一向有口无心，就当听了几声鸡鸣狗叫好吧？"

"狗都比你懂得疼人。"嬴姆娇嗔地白了霍安一眼，"就会欺负我。"

"我哪敢欺负你啊，我心疼还来不及呢，说实话，我最受不了你哭鼻子，你一哭，我立刻就六神无主了。"

"原来你怕这个。"嬴姆不禁有些小得意，"以后再欺负我，我还哭给你看。"

"俗话说，会哭的孩子有奶吃，会哭的女人有男人哄。"

第三十九章
以战促和

以弱胜强，以少胜多，以步兵战胜骑兵，司徒煜和霍安一战成名，这远远超过霍纠当年的战绩，几乎被认为是不可思议的奇迹。就连远在定平的高漳君赵介听到这个消息后都感到大为震惊，他只知道司徒煜是个学富五车的才子，并没有想到他竟然有如此高超的军事天分。

"子熠这孩子真是不可限量，以后在大昭天下呼风唤雨的人中，会有他的一席之位。"

老侯爷并不知道，他那个贪玩嗜酒的儿子才是这场战争的核心人物。

司徒煜并没有感到轻松，一来是他并不喜欢这种尸横遍野的景象，这总是令他想起当年陈琉城的惨状；更重要的是因为他又要面临另外一个棘手的问题。

战俘。

章国战俘有一万三千人，而霍家的士兵只有六千多人。虽然战俘们都已经卸去了武装，被像畜生一般分割囚禁在不同的营地，但依然是一股可怕的力量。

屠杀战俘是一个普遍的现象。对于一个将军来说，在面对大批战俘的时候，无非有三种可能：第一，释放，这显然会令他们继续成为与己方作战的有生力量；第二，招降，这需要冒巨大的风险，因为敌人很可能是诈降，而这些融入自己一方的敌人一旦起事，后果不堪设想；第三，监禁，这需要花费大批人力看管，并需要消耗本就为数不多的粮食。因此没有什么比杀掉他们更为简单有效。天下的将军们大都喜欢采用这种行之有效的做法，即便他们不像王晋那样热衷于此，但大多不会排斥。天下名将中从不屠杀战俘的大概只有两个人，一个是高漳君赵介，他有足够的自信，他相信即便这些被放归的战俘继续拿起刀枪参战，他也有把握再次击败他们。另一个是冉国大将扈铭，当年他在与谭国的战争中，因为拒绝屠杀战俘，失去了爵位和封地，转投大域学宫，曾一度传为美谈。在廖仲把监兵学院交给扈铭的时候，遭到学宫中许多人的反对，廖夫子只说了一句话：将军的至高境界不是杀戮，而是止杀。

霍安是扈夫子的高徒，他从老师身上学到的不只有武功和战法，也有慈悲和仁爱。扈铭曾经告诉弟子们，我们与孟章学院的不同之处是他们握笔，我们持剑，但终极目标都是推行仁政，保护天下苍生，正直、仁爱、勇敢是一名武士的终生信条。

"也许我们唯一可以做的，就是用痛苦最小的方式来解决这件事。"司徒煜平静地说道，他的声音不高，却很坚定。

"什么？要杀掉这些手无寸铁的人？"赵离霍然起身，不可思议地看着司徒煜，"我们这么做，与王燮何异？"

"我们虽然侥幸胜利,但你们有没有想过,如果章国人再次进攻怎么办?我们是冒着被两面夹击的危险把战俘扔在后方,还是带着二倍于自己的战俘去迎敌?"

霍安也为难地说道:"夫子告诉我们,为大将者,在疆场击杀敌人是分内之事,而不是在战后屠杀战俘。"

司徒煜只有苦笑,他们还都是不谙世事的孩子,没有经历过任何苦难,因此也不知道世上的事情大部分是无解的。

"子熠,我们怎么能如此残忍?你想想,他们的父母,他们的妻儿,此刻也许正在家中盼着他们回去。"

"那么你想过没有,如果章、景两国发生战争,死者将会是十倍甚至百倍,他们的妻儿父母难道就不无辜吗?"

此话一出,大家哑口无言。

有时候最难做出的选择不是对错,而是两边都对,或者两边都错,就像人们往往会在两条岔道之间迷路,在鱼和熊掌之间举箸不定。

"可是作为旁观者来说,一个人的生命价值确实小于一万人、十万人、一百万人,但对于那个人来说却并非如此。"赵离并不知道答案,但他知道,人的生命不是长度,不是重量,不是容积,他们是有情感,会恐惧,懂得喜怒哀乐的活生生的同类,不能用冷冰冰的数字来做权衡。或许他们曾经犯下过某些罪行,但如今处于劣势,毫无反抗能力,如果说他们屠杀景国百姓是一种暴行,那么我们以同样的方式处死他们,又算什么呢?苍天之下,有谁有权力剥夺他人的生命?同样的行径,失败者被骂为残暴不仁,胜利者则被冠以正义之名,但是他们的区别又在哪里呢?

廖仲一生执教于大域学宫，门生无数，也曾经见过很多天才，包括司徒煜在内，但真正称得上"智慧"二字的人并不多。

"别人或许是聪明，是机智，是渊博，但他是智慧，这一点是旁人无可比拟的，包括我在内。"廖仲曾经和赵介说起过这位淘气的四公子。

"老兄又乱夸他。"宝贝儿子被夸，赵侯心中得意，嘴上自谦道，"他有什么智慧？一肚子淘气的鬼主意而已，从小到大，数他最不让我省心，一天到晚净给我惹祸。"

"大才自然是与众不同的，侯爷见过各种珍禽异兽，但可曾见过麒麟？"

"老夫子这么喜欢他，干脆让他给你当儿子，你把清儿还我如何？我正发愁早晚会被这小子气死，正好让他去折腾你，让我多活几年。"

"一言为定？"廖仲手捻长髯道，"只怕有朝一日这孩子振翅高飞，腾于青云直上九霄之巅，老侯爷到时候可要追悔莫及了。"

"夫子的意思是，日后高漳城要传给此子吗？"赵介心中一动，他早就动过把爵位传给四子的念头。

廖仲大笑道："侯爷眼光太过短浅了，区区高漳城，又岂能容得下令郎这只独角麒麟？"

赵介闻言一惊，自己也是官居极品，位列天下四公子，也算得上大昭王朝数得着的人物，高漳城虽然只是定平国下的一个封邑，但土地辽阔，物阜民丰，甚至强于很多小诸侯国。但是依老夫子之言，这孩子会比自己强出很多，难道阿季日后还能像信阳君一样成为天下霸主吗？

"老夫子太过誉了吧，你看他这一天到晚不务正业，日后不变成酒鬼我就感谢上苍了。"

"天机不可泄露，日后必见分晓。"廖夫子微微一笑，把赵侯爷的胃口吊起来，却又戛然而止，任凭赵介再三追问，他都笑而不语。

虽然是多年的朋友，但高漳君赵介也像天下很多人一样，认为这个智慧的老者是半仙之体，拥有某些神秘力量，腾云驾雾、移山倒海或许是传说，但通晓过往、预知未来是很有可能的。赵侯年事已高，一直在为传位的事发愁，虽然他身体健硕硬朗，依然可以跨马提刀驰骋疆场，但毕竟年纪不饶人，是要考虑下一任高漳之主的时候了。四个儿子之中，他原本最中意文武双全的二子赵最，但天不作美，这个看上去最为完美的继承者早早地殒命沙场，剩下的三个儿子中，老三赵夺乃一介武夫，只知道冲锋陷阵，不在考虑的范围之内，剩下的就是老大赵稷和老四赵离。长子赵稷人品出众，才华过人，年纪轻轻就在定平国位列大夫，在大家眼中他是高漳城当之无愧的继承者，但赵介却总觉得他不是最佳人选，也许是因为他太过中庸，反而感觉缺了点儿什么。

父亲的心思赵离一点儿都不知道，虽然二哥不在了，但上面还有两个哥哥，高漳城日后自有他们打理，他乐得逍遥自在，从未想过自己要继承父亲的爵位，更不想操心，日子对他来说是甘醇的美酒，灿烂的阳光，情投意合的朋友，天地间壮丽的风景，以及国色天香的佳人，清丽悦耳的音乐和数不清的欢笑，这里面没有死亡，没有杀戮，没有苦难和哀愁。

"要保全这些战俘，现在只剩下一个办法。"司徒煜沉思片刻，有些犹豫地说出了心中的想法。

"我就知道你有主意。"赵离喜笑颜开地说道,"只是卖关子而已,就等着我们求你,对吧?"

霍安和嬴媳也松了一口气,这场战争,司徒煜是主帅,霍纠全权相授,他可以决定所有的事。

"我之所以没有马上说,是因为此事并非我能做到的。"司徒煜并没有理会赵离的玩笑,他的心情有些沉重。

"你就说谁能做到吧,只要可以减少杀戮,我们无所不从。"

"大哥,你是主帅,有话直说,我们怎敢违抗军令?"

"此计并非军令,而是请求。"司徒煜向嬴媳深施一礼,"恐怕要让殿下冒险了。"

"霍家尚未统一景国,目前以我们的实力绝不足以与强章抗衡,由于王夔入关后一路烧杀,几乎将鲍氏封地中的所有城池夷为平地,栈屏关也被付之一炬,章、景之间再无天险,我们很难抵挡章国大军的入侵,唯一的办法是平息战争。既然公主身份已明,不如请殿下回国,向章王请求休战。常言道,以战促和,目前我方侥幸赢得一战,手中又握有章国战俘,因此这是我们最好的,可能也是最后的机会。"

"好,我听你的。"嬴媳爽快地答应,"我只有一个要求,善待章国战俘,伤者要得到医治。"

"放心,他们会和景国的伤兵得到相同的救治。"

"大哥认为我应该几时动身?"

"事不宜迟,越快越好。"

霍安却有些担心阻拦道:"不行,我不能让你以身犯险。"

"我是回自己的国家。"嬴媳笑道,"你不是口口声声说我是章国人吗？我章国人回章国，何险之有？"

霍安脸红了："别这么小心眼好不好，我不是都道歉了吗？"

"全天下就你小心眼，你以为都跟你一样？"嬴媤白了霍安一眼。

"我可以作证，殿下说得对。"赵离帮腔道，"司徒大人更可以作证，他曾经差点儿被一个小心眼的人射死。"

霍安窘得跳了起来，绝望地大叫："你们老拿这个说事有意思吗？这辈子还能不能把这茬忘了？"

"夫子曰，君子坦荡荡，小人长戚戚，三弟到底是在怕什么？"司徒煜也趁机揶揄道。

"你们还有没有正事可谈？"霍安崩溃地大喊道，"大敌当前，你们就只会在家里欺负我吗？"

"是你先欺负我的。"嬴媤得意地说道，"两位哥哥只是帮我欺负回来而已。"

"好。"霍安指着司徒煜和赵离道，"以后咱们恩断义绝，你们两个算她的哥哥。"

"有何不可？"赵离笑道，"你已经不是世子了，有道是掉毛的凤不如鸡，我们不稀罕抱你这根粗腿了。"

"还不快来拜见大舅哥和二舅哥？"司徒煜帮腔道。

大家一番说笑，沉重的心情轻松了许多。

"二哥说得不错，我已经不是世子了，所以我打算和媤儿一同去章国，俗话说，丑媳妇难免见公婆，我总要见见老岳父吧。"霍安收住笑，诚恳地说道。

司徒煜摇头道："如果只是拜见章王，倒也无妨，我怕的是张粲会暗中下毒手。"

"我怕的也是这个,所以我才要陪她一起回去。"

"不妨事的。"嬴嫘拉着霍安的手,眼神中充满柔情,"别忘了,我毕竟还是章国公主,张粲就是再得宠,也只是个大臣而已。"

"那就有劳殿下。"司徒煜把一个木盒交给嬴嫘,"久别重逢,怎么能空着手拜见父王?"

第四十章
父女重逢

司徒煜大破章军，威震百步关，消息早已传到了平阳城，令章王起吃惊非小。他最近被盘踞在曹国境内的天狼军搅得心神不宁。他当初把这三十五座城送给景国，只是权宜之计，无论是落在哪一家大夫手中，都不足为惧，但没想到却被孙苌收入囊中。他深知广武君孙苌为人贪婪凶狠，骁勇善战，他的胃口绝不止这区区三十几座城。果然，几天之内，天狼军的人数就从八千扩展到两万，而且装备精良，粮草充足，毫无疑问，一定是良国在暗中资助。他接收了霍家三十二座城池之后，并没有就此罢手，而是逐步向北蚕食，显然是想占据曹国全境。

嬴起一面派后将军王炽率兵进入计国境内，一面派大将军王晋镇守章曹边境，父子两人呈掎角之势，牢牢钳住孙苌的天狼军。自己亲率十万大军，直逼栈屏关。

嬴媤是在距离栈屏不到十里的黄土城见到父王的。城外的营帐扯地连天，绵延数里，大营中旌旗蔽日，气势如虹，绝非任何一国可比。章国拥有天下最强大的军队，这是不争之事实。嬴媤自幼随父亲学习兵法,当然知道以景国目前的实力与这样的军队正面交锋,绝无胜算。

时隔两年,女儿似乎变了很多,她变得比以前白皙清秀,更重要的是,她的神态中多了几分温婉,少了几分杀气。在章国十几年磨炼的铁血意志,竟然在短短两年中消弭殆尽。

"你上一次令我如此震惊,还是四岁那年。"嬴起上下打量女儿。

"我记得,那时候我刚刚学会骑马,而且可以跳过短墙。"嬴嫘笑了,她想起儿时骑马的情景,那时候他是父亲的骄傲,"您特意召集国内所有的贵族来看。"

"还有其他国家的使节,当时所有人都羡慕我有一个天下最勇敢的女儿,可是你现在竟然穿得像个农妇。"

"父王,这些衣服穿起来比铠甲要舒服得多。"

"贪图舒适,与圈中猪羊何异?你还记得我们章国的祖训吗?"

"记得,尚武无畏,以死为荣。"嬴嫘答道,"我很小的时候就会唱那首《无衣》,岂曰无衣?与子同袍。王于兴师,修我戈矛,与子同仇!岂曰无衣?与子同泽。王于兴师,修我矛戟,与子偕作!岂曰无衣?与子同裳。王于兴师,修我甲兵,与子偕行!但是,父王,女儿现在明白,真正的勇者,不是敢于杀戮,而是敢于去爱。"

"爱什么?一个人最应该爱的难道不是自己的国家吗?你身为章国人,背家叛国,屠戮自己的同胞,该当何罪?"嬴起厉声问道。

"女儿罪在不赦,您可以当众处死女儿,百姓们的怒气自然平息。"嬴嫘看着父亲的眼睛,平静地答道。

"你是来求死的?"嬴起雄鹰一般的眼神中闪过一丝痛苦,"你的母亲是我一生中最爱的女人,我答应过她,要好好照顾你。"

"当然不是,女儿二十年来,从未像现在这样怕死,因为我知道还有爱我的人在家中等我回去。"嬴媳的眼神中泛起柔情,"女儿只是想告诉父王,天下不只您一个人有女儿。"

"战争总会有牺牲,好男儿当毅然奔赴疆场,正因为如此,我们章国才能有今天的强大,才能不被别的国家奴役。"

"没有一次战争是平民发起的,可牺牲的却大都是他们的子弟。"

"如果需要赴汤蹈火,我和所有的王室子弟也一样会义无反顾,贪生怕死之辈不配做我章国百姓。"

"我知道您无畏生死,可如果可以和谈,为什么一定要有人牺牲呢?"嬴媳恳切地看着父亲,"景国愿意释放所有战俘,并献上钱十万,黄金两百镒,战车三百驾,以求父王退兵。"

"区区薄礼何足挂齿?我要的是整个景国。"嬴起冷笑道,"凭司徒煜和霍纠老儿,以霍家的不到万人能挡得住我十万大军吗?"

"父王,您错了,百步关一战,景国国内诸侯纷纷拜服于霍氏门下,五家合兵,已有不下六万,王燮杀戮太多,景国千万百姓都会奋起反抗,因此您的敌人远远不止十万,况且您背后还有天狼军虎视眈眈,西北方又有蛮族狄狁骚扰,父王深谙兵法,不会不懂两线作战的艰难吧?"

嬴起感到欣慰,两年不见,女儿长大了,而且文武双全,越来越有大军统帅的气度。

"媳儿,为父希望你能留下,你那几个兄弟都不甚成器,章国现在急需将才。"

"父王,如果您不计前嫌的话,女儿可以说服他前来拜见您。"

嬴起的脸色变得阴沉，霍安不仅破坏了他与定平结盟的计划，而且令章国成为天下笑柄，焉能就此罢休？

"大国示弱，无以立威。我绝不会原谅霍氏父子，甚至全部景国人。我要让天下人知道，冒犯章国的人和国家一定会付出沉重的代价。"

"这么说，父王一定要兵戎相见了？"

"你回去告诉霍纠，百步关他们侥幸取胜只是因为没有遇到真正的对手，景国各路诸侯也未必会臣服于他。"嬴起冷笑道，"你们认为他们在霍家和章国之间会作何选择？"

"父王是在等他的消息吗？"嬴媤把手中的木匣推向父亲。

木匣中是章国使臣吕缓的人头。

一天前，他就坐在屠岸回的家中，并带来了章王起的书信和求婚礼物。

区区屠岸家族，如果放在往常，嬴起当然不屑一顾，更不可能与他们联姻，景国所有贵族，包括国君在内，都不配与章国通婚。但现在不同了，只要得到了屠岸家族的支持，就等于在霍家背后安放了一把随时可以击发的弓弩，一如信阳君在他的身边扶植天狼军一样。虽然他有十足的把握战胜司徒煜和霍纠，但如果能减少损伤，不战而屈人之兵，又何乐而不为？

屠岸回当然明白这个道理，对他来说，这实在是天赐良机，把女儿嫁给章国王储，当然比霍家要强一百倍。

"依我看，景国几大家族还是要结盟的，只不过不是六家，而是五家，您老成持重，见多识广，这盟主之位嘛，我看非您屠岸大夫莫属。"

"我老了，又后继无人，恐怕各家不服。"屠岸回自嘲地笑笑。

"怕什么，有我家大王做您的后盾，还会有人不服吗？"吕缓骄傲地说道，"屠岸大人不会是认为章国王子配不上您的女儿吧？"

"岂敢岂敢，蒙大王垂青，老朽求之不得，高兴还来不及呢。"屠岸回做为难状，"只是，您或许还不知道，我已经将女儿许配给了霍家世子霍戎了。"

"您又不是只有一个女儿，我们要的是能继承屠岸家族这片土地的那个，至于其他那些女儿，您就是把她们嫁给猪狗我也不管。"

"可是霍家兵强马壮，老朽实在是惹不起啊。"

"屠岸大人，您以为这场战争结束之后，世上还会有霍家的人吗？不仅如此，凡是与霍家结盟的家族，也一概会被斩尽杀绝。"

章国素来残暴不仁，吕缓所言并非恐吓，屠岸回额头上沁出冷汗。

"老朽愿追随大王，绝无二心，苍天可鉴！"屠岸回赌咒发誓。

"我又不是苍天，我可看不到，您前脚答应了婚事，后脚再和姓霍的一起算计我们，这事您干得出来。屠岸大人，你以为我是三岁顽童吗？"吕缓冷笑。

"老朽诚心一片，您这是从何说起？"屠岸回面红耳赤地说道。

"废话少说，要让我家大王信你也不难，只要你替我办一件事。"

"大人请讲。"

"说来也不难，你替我把霍家的大谋士约过来，然后当场杀了，让我把他的脑袋献给大王。"

"您说的是那位司徒大人？"

"不错，怎么，屠岸大人连他也不敢杀吗？"

"好！"屠岸回咬牙答道，看来不做点儿什么，料难取得对方的信任,"为了家国大义,老夫就不徇私情了。"

"好个不徇私情。"阴影中有人说道,声音很轻,带着一丝嘲讽,嗓音略显沙哑,冰冷得像是从地府中传出的。

屠岸家的书房布置典雅考究,三面都有精美的屏风。因为是密谈,屠岸回屏退了所有仆人。

吕缓起身大喝:"什么人?"

突然,青光一闪,一旁的灯光骤然熄灭。

书房中点的并不是蜡烛,而是一座十二连枝灯。灯呈树形,高五尺,主干分为三段,灯杆为圆碧形和镂空人形图案叶片,上下三段依次套插而成,段与段衔接处各置一十字架托,犹如灯树之分枝。十字托之横向四出,各立插鸾凤缠枝纹叶片。每只叶片末端撑起一小灯盏,盏边沿插饰叶形火焰。主干最顶端为一大立环,环上饰镂雕神鸟,高举双翼,擎托最大一盏灯盘。他不知道来人是如何做到在一瞬间熄灭十二盏灯火的。

随着最后一点灯光的熄灭,屠岸回看到了吕缓的头落在面前的地板上,发出沉闷的声响。

他想要惊呼,却发不出声音,因为锋利的剑尖已经探进了他的口腔,稳稳地压住了他的舌头。他尝到了血的滋味,那是吕缓的血,腥甜得令人作呕。面前是一个狰狞的面具,左边眼睛周围用金线勾勒出一道伤疤的形状,似乎正在流下长长的血泪。

刺客轻轻地把一封信放在屠岸回手上:"奉主公之命,前来求婚,随书奉上黄金百镒,白璧一双,以为聘礼。"

第四十一章
猝不及防

屠岸回不知道自己是倒了最大的霉，还是走了最大的运。他活了八十岁，也算经历过各种大风大浪，但这几天的遭遇却令他如同活在梦中。刺客已经悄声无息地离开多时，他还一直无法回过神来。

屠岸回的第一声嚎叫是在刺客离开后一盏茶的工夫才发出的。听到响动的仆人们走进房间，重新点亮灯火，也旋即被地板上的无头尸吓得连连后退。几案上光泽闪烁的黄金和晶莹剔透的白璧令屠岸回感到些许安慰，至少这些是真的。

章国使节死在自己的家中，屠岸回百口莫辩，他现在唯有死心塌地地与霍家结盟这一条路可走。他连夜派出所部精锐，与霍家携手作战。其他家族也相机而动，纷纷派出人马，景国联军人数剧增。

当吕缓的首级被送到霍家的时候，霍安感到又惊又喜。惊的是章国人竟然釜底抽薪，派人暗中联络屠岸家族，喜的是屠岸回深明大义，信守誓言。

"我以前一直认为屠岸大人是个老奸巨猾的人，看来是我误会他了。"霍安内疚地说道。

"我看未必。"司徒煜悠然一笑,"你真的以为这是出于他的本意?"

"不然呢?"

"我看我们要尽快准备一份贺礼了,如果我没有猜错,屠岸家又有一位小姐要订婚了,而且一定是一位大人物。"

"大人物?"赵离也诧异地问道。

"良国国君还不够大吗?"

"是良国人在背后破坏章国的计划?"

"嫁给良国国君是比嫁给章国王子更具有诱惑力的事。"

"可是这个我就不懂了,信阳君为什么要帮我们?"

"他当然不是要帮我们,他是为了不让章国独占景国领土,我们都是他的棋子而已,他不仅不想让章国独占,也不想让我们独占,对他来说,一个分裂的景国是最有用的,因为各家相互提防,都要从他手中购买粮草和武器。仅我们霍家一族,就有一半的粮食送给了他,用来换取弓箭、兵器和铠甲,而这些粮食会以至少三倍的价格卖给其他家族,换取他们手中的木材、布帛和金属。"

"这人心眼太多了,难怪他是天下最有钱的人。"赵离感叹道。

"不仅是我们,就是他的宿敌章国,也要从他手中购买粮食和丝绸、玉器,天下没有哪一国哪一家的钱能够不被他赚到。"

"那么我们要不要做这枚棋子?"

"当然要,而且要做好。"司徒煜点头道,"我们是他的棋子,他也是我们的棋子,纵横之术,讲的是利益,只要有利,何不为之?"

嬴嫚离开章国大营的时候已经将近子时，虽然天色已经很晚，但她却毫无倦意。父王已经答应和谈，她迫不及待地要把好消息告诉霍安和司徒煜。

常言道，否极泰来，事情出奇地顺利，嬴嫚感到这突如其来的幸福有些不真实。经历了太多的杀戮和阴谋，嬴嫚和霍安都感到疲惫不堪。他们已经商定，等到战事结束，他们就离开景国，去往遥远的沛国或瞿父国，甚至是无极岛或氾叶岛这样的化外之地，在那里平静地度过一生。听司徒煜说，那里山清水秀，远离尘嚣，不会有人认得他们，他们可以在山谷中搭建几间木屋，开垦几亩荒地，日出而作，日入而息，白天与花鸟为伴，夜晚沐浴在璀璨的星河之中，或许除了山中的鸟兽，不会再有什么打扰到他们一家。

十里的路程并不算远，嬴嫚的马快，不多时已经来到栈屏关前。前方隐约传来嘈杂的嘶喊声，嬴嫚注目观看，远处的天边似乎有火光跳动。嬴嫚心中闪过一丝不祥的预感，难道前方有了战事？夏夜的凉风带着浓重的血腥气扑面而来，嬴嫚一拍战马，加速向前冲去。

栈屏关的城门已遭焚毁，嬴嫚冲过简易的木栅和拒马，关内已是尸横遍野，伴随着不绝于耳的呐喊声和惨叫声，飞蝗一般的箭矢划过天空，穿透人体，刀剑交击，血肉横飞，头颅翻滚，令人毛骨悚然。

嬴嫚茫然地看着这一切，不知道到底发生了什么。她试图拉住一个人问个明白，但似乎所有人都正忙于杀戮和逃命。一个瘦小的身影从嬴嫚身边跑过，她认出是那日她从霍家士卒手中救下的章国少年，他已经断了一臂，身上满是血污，仅剩的一只手臂在奋力摆动，以一种奇怪的姿势向关口方向奔去。突然，一支长矛飞来，穿透他的后心，将他钉在地面上。少年的两腿已经瘫软，但上身却被长矛稳稳地撑住。几个人围过来，用手中的农具和棍棒将他砸成一摊肉泥。嬴姰终于看清，杀人的并非都是士卒，更多是当地百姓。

就在半个时辰之前，早已一片宁静的营中突然冲入了大批百姓，他们手持棍棒锄镐，呐喊着直扑关押战俘的营地，不由分说，见人就杀。他们大都是这场战争中死难者的亲友，专门来向章国人讨还血债。负责警戒的景国士卒猝不及防，而且来的又是本国百姓，一时不知如何应对。

当司徒煜被骚乱声惊醒的时候，外面已是一片大乱。百姓们越聚越多，章国大军的暴行历历在目，报复和杀戮的快感激发了他们心中的兽性，令这些朴实善良的平民迅速变成了恶魔。章国战俘眼看性命堪忧，只能拼死反抗，他们推倒栅栏，开始攻击负责守卫的士兵，大营中顿时变成了屠场。

"司徒大人，现在怎么办？"执勤的军官手足无措地跑到司徒煜面前。

时值盛夏，司徒煜却感到心沉入了冰水，他知道一切已经无可挽回，最担心的事还是发生了。

"子熠，不能杀，不能杀，你答应过公主要保证他们的安全。"赵离浑身颤抖，拉住司徒煜恳求道。他和霍安刚刚从门外返回，也被突如其来的混乱震惊得茫然失措。

帐外的惨叫声不绝于耳，再晚一分，死的人会更多。

司徒煜的脸色愈发苍白，他咬牙拿起几案上的令牌。

赵离跪在司徒煜面前，以头抢地，额头撞出了血，他绝望地哀求道："子熠，我求你了，再想想办法，我知道你一定能想出办法。"

即便是在张絷的地牢中,司徒煜也不曾有过这种无助的感觉,因为那时候他只需要自救,并不需要杀人。

赵离扑过来,拼命去抢司徒煜手中的令牌,被霍安死死抱住。

"二哥,你冷静点儿。"霍安声音颤抖地劝道,"大哥也是逼不得已。"

"子熠,不能杀啊,那是一万多条生命。"赵离声泪俱下,他无法挣脱霍安铁一般的手臂,身体瘫软下来,声嘶力竭地喊道。

执勤的军官接过令牌,转身冲出门外。外面的弓箭手早已准备就绪,令牌一到,立刻万箭齐发。赵离眼看着一片片的章国战俘倒在箭雨之下,他茫然地走在人群中,似乎突然失聪了,人们在他身边无声地跑动、呼喊、拼杀、倒下,挣扎着死去。没有了声音,这一切仿佛是一场有些滑稽的游戏。赵离被人重重地撞倒在地,他并没有感觉到疼痛,而是感到一种惬意的疲惫,就像漂浮在水中一样。他想起了童年在小河中戏水,天空像是刷洗过一般,没有一丝云雾,幽深高远,四周是散发着腥味的水草,他躺在河面上,任凭温凉的河水将他带向远方……

嬴媤终于在人群中看到了霍安。他没有来得及穿甲胄,显然是仓促间被裹进这场混乱的。他显得焦躁而疲惫,虽然看到了嬴媤,但却从她身边飞驰而过,冲向关门方向。嬴媤下意识地拨转马头,跟随霍安来到关外,旋即被前方星光一般的火把惊呆了。

章国大军已经杀到关前。她万分崇拜和尊敬的父王,竟然拿她当作了诱饵。

这并非嬴起的本意,他是真的想要和谈。女儿说的不无道理,如今章国四面受敌,国内空虚,他和王氏父子都在东南一侧,如果西北方向的蛮族突然发动进攻,将会造成巨大的危机。虽然狄狁早已分崩离析,每一个部落都不足以造成太大威胁,但可怕的是那个阴魂不散而且富甲天下的信阳君,他既然可以令广武君孙苌为他所用,就一定也能买动狄狁的酋长们。当年他跟随高漳君与蛮族作战,学到的最宝贵的经验就是一定要避免腹背受敌。况且章国地广人稀,一万多精锐骑兵极为宝贵,他不想放弃这些战俘。

嬴媤刚刚离开,一个人从屏风后款款走出。身长玉立,美目生辉,身着宽松的紫色长袍,腰间绑着一根栗色蛛纹锦带。

"恭喜大王。"张粱俯身拜道。

"喜从何来?"嬴还沉浸在女儿成长带给他的喜悦中,这样的女儿的确令他感到骄傲,"是因为我有一个强大的女儿吗?我早就跟你说过,我所有的子嗣当众,媤儿是最出色的,只可惜她是个女孩子。"

"恭喜大王得到景国。"

"你刚才没有听到我们的谈话吗?"嬴起有些不解地问道。

"微臣听的一字不落,所以才请大王即刻发兵。"

"你要我发兵攻打景国?"

"不出一个时辰,景国大营必乱,那时您趁势进攻,必可一举破之。"

"你在景国安排了内应?"

"只有十几个人,但已经足够了。"

"你是说那些被俘的章国将士会里应外合?"

"不,大王,他们已经为国捐躯了。"

一向以铁血著称的章王起也为之一振。

章国军队的残暴早已在景国百姓心中种下复仇的种子,仇恨的干柴已然齐备,只需要一颗小小的火种,就可以燃起冲天烈焰。张粢的人虽然不多,但他们混在百姓当中,只要煽动起复仇的情绪,狂怒的景国百姓自然像决堤的洪水一样无法阻挡。张粢的计谋或许算不上高明,但却非常有效。他并不擅长建立,但却擅长破坏,他总是能精准地抽掉高塔底座最松动的一块砖石,令其于顷刻间坍塌。这看似是一件共赢的事,章国赎回有生力量,霍家得到和平,战俘们也得以生存。而张粢却轻易地打破了这个平衡,因为他了解人性中的恶,他了解仇恨的力量,他手下的密探人数有限,无法撼动景国军队,也无法策动章国战俘暴动,但却可以煽动百姓去屠杀章国战俘,如此一来,战俘就不得不拼死反抗,而景国军队也不得不全力镇压,只要一旦开始流血,就再也没有挽回的余地。

混乱不堪、仓促应战的景国联军在军容整齐的章国铁骑面前显得不堪一击,其他家族的军队一见大势已去,纷纷作鸟兽散,司徒煜和霍安无力支撑,只得率军突围,向东南部百步关方向撤退。

霍纠也接到了章国大军突入景国的消息,他当即留下世子霍戎镇守百步关,自己率领霍家所有的精锐前去救援。

俗话说,关心则乱,名将霍纠在最为关键的时刻犯了一个致命的错误。如果他凭城据守,虽未必能取胜,但至少可以坚持半个月以上,战场上瞬息万变,在这半个月的时间内,任何逆转都可能发生。但他放弃了自己最为擅长的防守战术,而是紧急驰援,从而失去了唯一的机会。他当然也关心爱子霍安的安危，但更舍不得已经到手的鲍氏封地。

信阳君曾经对天下各位武将做过一次中肯的评价，他认为霍纠一生中最辉煌的几次战役都是在高漳君麾下与蛮族作战，也就是说，在赵侯的指挥下，他的威力堪比王晋、孙芪，但一旦离开了赵介，就可能连霍安这种刚刚走出大域学宫的青年将军都打不过，因为他为人优柔寡断，目光短浅，太过贪图眼前小利。

嬴起将大军分为两路，一路由自己统帅，歼灭景国联军；另一路由王燮率领，绕过鲍氏封地，直逼百步关。王燮刚刚吃了败仗，正是报仇心切，他一举击溃了前来救援的霍纠大军，一路追杀到百步关前。

一番令山河色变的血战之后，霍纠手下只剩下不到两百人，城中还有不到两千人马，但城中有充足的粮草和滚木弓箭，霍纠有信心挡住王燮的进攻，他毕竟身经百战，无论多危险的处境都不会令他张皇失措，哪怕是在溃逃的路上，他还在心中构思防守的战术，直到他来到城下的时候，才真正感到了绝望。

坚固的城门紧闭不开，霍戎率领士卒在城楼上张弓搭箭，严阵以待。令霍纠如雷轰顶的是，城楼上的霍氏大旗早已不见，取而代之的是"剐"字旗帜。谋士郭仪恭敬地站在霍戎身旁，一如以前站在霍纠身旁一样。

"这里已经不是霍家封地了，恕孙儿不能开城相迎。"旗帜下，霍戎面戴金色面具，显得高贵而神秘，"祖父冒犯天威，罪在不赦，我劝您不要执迷不悟，及早下马认罪。"

霍戎轻轻挥手，城楼上箭如雨下，霍纠身边的士兵立刻倒下一片。

霍纠仰天大笑:"老夫一生纵横天下,也算得一方枭雄,想不到棋差一着,死在孙儿手里,也算死得其所,霍家能有你这样心机深厚的儿孙,我对得起列祖列宗了。"

"各位兄弟,我不想死在自己人手里,请随老夫一同杀向敌军。"

在生命的最后时刻,这位天下排名第七的大将军抽出佩剑,率领百十名残兵迎着飞蝗一般的弓矢冲向章国大军。

明媚的阳光从窗口照射进来,地面上的朱砂鲜红灿烂,怪诞的火焰一般的咒符更显得神秘诡异,这似乎是一种可以与鬼神沟通的古老文字。中间是一只惨白的野牛头骨,两只黑洞洞的眼眶似乎有着某种洞悉一切的力量。

赤月将一杯清水放在咒符之间,用一柄银刀刺破中指,把血滴入水中。赤月虔诚地看着浓稠的血液在水中缓缓散开,形成缥缈奇异的图案。

自从霍庄去世之后,她感到早已消失的神奇力量奇迹般地回归了。

"母亲又在占卜吗?"霍戎出现在门口,轻声问道,"孩儿记得您已经很久不碰这些了。"

赤月缓缓起身,面色忧愁地问道:"外面战事如何?"

"很好。"

赤月自嘲地苦笑道:"看来我又算错了,在拜火教中,这是大凶之兆。"

"也不尽然,那要看母亲是在为谁占卜了。"

"当然是霍家。"

"霍家也不是只有一个人,母亲是为我,还是祖父,或者是您自己?"

"我们的命运难道不同吗?"

"天差地别。"

"这么说,有人是大凶之兆了?你没有接应到祖父吗?"赤月不禁有些担心。

霍戎平静地点点头:"他老人家就在城外,不过恐怕再也进不了城了。"

"他怎么样?"赤月紧张地看着儿子,这孩子最近变得令她感到陌生。

"他去见我的父亲了。"

"那么章国大军呢?"赤月的脸色变得苍白。

"也在城外。"

赤月知道城中剩下的士兵不多,而且大都是老弱残兵,如果章国大军攻城,恐怕凶多吉少。但事已至此,也只能拼死一搏了。无论如何,她要保护儿子的安全。

"母亲不必惊慌,章国人虽然来势凶猛,但却未必是敌军,我们又何必拼死抵抗?"

"你打算开城投降?"赤月大惊,"你可知道章国人素来残暴不仁,他们会屠城的。"

"那可未必。"霍戎沉稳地说道,"孩儿已经有了保全之策。"

"如果可以让王燮放弃屠城,一切条件都可以答应。"

"王燮平生有两大嗜好,一是杀人,二是女色。"霍戎深施一礼，恳切地说道，"母亲深明大义，保全城中百姓就拜托您了。"

窗外炽烈的阳光令她的眼前有些发黑，她突然大笑起来，笑得上气不接下气，胃中一阵翻滚，她弯下腰，大声地呕吐。

"这就是你想出来的好主意？"

"您可以委身于祖父，为何不能把自己献给王燮呢？在我看来，他们都是比父亲更为卓越的人。"

"我那都是为了你。"赤月声音颤抖地说道。

"您现在也是为了我。"霍戎理直气壮地说道，就像儿时要求母亲给他买集市上的木马一样。

王氏父子作战，一向很少留下战俘。他们不想给自己留下累赘和隐患，没有什么比死人更安全的了。

王燮的战马缓缓地踏过霍家兵将的尸体，走向城门，停在一箭之地。他是个魁梧的大汉，却有一张与身材极不相称的瘦脸，两腮深陷，如果没有浓密的胡须填充，会很像一具骷髅。他的牙齿有些突出，令他显得粗野而凶残。

他在等着城内开城投降。虽然这座城的投降没有超过十二个时辰，而且城主也展示了自己的诚意，但为了震慑这里的百姓，也为了惩罚和警示这个国家，他还是决定要在每十个人中杀掉一个。

城门开了，但并没有预想中的投降的仪仗，而是只有一个女人，虽然在宽大的城门下，面前是辽阔的平原，她依然显得光彩夺目，她的风采足以填充这里的空旷，就像跃出云海的朝阳一般，明媚而不可方物。

赤月身着素服，披发赤足，口衔玉璧，美丽的颈上系了一条绳索，她走到王燮的马前，款款下拜，将手中的降书顶在头上。

王燮本应先接过降书，再拿过她口中的玉璧，以示接受对方投降的诚意以及移交的权力。但王燮早已魂不守舍，他随手把降书抛给手下，一把抱起美人，纵马入城。隔着薄薄的葛衣，他感受到了她丰满而凹凸有致的身体带来的无限的诱惑。

第四十二章
英雄气短

　　距离百步关三十里左右的上陵城是一个中规中矩的中原小城，曾经属于鲍氏家族。这里和景国大部分城池一样，地处平原，易攻难守。但这已经是目前可以栖身的唯一地点了。当司徒煜和霍安败退到这里的时候，身边的人马已经不足两千。身后，章国大军不急不缓地稳稳推进，将他们逼入绝境。嬴起用兵不像王晋父子那样喜欢狂飙突进，他师从高漳君赵介，喜欢稳扎稳打，像一个经验丰富的猎人，不是急于一箭射中猎物，而是有条不紊地将猎物擒获。

　　霍安清点残兵的人数，却没有发现嬴媤的身影。莫非她在刚才的战斗中迷失了方向？或者已经在乱军中遭遇了不测？霍安不敢再往下想，他不顾已经疲惫不堪，翻身上马，准备出城寻找。

　　一名士兵拉住霍安的战马，劝道："公子，别再找了，小人亲眼所见，她已经投奔章国去了。"

　　霍安将信将疑地被士卒拉上城楼，隔着垛口，远远地看到嬴媤单人独骑，缓缓向章军阵营走去。

　　霍安嘶声大喊，但嬴媤只是略微停顿了一下，旋即继续向前走去，他坚信她听到了，只是不愿回头。

嬴起看到女儿走来，心中感到欣慰。他最爱的女儿在战争中没有任何闪失，而且懂得良禽择木，在知道抵抗无望的情况下，迷途知返。他在等着女儿下马跪拜，诚心忏悔，他会宽恕她的年少无知，甚至会把她留在身边，委以重任。

嬴媰并没有下马，她缓缓走到父亲面前。嬴起身旁的卫士纷纷拔出刀剑，以防对方偷袭，弓箭手更是严阵以待，把箭对准嬴媰。对他们来说，无论是谁，绝不允许靠近大王。

嬴起摆了摆手，示意众人不必紧张，他轻轻地催马向前，父女两人相距不到五步。

侍卫们紧随而至，如临大敌地围在主公身旁。

嬴起不耐烦地呵斥："退下，没有我的话，不许靠近，违令者斩。"

侍卫们遵命后退，但依然没有收起兵器，随时准备着保卫主公。

"你到底回来了。"

"您的心愿达成了，景国属于您了。"

"景国早已是囊中之物，对为父来说，你能回到我身边，才令我感到欣慰。"

嬴媰惨然一笑："父王想得太简单了，女儿的手上沾着章国人的血，您认为我还能像从前那样走在平阳城的街道上吗？"

嬴起沉思片刻，道："如果你不想再踏入章国，我可以把你嫁到其他国家。"

"不必了。"嬴媰轻轻摇头，"作为章国公主，我杀过章国人；作为景国人的妻子，我也杀过景国人，天下虽大，已没有女儿的容身之处。"

"那么你有何打算？如果你愿意，我可以送你去大域学宫，和廖家小姐为伴。"看到女儿生无可恋的样子，嬴起心中泛起一丝柔情，禁不住轻声问道，女儿是他在这个世上唯一的牵挂，也是他心中唯一的柔软之处。

"还是不要玷污圣地了。父王，女儿背国叛家，是为不忠；违逆父意，是为不孝；招致战乱，殃及无辜，是为不仁；背弃誓言，不能与夫君白首偕老，是为不义。似这种不忠不孝不仁不义之人，必为天地不容，人神共愤。"嬴媳声音颤抖，两行清泪缓缓流下，"父王，我记得八岁那年，您在外征战，没能赶上我的生日，后来您问我要什么补偿。"

嬴起点点头，他一向以铁血著称，但也并非草木，他依稀记得小嬴媳在城门外翘首期盼的样子。在此之前，他不是错过了女儿的一个生日，而是错过了七个，女儿自出生以来，他没有一个生日是陪她过的。八岁那年，他提前半年答应了女儿，这次一定满足她的愿望，不料却再度错过。

"父王常说，男儿生在天地之间，要勇于担当，不惧磨难。女儿虽然不是男人，却不敢辜负您的教诲。"嬴媳擦干眼泪，恳切地说道，"女儿现在有一事相求，请父王务必答应。我死之后，请您放过霍家满门和景国的百姓。千错万错，是女儿一人之错，这天地间的罪孽，就让女儿一人承担吧。"

说罢抽出佩剑，在颈上一抹，鲜血如泉涌一般喷薄而出，瞬间濡湿了身前的战袍。

嬴起踉跄下马，颤抖着抱起女儿的尸体。大概从女儿两岁之后他就没有再抱过她，他依稀记得女儿依偎在自己怀里的样子，那时候她软软糯糯，皮肤是粉色的，似乎每天都在睡觉，她很喜欢靠在他的胸前，但却不喜欢他的胡须，时常会被父亲钢针一般的胡须刺得大哭。他想再亲亲女儿的脸，但却担心会刺痛她。

嬴起抽出佩剑，将颌下的虬髯尽数割掉，他看到胡须中点缀着根根银丝，他突然感到自己是个老人。他将自己的脸和女儿贴在一起，她身上余温尚存。他想要和女儿说话，但咽喉处似乎堵了一块混铁，让他无法呼吸，浑身像浸泡在冰水中一样，他想要站起来，但腿软得像踩在淤泥中，这种感觉他从未有过，无论是父王驾崩还是被蛮族大军围困三天三夜，他心中都未曾有过一丝软弱，但在这一刻，他的心抽搐得像被绳索牵引一样。他静静地抱着女儿，甚至没有注意到一匹快马飞驰而来。

几支利箭凌空飞过，射中霍安的战马，他也随着战马的猝然倒地而滚鞍落马。侍卫们各持刀剑，试图挡住霍安，但霍安似乎完全视而不见，既不招架也不躲闪，只是像一尊木偶一般麻木地走向嬴媤。

"闪开。"嬴起嘶哑地低声喝道，"不许伤他。"

侍卫们不知如何是好，只能依然呈合围之势，随着霍安而动，时刻保持警惕。

霍安麻木地推开嬴起，他的眼神中没有仇恨，也没有恐惧，突如其来的悲痛令他已经完全地失去了灵魂。他感到一种莫名的平静，对他来说，一切都结束了，章国、景国、霍家，所有这些纷纷扰扰、恩恩怨怨都不再与他有关。霍安甚至感到一丝轻松，他们终于不用再逃避了，也不会再有什么人或事把他们分开了，从今以后，他可以心无旁骛地和媤儿长相厮守，不会有人打扰，这么久了，他们希望的不就是这个吗?

"嫂儿,我们回家了。"他轻轻地在她耳边说道。

他轻轻地把她抱上马背,像抱着一个刚刚出生的婴儿,生怕不小心碰疼了她。他轻声哼起一支小曲,这是一支章国歌谣,每当嬴嫂因思念家乡而失眠的时候,霍安就会轻声唱给她,哄她入睡。

歌声渐渐远去,霍安并没有走向上陵城方向,而是沿着荒野向着那个虚无中的家渐渐远去。

司徒煜的精神稍微好了一些,多日不犯的咳血症又开始困扰他,连日的操劳和打击令他的身体更加虚弱。霍安不知去向,赵离也已经离开,只留下了一枚玉玦。

这几天天气一直非常晴朗,中原大地宜人的秋季即将到来。章国大军已经退去,景国国土上暂时恢复了平静。城下是大片广袤无垠的土地,茂密的槐树和垂柳给平原带来了一些错落的美感,绿荫的外面,是一条狭窄弯曲的河流,河水在阳光下闪烁着金属一般的光亮。

一些百姓已经开始收拾被战火毁坏的田地,由于牲畜缺失,大部分的劳动都是凭借人力来完成。地面上的野草不失时机地长了出来,迅速地掩盖了几天前惨烈的厮杀留下的血腥痕迹,也掩盖了道路上面的车辙,使这里看起来像是一片荒无人烟的土地。一些野花点缀其中,灌木丛中,一些美丽的红色的浆果更为鲜艳,引来了许多不知名的鸟儿。只有那些折断的树干和被火烧焦的树桩才会令人意识到这里曾经发生过一场惨烈的战争。

第二部完